W0074333

Die Deutsche Bibliothek – CIP-Einheitsaufnahme:

Bay, Adolf:
Freiwild oder das Teufelskreuz von Felsberg :
ein mittelalterlicher Kriminalroman / Adolf Bay. –
Saarbrücken : Logos-Verl., 1995
(Zwischen Traum und Wirklichkeit ; Bd. 7)
ISBN 3-928598-05-8
NE: GT

© 1995 Logos-Verlag Saarbrücken

Satz, Grafik und Verlag: Logos-Verlag Literatur & Layout GmbH
Mühlenstraße 16 · D-66111 Saarbrücken
Telefon (06 81) 37 44 04 · Telefax (06 81) 37 44 43
Titelbild: Ulrike Schneidewind · Printed by Clausen & Bosse, 25912 Leck
ISBN 3-928598-05-8 DM 25,–/ÖS 180,–/SF 25,–/FF 90,–

Adolf Bay

FREIWILD

oder
Das Teufelskreuz
von Felsberg

Ein mittelalterlicher Kriminalroman

Unfall auf der Burg

Kurze, schrille Lustschreie ließen Arnold von Brücken, den Burgherrn der Teufelsburg, innehalten. Sonst genoß er selbst die Liebkosungen seiner hübschen Leibeigenen Amanda, doch heute... An diesem 8. Juni des Jahres 1296 mußte er mit seinen dreiundsechzig Jahren in höchst eigener Person vom Bergfried die Treppe hinunterhumpeln, um sich im ebenerdigen Vorratskeller der lothringischen Abschnittsburg einen Krug Wein zu holen. Normalerweise schickte er Amanda in den Keller. Doch deren Schreie endeten gerade in einem langen Stöhnen, in das sich das tiefe Röhren seines Freundes Marsilius mischte. Arnold blieb am Ende der gewundenen Treppe stehen, die vom Bergfried zum Rundgang im ersten Stock der dreistöckigen Burg führte, und versuchte, seiner Eifersucht Herr zu werden und den Ärger darüber zu unterdrücken, daß er Amanda an seinen besten Freund ausgeliehen hatte. Schmerzhaft, wie der Stich eines Stiletts, drang ihr Stöhnen in sein Herz.

Stiche der Eifersucht spürte auch der Leibeigene Vinzenz, der mit dem ganzen Elan seiner fünfzehn Jahre die ausgetretenen Stufen zur Empore hinaufstürmte. Voller Stolz wollte er seiner Cousine Amanda berichten, daß sein Pfeil bei den Waffenübungen der Knappen den des Dietmar von Kerpen in der Mitte gespalten hatte. Als er Amandas Lustschreie und ihr Stöhnen vernahm, hielt er inne. Amanda nannte dies „dem Herrn dienen", und es war unvermeidlich, wenn der Herr danach verlangte, doch in diesen Augenblicken haßte er den Burgherrn, dem er sonst sehr zugetan war. Enttäuscht drehte er sich um, da vernahm er des Burgherrn Humpeln im Bergfried. „Er liegt also nicht bei Amanda", ging es ihm durch den Kopf, „aber wer ist es dann?" Rasch lief er die letzten Stufen zur Empore hoch und versteckte sich in der nächsten Türnische. Schon betrat der Burgherr den Rundgang.
Arnold überlegte einen Augenblick, öffnete dann die Tür seines Zimmers ein wenig und sah den Liebenden zu. Die Inbrunst, mit der Amanda seinem Freund zugetan war, versetzte ihm erneut einen Stich in der Brust, und er brummte ärgerlich: „Hätte ich mich nur beherrscht und die Tür nicht geöffnet, dann würde es mir jetzt da drinnen nicht so weh tun."

Seine Rechte massierte seine Brust, während er mit Wehmut dachte: „So hat sie es mir noch nie gemacht." Leise schloß er die Tür, drehte sich um und humpelte zur Treppe. Dort blieb er stehen, drehte noch einmal den Kopf und lauschte abermals. Aber die Geräusche aus dem Zimmer verblaßten gegenüber dem Rufen der Knappen im Burghof: „Vinzenz! Wo steckst du? Warum bist du weggelaufen? Komm, wir wollen weiter Bogenschießen."

Als ihr Geschrei verstummt war, hörte er wieder Amandas Stöhnen. Er drehte sich ein wenig, um besser lauschen zu können. Dabei rutschte sein rechter Fuß von der obersten Stufe ab. Er verlor das Gleichgewicht, suchte mit fuchtelnden Armen nach einem Halt, fiel mit dem Hinterkopf auf die oberste Stufe, schrie kurz auf und rollte die Treppe hinab. Vor der Tür der großen Vorratskammer im Erdgeschoß blieb er reglos liegen.

In dem Augenblick, als Arnold ausglitt, öffnete der Knappe Dietmar von Kerpen die Tür im Erdgeschoß. Zuerst sah er einen Schatten, der auf der Empore von einer Türnische zur anderen huschte, dann, wie der schwere Körper des Burgherrn die Treppe hinabrollte. Er lief sofort zu ihm und rief laut vor Entsetzen: „Steh auf, Burgherr!" Doch als er die starren Augen sah, erkannte er, daß Arnold von Brücken sein Leben ausgehaucht hatte.

Er blickte nach oben. Auf der Empore war niemand. Dennoch stand für ihn fest: Er hatte den Mörder des Burgherrn gesehen!

Seine Kameraden drängten herein und standen genau so bestürzt da wie er. Nikolaus von Rittenhofen kniete sich neben Arnold und fühlte den Puls. „Er ist tot. Wer sagt es Margarete, und wer ihrem Sohn?"

Ernst von Hagen rief aufgeregt: „Ich sage es Wichard" und lief davon, Boemund von Ettendorf erklärte: „Ich laufe schnell zur Burgherrin", und Kunz von Dalberg brummte leise: „Wieder ein Haudegen weniger vom uralten Geschlecht derer von Brücken."

Vinzenz hatte erschrocken Arnolds Sturz beobachtet. Als er Dietmar von Kerpen nach oben blicken sah, begriff er, daß er in Gefahr war. Er nutzte die erste Aufregung der bestürzten Knappen, legte sich auf den Boden und kroch dicht an der Mauer vorbei in Amandas winzige Kammer, deren Tür wie immer ein wenig offenstand. Hier konnte sie kleine Speisen zubereiten, dort stand ihr Bett und auf einem Schemel das Bierfaß, und auch sonst befand sich darin alles, auf das Arnold nicht gerne lange wartete.

Zitternd vor Angst blickte Vinzenz auf den Strohsack. „Dort suchen sie mich zuerst", schoß es ihm durch den Kopf, „aber hier drinnen ist sonst nichts, wo ich mich verstecken könnte." Panik bemächtigte sich seiner. Er saß in der Falle. Er schob den Schemel unter das Fenster, stemmte sich hoch, legte sich auf den kaum einen halben Meter breite Sims und schaute in die Tiefe. „Wenn ich da hinunter falle, bin ich sofort tot", dachte er . Er ließ sich zurück auf den Boden gleiten, ging zur Tür, lauschte und spähte durch ein Astloch.

Dietmar zeigte gerade nach oben und rief: „Ich habe dort oben einen Schatten gesehen, als ich die Tür öffnete." Sofort forderte Werner von Hymersdorf die anderen auf: „Suchen wir ihn!"

Vinzenz hastete ans Fenster, ergriff Amandas zusammengeknüllte Rupfendecke, legte sie seitlich aufs Fenstersims, stieg voller Hast und Angst auf den Schemel, stemmte sich hoch, stieß den Schemel um, legte sich auf den Bauch und schob seine Beine aus dem Fenster, zwischen den beiden senkrecht eingemauerten Eisen hindurch. Mit den Füßen suchte und fand er endlich einen winzigen Halt in dem rauhen Mauerwerk.

Dieser kleine Vorsprung und die Todesangst gaben ihm den Mut, seine rechte Hand loszulassen. Mit ihr zog er blitzschnell die Rupfendecke über seine Linke, die fest das breite Eisen umfaßte, bevor er auch seine Rechte unter das Tuch schob und sich wieder festklammerte.

Er hörte Georg von Heringen auf dem Rundgang vor der Kammer sagen: „Hier ist er nicht."

„Auch in Arnolds Stube nicht", rief Ernst von Kranz.

„Ich suche ihn auf dem Bergfried", brummte Nikolaus von Rittenhofen in seiner bedächtigen Art.

Während Vinzenz' Herz ihm bis zum Hals pochte und seine Finger ihn kaum noch halten konnten, hörte er direkt in seiner Nähe Werner von Hymersdorf rufen: „In Amandas Kammer ist er nicht, auch nicht unter dem Strohsack."

Eine unsagbare Erleichterung durchströmte ihn, als er hörte, wie die Kammertür zuschlug und es kurz danach auf der Empore ruhig wurde. Vorsichtig hob er den Kopf. Er versuchte sich hochzuziehen, aber seine Finger schmerzten und hatten nicht mehr die Kraft dazu. Voller Todesangst fand er mit dem linken Fuß einen kleinen Absatz; nun konnte er seine Ellbogen auf den Sims legen und sich hochziehen.

„Das war knapp", schnaufte er, „fast wäre ich nicht mehr hochgekommen." Er atmete ein paarmal tief durch, massierte seine Finger, die ihm wie leblos erschienen, ging zur Tür, kniete sich hin und sah durch das winzige Astloch, daß Amanda neben Marsilius stand und weinte. Kuno von Gersbach und Johann von Hüttingen liefen gerade nach draußen. Kuno rief durch die offene Tür zurück: „Wir suchen ihn in den Ställen."

Sie wären beinahe mit der Burgherrin Margarete zusammengestoßen, die mit hastigem Schritt hereinkam. Sie schrie kurz auf, als sie Arnold in seinem Blute liegen sah, warf sich ungeachtet der großen Blutlache über ihn, küßte ihn, streichelte seine Wangen und sank weinend an seine Brust. „Warum, Arnold? Warum hast du mir nicht Auf-Wiedersehen gesagt? Warum?" Wieder küßte und streichelte sie ihn. Wichard bückte sich, erfaßte ihren Arm, wollte sie hochziehen: „Komm, Mutter, steh auf." Sie schob seine Hand weg und schluchzte: „Wir haben uns so gut verstanden. Wie ist denn das passiert?"

„Niemand weiß es, Margarete", antwortete Marsilius, „Dietmar von Kerpen sah ihn nur die Treppe herunterrollen."

„Es ist furchtbar, Mutter, aber nicht mehr zu ändern."

„Er hätte doch noch so lange Zeit gehabt, er war noch so rüstig", schluchzte sie, wandte sich an Amanda: „Wo warst du denn, als es passierte?"

„Sie war bei mir in Arnolds Kammer", sagte Marsilius, „Arnold war noch auf dem Bergfried, als ich ihn verließ."

Margarete atmete ein paarmal tief durch, bevor sie sich wieder an Amanda wandte: „Du sorgst dafür, daß er im Rittersaal aufgebahrt wird. Morgen früh überführen wir ihn in die Wallerfanger Kapelle. Zieh ihm seinen Templerumhang an und gib ihm sein Sarazenenschwert in die Hände, verstanden?"

„Jawohl, Herrin", schluchzte Amanda leise.

„Und ihr helft der Amanda. Ihr wißt, was ihr eurem toten Herrn schuldig seid. Ich will von der Amanda keine Klagen hören." Die Hofleute nickten, machten einen tiefen Knicks und hauchten: „Jawohl, Herrin."

Marsilius brummte: „Ich kann es immer noch nicht glauben. Der Arnold stürzt doch nicht einfach so die Treppe hinunter."

„Aber wer sollte ihn gestoßen haben, und vor allen Dingen, aus welchem Grund? Er hatte doch keine Feinde, schon gar nicht auf der eigenen Burg", stellte Wichard fest.

„Wichard steht auf meiner Seite", jubelte Vinzenz hinter der Tür: „Er setzt sich für mich ein. Er weiß, daß ich so etwas niemals tun würde. Er wird nicht zulassen, daß sie mit mir kurzen Prozeß machen und mich einfach an den nächsten Ast hängen. Trotzdem muß ich hier weg, so schnell wie möglich."

Margarete drehte sich um. Vinzenz sah den großen Blutfleck auf ihrem hellgrünen Kleid. Die Hörigen und ihre armseligen und verdreckten Kinder in den braunen und grauen, zerrissenen und ausgefransten Kitteln wichen zur Seite, als Margarete zur Treppe ging: „Tausendmal ist er diese Treppe hinuntergegangen, und nie ist etwas passiert. Die Stufen sind hoch und schmal, aber das hat er doch gewußt. Ich verstehe das nicht ..." Kopfschüttelnd drehte sie sich um und flüsterte. „Aber es ist nun einmal nichts mehr daran zu ändern." Sie befahl zweien ihrer Mägde: „Klara, Paula! Laßt mir ein Bad ein und macht das Wasser gut heiß. Mir ist eiskalt." Die beiden eilten davon. Margarete folgte ihnen, ebenso der Minnesänger, der die ganze Zeit mit gefalteten Händen hinter ihr gestanden hatte.

„Denkt, was ihr wollt", wandte sich Wichard an Marsilius und die zurückgebliebenen Knappen, „ich kann mir keinen Mörder vorstellen, schon gar nicht Vinzenz, wie ihr vermutet. Mein Vater ist gestolpert, ganz einfach gestolpert. Wo sind denn eigentlich die anderen Knappen hin, die an mir vorbei gestürmt sind?"

„Sie suchen Vinzenz in der Vorburg. Sie sind gleich weggelaufen, nachdem Dietmar sagte, daß Vinzenz der Mörder sei", antwortete Hugo von Clair.

„So ein Unsinn!" In Wichards Stimme schwang Ärger mit. „Hoffentlich finden sie ihn nicht, sonst fügen sie ihm noch ein Leid zu, und das will ich nicht."

Inzwischen waren Hörige mit einer Holztrage herein gekommen, über die sie Felle gebreitet hatten. Sie legten Arnolds Leichnam darauf und trugen ihn in den Rittersaal. Wichard, die Knappen und Hofleute folgten ihnen.

In der Tür drehte Wichard sich um, zeigte auf das im Lehm versickernde Blut und sagte: „Mach das weg, Anna, aber so, daß man nichts mehr sieht."

Anna versuchte, mit dem Absatz ihres Schuhes das Blut wegzukratzen, aber ohne Erfolg. „Du mußt es mit einem Eisen wegschaben, Anna", empfahl Amanda, „das Blut ist doch schon in den Lehm eingesickert."

„Mach du es doch weg, du hast doch alle Vorteile von ihm gehabt, nur weil du besser mit dem Arsch gewackelt hast als ich", maulte Anna. Amanda ging an ihr vorbei: „Du hast gehört, was Wichard gesagt hat. Ich habe genug mit der Aufbahrung zu tun. Ich hole jetzt die Sachen des Herrn aus seiner Kammer, um ihn anzuziehen." Sie ging die Stufen hoch und achtete nicht weiter auf Anna, die ihr haßerfüllt nachblickte.

„Du bist mitschuldig an seinem Tod", schalt diese, „du hast den Mörder mit hierher gebracht und hast mich von Arnolds Seite vertrieben. Seit du hier bist, hat der Burgherr nur noch Augen für dich gehabt, und mich ließ er links liegen."

Amanda blieb stehen, drehte sich um und erwiderte: „Du hast doch selbst gehört, daß Wichard gesagt hat, er glaube nicht, daß es Vinzenz war. Warum sollte er es getan haben, wo er es hier so gut wie nie zuvor in seinem Leben hat?"

„Und warum ist er dann verschwunden?"

„Das weiß ich nicht. Aber er wird schon einen Grund gehabt haben."

„Den kann ich dir sagen."

„Du kannst gar nichts. Mach das Blut weg, wie Wichard es befohlen hat, dann hast du genug zu tun."

Amanda ging die Stufen hoch. Während Anna immer noch versuchte, das Blut mit ihrem Schuh wegzukratzen, schimpfte sie voller Haß weiter: „Glaubst du denn, wir hätten nicht bemerkt, daß ihr es miteinander treibt? Er schleicht jeden Tag ein paarmal in deine Kammer. Vielleicht wollte er vorhin auch zu dir, und der Herr hat ihn erwischt und zurechtgewiesen. Da hat sich der Vinzenz geärgert und ihn einfach die Treppe hinuntergestoßen."

„Denk, was du willst", entgegnete Amanda und betrat ihre Kammer.

Sie erstarrte, als sie Vinzenz neben dem Strohsack stehen sah, den Zeigefinger seiner Rechten auf den Mund gelegt. Aber der Schreck verflog schnell, als er den Kopf schüttelte, womit er wohl andeuten wollte, daß er es nicht getan hatte.

Als ein erleichtertes Lächeln über ihr Antlitz glitt, eilte Vinzenz zu ihr, nahm sie in die Arme und flüsterte ihr ins Ohr: „Ich war es nicht, glaube mir", worauf er sie wie wild abküßte und an sich drückte.

„Laß mich", wehrte sie ihn ab und stieß ihn von sich. „Ich weiß, daß du es nicht warst, aber ich muß jetzt hier ein paar Leinentücher holen und in den Rittersaal bringen. Bleibe hier. Hier sucht dich niemand. Wenn es dunkel ist, mußt du verschwinden. Ich gehe mit dir."

„Nein. Du bleibst hier, bis meine Unschuld erwiesen ist."

„Psst! Nicht so laut." Sie zeigte auf die Tür: „Die Anna." Sie bückte sich, öffnete die Truhe, um Leinentücher herauszuholen. Vinzenz trat dicht hinter sie und drückte sich an sie.

Sie drehte den Kopf und fauchte: „Nicht jetzt! Bist du verrückt?", hielt aber ein paar Sekunden still, als er ihr den Rock hochhob und ihren blanken Hintern streichelte. „Genug jetzt, du Nimmersatt", flüsterte sie, drehte sich um und verließ die Kammer.

Anna, die immer noch versuchte das Blut mit ihrem Schuh wegzukratzen, blickte hoch, als Amanda die Treppe herunterkam, und sagte schnippisch: „Jetzt kannst du Schlampe dich ja an Wichard heranmachen, der ist noch frei."

„Lästermaul."

„Hoffentlich jagt er dich von der Burg, jetzt, wo der Alte tot ist. Der Herrin bist du ja schon lange ein Dorn im Auge."

„Die Herrin hat nie ein böses Wort zu mir gesagt, im Gegenteil, sie hat mir sogar manchmal Geschenke gemacht. Sieh hier, diese Kette mit dem Blaustein aus der Wallerfanger Grube ist auch von ihr."

„Lügnerin. Er hat ihn dir geschenkt, weil du es ihm wieder einmal besonders gut gemacht hast."

„Nein. Er ist von der Herrin", entgegnete Amanda seelenruhig.

„Komm jetzt. Wir waschen ihn und ziehen ihn an, so wie es die Herrin befohlen hat. Er soll als Tempelritter aufgebahrt werden."

Arnolds Leben

Dort, wo vor fast zweitausend Jahren die Römer in Trier in den Kaiserthermen badeten und heute nur noch Ruinen davon künden, stand im Mittelalter die Burg des einflußreichen Geschlechts der edlen Herren von Brücken.

Über der „Burg Bruck", wie das Volk das wehrhafte Gemäuer mit den runden Wachtürmen, dem Bergfried, dem Palas und der hohen Schildmauer mit Wehrgang, nannte, kündete am Nachmittag des 12. Mai im Jahre 1233 gegen fünf Uhr das klägliche Signal des aufgeschreckten Wachpostens am Tor die Ankunft des Burgherrn an. Er kehrte zurück vom Besuch der heiligen Stätten in Jerusalem, wohin er vor acht Monaten mit elf befreundeten Rittern aufgebrochen war. Vier seiner tapferen Begleiter waren in harten Kämpfen mit turkmenischen Seldschuken gestorben und drei von arabischen Sarazenen niedergemäht worden.

Das Hornsignal hörte nur der fast blinde Pferdeknecht Kunz Baum; mit zitternden Händen hißte er auf dem Bergfried die Flagge des Burgherrn.

„Herr, du? – Du bist schon zurück?" stotterte der Wachmann.

„Das siehst du doch. Nun rede schon! Wo sind denn all die anderen? Die Burg ist ja wie ausgestorben."

„Sie stehen alle unten im Palas und warten darauf, daß die Herrin ihr Kind bekommt."

„Was sagst du da? Ein Kind?" Das braune Gesicht wurde totenbleich. „Von wem?" Schon gab der Burgherr seinem Schlachtroß die Sporen. Das „Von dir, Herr" des Knechts hörte er nicht mehr.

Kunz lauschte dem Hufgetrampel von Benja nach; er war froh, daß das edle Tier heil zurückgekommen war, war es doch eines jener Schlachtrösser, das mit Wucht, Beißen und Hufschlag in die Schlachtreihen der Gegner einbrach und so seinem Reiter im Kampf immer wieder Luft für tödliche Streiche verschaffte.

Nie war dem Burgherrn der Weg bis zum zweiten Burgtor und von dort in den Burghof so weit vorgekommen wie heute. In der großen Diele im Erdgeschoß des Palas und auf der breiten Treppe, die zur Empore führten, stand die gesamte Burgbesatzung dicht nebeneinander samt ihren Kindern. Der Burgherr drängte sie zur Seite, als er mit seinen etwas zu kurzen und leicht krummen Beinen die für seinen großen Füße unbequemen, zu schmalen Stufen emporhastete, um zum ehelichen Schlafzimmer zu gelangen.

Dabei streifte sein Blick den in einer Nische liegenden, im unteren Teil um die Öffnungen verrosteten Keuchheitsgürtel, den er seiner Gemahlin vor seinem Aufbruch ins Morgenland eigenhändig angelegt und abgesperrt hatte. Damals ahnte er nicht, daß sie dieses so reich verzierte maßgeschmiedete Eisen notgedrungen abnehmen mußte, da das Eisenblech bei zunehmendem Leibesumfang keinen Deut nachgab. Der gewichtige Schlüssel, den er seiner Mutter damals zu treuen Händen übergeben hatte, steckte noch in dem wuchtigen Schloß. Monatelang hatte er sich in seinen Phantasien vorgestellt, wie er seiner Gemahlin den Keuchheitsgürtel mit zitternden Händen und steigender Ungeduld abnehmen und danach genießen würde, was er so lange entbehrt hatte.

Mit Schwung öffnete er die Zimmertür – und blieb wie angewurzelt auf der Schwelle stehen. Seine Frau lag erschöpft im Bett, ihre Augen hingen vor Glück strahlend an dem Kind, das die Amme soeben nackt in die Arme seiner stolzen Großmutter legte. Niemand bemerkte die Ankunft des Burgherrn, alle Augen waren auf das Neugeborene gerichtet, und die Alte jubelte: „So ein kräftiges Kerlchen, genau wie sein Vater."

In dieses Idyll pflanzte der verstaubte Heimkehrer mit rauher Stimme wie einen Speer die Frage: „Hat er auch alle Glieder?"

Sofort wandten sich alle Augen ihm zu, und der Freudenschrei seiner Frau, die ihm ihre Arme entgegenstreckte: „Du kommst gerade richtig", ging unter in der Frage seiner Mutter: „Und was würdest du tun, wenn es nicht so wäre?"

Er übersah die ihm entgegengestreckten Hände und die vor Freude tränennassen Augen seiner Gemahlin: „Dann würde ich ihn mit dem Kopf an die Wand schlagen!" Ein Leben galt in dieser Zeit nicht viel, und der Kreuzzug hatte seine Seele zusätzlich verhärtet. Nur der Starke und Gesunde konnte sich durchsetzen, und ein von Brücken hatte einfach gesund und stark zu sein.

„Mann! Du lebst! Welch ein Glück" jubelte seine Frau, faltete die Hände und hauchte, den Blick an die Decke gerichtet: „Oh Gott, ich danke dir, daß du ihn gesund heimkehren ließest."

Er hatte keinen Blick für sie; seine Heimkehr hatte er sich anders vorgestellt. Gründlich besah er sich den Kleinen, der in eine Decke gewickelt auf den Armen seiner Großmutter ruhte; diese drückte ihn dem überraschten Vater in die dreckigen Hände.

„Keine Angst, er ist gesund, es fehlt ihm nichts."

Nun doch mächtig stolz darauf, daß ihm zur Begrüßung ein gesunder Sohn geschenkt wurde, hob er den Knaben mit ausgestreckten Armen hoch: „Na, du Überraschung?" Sein Blick glitt an dem roten, noch etwas runzligen Körper herab und entdeckte an Stelle des Gliedes etwas, das wie eine vergrößerte Warze aussah. Er sah zweimal hin, bevor er fragte: „Der soll von mir sein? Der hat doch gar kein Spätzchen? Dieser kleine Bursche da ist keiner aus dem Geschlecht derer von Brücken."

Plärrend, als hätte er jedes Wort verstanden, streckte sich sein Sohn, die winzigen Händchen zu Fäusten vor seinen Augen geballt. Im Bruchteil einer Sekunde vergrößerte sich die vermeintliche Warze zu einem für ein Neugeborenes ansehnlichen Glied, das den erstaunten Vater mit einem kurzen, aber eindrucksvollen Begrüßungsstrahl ins Gesicht willkommen hieß. „Nun hast du es!" lachte seine Mutter schadenfroh. Sie nahm ihm das kleine Bündel ab, während seine Frau sich vor Lachen die Hände auf ihren noch von der schweren Geburt schmerzenden Bauch preßte.

Mit seinem staubbedeckten und an mehreren Stellen mit vertrocknetem Seldschuken- und Sarazenenblut durchtränkten und verdreckten, ehemals weißen Überwurf, auf dem das rote Kreuz aufgenäht war, trocknete er den Urin des neuen Erdenbürgers aus seinem braunverbrannten Antlitz und bestätigte stolz, zum erstenmal Freude im Gesicht: „Er ist doch ein von der Brücken, seht doch nur, jetzt hat er einen richtigen Spatz."

„Du hast recht", stimmte seine Mutter zu, während sie den Schreienden in weiche Tücher hüllte, „er ist ein echter du Pont. Die sind ja dafür bekannt." Sie legte ihn der jungen Mutter in die Arme. „So, nun hast du genug geplärrt, kleiner Mann. Schlafe jetzt und mache deiner Mama Freude. Ich bin gespannt, wie dein Vater dich nennen wird." Dieser überlegte nicht lange: „Ich wollte schon immer einen Arnold haben. Nun habe ich einen, und ich werde alles daran setzen, daß er ein edler Ritter wird, der dem alten trierischen Geschlecht der Herren von Brücken große Ehre macht." Und er wandte sich endlich seiner Gemahlin zu und dankte ihr für den gesunden Knaben.

Bis zu seinem siebten Geburtstag wuchs Arnold auf der väterlichen Burg, unter der Pflege seiner Mutter und Großmutter, zu einem prächtigen Burschen heran. Von seinem Vater sah er in dieser Zeit nicht allzu viel; dieser gehörte als Berater des Herzogs zur dessen Hofgesellschaft und zog mit diesem durch die Lande. Wenn er ab und zu nach Hause kam, hatte er kaum Zeit für seinen Sohn, denn dann kamen seine Freunde, und es wurde stets bis spät in die Nacht über Gott und die Welt, aber hauptsächlich über die Kirche diskutiert. Es gab Gesprächsstoff genug, vor allem über die Erbauseinandersetzungen innerhalb der Rittergeschlechter, die immerwährenden Streitigkeiten der Fürsten und Grafen mit den Bischöfen oder über die sich gegen den Adel erhebenden und formierenden Städte, die um mehr Besitz durch Landnahme und mehr Rechte für die Stadtbevölkerung. Oder es ging um die immer wieder aufflammenden Zwistigkeiten zwischen dem oberlothringischen Herzog Matthäus II. und den Klöstern St. Dié und Remiremont, beide an wichtigen Vogesenpässen gelegen, die seit fast 150 Jahren schon des Herzogs Vorfahren Kummer bereiteten, da sie immer ihre eigenen Wege gingen, um ihren ohnehin schon sehr reichen Klöstern neue Einnahmequellen hinzuzufügen.

Arnold erinnerte sich sein Leben lang an den Abend, als ihm sein Vater, der sonst nie etwas auf die Kirche und den Papst kommen ließ, vom Kinderkreuzzug 1212 erzählte: „Den hätte der Papst unterbinden müssen. Das war unverantwortlich. Dein Groß-Onkel Nikolaus hat am Hofe König Philipps in Saint-Denis selbst erlebt, wie der zwölfjährige Hirtenjunge Stephan dem König einen Brief übergab und sagte: ‚Diesen Brief hat mir Jesus Christus gegeben, als er mir erschienen ist, und er hat mir befohlen, ich soll für einen Kinderkreuzzug predigen.'"

„Hat Christus ihm wirklich diesen Brief gegeben, Vater?"

„Nein, nein. Jesus Christus ist ja im Himmel. Deshalb befahl der König dem Hirtenjungen: ‚Kehre heim zu deiner Ziegenherde, und überlasse die Kreuzzüge den Erwachsenen.'" Wütend schimpfte er: „König Philipp hätte ihm viel eindringlicher verbieten müssen, zu predigen und die Kinder aufzupeitschen. Er hätte Stefan auf die Gefahren hinweisen müssen, die auf sie lauerten, oder ihn festsetzen müssen, dann wären nicht Zehntausende von Kindern so grausam umgekommen, verhungert, ermordet, geschändet und von ihren hungernden Kameraden aufgefressen worden. Er hätte ihnen sagen müssen, daß sich das Meer niemals vor ihnen teilen würde, wie einst vor Moses, daß sie zu Hause bleiben sollten, daß die meisten nie mehr heimkommen würden, daß sie in Gefangenschaft geraten und in fremder Erde ruhen würden."

Und immer blieb Arnold die Reise im Gedächtnis, die er im Herbst 1239 mit seiner Mutter zur Burg Sierck unternahm, um seinen Vater zu besuchen, der dort im Gefolge des Herzogs weilte. Der aufgeweckte Knabe war hingerissen vom Prunk, dem Leben und Treiben im Hof der Burg, in dem über sechzig bunte Zelte standen, in denen die über hundert ständigen Begleiter des Herzogs ein geschäftiges Treiben entwickelten: der Truchseß als Vorsteher der Hofhaltung, der Kämmerer, der Marschall als Befehlshaber der herzoglichen Soldaten, der Mundschenk und die Schenke, die Küchen- und Jägermeister mit ihrem Personal, die Notare, der Kaplan und die Mönche mit dem tragbaren Hausaltar, die Schreiber und all die anderen Bediensteten.

Der Herzog bevorzugte diese Burg vor allen anderen, da ihn der Blick auf die Mosel faszinierte. Wie auf allen seinen Lehensburgen war auch auf der Burg Sierck für ihn und seine Gemahlin, die meist mit ihm durch die Lande reiste, ständig ein geräumiges und gut eingerichtetes Zimmer reserviert, das nie anderweitig benutzt werden durfte, weshalb man die Burg auch Offenburg nannte.

Klein-Arnold streifte überall herum und begutachtete alles. Immer wieder zog es ihn in die Küche, die jeden Tag Unmengen an Gemüse, Brot, Wild, Fleisch von Schafen, Schweinen, Rindern, Hühnern, Fischen, Eiern und an Wein und Bier auf den Tisch brachte. Er zeigte sich so interessiert, daß dies sogar dem Herzog auffiel, der ihn fragte: „Gefällt dir das alles hier?"

„Oh ja, Herzog Matthäus. Ich möchte gar nicht mehr weg."

„Das kannst du haben. Willst du Page an meinem Hofe werden?"

„Gerne, Herzog, wenn ich darf."

„Natürlich darfst du", lachte dieser, „das werde ich mit deinem Vater regeln. Nach deinem siebten Geburtstag meldest du dich in meiner Hofburg in Nancy bei der Edelfrau Gerlinde de Aprèville. Sie leitet die Erziehung der Pagen im ersten Jahr."

„Was muß ich als Page tun, Herzog?"

Immer noch lachend erwiderte der Herzog: „Mit anderen Jungen in deinem Alter lernst du im ersten Jahr am Tisch dienen, Botendienste erledigen, den Umgang mit Edelfrauen, überhaupt höfische Tugenden, aber auch lesen und schreiben und Lieder zur Laute singen, später reiten, fechten, schießen. Reicht dir das?"

Überglücklich jubelte er: „Ja. Herzog, aber singen kann ich schon und reiten auch."

„Wann hast du Geburtstag?"

„Am 12. Mai."

„Dann will ich hoffen, daß du dich am 20. Mai in Nancy meldest. Kommst du?"

„Ja, Herzog."

„Gut. Ich werde mich erkundigen, ob du pünktlich bist."

Arnold konnte seinen siebten Geburtstag kaum erwarten; immer wieder ging ihm das Gespräch mit dem Herzog durch den Kopf, und immer wieder mußte ihm sein Vater versprechen, er werde dafür sorgen, daß er pünktlich in Nancy sein würde.

Endlich war es soweit. Sein Geburtstag wurde groß gefeiert. Seit dem frühen Morgen wartete er auf das Eintreffen der Gäste. Man hatte die Mauern des Palas und dessen viele Fenster mit kostbaren Tüchern in Arnolds Lieblingsfarben, rot, blau und gelb, geschmückt. Auf der langen Tafel standen kostbare Schalen, gefüllt mit den verschiedensten Früchten, Trinkbecher, Kelche, Schüsseln, die nur darauf warteten, nach dem Eintreffen der Gäste mit köstlichen Speisen gefüllt zu werden, alles aus Silber. Zwei Fiedler und zwei Flötenspieler wechselten sich mit ihrer Kunst ab.

Endlich kamen seine Freunde Gerhard, Johann und Arnold von Siersberg; sie schenkten ihm seltene Steine, in deren Mitte winzige Farne von Urzeiten träumten; sie hatten sie um die Siersburg herum eifrig gesucht und gefunden.

Kurz nach ihnen erschien Agnes, die Tochter Heinrich II. von Deneuvre mit ihrer Mutter Judith, der Tochter Herzog Friedrich I. Sie brachte zwei Ballen herrlichen Seidenstoff mit, der, wie ihre Mutter betonte, aus der sizilianischen Seidenmanufaktur stammte, die König Roger II. vor hundert Jahren in Palermo eingerichtet hatte, die ausschließlich für den Hof arbeitete und deren golddurchwirkte Stoffe unübertrefflich wären.

Mit ihnen kamen die hübschen und quirligen Töchter Heinrich I., Jutta und Agnes von Saarbrücken, Enkelinnen des Grafen Simon von Saarbrücken, mit ihrer Schwägerin, der Gräfin Agnes von Eberstein, die wie immer etwas Neues an hatte. Diesmal trug sie ein Kleid mit weit ausgestelltem Rock aus kostbarer rosaroter Seide und weiten Ärmeln, deren Innenseiten mit hellblauer Seite ausgekleidet waren, die genau wie die Säume mit feiner Borde belegt waren, auf der unzählige Edelsteine glitzerten. Jutta schenkte Arnold einen Ballen schweren, flandrischen Wollstoff: „Der ist aus Gent und soll dich im Winter warm halten." Die ein Jahr jüngere Agnes überreichte ihm ein Kreuz aus Silber. „Und dieses Kreuz soll dich allezeit beschützen, besonders jetzt, wo du in die Fremde gehst." Gräfin Agnes streifte ihm eine Jacke in farbenprächtigem Scharlach mit golddurchwirkter Borde über: „Die ziehst du an, wenn du am Tisch der Herzogin dienst."

Die zierliche Nicolette von Sierck, so alt wie er, Tochter Arnold II., die mit ihrer Mutter Beatrix gekommen war, schenkte ihm einen Krummdolch, der in einer herrlich verzierten silbernen Scheide steckte, ein Beutestück von einem Kreuzzug, mit den Worten: „Zu deinem Schutz, kleiner Ritter."

Die Nonne Hadevidis von Warsberg, mit ihrer Schwester Loretta und ihren Brüdern Gilles und Jakob in Begleitung ihrer Schwägerin Aldelheit du Pont, einer Tante Arnolds, gekommen, überreichte ihm ein schön verziertes goldenes Herz, das an einer ebensolchen Kette hing.

Christiane, die Tochter Isenbarts von Alben, kam mit ihrer Schwägerin Elisabeth, der Gemahlin des Ritters Jakob I. von Warsberg. Sie überreichte ihm ein handgeschriebenes Buch mit bunten Buchstaben. Er versicherte ihr, er werde es ihr vorlesen, wenn er lesen gelernt habe.

Der Ritter Reiner von Lisdorf, gekommen mit seiner Gemahlin Elisabeth, sagte gleich, er hoffe, seinen Vater anzutreffen, mit dem er einiges zu bereden hätte. Dann überreichte er Arnold einen Wurfspeer aus Eschenholz mit scharfer Spitze und einem Fähnlein, in das das Wappen der Herren von Brücken eingestickt war. „Dieser Speer soll alle deine Widersacher ins Herz treffen, und ich verspreche dir schon heute: An deinem achtzehnten Geburtstag bekommst du von mir eine Stoßlanze mit der stärksten Brechscheibe, die es je gab. Sie wird alle Stöße aushalten und deine Hand bei jedem Turnier schützen."

Arnold freute sich riesig, als gegen Abend sein Vater kam und ihm gratulierte: „Nun kommst du bald aus dem Schutz der Familie heraus, und ich hoffe, daß du mir in Nancy am Hofe des Herzogs keine Schande machst." In seiner Gesellschaft befanden sich Dietrich und Robert von Rollingen, der Vater von Hadevidis. Hinter ihnen betrat Robert, Herr zu Neuviller, mit seiner Gemahlin Clemence de Rosières den Palas. Der Onkel der drei Siersburger Jungen, Rudolf von Siersburg, und Reiner II. von Saarbrükken und seine Frau Nina von Hagen folgte, während Gottfried von Dorsweiler, der mit seiner Frau Loretta erschien, schon draußen polternd dem Burgherrn Vorwürfe machte: „Warum hast du uns nichts vom Geburtstag deines Sohnes gesagt? Nun stehen wir da ohne Geschenk." Graf Friedrich von Salm und seine Frau Johanna, die Tochter des Grafen von Bar-Mousson, beruhigten ihn: „Schenken kannst du immer noch." Johanna umarmte Arnold. „Von mir bekommst du einen edlen Rappen. Ein Pferdeknecht wird ihn dir noch in dieser Woche bringen."

Pünktlich am 20. Mai 1239 traf Arnold mit seinem Vater am Hofe in Nancy ein. Gerlinde von Aprèmont empfing ihn freundlich, und die anderen Pagen klatschten Beifall, als er ihnen vorgestellt wurde. Er behauptete sich bald in der Jungengesellschaft, die voller Schabernack nichts unversucht ließ, Gerlinde von Aprèville das Leben schwer zu machen.

Jedes Jahr an seinem Geburtstag besuchten ihn sein Vater und seine Mutter; immer wurde groß gefeiert, und niemand von der Hofgesellschaft fehlte bei der Feier.

Nach drei Jahren sprach er perfekt französisch und hatte lesen und schreiben gelernt. Die Ausbildung wurde nun härter. Unter der Aufsicht des Ritters Collard von Ennery wurde mehr Wert auf Jagd, Falknerei, Reiten, Schwertkampf und Schießen gelegt. Aber die Pagen hatten auch viel Spaß, denn Collard zeigte Verständnis für die Jungen und ließ ihnen viel Freiraum.

Drei Tage vor seinem zehnten Geburtstag hatte Arnold sein erstes sexuelles Erlebnis, und er war stolz darauf, denn fast alle Pagen in diesem Alter hatten Ähnliches erlebt, und die meisten prahlten damit.

Der Herzog war in seine Hausburg gekommen, um eine Ritterweihe, die Schwertleite, vorzunehmen. Neun ehemalige Pagen waren einundzwanzig Jahre alt geworden. Von nah und fern kamen ihre Verwandten, fremde Ritter, Edelherren mit ihren Familien und alles, was Rang und Namen hatte, nach Nancy, um dem Großereignis beizuwohnen. Neben Hunderten von hochrangigen Gästen bevölkerten unzählige Spielleute und Gaukler die Residenz und fieberten dem Ereignis entgegen.

Die Knappen verbrachten die Nacht gemeinsam betend in der Burgkapelle. Am frühen Morgen fand dann ein allgemeiner Gottesdienst statt, dem aber niemand große Beachtung schenkte, denn ihm folgte das öffentliche Bad der Knappen in großen Holzzubern, die im Freien aufgestellt waren. Völlig nackt stiegen sie unter dem Johlen und den deftigen Zurufen der zahlreichen Zuschauer in das eiskalte Wasser, wo sie von Mägden mit Bürste, Seife und Sand abgeschrubbt wurden, als Symbol dafür, daß Ritter immer sauber sein sollten. Nach dem Abtrocknen wurden sie in kostbare Gewänder, seidene Strümpfe und gold- oder silberverzierte Schuhe gekleidet. Unter dem Beifall der Umstehenden wurden ihnen die vom Herzog geschenkten Pferde und in Seide gehüllten Schwertdegen übergeben. Ihre neuen Rüstungen, Lanzen, Wurfspeere, Schilde und Sporen wurden gebührend bewundert, ehe man zur reichgedeckten Tafel schritt, die aus 42 Tischen bestand, die sich förmlich unter der Last der köstlichen Speisen bogen.

Arnold, mittlerweile ein stämmiger und aufgeweckter Knabe, wurde der Edelfrau Hedwig, einer Verwandten der Herzogin, zugeteilt, um ihr bei Tisch zu dienen. Er tat dies zur vollen Zufriedenheit der hübschen jungen Frau, die ihn immerzu freundlich anlächelte und ihm gleich sagte: „Ich will dich den ganzen Tag in meiner Nähe haben, richte dich danach." So erlebte Arnold die folgende Zeremonie aus nächster Nähe mit.

Edelmänner mit ihren Helfern zogen den Knappen die Rüstung an und gürteten den jungen Männern die Schwerter um, zeichneten jedem ein Kreuzzeichen auf die Stirn und sagten dabei: „Gott mit dir. Gott segne dich auf allen deinen Wegen."

Ohrenbetäubender Beifall brauste auf, als der Herzog daraufhin vortrat und sie zum Ritterschwur aufforderte, den sie, kniend vor dem tragbaren Altar, laut und deutlich leisteten: „Ich schwöre bei Gott, immer die Wahrheit zu sagen, das Recht zu behaupten, die Religion, die Schwachen, Witwen und Waisen zu schützen, die Frauen zu ehren und die Ungläubigen zu bekämpfen."

Hatte ein Knappe seinen Eid geleistet, kniete sich der Herzog vor ihn. Der Knappe stellte seinen rechten Fuß auf das Knie des Herzogs, der ihm eigenhändig den Sporn am Fuß festband. Danach stand er auf, schlug ihm mit der flachen Hand an den Hals und sagte: „Ich schlage dich hiermit zum Ritter. Besser Ritter als Knecht", worauf abermals tosender Jubel bei den Gästen ausbrach.

Nachdem der letzte Knappe zum Ritter geschlagen war, bliesen die Fanfaren zum Tafelturnier, das auf Bitten der Herzogin ausnahmsweise mit stumpfen Waffen durchgeführt wurde. Wer kämpfen wollte, hängte seinen Schild auf, wer ihn herausfordern wollte, berührte diesen einfach, und wer dem Stechen nicht zusehen wollte, vergnügte sich an den zahlreichen Ständen, an denen Essen und Trinken abgeboten wurden, oder er schaute den über einhundertfünfzig Gauklern, Jongleuren und Spaßmachern zu oder den Bogenschützen, den Speerwerfern oder Steinstoßern.

Arnold aber sah von alledem so gut wie nichts, denn Hedwig bat ihn, als das Tafelturnier begann, sie zu ihrem Gemach zu begleiten, da sie fürchterliche Kopfschmerzen habe. Dort lehrte sie den Jungen mit den Erfahrungen ihrer achtundzwanzig Jahre die Liebe. Der verliebte Arnold rückte nun jede Nacht aus dem gemeinsamen Schlafsaal aus, um frühmorgens wieder ins eigene Bett zu schlüpfen. Bei einem dieser nächtlichen Besuche hörte er, wie die Äbtissin von Freisdorf Hedwig ausschimpfte: „Ich halte es nicht für gut, Hedwig, daß du dir ausgerechnet den jüngsten Pagen in dein Bett holst und ihn verdirbst."

„Aber ich bitte dich, ehrwürdige Mutter", erwiderte Hedwig seelenruhig, „ich weiß gar nicht, was du willst. Die Jungen können doch gar nicht früh genug damit anfangen. Weißt du denn nicht, daß es sie in diesem Alter am meisten juckt? Sieh dich doch einmal um. Es gibt kaum ein Mädchen, das mit fünfzehn noch nicht schwanger ist, viele sind es schon mit dreizehn. Mach deine Augen auf, wenn du durch die Lande fährst. Mit vierzehn ist doch keine mehr Jungfrau. Wenn eine mit achtzehn ein Kind bekommt, ist sie schon eine alte Mutter. Warum sollen denn die Jungen es dann nicht auch so früh tun? Die Natur hat es so eingerichtet. Sie können es doch schon in diesem Alter." Sie lachte kurz auf, ehe sie hinzufügte: „Und wie!"

Eine Woche später reiste Hedwig nach einer weiteren Auseinandersetzung mit der Äbtissin ohne Abschied nach Hause. Sie ließ einen völlig verstörten und haltlosen Jungen zurück, der nachts weinte, seinen Dienst nicht richtig versah und sich seinen Kameraden gegenüber oft unmöglich benahm, was diese jedoch nicht krumm nahmen, denn fast jeder von ihnen hatte ähnliches erlebt. „Mach dir nichts daraus", rieten sie ihm, „nimm sie, wie sie dir über den Weg laufen. Die wollen es so. Auch sie wollen sich nicht binden. Die wollen immer nur ihr Vergnügen." Er beherzigte diesen Rat und war bald in allen Kemenaten des Frauenhauses ein gern gesehener Gast.

An seinem vierzehnten Geburtstag, der festlich begangen wurde und zu dem ihn sein Vater und seine Mutter besuchten, gürtete ihm Collard von Ennery eigenhändig ein vom Herzog gestiftetes Schwert um und erklärte: „Du bist nun Knappe und damit wehrhaft, du begleitest fürderhin den Herzog zur Jagd, zu den Turnieren und in die Schlacht, dabei ist es deine Aufgabe, ihm die Waffen zu tragen und ihm immer Beistand zu leisten."

Drei Jahre später machte eine schwere Krankheit seines Vaters seine Anwesenheit in Trier erforderlich. Er übernahm die Leitung der Herrschaft und die Bewirtschaftung der Güter und machte dies für sein Alter recht ordentlich.

Auf einem Volksfest in Kell lernte er die dreizehn Jahre alte Margarete von Heddert kennen. Innerhalb der nächsten halben Stunde legte er sie im Wald ins Gras und schwängerte sie; später wurde sie seine Frau. Margarete gebar ihm erst Lore und später Wichard.

Im Februar 1251 starb Herzog Matthäus II., und seine Witwe Katharina von der Champagne regierte das Herzogtum, bis ihr Sohn Friedrich III. sie 1255 ablöste. Arnold reiste 1254, 21 Jahre alt, mit Margarete und den beiden Kindern nach Sierck, wo ihn der spätere Herzog Friedrich III. in Anwesenheit der Herzogin-Witwe zum Ritter schlug.

In den fünfundvierzig Jahren seither war Arnold grau und bucklig geworden, seine Lederhaut, gebräunt in vielen Jahren treuen Dienstes für den Templerorden von der Sonne über Jerusalem und Akkon, wies zahlreiche Narben von schweren Kämpfen auf, die ihm bei jedem Wetterumschwung erhebliche Beschwerden verursachten. In seinen vom vielen Reiten krummen Beinen hatte er stets große Schmerzen. Die ewig naßkalten Mauern der Teufelsburg mit ihren vielen feuchten Winkeln, in denen Fledermäuse, Spinnen, Asseln, Ameisen und anderes Getier in übergroßer Zahl hausten, und den offenen Fenstern, durch die der Wind ungehindert strich, trugen dazu ihren Teil bei.

Die Teufelsburg, eine lothringische Abschnittsburg, war ein Lehen Herzog Friedrich III. von Oberlothringen. Ihre Lage auf einer der fünf steil ins Saarlouiser Becken abfallenden Bergnasen war für eine Befestigungsanlage hervorragend geeignet, und Arnold fühlte sich wohl hier. Die Burg war gut befestigt, hatte einen großen Burghof, in dessen Mitte das Hauptgebäude, ein stattlicher Palas mit angebautem Bergfried, stand; dessen Podest war Arnolds Lieblingsplatz bei schönem Wetter.

Das Erdgeschoß des Palas beherbergte die zahlreichen Vorrats-kammern. Die fünf größten waren in den Jahren 1293 und 1294 auf Anordnung des Herzogs geräumt und zu Amtsstuben für das herzogliche Verwaltungszentrum umgestaltet worden. Da der Weg auf die Burg aber für die Bürger zu weit und zu beschwerlich war, wurde der Verwaltungssitz im Herbst 1294 nach Wallerfan-gen verlegt. Nun dienten die Räume wieder als Vorratsräume. Eine Treppe mit zu kurzen und zu hohen Stufen führte ohne Geländer zu einem Rundgang, von dem aus man in die einzelnen Zimmer gelangte. Gegenüber von Arnolds Zimmer befanden sich die seiner Frau Margarete. Wichards Zimmer lag an der Stirnseite, ihm gegenüber die Kammer der Leibeigenen Amanda.

Arnold stand mitten in seinem Zimmer und betrachtete voll wehmütigem Stolz den weißen Mantel des Templerordens mit dem achtspitzigen roten Kreuz, der an der kahlen Wand mit den großen Quadersteinen hing. An manchen Stellen hatte er bereits Stockflecken von der Nässe der Gemäuer, und in den drei Jahren, seit er dort ungenutzt hing, war er noch dreckiger und speckiger geworden und noch mehr verstaubt. Er trug als Vermächtnis die Spuren langer, ermüdender Ritte, von Wind und Wetter im Hei-ligen Land und vieler blutiger, lebensbedrohlicher Scharmützel mit Türken und Sarazenen in seinem Gewebe. Arnold war dem Templerorden bei seinem ersten Kreuzzug, den er mit einigen Freunden unternahm, beigetreten.

An Jesu Grab hatte er Keuschheit, Gehorsam, Armut und den Kampf gegen die Ungläubigen gelobt; er gestand sich freimütig ein, daß ihn nur der Kampf interessiert hatte.

Arnolds Erinnerungen an seine Zeit als Templer vermischten sich mit den Rufen der etwa zwanzig Knappen, die im Burghof mit seinem Sohn Wichard versuchten, ihre Pfeile von galoppie-renden Pferden herab mitten in eine etwa einen halben Meter große Strohscheibe zu schießen, in die sie ein rotes Herz aus Tuch gesteckt hatten.

Als Arnold ans Fenster trat, blitzte ihm die Sonne von seinem Türkensäbel entgegen, an dessen Knauf sich immer noch der schwarze vertrocknete Blutklumpen des Sarazenen klebte, dem er bei einem hinterlistigen Angriff auf eine Pilgergruppe mit einem Hieb den Kopf abgeschlagen hatte. Nach diesem gelunge-nen Streich flohen die Angreifer, so schnell sie konnten, und er taufte den Säbel, der sich vom Pferd aus viel besser handhaben ließ als die unhandlicher Zweihänder, aus Dankbarkeit Sigibert, nach dem Grafen, der die Siersburg erbaut hatte und ihm immer ein Vorbild gewesen war.

Einige der Knappen standen etwas abseits. Sie blickten zur Burg, und Nikolaus von Rittenhofen, zwanzig Jahre alt, winkte lachend herüber. Arnold winkte zurück, stellte aber keine Reaktion fest. Als auch Boemund von Dagstuhl und Johann von Rollingen winkten, wurde ihm klar, daß ihr Winken jemand anderem galt. Das konnte nur seine pralle Hörige Amanda sein, die alle Männer verrückt machte. Erst seit sie auf der Burg weilte, trieben die Knappen es so toll. Es waren junge Burschen, voller Saft und Kraft, die außer Waffenübungen keine ernsthafte Beschäftigung hatten als Saufen und Huren.

Arnolds Blick fiel auf den Teppich, den er einst mitgebracht hatte. Sonnenstrahlen zeichneten eine Raute auf ihn, und in ihr tauchten die vertrauten und wettergegerbten Gesichter jener Templerbrüder auf, mit denen er am Grab Christi gebetet und geschworen hatte, alle Jerusalempilger mit dem eigenen Leben zu schützen, damit auch ihnen die Gnade, am Grabe des Herrn zu beten, zuteil werden konnte.

Durch das halb geöffnete Fenster mit den bleiverglasten Scheiben und dem hereinströmenden Duft blühender Blumen, die Amanda im Frühjahr in einem schmalen Beet gegenüber seinem Fenster im Innenhof gesät hatte, drang Wichards Ruf: „Und nun rückwärts zielen und treffen. Wir reiten von dem Hollunderbusch dort drüben aus."

Im Rückwärtsschießen waren die Sarazenen Meister. Wie treffsicher sie dabei sogar auf rasch galoppierenden Pferden waren, hatte Arnolds Freund, Friedhelm von Achtersheim, am 6. April 1291 in der Schlacht um Akkon erfahren: Ein solcher Schuß hatte ihn mitten ins Herz getroffen, während Arnold, schwer verwundet, davongekommen war.

Sultan el-Aschraf hatte die Hauptstadt der Kreuzfahrer mit gutbewaffneten sechzigtausend Reitern und hundertsechzigtausend Mann Fußvolk, aber auch zahlreichen Schleudermaschinen und Katapulten, angegriffen. Akkon hatte dem nicht viel entgegen zu setzen. Zwar waren die Befestigungsanlagen in gutem Zustand, aber die einheimische Bevölkerung zählte höchstens vierzigtausend Seelen. Hinzu kamen nicht einmal eintausend

Ritter und fünfzehntausend Mann Fußvolk, die in der Stadt befindlichen Pilger mitgerechnet.

Des Sultans ununterbrochen angreifende Bogenschützen schossen ganze Wolken von Pfeilen auf die Verteidiger, und seine zahlreichen Schleudermaschinen und Katapulten schleuderten ununterbrochen Wurfgeschosse. Pioniere untergruben die Wälle an verschiedenen Stellen. Die Christen konnten schließlich die hereinstürmenden Muselmanen nicht mehr aufhalten, und es begann ein Blutbad sondergleichen, bis am 18. Mai die bis zum letzten kämpfenden Ordensritter besiegt waren.

Arnold hielt sich an diesem Tag in der nördlichsten der zwölf Türme des zwei Kilometer langen Doppelwalles auf, der Schanze der Tempelritter, die sich direkt am Mittelmeer befand. Seine rechte Wade bekam einen mächtigen Hieb ab, und er lag lange unter Sterbenden und Gefallenen, bis ihn ein Trupp Hospitaliter Ordensleute mit zum Hafen schleppte, von wo aus er mit einem von Otto von Grandson beschlagnahmten venezianischen Schiff zwischen Hunderten Verwundeten und Sterbenden dem Gemetzel entkam.

Nach der Niederlage von Akkon zogen sich die Deutschen Ordensritter in die Heimat zurück und setzten ihre ganze Kraft für die Eroberung des Baltikums ein. Die Hospitaliter und Tempelritter begaben sich in ihre Besitzungen auf Zypern und sahen ihre Aufgabe vorerst als erfüllt an.

Es dauerte lange, bis die Wunde an Arnolds Bein geheilt war. Nur hin und wieder hörte er etwas vom Orden der Tempelritter, dem reichsten Orden und Bankier aller geistlichen Orden. Was er hörte, war nichts Gutes. Man bezichtigte ihn, mit den Muselmanen Geldgeschäfte betrieben zu haben, ketzerischer Tätigkeiten und unzüchtiger Riten und Orgien. Davon wußte Arnold jedoch nichts; er hatte immer an vorderster Front gekämpft. Er dachte an seinen Eintritt in den Orden und all die Jahre, die er ihm bedingungslos im Namen Christi gedient hatte, und auch daran, wie er im Mai 1274 den neugewählten Großmeister des Templerordens, Wilhelm von Beaujeu, nach Lyon begleitet hatte, wohin Papst Gregor X. ein Konzil einberufen hatte. Daran erinnerte er sich gerne, lag man doch jeden Tag bei einer anderen schönen Frau, so daß einer der Kardinäle nach dem Konzil stolz behauptete: „Als wir hierher kamen, gab es in Lyon drei Huren, jetzt, da wir gehen, ist ganz Lyon ein einziges Hurenhaus."

Arnold blickte in das durchsichtige Blau des Himmels, an dem hin und wieder eine Wolke gemächlich dahinzog. Seit er keine großen Reisen mehr unternahm, war Ruhe bei ihm eingekehrt, und er war mit sich und der Welt zufrieden.

Er lauschte dem Klang von Margaretes Harfe, der aus ihrer Kemenate herüberdrang. Er mochte es, wenn sie spielte und sang. Ihr Gesang war das einzige, womit sie ihn noch erfreute; sie hatten sich, durch seine lange Abwesenheit im Heiligen Land, im Heer und Hofstaat des Herzogs, auseinander gelebt.

Es gab keine Feindschaft zwischen ihnen. Margarete war vier Jahre jünger als er und immer noch eine schöne Frau; es störte ihn nicht, daß zahlreiche Minnesänger sich die Tür ihrer Kemenate in die Hand gaben oder wenn er hin und wieder ihr leidenschaftliches Stöhnen vernahm. Er gönnte ihr die gleichen Freiheiten, die er all die Jahre über genossen hatte.

Von Liebe zu ihren Kindern konnte man nicht sprechen, denn diese waren längst erwachsen und lebten ihr eigenes Leben. Lediglich zu Lores Söhnen Johann und Wolfgang und besonders ihrer Tochter Isabella bestand ein gutes Verhältnis.

Es freute Arnold, daß Margarete der Kunst zugetan war und daß ihre Eltern ihre Begabung in ihrer Jugend gefördert hatten. Er führte eine glückliche Ehe. Und dazu trug auch Dietmar, der Koch, das Seinige bei. Arnold streichelte seinen dicken Bauch, der von Monat zu Monat fülliger wurde. Er war das sichtbare Zeichen dafür, daß er wohlbehalten in die Jahre gekommen war. Er war fast so breit wie lang, und sein Übergewicht und das Rheuma machten ihm in letzter Zeit schwer zu schaffen. Außerdem knickte ihm das rechte Knie immer öfter unverhofft ein, so daß er vor Schmerz jedesmal laut aufschrie und seine Begleiter zusammenschreckten. Seine scharfen Gesichtszüge mit den blassen Schmissen, die von Säbelhieben stammten, die hell leuchtenden, immer verschmitzt lächelnden blauen Augen und das weiße Haar glichen das Unansehnliche seiner Figur jedoch wieder aus.

Im Laufe seines langen Lebens hatte er einen ansehnlichen Besitz erworben, dem er dieser Tage noch einen weiteren Anteil der Siersburg hatte hinzufügen können. Voller Stolz dachte er: „Ich werde mich fürderhin nicht nur Herr von Felsberg, Herr von Hamberg, sondern auch Herr von Siersberg nennen."

Die herrlichen Blüten eines Kirschbaumes zogen seine Blicke auf sich, und das hereinströmende linde Lüftchen lockte die

Spinnen aus der vor sich hinrostenden Rüstung. Gundolf von Hunolstein, der jüngste der Knappen, grüßte kurz zu ihm herauf, bevor er blitzschnell seinen Oberkörper drehte und den Pfeil mitten in das rote Stoffherz setzte. Dietrich von Sauberg rief: „Hört her! Schluß damit, laßt uns lieber Lanzenstechen."

„Das willst du nur, weil du darin besser bist", schalt Johann von Finstingen, der auch seinen Pfeil sicher ins Ziel setzte.

Wichard kam vom Halsgraben aus angeprescht, zügelte sein Pferd, winkte und rief herauf: „Du bekommst Besuch, Vater. Der Ritter Marsilius von Saarbrücken hat schon das Burgtor passiert und ist auf dem Weg zu dir." Wichard war Arnolds ganzer Stolz. Der Herzog hatte ihn, als er 28 Jahre alt war, zum Richter in Wallerfangen ernannt, und er hatte ihm auch die Ausbildung der Knappen übertragen, was Wichard sehr viel Freude bereitete.

„Ist recht", antwortete Arnold und fügte hinzu: „Macht nur so weiter, Knappen, ihr macht das wirklich gut."

Während er sich gemächlich umdrehte und das Fenster noch weiter öffnete, gingen seine Gedanken zurück zu der Abschiedsfeier, als Marsilius, Burgmann am Hof in Saarbrücken, vor mehr als zwei Jahren ins Heilige Land aufbrach.

Werner von Saarbrücken, Marsilius' Vater, ein Nachkomme des Reiner von Werdorf, der sich auch von Lisdorf nannte, tat an diesem Abend alles Erdenkliche, um seinen Sohn von dieser Pilgerreise abzuhalten. Aber sein Bitten vermehrte nur dessen Trotz; schließlich fuhr seine Tochter Symeneta, die mit Hennekin von Montclair verheiratet war, dazwischen: „So laß ihn doch endlich in Ruhe, Vater. Es ist ja schließlich sein Leben, das er aufs Spiel setzt." Daraufhin hatte der ergraute Werner kein Wort mehr gesagt, sich in die Ecke gesetzt und einen Krug Bier nach dem anderen in sich hineingeschüttet, bis sie ihn volltrunken in die Scheune tragen mußten, wo sie ihn ins Heu fallen ließen.

Arnold schüttelte sich noch heute bei dem Gedanken an diesen Saufabend, obwohl er schon damals seiner Leber zuliebe nie mehr als fünf Krüge Bier und überhaupt keinen Wein trank, der bei ihm sofort nach dem ersten Schluck säuerte.

Amanda öffnete die Tür: „Herr! Der Ritter Marsilius von Saarbrücken ist da."

„Das freut mich, laß ihn herein!" Arnold humpelte seinem Gast entgegen, welcher ihm, ebenfalls humpelnd, entgegenkam, die Arme weit ausgestreckt.

„Willkommen, Marsilius." Sie umarmten sich, bis Arnold ihn wegdrückte, an ihm herabsah und auf das mit vier Stöcken geschiente linke Bein zeigte: „Ja, sage mal, du humpelst ja auch."

„Genau wie du", lachte Marsilius und schlug ihm kräftig auf die Schulter."

„Daß dieser Türkenhengst mir die halbe Wade weggeschlagen hat, ist schon ewig her, aber dein Bein ist noch nicht so lange kaputt. Was ist denn passiert?"

„Kurz vor Rom bin ich bei der Jagd verunglückt. Das Schienbein ist mehrmals gebrochen und will und will nicht richtig heilen. Deswegen bin ich ja auch so lange in Rom geblieben. Ich war in Wadgassen in der Abtei, und auf dem Heimweg nach Forweiler dachte ich, ich sehe einmal nach, ob du zu Hause bist."

„Ich freue mich, daß du an mich gedacht hast. Doch erzähle: Wie war es im Heiligen Land? Hat man euch auch verfolgt und drangsaliert? Gab es Scharmützel? Hast du Schlimmes erlebt?"

„Nein, nichts. Nachdem wir dem Sultan 500 Silberlinge gezahlt hatten, ging alles glatt. Aber dafür habe ich in Rom um so mehr erlebt."

„Mit den italienischen Weibern, die voller Sonne und Gluthitze sind?" grinste Arnold. Die Tür ging auf, Amanda kam mit zwei Bierkrügen herein. Über ihr hübsches Gesicht huschte ein Schatten, als sie das von den italienischen Weibern hörte. Sie lächelte jedoch sofort wieder, als Marsilius ihr zuzwinkerte. „Ja, auch mit ihnen", antwortete er auf Arnolds Frage und streichelte Amandas wohlgeformten Hintern. Sie hielt still und schaute auf ihren Herrn. Solange er ihr kein Zeichen gab, wegzugehen, würde sie still halten, würde sie dulden, was man mit ihr anstellte, ob es ihr paßte oder nicht; abgesehen davon gefiel ihr Marsilius recht gut, nicht nur, weil er bedeutend jünger als der Burgherr war.

„Donnerwetter, Arnold", frohlockte Marsilius, „wo hast du denn diesen Schatz her? Dieses Prachtweib würde mir besser gefallen als alle italienischen Weiber zusammen." Seine Hand glitt unter ihren Rock, doch bevor sie ihr Ziel erreicht hatte, gab Arnold Amanda einen Wink. Sie drehte sich rasch um, sagte „Guten Durst" und ging. An der Tür verweilte sie ein paar Sekunden länger als sonst und lachte Marsilius noch kurz zu, bevor sie die Tür hinter sich schloß.

„Man merkt, daß du noch südliches Feuer im Blut hast", lachte Arnold und prostete Marsilus zu: „Auf daß dein Bein bald heilt!"

„Es wäre an der Zeit. Es gibt kein Kraut, daß ich nicht schon aufgelegt habe, und keinen Feldscher, der nicht sein Glück daran versucht hätte, und davon haben sie in Rom weit mehr als genug. Ich war auch im Wadgasser Hospitz, dort sagte mir Bruder Fenegrinus, der große Heilkundige, man müsse den Knochen wieder brechen und neu schienen. Danach ist mir aber nicht zu Mute. Ich habe Angst vor den großen Schmerzen."

„Laß dein Bein richten, sonst mußt du dein Leben lang humpeln und hast die Schmerzen noch dazu. Aber genug davon. Erzähle, was gibt es Neues in Rom, du alter Pechvogel? Du hast doch bestimmt allerlei erlebt, auch mit den Weibern, meine ich.

„Mh, ja, schon. Aber etwas richtig Wichtiges eigentlich nicht."

„Das kann nicht sein. In der Hauptstadt des Abendlandes muß es doch etwas gegeben haben, das die ganze Menschheit interessiert."

Marsilius sah seinen Gastgeber abschätzend mit zusammengekniffenen Augen an: „Dir kann ich ja erzählen, was man hierzulande nicht jedem sagen kann."

„Also doch etwas Wichtiges."

„Wichtig ist die Geschichte nicht, aber komisch, und außerdem kann einer dabei seinen Glauben verlieren, besonders, wenn er gut fromm ist, und wer sie erzählt, kann leicht als Ketzer verschrien werden und vor den Inquisitor kommen – und wer will das schon?"

„Jetzt übertreibst du aber", lachte Arnold, „den Glauben verlieren... das kann sich doch heutzutage keiner erlauben, und was den Inquisitor betrifft, da brauchst du vor mir keine Angst zu haben. Du weißt, ich würde dich nie verraten."

„Ich weiß, du bist einer meiner treuesten Freunde."

„Aber vorher soll Amanda noch Brot, geräucherten Speck und Salz bringen, dann läuft das Bier besser die Kehle hinunter."

Nachdem Amanda gegangen war, fragte Marsilius: „Hast du gehört, wie Papst Bonifaz mit seinem Vorgänger Papst Petrus von Morone umgegangen ist?"

„Nein, wie sollte ich? Bis hierher dringen die römischen Geschichten doch nie."

„Zuerst noch einmal Prosit." Marsilius hob den Krug, stieß mit Arnold an und rülpste: „Heute habe ich großen Durst."

„Du lügst, ohne rot zu werden", lachte Arnold, „du säufst doch nur so schnell, weil dir Amanda gut gefällt." Er setzte nun selbst den Krug an und trank ihn in einem Zug aus, wonach die Luft aus seinem Magen mit einem Rülpser entwich.

„Du hast Recht, ich trinke so hastig, weil es mir schmeckt, aber auch wegen Amanda. Sie geht mir nicht aus dem Kopf. Solch ein Teufelsweib auf deiner Burg. An ihr hätte ich schon Spaß." Mit zusammengekniffenen Augen fügte er hinzu: „Meine Adelheid muß ja nicht alles wissen."

„Amanda, bring Bier", rief Arnold.

Die Tür öffnete sich: „Gleich, Herr."

„Dieser Petrus von Morone, von dem ich dir gerade erzählt habe, galt beim römischen Volk als Heiliger. Er hauste als Einsiedler, unter primitivsten Verhältnissen, hoch in den Bergen in den Abruzzen in einer unwirtlichen Höhle wie ein Wilder und lebte nur seinen Gebeten."

„Dann war er doch gut dazu geeignet, Papst zu werden. Einen besseren hätten sie nicht finden können."

„Ja. Das sollte man meinen. Aber es ist doch eine seltsame Geschichte, weil sie zeigt, wie leicht jemand Papst werden kann."

„Geht das so leicht? Das glaube ich nicht. Du schwindelst. Er ist ja immerhin das Oberhaupt der Kirche."

„Jedes Wort stimmt! Überall in Rom wurde die Geschichte erzählt. Sie fing 1292 an, nach dem Tode von Papst Nikolaus IV., der genau wie sein Namensvetter Nikolaus III. ein unglaubliches Vermögen angesammelt hatte. Schließlich bekam er die Hälfte all der Vermögen, die die Inquisitoren von verurteilten Ketzern einzogen, und das waren Tausende. Die eine Hälfte für die Inquisitoren, die andere für den Papst.

Nikolaus starb vor drei Jahren. Natürlich sollte so schnell wie möglich ein Nachfolger gewählt werden. Das Konklave konnte sich aber nicht über einen Nachfolger einigen. Monatelang berieten und diskutierten die elf Wahlberechtigten, argwöhnisch und ungeduldig von einem kahlköpfigen Mann mit weitabstehenden Ohren beobachtet, der einer Fledermaus glich und den viele insgeheim auch so nannten."

Amanda kam und brachte das Bier. Diesmal reichte sie es von der anderen Seite des Tisches herüber und sah dabei Marsilius spitzbübisch an, der sich etwas von seinem Stuhl erhob, um besser in den weiten Ausschnitt ihres Kleides schauen zu können. Als sie hinaus ging, ließ er keinen Blick von ihr. Arnold grinste und freute sich, daß seine Hörige seinem Freund so gut gefiel.

„Was ist mit dieser Fledermaus?" unterbrach er Marsilius'
Träumerei. Sein Freund riß sich von dem herrlichen Anblick von
Amandas Hintern los: „Die Fledermaus heißt Benedikt Gaetano.
Die Römer erzählen sich, daß er schon lange gerne Papst werden
wollte. Aber niemand mochte ihn, und deshalb schlug ihn auch
keiner zur Wahl vor. Raffiniert, wie er ist, ersann er eine List. Er
setzte das Gerücht in die Welt, der heilige Einsiedler in den
Abruzzen habe ihm einen Brief geschrieben, in dem er verlange,
daß sie endlich einen Papst wählen sollten, das Volk verlange
dringend einen neuen Papst. Er hoffte, daß die Kardinäle ihn
vorschlagen und wählen würden. Es kam aber anders. An seiner
Stelle wurde der Heilige selbst, Petrus von Morone, als Kandidat
vorgeschlagen. Nun bestieg eine Reisegruppe hochrangiger päpst-
licher Würdenträger die Abruzzen. Der Heilige in den Bergen
hatte große Angst, als er, ungewaschen, ungekämmt und übel
riechend, durch die Gitter seiner selbstgebauten Zelle in über
tausend Meter Höhe diese Gruppe nahen sah. Vollkommen überrascht, daß so vornehm gekleidete Leute ihn in seiner Einsamkeit
besuchten, glaubte er an einen üblen Scherz, als der Delegations-
leiter, Kardinal Petrus Colonna, vor ihm niederkniete und ihn mit
Heiliger Vater ansprach. Erst nachdem man ihm ausführlich den
Sinn des Besuches dargelegt hatte, nahm er die Wahl an und
nannte sich fortan Coelestin V."
„Und was ist dabei so komisch?"
„Warte doch, das kommt noch. Der Einsiedler nahm seinen Sitz
in Neapel."
„Nicht in Rom, der heiligen Stadt?"
„Nein. Rom war ihm mit seiner Sittenlosigkeit zu verderbt. Er
ließ sich in einer fünftürmigen Burg über dem Meer in einem der
riesigen Zimmer eine hölzerne Zelle bauen, die seiner Höhle in
den Bergen glich. In sie zog er sich wie ein verängstigtes Reb-
huhn zurück. Das höfische Leben war ihm zuwider, und er hielt
sich ihm fern, wann immer er konnte. Er verkaufte und ver-
schenkte Kostbarkeiten der Kirche und half mit dem Erlös den
Armen. Er schaffte sogar die vielen wertvollen Pferde ab und ritt,
falls er dies wirklich einmal für notwendig erachtete, auf einem
Esel durch die Lande."
„Wie Jesus damals."
„So ist es. Er aß weiterhin, wie in den Abruzzen, jeden Tag nur
trockene Brotkrusten und trank ein Glas Wasser dazu, während

die Kardinäle und Bischöfe sich mit ihren Mätressen bei den Banketten in den Palästen von den sich biegenden Tischen die Bäuche füllten. Den Kardinälen wurde bald klar, daß sie den falschen Mann gewählt hatten, sie fürchteten, daß bei diesem Ausverkauf der Schätze die Kirche bald bankrott sein würde, und dagegen hatten sie sehr viel einzuwenden."

„Du erzählst mir Sachen, lieber Marsilius, von denen wir hier keine Ahnung haben, von Sitten und Gebräuchen, die wir hier nicht kennen, und Sachen, die schwer zu verstehen und zu glauben sind."

„Aber die Geschichte ist wahr. Willst du sie nun weiterhören oder nicht?"

„Schon. Schließlich geht es um das Oberhaupt der Kirche. Da sollte man doch Bescheid wissen."

„Also gut." Marsilius trank aus und bat: „Rufe die Amanda. Ich trinke noch einen Krug Bier."

„Amanda! Bring uns Bier", rief Arnold und trank seinen Krug ebenfalls leer.

„Ist die Amanda zu haben?" wollte Marsilius wissen, und seine Augen blinzelten listig. „Auf die habe ich eine Mordslust."

„Amanda?" Arnold grinste. „In zwanzig Jahren vielleicht oder fünfzehn oder wenn ich einmal nicht mehr bin, aber solange sie so knusprig ist, bleibt sie schön bei ihrem Herrn und verwöhnt ihn, so gut sie kann."

„Schade. Ich hätte dir für sie einen guten Acker in der Lisdorfer Au gegeben." Er hielt ihm die Hand hin: „Schlag ein, und der beste Grund in der Au ist dein."

„Nein. Nichts da. Amanda gebe ich nicht her." Arnolds Gesicht strahlte von Besitzerstolz; er rückte unruhig auf dem Stuhl hin und her bei dem Gedanken, daß er sie besitzen konnte, wann immer er wollte, und daß seine besten Freunde ihn um sie beneideten.

Marsilius hielt ihm seine offene Hand direkt unter die Nase: „Überlege es dir: zwei Äcker. Mein Angebot gilt."

Arnold drückte die Hand kopfschüttelnd weg und grinste: „Nein. Sei mir nicht böse, Marsilius. Sie ist der einzige Lichtblick in meinem alten Leben. Du weißt, Margarete lebt nur noch ihren Liedern, ihrer Harfe, ihren Stickereien und den Minnesängern. Ich freue mich, daß sie mich in Ruhe läßt und mir die Amanda gönnt. Erzähle du mir lieber, du Schwerenöter, wie die Geschichte mit dem Papst weiterging."

„Zuerst noch einmal zu Amanda. Ich bezweifle, daß sie noch ihren Spaß mit dir hat. Du bist doch schon ziemlich in den Jahren, Arnold. Wie sieht es denn damit aus?"

Arnold lachte laut und schlug mit der flachen Hand auf die dicke Tischplatte aus Buchenholz: „Mach dir deshalb keine Sorge, mein Lieber. Ein guter Liebhaber findet immer Mittel und Wege – da kann er so alt sein, wie er will. Im Gegenteil, wenn man nicht mehr so stürmisch und draufgängerisch ist, dann ist für beide Teile alles noch viel schöner, glaube mir."

Arnold hob den Krug, prostete Marsilius zu, trank einen Schluck: „Los, Marsilius! Erzähle endlich die Geschichte von dem Papst weiter! Spann mich nicht so auf die Folter."

Marsilius stellte seinen Krug auf den Tisch: „Gut. Ich erzähle sie dir gleich. Aber eins muß ich dir vorher noch sagen, ich beneide dich um die Amanda. Dieses Prachtweib gehört in junge Hände. Das Thema ist zwischen uns noch nicht beendet. Drei Äcker in der Lisdorfer Au sind dein, wenn du sie mir gibst, Arnold. Überlege es dir, drei, schlag ein." Er hielt ihm drei Finger seiner rechten Hand dicht vor die Augen.

„Nicht einmal für zwanzig Äcker."

„Donnerwetter. Dann muß sie wirklich gut sein. Aber ich gebe nicht auf. Wir reden noch einmal darüber."

Er wischte sich den Schaum vom Mund und beugte sich weit vor, als gelte es, dem Freund ein Geheimnis anzuvertrauen: „Nun zu der Fledermaus, die mit aller Gewalt Papst werden wollte. Ich habe dir ja schon erzählt, daß Papst Coelestin V. sich seine Zelle in seiner Residenz nachbauen ließ. In ihr verbrachte er die meiste Zeit des Tages. In ihr aß und schlief er und verließ sie nur, wenn dies unumgänglich war. Die Fledermaus nutzte einmal seine Abwesenheit und bohrte heimlich in die Rückwand der hölzernen Zelle ein Loch. Durch dieses steckte Gaetano nachts einen Trichter, der seine verstellte Stimme hohl und unheimlich klingen ließ. In der Geisterstunde rief er durch den Trichter: ‚Hier spricht der Heilige Geist, Coelestin. Lege dein Amt nieder. Du bist der großen Aufgabe, die dieses hohe Amt im Namen des Herrn und der Kirche erfordert, nicht gewachsen. Lege dein Amt nieder. Es ist eine zu große Last für dich. Lege dein Amt nieder.'"

„Hat er es niedergelegt?" fragte Arnold aufgeregt.

„Ja. In der vierzehnten Nacht hat er geantwortet: ‚Ich danke dir für deinen guten Rat, Heiliger Geist. Ich danke morgen ab.'"

„So ein Schwindel", fluchte Arnold „und das im heiligen Rom."

Marsilius lachte: „Im heiligen Rom? Glaube mir, Arnold, keine Stadt ist so voller Sünde. Gegen vieles, was dort passiert, wirkt die Tat von Gaetano wie ein Schabernack. Na ja. Jedenfalls hat der völlig verängstigte Coelistin V. am andern Tag seine Kardinäle zusammengerufen, forderte sie auf, ihre Mätressen ins Kloster zu schicken und sich selbst Enthaltsamkeit aufzuerlegen und so arm zu leben, wie Jesus gelebt hatte. Er zog sein Eremitengewand an und reiste auf seinem Esel ab in die Berge. Von diesem Augenblick an beanspruchte die Fledermaus das Recht auf den Thron."

„Haben die Kardinäle ihn gewählt?"

„Ja. Doch kurz nach seiner Wahl ließ er seinen Vorgänger, den alten Eremiten, unter einem Vorwand auf die Burg von Fumore bringen und in einer kleinen Kammer einschließen. Dort fand man seine Leiche wenige Monate später völlig verwahrlost und verhungert."

„Also hatte die Fledermaus Angst, der Alte könnte ihm noch gefährlich werden", mutmaßte Arnold.

„Ja. Und dieser Gauner nennt sich jetzt Papst Bonifaz VIII."

„Ist er immer noch Oberhirte?"

„Ja, aber alle lästern über ihn, selbst die Kinder in den Gassen verspotten ihn. Den Kardinälen wirft er, wenn er schlecht gelaunt ist, Bußasche ins Gesicht, und er behauptet immer wieder: ‚Niemand auf der Erde kann sich mit mir vergleichen. Meine Brust ist der Sitz und die Quelle aller Gesetze.' "

„Dann trinken wir in Gottes Namen noch einen auf diesen gerissenen Burschen und darauf, daß niemand auf der Welt erfährt, wie sehr wir beide heute über ihn gelästert haben."

Arnold lachte: „Nur gut, daß wir hier so weit vom Schuß sind und nicht alles hören, was unseren Glauben erschüttern könnte." Er machte eine längere Pause und sah seinen Freund ernst an, bevor er ihm den Rat gab: „Marsilius, überlege dir gut, wem du diese Geschichte noch erzählst. Du weißt, daß die Leute hier für die Kirche sind und wie die Pfaffen die Ohren aufhalten, um Ketzer zu entlarven."

„Ich weiß, ich weiß. Aber bei dir habe ich keine Angst. Du verrätst mich nicht. Hoffentlich hat Amanda nicht gelauscht."

„Amanda lauscht nicht."

Marsilius hob den Krug: „Es wird immer schlimmer mit der Kirche. Ganz Lisdorf ist schon im Besitz der Abtei Wadgassen, nachdem Graf Simon von Saarbrücken und Graf Heinrich von Zweibrücken ihr alle ihre Besitzungen in der fruchtbaren Lisdorfer Au vermacht haben."

„Dazu kommen noch die vielen täglichen Schenkungen der Leute", ergänzte Arnold, „die alle in den Himmel wollen, um dort einen guten Platz an der Seite des Herrn zu erwischen "

„Die Pfaffen wissen schon, warum sie die Angst vor der Hölle schüren und immer neue Sünden erfinden. Was in Lisdorf noch an Besitz in fremder Hand war, hat Abt Isenbardus aufgekauft, und wir vier Lisdorfer Ministerialen müssen ihn jährlich, wenn er Lisdorf besucht, wie unseren Herrn empfangen, ihm zur Huldigung und zum Zeichen der Anhänglichkeit den Ring küssen und die Steigbügel halten. Ich will dir offen und ehrlich sagen, Arnold: Wir machen diesen Firlefanz zwar mit, wünschen aber die Zeit wieder herbei, als die Lehen noch den Grafen gehörten. Da war es besser als heute."

Hinter vorgehaltener Hand fügte er halblaut hinzu: „Im Vertrauen, Arnold, ich buckle nicht gerne vor Pfaffen, und die anderen drei Ministerialen auch nicht. Aber keiner wagt auch nur ein einziges Wörtchen zu sagen. Dir aber sage ich, eines Tages läuft das Faß über, das steht jetzt schon fest." Den letzten Satz schleuderte er im Zorn heraus.

„Du bist also auch einer der Feiglinge, die nicht wagen, das Maul aufzumachen", stellte Arnold trocken fest.

„Du hast recht. Weißt du auch, warum?"

„Nein."

„Meine Adelheid warnt mich jeden Morgen, bevor ich ausreite: ‚Halte deine Zunge im Zaum, du weißt, wie nachtragend die Kirche ist.' Und sie hat recht, denn der Inquisitor lauert überall."

„Wieso hast du so große Angst vor der Inquisition?"

„Weil alle Bürger von Rom sagen, es sei das Grausamste seit Menschengedenken. Und der Papst behauptet, die Inquisition unterstehe nur Gott und ihm. Kein Bischof hat den Inquisitoren etwas zu sagen. Im Gegenteil, sogar einige Bischöfe sind schon auf dem Scheiterhaufen gelandet und wurden verbrannt."

„Tatsächlich?"

„Ja. Die Bürger Roms erzählen heute noch davon, daß man den Papst Formosus, der schon lange tot war, zweimal ausgegraben und exkommuniziert hat, danach hat man seine Leiche verbrannt und die Asche in den Tiber geworfen."

„Ist die Kirche wirklich so schlecht? Warum macht sie das?"

„Sie will an das Erbe der Exkommunizierten heran. Den Hinterbliebenen wird alles abgenommen, was sie besitzen. Die müssen froh sein, daß sie nicht selbst in die Folterkammern kommen."

„Glaubst du, Marsilius, daß das alles im Sinne des Heilandes ist?" fragte Arnold verwirrt.

„Sind die Tausende abgeschlagener Köpfe der Kreuzfahrer und die Berge ihrer faulenden und stinkenden Knochen, die in der Sonne am Mittelmeer bleichen, im Sinne des Herrn? Überlege doch einmal, Arnold! Wer hatte denn den Nutzen von den Kreuzzügen? Ich sage es dir: die Kirche. Tausende Ritter in Frankreich, in England, Italien, Spanien und bei uns verpfändeten oder schenkten der Kirche oder den Klöstern all ihr Hab und Gut für den Fall, daß sie nicht mehr zurückkehren würden, für das Versprechen, daß sie dann in den Himmel kommen würden. Tausende kamen nicht zurück. So wurde die Kirche zum größten Grundbesitzer."

„So habe ich das noch gar nicht gesehen", gestand Arnold und rutschte ungeduldig auf seinem Stuhl herum, ärgerlich darüber, daß er früher so arglos hinter der Kirche gestanden hatte, und er freute sich ein wenig, daß er die letzten Jahre nicht mehr so bedingungslos gespendet hatte.

Weil er nicht so recht wußte, was er Marsilius antworten sollte, sagte er: „Es ist nur gut, daß die Franzosen die Knochen der ermordeten und gestorbenen Pilger, die an den Stränden des Mittelmeeres bleichten, gemahlen und das Knochenmehl mit dem Mauermörtel vermischt haben, als sie ihre Befestigungen bauten. Auf diese Weise verschwanden sie wenigstens und boten nicht mehr diesen schrecklichen Anblick."

„Um noch einmal auf die Inquisitoren zurückzukommen, du weißt doch, daß ihr oberstes Gesetz lautet: ‚Besser hundert Unschuldige hinrichten, als daß ein Ketzer frei herumläuft.' "

„Das ist ein starkes Stück. Und wie stellen sie fest, wer ein Ketzer ist?"

„Ganz einfach. Nachdem sie in eine Stadt eingezogen sind, müssen die Pfaffen alles Volk in die Kirche treiben. Nicht einer darf fehlen. Dort werfen ihnen die Dominikaner über hundert Sünden vor und fordern sie auf zu bekennen, daß sie wenigstens eine davon begangen haben, oder aber sie sollen jene anzeigen, die solche begangen hätten, und sie betonen dabei lautstark: ‚Es ist keine Sünde, wenn Kinder ihre Eltern anzeigen.' "

„Das ist das Verwerflichste, was ich mir vorstellen kann. Man kann doch Kinder nicht auffordern, ihre Eltern zu verraten. Werden denn viele Sünder angezeigt?"

„Unglaublich viele, ganze Familien, ganze Sippen, sogar ganze Dörfer kamen vor den Inquisitor."

„Das kann ich nicht glauben."

„Der alte Giovanni, der in Rom neben mir im Hospiz lag, war vor vierzig Jahren dabei, als sich in Toulon über achttausend den Dominikanern anzeigten und fast tausend Bürger von anderen angezeigt wurden. Er war Schreiber bei einem Notar und sagte: ,Das schlimme dabei ist, daß jeder hinterhältige Schurke, der seinem Nachbarn eines auswischen wollte, nur nachts zu den Dominikanern zu schleichen und ihn anzuzeigen brauchte.' Er hat mir auch von den Folterungen der Inquisitoren berichtet. Ich sage dir, Arnold, unter diesen unmenschlichen Qualen gestanden Tausende ehrbarer Bürger Taten, die sie nie begangen hatten."

„Dann wollen wir hoffen, daß der Inquisitor nie hierher kommt."

„Gott verschone uns davor. Die Zeiten sind schon hart genug."

„Als ich gestern in Wallerfangen war, erzählte ein Tuchhändler, der aus Flandern kam, daß in vielen Städten jetzt sogar schon die Gesellen aufmucken, weil ihnen der Lohn nicht reicht, weil sie von früh bis spät in die Nacht nur für einen Hungerlohn arbeiten müßten. Stell dir das einmal vor. Statt froh zu sein, daß sie überhaupt Arbeit haben, mucken sie noch auf. Wo soll denn das hinführen? Ein anderer Händler hat berichtet, in Gent und Magdeburg und anderen Städten wollten die Zünfte der Handwerksmeister die Vorherrschaft der Patrizier brechen, sie wollen in die Stadträte und mitreden. Sie verlangen eine eigene Gerichtsbarkeit, Selbstverwaltung und gewerbepolizeiliche Befugnisse bei der Regelung ihrer Verhältnisse. Hin und wieder ist es schon zu Aufständen gekommen. Ich frage dich, Marsilius, was gibt das nur noch auf der Welt?" Und resigniert fügte er hinzu: „Gut, daß ich schon so alt bin. Wer weiß, was die Jungen noch alles erleben müssen? Aber sage, Marsilius, wie geht es deiner Adelheid?"

„Wie es den Weibern halt so geht, wenn der Gemahl nach so langer Zeit wieder zu Hause ist, und das Bein hier", er klopfte vorsichtig auf eines der Hölzer, „stört sie nicht weiter. Das ist ja auch kein Wunder, wo sie so lange trocken stand. Sie ist ein Prachtstück, aber wie schon gesagt, sie ist froh, daß ich wieder da bin."

Amanda kam herein und strahlte Marsilius an. Arnold zog sie zu sich und legte seinen Arm um ihre Hüfte, bevor Marsilius wieder Hand an sie legen konnte. Sie schmiegte sich zutraulich an ihn. „Gefällt dir der Ritter Marsilius, Amanda?"

„Ja, Herr", antwortete sie leise und drückte dabei ihren Oberschenkel fester gegen seinen Körper.

Arnold löste seine Hand von ihrer Hüfte, streichelte ihren Po, gab ihr einen kräftigen Klaps darauf, und fragte, nachdem sie gegangen war: „Sonst haben sie dir in Rom nichts erzählt? Das kann doch nicht alles gewesen sein, wo du so lange dort warst."

„Nein, natürlich nicht. Es ist ein respektloses Volk. Es hat aber, wenn ich alles so richtig überlege, das Herz auf dem rechten Fleck. Vor allem hat es keinen Respekt vor der Obrigkeit, besonders nicht vor dem Papst. Giovanni sagte, zuviele Päpste hätten nicht so gehandelt, wie man es von dem Oberhaupt der Kirche erwartet hätte. Er erzählte mir zum Beispiel, daß die Juden dort ganz schlimm dran sind. Über fünftausend von ihnen hat man in einem nur wenige hundert Meter großen Areal neben dem Tiber zusammengepfercht, das sie Ghetto nennen. Es ist ummauert und hat nur einen Ausgang. Dort sollen unvorstellbare Verhältnisse herrschen. Alle Juden müssen einen gelben Hut tragen. Um ihrem Elend zu entkommen, treten viele zum Christentum über, aber auch, weil die Kirche behauptet, alle Juden hätten von Natur aus einen üblen Geruch, der verschwinden würde, wenn sie sich taufen ließen."

„Warum das?"

„Weil sie Christusmörder und somit Gottesmörder sind, behauptet die Kirche, sagte Giovanni."

„Der weiß viel, dein Giovanni."

„Ja. Er ist weit in der Welt herumgekommen, studierte in Bologna, flog aber von der Universität, weil er mit anderen zusammen gegen die Verwaltung rebellierte. So kam er zu einem Notar. Er hat in seinem Leben viel gelesen und all das, man kann es fast nicht glauben, behalten, was in den Büchern geschrieben steht. Und er kann gut erzählen. Ich konnte ihm stundenlang zuhören. Besonders spannend war es, wenn er von den Hexen erzählte."

„Was hat er über sie erzählt? Weißt du eine Geschichte?"

„Er war der Meinung, daß die Folterer selbst die Hexen schufen, weil sie grundanständige Frauen bei der Folter so peinigten, daß diese schließlich zugaben, es mit dem Teufel getrieben zu haben, nur damit man sie in Ruhe ließ. Doch sie irrten sich. Nun ging die Folter erst richtig los. Man besprengte die Folterwerkzeuge erneut mit Weihwasser, und nach einem frommen Augenaufschlag gen Himmel und bei halblaut gemurmelten Gebeten und lüsternen Blicken wurden sie so lange gequält, bis sie Einzelheiten, die sie nie erlebt haben konnten, schilderten. Einmal sei eine Frau siebenundvierzigmal in zwei Tagen gefoltert worden. Bei der nächsten Tortur hat sie gestanden, sie hätte den Teufel verführt. Sein Glied sei gespalten gewesen, so daß sie auch hinten Lust verspürt hätte."

„Das gibt es doch nicht!"

„Doch, Arnold. Giovanni ist glaubwürdig. Und er hat auch gesehen, wie ein Mädchen von siebzehn Jahren nach dem Auspeitschen mit blutenden Wunden besinnungslos zusammenbrach. Man band ihr die Hände auf dem Rücken zusammen und hing sie daran an einem Deckenbalken auf, spreizte ihre Beine mit einem Knüppel, damit man alles gut sehen konnte, und ließ sie so fünf Stunden hängen. Als sie auch dann nicht gestand, goß man ihr unter laut gemurmelten Gebeten das Geschlecht und den Mund mit glühendem Eisen aus, worauf die Folterer eine Feier veranstalteten, bei der junge Mädchen und Lustknaben eine große Rolle spielten. Solche Feiern müssen die Angehörigen der Gefolterten bezahlen. Weigern sie sich, blüht ihnen ähnliches."

„Die Inquisitoren treiben es ja noch schlimmer als wir Kreuzfahrer im Morgenland. Schauderhaft!"

„Er erzählte auch von einer 87jährigen Frau, die bei der Folter aussagte, sie verwandle sich jede Nacht, wenn der Teufel zu ihr käme, in eine Kröte. Er stülpe sie dann über sein Glied, und dieses käme ihr aus dem Hals heraus, so daß sie nur noch ganz leise quaken könne, wenn sie der kleine Tod überkäme."

Amanda kam herein und brachte Bier.

„Höre auf, hör auf, Marsilius, das kann man ja nicht mehr mit anhören." Arnold trank einen kräftigen Schluck, stand auf und forderte seinen Freund auf: „Komm, wir gehen auf den Bergfried. Ich brauche unbedingt frische Luft." Dabei rieb er seine Herzgegend, während sein Atem schwer ging. An der Tür sah er sich um. Marsilius saß noch immer auf seinem Platz und streichelte Amanda. Als Arnold sich umdrehte, nahm sie die leeren Krüge und ging an ihm vorbei aus dem Zimmer.

Die beiden Recken humpelten hintereinander die schmalen Stufen des Bergfried hinauf. Eine leichte Brise empfing sie. Arnold streckte seinen Arm gen Westen aus und sagte: „Die Sonne steht jetzt über Bar, St. Dizier und über Troyes. Bald wird sie von Paris aus meine Burg mit ihren letzten Strahlen grüßen." Von unten hörte man die Knappen gröhlen. Einige warfen immer noch ihre Lanzen in die Strohpuppe. Andere tranken Bier und diskutierten darüber, wer den besten Stich gemacht habe.

„Hierher gehe ich jeden Nachmittag", sagte Arnold, „hier oben bekomme ich besser Luft als dort unten. Jedesmal wenn ich hier oben bin, freue ich mich darüber, daß ich Felsberg zu Lehen genommen habe. Die Burg ist geräumig und in ihren drei Stockwerken in gutem Zustand. Die 120 Morgen Land um sie herum sind fruchtbar, und in den Urwäldern rings um den Berg gibt es mehr Wild, als ich jagen kann. Mir gefällt es hier."

„Seit wann hast du sie?"

„Seit Februar 1289. Vor kurzem hat der Herzog das Lehen verlängert. Er sagte: ‚Du wirst ja wohl nicht mehr ins Morgenland reiten, und mir brauchst du bei meinen Auseinandersetzungen auch nicht mehr beizustehen, ruhe dich aus, Arnold, du hast genug gekämpft, mache dir die letzten Jahre noch ein schönes Leben auf der Teufelsburg.' "

„Ja. Mmmh. Dann hast die Burg ja schon sechs Jahre."

„Ja. Damals war ich mit Margarete in Toul beim Herzog, um ihm für das Lehen zu huldigen. Er stand in schwierigen Verhandlungen mit dem Bischof von Toul und hatte kaum Zeit für mich, aber dennoch war es schön. Die Herzogin ließ Margarete einfach nicht gehen. Die beiden verstehen sich nämlich sehr gut, und im Nu war eine Woche vorüber."

„Du hast ja auch hart für ihn gekämpft, und du hast oft genug dein Leben für ihn eingesetzt."

Arnold lachte. Sein breiter Mund verzog sich, so daß Marsilius seine Zahnlücken und die Stümpfe sah, von denen nur ein Eckzahn noch die ursprüngliche Größe hatte, als er antwortete: „Du hast recht. Ich glaube, ich habe nicht ein einziges Gefecht ausgelassen."

„Die Jungen schwärmen noch heute davon, wie du in den beiden Mörsberger Gefechten um dich gehauen hast."

„Ach was. Die übertreiben wieder einmal. Ich bin kein Held und wollte auch nie einer sein."

„Aber an dir hat es nicht gelegen, daß der Herzog anno 1276 die Schlacht auf der Wattweiler Höhe gegen Graf Heinrich von Zweibrücken verloren hat. Hätten alle so gekämpft wie du, dann wäre die Schlacht anders ausgegangen..."

„Hör auf mit deiner Lobhudelei, Marsilius. Wenn ich etwas mache, dann mache ich es gut und mit ganzem Herzen. Diesen Wahlspruch habe ich bei jedem Kampf beherzigt, und durch das wilde Ummichschlagen habe ich mir auch manchen Feind vom Leib gehalten, der mir sonst zu nahe gekommen wäre."

„Eines muß man dem Herzog lassen, er hat mit seinen vielen Kämpfen das Herzogtum Lothringen zu einem festen Ganzen geformt, hat die vielen weit zerstreut liegenden Lehnsherrschaften zusammengeschlossen."

„Und das war nicht immer leicht. Kein Wunder, daß er oft zum Schwert greifen mußte, um Ordnung zu schaffen."

„Der lothringische Einfluß reicht nun weit in unser Land hinein – bis hinauf zum Hochwald und ins Schaumburger Land. Warst du nicht auch dabei, als seine Truppen mit denen des Erzbischofs Boemund von Trier die Schwarzenburg belagerten?"

„Ja. Das war von der Oktav des Heiligen Laurentius, also am 17. August, bis zur Kreuzerhöhung am 14. September 1290. Das war eine Belagerung, kann ich dir sagen, die konnte sich sehen lassen. Die Kriegsmaschinen haben sich hervorragend bewährt."

„Was hatte denn diese Schwarzenberger Belagerung mit dem Krieg gegen den Metzer Bischof zu tun?"

„Überhaupt nichts. Das war eine reine Strafaktion gegen die Raubritter, die von der Schwarzenburg aus alle Hochwalddörfer unsicher machten, raubten, plünderten und brandschatzten. Der Erzbischof wollte Ruhe in diesem Bereich, und der Herzog half ihm, sie herzustellen. Der Erzbischof war darüber sehr froh; ich habe das selbst gehört, als er und der Herzog am 1. August vor zwei Jahren beschlossen, die Burg Schwarzenberg auf gemeinsame Kosten wieder aufbauen zu lassen."

„Ja, ja, die Raubritter. Das ist ein Kapitel für sich. Die Lust am Raufen vermengt sich da oft genug mit der Lust am Rauben. Du kennst doch den Spruch: Reiten und Rauben ist keine Schande, das tun bei uns nur die Besten im Lande."

„Nein. Den Spruch habe ich noch nie gehört."

„Dann kennst du ihn jetzt. Aber was war eigentlich der Anlaß für den Krieg zwischen dem Herzog und dem Metzer Bischof?"

„Das war der Streit um Blieskastel."

„Das weiß ich. Ich weiß auch, der er vier Jahre dauerte, von 1287 bis 1291. Nein, ich meine, was war der eigentliche Grund?"

„Ganz einfach: Der Herzog gab Bischof Bouchard 20.000 Metzer Pfund als Pfand dafür, daß er die Herrschaft Blieskastel nutzen durfte. Blieskastel steckte dem Herzog nämlich schon lange in der Nase, und so wollte er sie auch nicht mehr hergeben, als der Bischof sie zurückverlangte. Das war alles."

„Ja. So fangen Kriege an", meinte Marsilius resigniert, „und viele Unschuldige müssen dabei ihr Leben lassen."

Arnold atmete tief durch, bevor er antwortete: „Ach, so schlimm war es gar nicht. Du weißt ja, keine der Kriegsparteien hatte es eilig, sich gleich in eine offene Feldschlacht zu stürzen. Zuerst suchte man Verbündete. Und das muß ich Herzog Friedrich lassen: Er war nicht kleinlich mit seinen Versprechungen und Verpfändungen von Lehnsgütern."

„Ich weiß", schnitt Marsilius ihm das Wort ab, „die bedeutendsten Grafen und Rittergeschlechter aus deutschen, aber auch aus dem welsch-lothringischen Raum warb er an."

„Du hast recht. Es fehlte niemand, der Rang und Namen hatte: die Grafen von Bar, von Zweibrücken, von Saarbrücken, von Leiningen, von Manderscheid, von Veldenz und natürlich die Warsberger, die von Sierck, von Dagstuhl, von Rulant und all die anderen standen auf seiner Seite."

„Dann war es sicher ein schwerer Schlag für den Herzog, als sich neben der Stadt Metz und dem Grafen Heinrich von Forbach auch der Bischof von Straßburg mit seinem gut ausgebildeten und großen Heer auf die Seite des Metzer Bischofs stellte?"

„Ja, er hatte gehofft, der Straßburger Bischof würde sich neutral verhalten. Er nahm es aber gelassen hin: ‚Meine Herren! Meine Freunde! Wir bedienen uns der Taktik der kleinen Nadelstiche.'"

„Was hat er denn damit gemeint? Diesen Ausdruck habe ich noch nie gehört", wunderte sich Marsilius.

„Du weißt, wie dicht unsere Wälder sind. Niemand weiß, was am anderen Ende geschieht. Wenn also irgendwo bischöfliche Lehen-Häuser abbrennen, dauert es lange, bis der Bischof und seine Truppen davon erfahren, und bis sie anrücken, haben wir längst andere Dörfer und Gehöfte abgebrannt und verwüstet"

„In der Schlacht bei Biving warst du wieder der Tapferste. Das haben viele gesehen. Du warst immer an des Herzogs Seite und hast ihn, seinen Sohn Matthäus und seinen Enkel Friedrich, der noch nicht einmal trocken hinter den Ohren war, genau an der Stelle durch die Bist in Sicherheit geführt, wo der Feind keine Einsicht hatte und wo euch niemand vermutete."

„Ja, es war genau die Stelle, an der später die 37 Gefallenen in die Bist geworfen wurden. Aber ich war nicht tapferer als die anderen auch, und ich konnte nicht verhindern, daß der Herzog ziemlich schwer an der Hand verwundet wurde."

„Hättest du ihn nicht so gut abgeschirmt, hätte er sicherlich seinen Arm oder sogar sein Leben verloren."

„Na, na. Du übertreibst wieder einmal, Marsilius. So schlimm war es ja auch wieder nicht. Aber trotzdem bin ich stolz darauf, daß er mich mit seinem Gefolge im darauffolgenden Mai mit nach Pfirt nahm, wo König Rudolf von Habsburg residierte."

„Ich habe Durst", sagte Marsilius, „kann die Amanda kein Bier hier herauf bringen?"

„Sie hört uns nicht, wenn wir rufen. Der Wind trägt alle Worte fort. Du mußt nach unten gehen, wenn du etwas trinken willst."

„Wenn ich einmal unten bin, komme ich nicht mehr herauf. Mir ist es sowieso zu windig hier oben."

Arnold fragte grinsend: „Würdest du dich freuen, wenn ich dir sage: Nimm dir die Amanda für eine Stunde?"

„Das würdest du tun, Arnold?" strahlte Marsilius voller Freude.

„Aber nur, weil du es bist. Sie ist dein, bis ich herunterkomme. Geh nur. Ich bleibe noch eine Weile hier. Sag ihr, ich sei einverstanden, und so wie ich sie kenne, freut auch sie sich darüber. In einer Stunde komme ich herunter."

„Meinst du das im Ernst, Arnold?" zweifelte Marsilius.

„Ja, so, wie ich es dir eben gesagt habe. Nimm sie, und du wirst sehen, was für ein Schatz sie ist."

„Du bist ein echter Freund, Arnold." Er legte seine Hand auf Arnolds Arm. „Ich bleibe bei meinem Angebot: Ich gebe dir drei Äcker für sie, wenn du sie mir ganz gibst. Vielleicht lege ich sogar noch einen dazu, wenn sie hält, was sie verspricht."

„Nichts da. Ich gebe sie nicht her. Verschwinde jetzt, du alter Bock, und sei mit einer Stunde zufrieden, du Nimmersatt", schallt Arnold und sah grinsend dem die Stufen Hinabhumpelnden hinterher, der es plötzlich sehr eilig hatte.

Dann blickte er nachdenklich in Richtung Berus: „Ja, die Schlacht bei Biving war schlimm. 37 Tote gab es, ohne die, die nachher noch starben. Gefangene wurden keine gemacht. Wer nicht mehr gehen konnte, dem wurde der Kopf abgeschlagen oder der Todesstoß versetzt." Er lauschte: „Jetzt ist er bestimmt schon bei Amanda." Grinsend drehte er sich wieder zur Brüstung: „Eigentlich müßte dieses Gemetzel ‚Schlacht von Bisten' heißen, nachdem die Häuser von Biving abgebrannt und ihre Bewohner umgebracht worden sind, denn Berus liegt doch viel weiter vom Schlachtfeld entfernt als Bisten... Acht Jahre ist das jetzt schon her!" Es juckte ihn am Kopf, und er strich sich durch das schüttere Haar, während er vor sich hinbrummte: „Besonders schlimm haben wir damals in St. Avold gewütet, weil das dem Metzer Bischof gehörte. Wie die vornehmen Gockel, der Schultheiß, der Meier, der Amtmann, die Kaufleute und Händler sich wunderten, als wir sie in Gefangenschaft führten! Sie fühlten sich so sicher in der Obhut des Bischofs! Und wir ahnten nicht, daß dessen Streitmacht sich im Warndtwald versammelte und daß es dann unterhalb von Berus zu dieser entsetzlichen, offenen Feldschlacht kommen sollte, bei der uns die Bischöflichen wieder einmal besiegten. Mein Glück war es, daß ich zusammen mit dem Herzog eine ziemlich lange Strecke durch die Bist ritt, sonst wäre ich auch in Gefangenschaft geraten wie Robert von Virneburg, Dietrich von Kirberg, Wilhelm von Manderscheid, Friedrich von Leiningen und die anderen, die der Bischof später nur gegen hohes Lösegeld freiließ. Dem von Leiningen nahm der Bischof sogar alle Lehen ab, und sein Lösegeld war fünfmal so hoch wie das der anderen, weil er als des Bischofs eigener Lehensmann gegen ihn gekämpft hatte."

Arnolds Blick wanderte nach Südosten über den Hof Völklingen in Richtung Saarbrücken, wo Graf Simon in dem herrlich großen Schloß auf dem Schloßberg zusammen mit seinen Kindern wohnte. Er murmelte vor sich hin: „ Mit Graf Simon kämpfte ich bei der letzten großen Fehde um Blieskastel vor ein paar Jahren gegen die Truppen des Bischofs von Metz. Der Herzog versprach uns allen Gott und die Welt, wenn wir auf seiner Seite kämpfen würden und – na ja, er hat seine Versprechungen ja auch eingehalten. Einen großen Teil der versprochenen Entschädigungen hat er sogar hier, auf meiner Burg, ausgezahlt. Und des Grafen Sohn Johann steht jetzt im Dienst Herzog Theobalds II. von Lothringen, dem Sohn Herzog Friedrichs III." Wehmütige Erinnerungen ließen den alten Haudegen für einen Moment weich werden: „Seine Mutter, die Gräfin Margarethe von Commercy, die seinem Vater die Herrschaft Commercy, nördlich von Toul, mit in die Ehe brachte, habe ich gut gekannt. Leider ist sie so früh gestorben, wie auch die zweite Frau des Grafen, Mathilde, die ihm die Töchter Laurette, Agnes und Johanna geschenkt hat."

Noch im Frühjahr hatte Arnold Graf Simon besucht, im Auftrag des Herzogs, der ihm in Busendorf befohlen hatte: „Arnold! Reite nach Saarbrücken und übergib diesen Brief dem Grafen und frage ihn, wie er sich zu dem Ansinnen König Adolfs von Nassau stellt, mit ihm gegen Frankreich in den Krieg zu ziehen."

„Krieg gegen Frankreich?" hatte Arnold gefragt.

„König Adolf hat sich mit England verbündet, um den König von Frankreich anzugreifen. Nun verlangt er von mir, von dem Grafen von Saarbrücken und dem Grafen von Luxemburg, aber auch von den Städten Metz, Toul und Verdun, sie sollen sich unter das Kommando seines Feldobersten, den Grafen von Bar, stellen, um gemeinsam den König von Frankreich von Osten her anzugreifen. Sage Graf Simon, daß keiner der Aufgeforderten an diesem Feldzug teilnehmen will, und er soll mir gleich Order schicken, wie er darüber denkt."

Arnold war natürlich gleich nach Saarbrücken geritten und hatte den Brief übergeben. Er erinnerte sich, daß Graf Simon bei diesem Gespräch zuerst nicht recht bei der Sache war und den Brief des Herzogs gar nicht beachtete. Er war voller Zorn, denn ein alter Streit zwischen ihm und den Brüdern Rorich und Friedrich von Beningen, die in Schiffweiler und im Sinnerthal Güter besaßen, war wieder aufgeflammt.

Graf Simon, Lehnsherr der beiden, war von seinem Hof Neumünster bei Ottweiler aus ihr Nachbar, und es war schon vor Jahren vereinbart worden, daß Hörige der Herrn von Beningen, die ohne Erlaubnis ihres Herrn nach Neumünster umzogen, dort nicht zurückgehalten werden durften und umgekehrt. Sollte ein Mädchen von Schiffweiler oder Sinnerthal sich mit einem Mann aus Neumünster verheiraten, so sollten die aus dieser Ehe hervorgehenden Kinder Hörige des Grafen Simon, und umgekehrt sollten die Kinder eines Hörigen der Herren von Beningen und einer Frau aus Neumünster Untertanen des Herrn von Beningen sein, so wie es zu Zeiten der Gräfin Loretta ausgehandelt worden war.

Nun war der Graf wütend darüber, daß Friedrich von Beningen die fünf Metzer Pfund, die ihm als Gerichtsbußen auferlegt waren, nicht gezahlt hatte. Er schimpfte: „Dabei habe ich ihm schon die Buße von 15 auf 5 Pfund herabgesetzt. Jetzt fehlt nur noch, daß er mir die Hammelgülte, den Zins, auch nicht zahlt. Dann rauscht es aber, schließlich habe ich ja dort noch die hohe und niedere Gerichtsbarkeit!"

Endlich öffnete er den Brief des Herzogs und las ihn, worauf er ohne zu überlegen sagte: „Krieg gegen Frankreich? Nein. Da mache ich nicht mit." Er schrieb ein paar Zeilen und schickte sofort einen Boten zum Herzog. Danach fragte er: „Begleitest du mich in den Warndt? Es liegt ja sowieso auf deinem Weg. Ich will dort jagen und in der Nikolauskapelle beten und nach dem Rechten sehen. Ich habe zwar meine Burgmannen Boemund von Grimburg, Bernhard von Gabre und Werner von Saarbrücken wie auch den Abt von Wadgassen beauftragt, darüber zu wachen, daß jede Woche in der Kapelle eine Seelenmesse für mich, meine Gemahlin Margarethe und unseren Sohn Johann gelesen wird. Aber ich will mich selbst überzeugen, ob sie ihr Versprechen auch einhalten."

„Warum sollten sie nicht?" hatte Arnold gefragt.

Der Graf hatte den Zeigefinger seiner rechten Hand gehoben und spitzbübisch grinsend geantwortet: „Man weiß nie – aus den Augen, aus dem Sinn! Der Graf ist weit weg, was kümmert mich sein Seelenheil, die Hauptsache ist, ich kann meine sechzig Schweine in den Warndt treiben, damit sie sich satt fressen können, und ich brauche dafür keine Abgabe zu leisten. Aber so geht das nicht."

Arnold schreckte aus seinen Träumereien auf und schaute über die Brüstung. Die Knappen unten johlten und riefen „Vinzenz, Vinzenz". Von Westen her zogen dunkle Wolken auf. Der Wind frischte auf und wehte kräftiger. Arnold schüttelte sich und rieb sich die Arme. Die Knappen zeigten, heftig gestikulierend, in Richtung der Vorburg und riefen wieder laut nach Vinzenz. Ihm kam plötzlich seine Tante Margarethe von Kirf in den Sinn, von der er Amanda und Vinzenz geerbt hatte.

Über fünfzehn Jahre lang bettlägerig, hatte sie, ehe sie vor zwei Monaten mit fünfundsiebzig Jahren starb, zu Arnold an ihrem Sterbebett gesagt: „Sorge gut für meine Hörigen, die Amanda und den Vinzenz. Nimm sie zu dir, damit sie in guten Händen sind. Amanda hat mich fürsorglich gepflegt, in der Zeit, die sie bei mir war, und ihr Cousin, der Vinzenz, hat immer im Haushalt mitgeholfen. Außer Amanda hat er niemanden auf der Welt. Er schlief in ihrer Kammer, und es gab nie Schwierigkeiten mit ihm. Die zwei sind absolut ehrliche und anständige Menschen. Sie werden dich nicht enttäuschen. Versprich mir, Arnold, daß du für sie sorgst."

„Ja, ich verspreche es dir", hatte er geantwortet, obwohl er die beiden noch nicht einmal gesehen hatte.

Amanda war gerade siebzehn geworden, als sie vor knapp fünf Jahren ihrem zehnjährigen Cousin Vinzenz auf ihrem Strohsack Platz anbot und ihm Wärme und Geborgenheit gab, einem hilflosen Bündel Mensch, das zwei Jahre lang das entsetzliche Sterben seiner Mutter hatte mitansehen müssen. Als Amanda sich bei Margarethe für seine Aufnahme bedankte, wurde diese energisch und schalt: „Schluß damit, Amanda, ich will davon nichts hören. Er verdient sich seinen Lebensunterhalt durch Arbeit, und da er in deiner Kammer wohnt, verursacht er keine weiteren Kosten."

Amanda gab Vinzenz die Nestwärme, nach der er sich sein Leben lang gesehnt hatte. Er kuschelte sich fest an sie, und sie streichelte ihn so zärtlich, wie er noch nie gestreichelt worden war, und brachte ihn schnell mit ihrer Leidenschaftlichkeit auf Gedanken, zu denen der kleine Bursche sonst noch viel Zeit gehabt hätte. Seitdem war er ihr verfallen und konnte nie genug von ihr bekommen und war von einer Anhänglichkeit, die für Außenstehende übertrieben wirkte.

Nun war Amanda zweiundzwanzig und sehr hübsch. Sie verzauberte Arnold vom ersten Augenblick an, so zart und fein, als käme sie aus einer anderen Welt, und dennoch ganz Frau und von dieser Welt. Vinzenz beachtete er nicht. Als die drei in den Burghof der Teufelsburg ritten, rief er ihm zu: „Du, Junge! Wende dich an meinen Sohn Wichard. Er soll dir deine Aufgaben zuweisen und sich um das Nötige sorgen. Deine Cousine wird mir dienen." Damit war für ihn dieses Thema erledigt.

Die Knappen im Hof riefen immer noch nach Vinzenz. Arnold brummte: „Auf dieser Burg ist immer etwas los, da kommt es auf einen Esser mehr oder weniger auch nicht an."

Während er nach unten humpelte, dachte er: „Ich gehe erst einmal in den Weinkeller und hole mir eine Flasche von dem guten ‚Bisterer Wingert'. Ich werde mir einen kräftigen Schluck genehmigen und dem Treiben der Knappen zusehen. Ich bin doch kein Unmensch und störe das Schäferstündchen. Das würde mir Marsilius nie verzeihen. Aber ich glaube, es ist Wichard nicht recht, daß Amanda immer um mich ist. Ganz bestimmt weiß er, was zwischen uns ist. Vielleicht hat er sie oder mich schon stöhnen gehört, wenn er an meinem Zimmer vorbeiging. Es ist aber auch zu schade, daß er mir keine Enkel schenken kann. Mußte ihm denn dieser Mameluk gleich bei seinem ersten Kreuzzug 1275 die Eier abschlagen?" Arnold blieb stehen, weil ihm sein Bein weh tat. „Nicht ein einziges Mal hat er bis jetzt gegen mich rebelliert, und er ist immerhin schon 42 Jahre alt. Sicherlich denkt er: Dieser alte Bock bekommt doch nie genug. Und sein Beruf geht ihm über alles. Er nimmt sein Richteramt sehr ernst. Aber obwohl er nach wie vor freundlich ist zu mir, spüre ich, daß er anders ist als sonst."

Arnold schneuzte sich und brummte, während er die nasse Hand abschüttelte und den Rest an seine Hose schmierte: „Jetzt geht mir ein Licht auf: Die Knappen kommen ja auch nicht wegen Wichard und um mit ihm Speerwerfen oder Bogenschießen zu üben, sondern wegen Amanda. Jeder versucht, bei ihr Eindruck zu schinden, und mehr als einmal hat der eine oder andere auf dem Absatz kehrt gemacht, wenn ich unvermutet aus dem Zimmer kam und ihn erwischte, wie er zu Amanda wollte. Daß ich das jetzt erst bemerke, ist ein Zeichen dafür, daß ich alt werde."

Er humpelte weiter die ausgetretenen Stufen hinab, blieb stehen, als er Amandas kurze, schrille Lustschreie hörte, die er nur zu gut kannte. Sie endeten in einem langen, erlösten Stöhnen, in das sich kurz darauf das tiefe, befriedigte Röhren von Marsilius mischte.

Verfolgung

Zwölf Knappen folgten Kuno von Gersbach, um Vinzenz zu suchen. Sie wußten nichts von Wichards Anordnung, ihn in Ruhe zu lassen, und trieben ihre Pferde an. An der Kreuzung vor Wallerfangen teilte Kuno fünf Gruppen ein. Die erste sollte die Salzstraße nach Norden, die zweite die nach Süden, die dritte und die vierte die Handelsstraße, die von Mailand bis nach Flandern führte, in je einer Richtung absuchen, während er selbst mit einigen Knappen nach Wallerfangen ritt. „Vielleicht finden wir ihn dort", sagte er und fügte hinzu: „Bei Einbruch der Dunkelheit treffen wir uns wieder auf der Burg."

Schon von weitem sahen sie die Stadtmauer mit den Wachtürmen, die Wallerfangen, am Fuße des Limbergs gelegen, umgab. Aus dem Bering überragte der Turm der schon lange baufälligen Kapelle alle anderen Bauten.

Heinrich von Wollenschläger hielt sein Pferd an und rief: „Freunde, ich kann mir nicht vorstellen, daß Vinzenz den Burgherrn umgebracht hat. Glaubt mir, der Junge war es nicht. Der würde nie etwas gegen seine Herrschaft unternehmen, nie. Kommt, wir reiten wieder zurück auf die Burg. Hört auf, ihn zu verfolgen. Wenn Wichard gut zu ihm war, dann sollten wir es auch sein."

„Unsinn", konterte Kuno von Gersbach, „warum versteckt er sich, wenn er unschuldig ist?" Er ritt weiter, und alle folgten ihm.

Vor dem Stadttor Wallerfangens warteten drei mit Waren vollbeladene Wagen. Die Knappen drängten ihre Pferde rücksichtslos vorbei. Der Wächter stoppte sie jedoch mit vorgehaltener Lanze: „Nicht so stürmisch, ihr Herren. Erst den Zoll bezahlen."

Isenbard von Kastel reichte dem Wächter ein paar Münzen. Der betrachtete sie, nahm seine Lanze weg und sagte: „Morgen ist Freitag. Freitags und dienstags ist immer Markt in Wallerfangen, da haben wir viel zu tun. Entschuldigt, ihr Herren."

Kuno fragte ihn: „Hast du einen Jungen von fünfzehn oder sechzehn Jahren gesehen, der ein Kettenhemd mit Kapuze trug und der es sehr eilig hatte, das andere Ufer zu erreichen?"

„Hier ist keiner mit Kettenhemd durchgekommen. Nur einige Händler und drei Mönche."

Kuno wandte sich seinen Freunden zu: „Glaubt ihr, daß er sich eine Kutte angezogen hat und als Mönch hineingegangen ist?"

Boemund von Ettendorf antwortete sofort: „Wenn er sich verkleidet hat, dann finden wir ihn sowieso nicht."

„Aber wir müssen ihn finden. Wenn er der Mörder ist, muß er seine Strafe bekommen", mischte sich Dietmar von Kerpen ein.

„Wenn er die Bannmühle in Ensdorf erreicht, ist er sowieso frei", sagte Nikolaus von Rittenhofen.

„Wieso denn das?"

„Weil jede Bannmühle eine Freistatt ist. Aber ich glaube auch nicht, daß er den Burgherrn die Treppe hinabgestoßen hat. Warum sollte er ihn umbringen? Er hatte es doch gut auf der Burg."

„Dann kehr doch um!" fauchte Kuno. „Wir aber reiten weiter. Wir müssen und wir werden ihn finden." Niemand antwortete ihm, aber Isenbard von Kastel rief: „Dieses Wallerfangen ist ja eine richtige Stadt."

„Kennst du denn Wallerfangen nicht?" fragte Boemund von Ettendorf und erklärte: „Es ist neben Saarbrücken die bedeutendste Siedlung an der mittleren Saar. Es hat auch eine uralte Pfarrei. Die Herren von Hausen wohnen hier, die Ritter von Wallerfangen und natürlich auch die Herren von Felsberg."

„Hier kreuzen sich zwei wichtige Straßen", erklärte Kuno. „Die Salzstraße führt aus dem lothringischen Salzgebiet bis an den Rhein, nachdem man die Furt bei Roden überquert hat."

Boemund unterbrach ihn: „Diese Furt haben früher sogar schon die Kelten benutzt."

Kuno sah ihn vorwurfsvoll an und fuhr fort: „Die andere Straße ist die Handelsstraße, die aus Oberitalien kommt. Auf ihr ziehen florentinische und genuesische Kaufleute über den St. Gotthard, Basel, Straßburg, Saarbrücken und Wadgassen bis hierher und dann weiter durch Siersdorf, über die alte Niedbrücke und weiter über Sierck bis nach Flandern und an die Nordsee."

„Hier ist immer etwas los", erklärte Johann von Hüttingen seinem Freund Isenbard, „wenn du einmal auf die Schnelle eine Frau brauchst, dann reite hierher. Nur billig ist es nicht, das muß ich sagen. Die lombardischen Händler und die Salzhändler haben Geld und lassen es sich was kosten, von den Wallerfanger Mädchen und Frauen verwöhnt zu werden. Und die geben sich alle Mühe."

„Das müssen sie auch, denn die Konkurrenz ist groß", gestand Boemund, „es sei denn, du gibst dich mit einer alten Flunder zufrieden."

„Du warst also auch schon hier?" fragte Isenbard.

„Wer war denn das noch nicht? Hier fragt niemand lange: Wer ist das? Wo kommt der her? Nein. Hier geht es gleich zur Sache, und in den Herbergen, welche die Händler über Nacht aufnehmen, fragt auch niemand. Alles geht seinen verschwiegenen, aber geregelten Gang. Das letzte Mal hatte ich eine, die war gerade dreizehn."

„Sind denn das keine Hörige?" wollte Isenbard wissen. „Das ist ja schlimm, wenn Kinder das schon machen."

„Du bist gut. Auch sie wollen leben, und umsonst gibt ihnen niemand auch nur eine Scheibe Brot."

„Und niemand fragt nach ihrem Namen. Viele sind ihrer Herrschaft durchgebrannt. Es sind aber auch Töchter und Frauen der Handwerker darunter, die sich ein paar Tournosen für den Haushalt dazu verdienen wollen", sagte Boemund, „und was die Kinder angeht, die sind plötzlich da, bleiben eine Zeit und verschwinden dann wieder. Das hat mir der Wirt erzählt. Er hat es längst aufgegeben, sich um sie zu kümmern. Wirft er sie vorne zur Tür hinaus, kommen sie an der Hoftür wieder herein. Einmal gelang es ihm, sie eine Woche zu verjagen, aber da beschwerten sich die Händler.

„Und solange sich niemand beschwert, gibt es keinen Grund einzuschreiten. Vor längerer Zeit hat man den Büttel, als er eine junge Frau abführen wollte, in ein Gebüsch gezerrt und ihm den Schwanz abgeschnitten", berichtete Kuno. „Seitdem ist Ruhe."

„Auch von den Oberen stößt sich niemand daran, obwohl Wallerfangen ja Gerichtsort ist und der Herzog hier schon selbst ein paarmal Jahrgeding abgehalten hat", erzählte Johann. „Und Wichard ist hier sogar Justitiar des Herzogs."

„Wie teuer ist das denn," überlegte Isenbard laut, „das mit den Mädchen? Man muß ja auch noch den Stadtzoll mitrechnen."

„Jede Frau hat einen anderen Preis", lachte Kuno, „auf jeden Fall sind die Mädchen hier ganz anders als unsere Burgfräulein, die immer so tun, als wäre es eine Sünde, sich zu lieben, und die vor lauter Frömmigkeit und Vornehmheit die Beine nicht richtig auseinander bekommen."

„Das stimmt. Das mußt du einmal erlebt haben, Isenbard. Das ist gar kein Vergleich. Hier sind die Mädchen mit Leib und Seele dabei. Für die bist du jemand, mit dem sie ihren Spaß haben wollen, nicht bloß einer, den man dulden muß, weil er wieder einmal seine Pflichtübung machen will. Verstehst du, was ich meine?"

„Ja, ich verstehe. Da bekommt man direkt Lust", gestand der Siebzehnjährige und fragte schüchtern: „Wenn wir den Vinzenz heute nicht finden, können wir dann auf dem Rückweg hier Halt machen?" Er machte eine Pause und sah sie der Reihe nach an, bevor er hinzufügte: „Ich habe nämlich noch nie."

„Was? Du hast noch nie?" fragten alle wie aus einem Mund.

„Dann wird es aber höchste Zeit", lachte Kuno.

„Nur keine Angst", lästerte Boemund, „wir sind ja bei dir."

„Ich hebe dich drauf, wenn es sein muß", erbot sich Johann von Hüttingen, machte mit seinen Armen entsprechende Bewegungen, und lachte: „Du bist mir einer! Reitest mit erwachsenen Männern durch die Gegend und hast noch nicht einmal den wichtigsten Ritt im Leben eines Mannes getan."

„Hast du dir denn wenigsten ein Mädchen schon einmal richtig angesehen, Isenbard? Ich meine richtig. Verstehst du?" wollte Johann wissen. „Ich meine nur: Du brauchst nicht zu erschrecken! Es ist ein liebliches Ding; ich kann mich nie satt daran sehen."

„Aber es ist nicht nur zum Angucken da", lachte Boemund, „merke dir gut, die Frauen juckt es genau so wie uns, und sie haben es genau so gerne, und Richard von Hospers, ihr kennt ihn, den alten Frauenhelden, der behauptet fest und steif, daß es die Frauen sind, die uns Männer immer wieder verführen."

Ein Tischler kam ihnen in der engen Gasse entgegen, mit einem großen Brett auf der Schulter. Sie mußten ihm ausweichen. Das Brett streifte ein paar Schindeln von einem der niederen Dächer, als er um die Kurve kam. Kuno fragte ihn: „Hast du einen blonden Fünfzehnjährigen mit Kettenhemd oder roter Weste gesehen?"

„Ja. An der Furt war so ein Junge."

„Das ist er. Nichts wie los", forderte Dietmar sie auf, und er jubelte: „Wir sind auf der richtigen Spur. Kommt schnell. Bald haben wir ihn."

„Ja", pflichtete Kuno ihm bei. Isenbard drückte dem Tischler als Dank für seine Auskunft eine Tournose in die Hand und hatte danach Mühe, seine Freunde einzuholen.

Sie durchquerten die Saar. Es fing an, stark zu regnen, und als sie auf der Rodener Seite wieder Boden unter den Füßen hatten, fragte Isenbard: „Sollen wir bei diesem Sauwetter überhaupt weiterreiten? Vinzenz hat doch einen großen Vorsprung. Der ist längst im Bereich der Ensdorfer Bannmühle, und die gewährt ihm Schutz, so wie es im Freibrief steht."

Boemund lachte laut auf und wies mit den Fingern auf ihn: „Der will die Suche abbrechen, weil er unbedingt in Wallerfangen aufsteigen will, der Gauner." Er blickte in die Runde und sagte: „Machen wir ihm den Spaß. Wir reiten zurück und kehren in Wallerfangen ein."

Als niemand Widerspruch erhob, meinte Kuno: „Er muß aber schnell machen, denn um zehn Uhr wird das Stadttor geschlossen. Dann kommt niemand mehr herein oder hinaus."

Die schlecht beleuchtete Herberge „Zur Furt" war brechend voll. Beißender Geruch von verdreckter Kleidung, vermischt mit dem Schweiß ungewaschener Leiber und dem Dunst gekochter Rüben, schwängerte die Luft.

Boemund forderte sechs lombardische Händler auf, die sich an einem großen Tisch breit gemacht hatten: „Rückt zusammen, Freunde. Wir wollen auch einen trinken." Dabei schlug er dem Nächsten so fest auf die Schulter, daß dieser aufstöhnte, sofort nach seinem Messer griff und zustechen wollte. Der eilig herbeistürzende Wirt kam gerade noch zeitig genug, um seinen Arm festzuhalten. Er schrie laut: „Keine Händel, ihr Herren, nur keine Händel. Rückt zusammen, ihr Händler. Nur keine Händel."

„Ich wollte dir ja nicht weh tun", erklärte Boemund und reichte dem Händler die Hand, worauf alle zusammenrückten und die Knappen auch noch Platz an dem Tisch fanden.

Boemund stieß Isenbard in die Seite und zeigte zum Nachbartisch, unter dem ein spindeldürres Mädchen vor einem lombardischen Händler kniete und ihn streichelte. Er steckte ihr als Entschädigung dafür ab und zu einen Bissen von seinem gut gefüllten Teller in den Mund. Just in dem Augenblick, als Isenbard genauer hinsah, berührte eine zarte Kinderhand auch seine Scham. Er griff unter den Tisch und zischte: „Laß das! Was tust du da?"

Kuno stieß ihn so fest in die Seite, daß er aufschrie und die Hand des kleinen Mädchens losließ: „Laß sie in Ruhe. Sie lebt von dem, was du ihr dafür gibst. Spiel hier nicht den Moralapostel. Von den Händlern stößt sich auch niemand daran. Die kennen das und zahlen dafür mit Essen und Trinken. Die armen Kinder verhungern doch glatt, wenn sie ihre Ernährer verlieren!"

„Sauerei", schalt Isenbard, ließ das Mädchen los, das hastig weiterkroch, und fügte erbost hinzu: „So etwas dürfte es nicht geben. Was soll denn aus diesen Kindern einmal werden?"

Keiner antwortete. „Sie wollen nur überleben. Das ist alles", erklärte Kuno schließlich. „Aber du kannst ihnen ja Geld geben. Niemand hindert dich daran."

„Tu das nur nicht, Isenbard", warnte Johann von Hüttingen, „das gibt einen unerbittlichen Kampf zwischen ihnen, und die Stärkeren schlagen erbarmungslos zu, bis sie den Schwächeren alles Geld abgenommen haben. Sie führen ein furchtbares Leben, und man kann es nur ändern, indem man die Kinder bei sich aufnimmt und sie gut versorgt. Aber wer will sie schon? Wer nimmt sie auf? Niemand."

Kuno wies in die Runde: „Sieh dir diese Frauen an. So werden diese Mädchen eines Tages auch auf den Schößen der Händler oder der Landsknechte sitzen und ihnen Erleichterung verschaffen, falls sie überleben." Mehrere Frauen saßen auf den Oberschenkeln der Männer, das Oberteil ihrer Kleidung halb herabgezogen, so daß mindestens eine Brust frei war, die Röcke hochgeschürzt, die Beine ungeniert gespreizt. Dicht neben dem Tresen, wo es noch dunkler war als in der übrigen Spelunke, lag eine Frau mit dem Gesicht nach unten über einen Tisch. Einer stand hinter ihr und besorgte es ihr ungeniert. Sie stemmte ihre Hände gegen die Wand, um seine ungestümen Stöße aufzufangen. Niemand störte sich an diesem Treiben. Niemand sah hin außer Isenbard; die wenigen Öllichter spendeten ohnehin nur spärliches Licht.

„Bring uns Bier und für diesen da ein Weib, aber ein junges und feines. Es ist das erstemal, verstehst du?" rief Boemund dem Wirt zu.

Kurz darauf kam wiegenden Schrittes eine junge Frau auf Isenbard zu und beugte sich tief zu ihm herab, so daß er ihr Brüste, die halb aus dem weiten Ausschnitt hingen, dicht vor Augen hatte. Sie legte ihre Hand auf seine Schulter und sagte: „Komm mit, Kleiner; ich bin Irene."

„Er hat noch nie", erklärte Boemund, „bringst du es ihm bei?"

„Ja, und wie. Er wird mit mir zufrieden sein." Sie ergriff Isenbards Hand und zog ihn hoch: „Es wird dir bestimmt gefallen, und wenn nachher noch einer von den Herren zu mir kommen will, ich bin bereit." Sie zog ihn hinter sich her. Die anderen folgten ihm im Gänsemarsch. Bevor Isenbard jedoch die Kammer betrat, deren Tür Irene weit offen hielt, trat er vor seine Kumpane: „Ich will nicht, daß ihr dabei seid. Wartet in der Spelunke, bis ich zurückkomme."

„Aber ich will dich doch draufheben", lachte Johann.

„Das brauchst du nicht", mischte sich Irene ein, „das schafft der auch alleine." Ungeduldig drückte sie den Widerstrebenden, jede weitere Diskussion abwürgend, in die Kammer und knallte seinen Kameraden die Tür vor der Nase zu. Diese hörten, wie sich der Schlüssel im Schloß drehte, sahen sich an, gingen davon und setzten sich wieder auf ihre Plätze, unflätige Witze reißend.

„Als Jüngling hat er uns verlassen, und als Mann kommt er zurück", prophezeite Johann, „das ist doch bestimmt ein Grund, um zu feiern." Er forderte Kuno auf: „Du hast doch das meiste Geld. Gib eine Runde auf das Gerammel von Isenbard aus."

„Was ist Gerammel?" fragte einer der Händler.

Sie sahen sich an und lachten, aber keiner gab eine Antwort.

„Ist Hase?" Er steckte den Zeigefinger seiner rechten Hand in die zusammengeformten Daumen und Zeigefinger seiner Linken, während er den Zeigefinger in der Öffnung bewegte. Unverschämt grinsend fragte er: „Ist das Gerammel?"

„Ja, das ist Hase", lachten alle, und Boemund klopfte ihm auf die Schulter, prostete ihm mit der Linken zu und meinte: „Du bist ein helles Köpfchen, Knabe. Wie heißt das bei euch?"

Alle sahen den Lombarden gespannt an und warteten auf seine Antwort. Der aber blickte in Richtung Tresen, denn von dort brüllte Irene, ihre Hände hoch erhoben, durch die Spelunke: „Hört her, ihr da hinten. Euer Kamerad ist weggelaufen. Er hatte Angst! Wer bezahlt mir jetzt den Ausfall?"

Die Knappen sahen sich groß an, lachten dann hell auf, und Kuno rief: „Auf geht's, wir gehen ihn suchen." Er warf Irene und auch dem Wirt je eine Münze zu. Dann verließen sie die Kneipe.

Beim Abendessen im Rittersaal waren alle Knappen wieder vereint. Sie saßen nach dem üppigen Mahl um das offene Feuer und tranken. Das einzige Gesprächsthema waren Vinzenz und die Frage, wie man seiner habhaft werden konnte.

Um Mitternacht leerte Dietrich von Kerpen seinen Krug, wischte sich den Bierschaum vom Mund, blickte in die Runde und meinte gähnend: „Ich haue mich hin. Ich bin müde."

„Ich auch", kam das Echo von Johann von Mengen.

„Es war ein langer Tag", gestand Dietrich von Finstingen, „eigentlich wollte ich ja schon abends daheim sein."

„Keiner von uns wollte so lange bleiben. Das ist bloß dieser Vinzenz schuld, der den Burgherrn auf dem Gewissen hat."

„Mit Wichard war ja sowieso nicht zu reden. Der ist ja gleich nach der Aufbahrung zu seinem Freund Friedrich nach Sierck geritten", sagte Ernst von Hagen. Er hielt Amanda den leeren Krug hin: „Ich trinke noch einen, Amanda."

„Es ist kalt", sagte Hugo von Clair und rieb sich die Arme, während er Amanda bis zum Bierfaß begleitete: „Komm dort hinten um die Ecke, Amanda. Ich habe gerade Lust." Amanda sagte nichts, sah ihn nur aus traurigen Augen groß an und begann das Bier aus dem offenen Faß zu schöpfen. Er umfaßte ihre Taille und wollte wissen: „Kommst du oder kommst du nicht?"

Wieder dieser traurige Blick und dann die Antwort: „Nein, Herr. Ich kann nicht. Ich soll ab Mitternacht Gundula bei der Totenwache ablösen, und es ist bestimmt schon Mitternacht." Sie drehte sich um: „Ich bringe nur noch dem Herrn von Hagen vorher sein Bier."

„Nichts da." Hugo hielt sie am Arm fest und fauchte: „Gundula kann warten und der Hagen auch. Komm jetzt. Ich bin zu scharf auf dich. Ich will nicht mehr warten." Er zog sie so ungestüm am Arm, daß das Bier aus dem Krug schwappte und ihre Hand naß wurde. Sie stemmte ihre Füße in den Boden, aber er zog sie so fest hinter sich her, daß sie den Bierkrug fallen ließ und selbst beinahe gefallen wäre, während er schimpfte: „Vergiß nicht, wer du bist, du hörige Hure, du!"

Gleich um die Ecke, ohne eine Tür dazwischen, drückte er ihren Leib gegen den Tisch, beugte ihren Kopf soweit nach vorne, daß ihre Nase das Holz berührte, hob ihren Rock hoch und machte kurzen Prozeß, während er fragte: „Was hast du nur an dir, daß alle so scharf auf dich sind?"

Amandas Tränen netzten den Tisch. Sie dachte mit Schrecken daran, was wohl jetzt aus ihr werden würde, nachdem der gütige alte Herr so überraschend gestorben war. Sie zweifelte daran, daß sie bei Wichard bleiben konnte, und wenn, dann auf keinen Fall in der Stellung, die sie bei seinem Vater innegehabt hatte.

„Siehst du, so geht das", lachte Kuno, als er ging, „deshalb sagt man Hörige. Hörige haben immer zu gehorchen. Merk dir das."

In diesem Augenblick ertönte das Horn des Wächters. „Was ist denn das?" fragte Werner von Hymersdorf, „brennt es irgendwo?" Er stand auf und wankte zur Fensterluke, durch die kalte

Nachtluft hereinströmte. Ein zweites Horn fiel in das gespenstische Tuten ein. „Sehen wir nach", rief Kunz von Dalberg und lief durch das Tor, dessen Eisengitter mit den messerscharfen eisernen Spitzen heute' nacht, da so viele Gäste da waren, nicht herabgelassen worden war. Er lief zur Ringmauer. Noch bevor er sie erreicht hatte, schallte von einem der Wachtürme der Ruf durch die Nacht: „Einer ist über den Bering geklettert."

Heinrich von Bubenheim rief aufgeregt: „Greift zu den Waffen, Knappen. Jetzt wird es ernst."

„Einer alleine kann doch auf der Burg nichts anrichten", sagte Friedrich von Montfort großspurig und öffnete das schwere Tor, das den inneren Bereich der Burg vom Vorwerk trennte. Dort befanden sich die Dienstgebäude, die Ställe, die Heuschober, die Wohnungen der freien Knechte und Mägde, aber auch die der Hörigen und Dienstleute. Zwischen dem Vorwerk und der äußeren Ringmauer lag der große freie Platz, den sie Zwinger nannten.

Nach und nach flackerten hinter den winzig kleinen Fensterscheiben der Katen trübe Lichter auf, und hin und wieder wurde ein Fenster geöffnet, oder jemand drückte sich die Nase an der Fensterscheibe platt. Friedrich von Montfort lief an den Häusern vorbei und rief in die Nacht: „Hast du ihn?"

„Nein, Herr, der ist über die Brüstung nach draußen gesprungen."

„Dann war es Vinzenz", rief Isenbard von Kastel laut. „Los! Hinterher, Freunde. Jetzt müssen wir den Mörder kriegen."

Er lief hin und her und suchte eine niedere Stelle in der Ringmauer, folgte dann aber Peter von Ecksteins Ruf: „Kommt zu den Pferden, Freunde. Der ist ja zu Fuß. Der kommt nicht weit. Den fangen wir unten am Berg ab."

Asyl

Der neue Tag kroch langsam über die Bouser Höhe. Bruder Wolfram, Prior in der Abtei Wadgassen, begrüßte ihn von der Schwelle seiner Zelle aus mit ausgebreiteten Armen, als wolle er die ganze Welt umarmen. Er war ein hochgewachsener Mann von 45 Jahren, dessen ganzer Stolz sein gepflegter, dichter brauner Bart war. Nachdem er zehn Mal tief durchgeatmet hatte, verweilte er noch einen Augenblick und ergötzte sich an der Pracht des Abtgartens, der inmitten der vier Gebäude lag, welche die Mönchszellen, die Verwaltung, die Kirche und das Wirtschaftsgebäude umgaben. Er war wunderschön angelegt und stets hervorragend gepflegt, so daß kein herumliegendes Blatt oder eine verblühte Rose den Abt von seinen Gedanken ablenkte.

Die Lungen voll reiner Luft und das Herz voller Tatendrang, sich dem Alltag zu stellen, eilte der Prior in Richtung Abteikirche, um die Prim zu feiern. Er zog das weiß-wollene Gewand unter dem Schulterkleid fester und drückte das weiße, viereckige Barett, das die Prämonstratenser im Haus oder im Klosterbereich trugen, fester auf seine Tonsur. Wieder einmal war er einer der Letzten. Die meisten seiner Mitbrüder saßen bereits im Chor in ihren holzgeschnitzten Stühlen, als er eintraf. Auch sie hatten es eilig gehabt, denn dieser Morgen war alles andere als gemütlich. In der Nacht hatte es geregnet, von der nahen Au zwischen Abtei und Saar stiegen Dunstschwaden auf.

Vor ihm huschte Bruder Matthäus in die Klosterkirche, tief gebeugt durch den Buckel, den er sich in frühester Jugend bei einem Sturz vom Heuschober zugezogen hatte, als er ein Liebespaar belauschte. „Das ist die Strafe Gottes", hatte ihm sein Beichtvater damals eingebläut, und er glaubte noch heute daran, obwohl inzwischen schon mehr als fünfzig Jahre vergangen waren. „Die Frauen sind an allem Schuld", hatte sein Beichtvater hinzugefügt, „sie sind ein Werk des Teufels! Bleibe weit weg von ihnen, mein Sohn, und dir wird es immer gut gehen."

Sein Buckel und der letzte übriggebliebene Schneidezahn in seinem breiten, zahnlosen Mund, das lange Pferdegesicht und die tiefliegenden Augen verliehen Bruder Matthäus einen furchterregenden Anblick. Er nickte dem Prior kurz zu und hielt ihm die Tür auf, als er an ihm vorbei ging.

Abt Isenbardus saß bereits in seinem Gestühl an der Stirnseite des Chores, die Unterarme fest auf die Lehnen gepreßt, den Blick geradeaus gerichtet. So saß er immer. Kein Muskel bewegte sich in seinem Gesicht, bis er sagte: „Bruder Vorsänger! Beginne jetzt mit den Laudes." Seine Rechte ergriff das große goldene Kreuz vor seiner Brust, und er blickte zu Bruder Nicolaus hinüber und wunderte sich, daß dieser nicht sofort auf sein Zeichen zu singen begann.

Bruder Nicolaus, von der Natur mit einem überempfindlichen Gehör bedacht, dachte nicht daran, anzustimmen. Er hatte sein Gesicht der Eingangstür zugewandt und lauschte gespannt. Die Kirchentür öffnete sich wie von Geisterhand. Niemand sah in dem Halbdunkel den Eintretenden. Nur das Quietschen der Tür bestätigte, daß sie geöffnet wurde. Alle Blicke waren nun auf die Tür gerichtet, die offen blieb.

Einige Mönche, die weiter hinten saßen, bekreuzigten sich, denn sie glaubten, der „Gott-sei-bei-uns" werde in die geheiligten Hallen eindringen. Erst als sie sich zögernd und doch voller Neugier, mit einem Seitenblick auf den Abt, von ihren Stühlen erhoben, erblickten sie voller Erstaunen, aber auch mit Entsetzen, wie sich ein junger Mann, auf Ellbogen und Knien rutschend, zum Altar hin bewegte und dort mit letzter Kraft den nächsten Zipfel des Altartuches mit seiner Rechten erfaßte und krampfhaft daran festhielt. Er blutete aus mehreren Kratzern im Gesicht, am Kopf und an den Händen. Seine Kleidung war klatschnaß, mit Erde beschmiert und zerrissen.

Bruder Philippus, der am nächsten an der Tür saß, stand auf, ergriff eine Kerze und ging gemessenen Schrittes auf den Altar zu, während Bruder Petrus es eiliger hatte und ihn schon bald mit wild flatternder Kerze überholte. Er hatte aber den Jüngling noch nicht erreicht, als die Tür weiter aufgestoßen wurde und zwölf Männer in Kettenhemden und mit Schwertern bewaffnet ungestüm eindrangen und zum Altar rannten, während draußen ein Pferd wieherte. Nun erst kam Leben in die Sitzordnung im Chor. Alle Mönche, sogar die Zögerlichsten, standen auf und eilten zum Altar.

Bruder Petrus jedoch, der als erster begriff, was sich in der heiligen Basilika abspielte, stürzte den Rittern mit wehendem Rock und erhobenen Fäusten entgegen und schrie: „Haltet ein! Achtet das Haus Gottes! Was erlaubt ihr euch, einfach hier einzudringen?"

Er stellte sich schützend mit ausgebreiteten Armen vor den am Boden liegenden Jüngling, der, Angst in den Augen, das Altartuch nun mit beiden Händen krampfhaft umklammert hielt.

Kuno von Gersbach und Heinrich von Bubenheim versuchten, an den ausgebreiteten Armen des Mönchs vorbei nach vorne zu eilen, aber Bruder Petrus trat erst einem und dann dem anderen furchtlos entgegen und rief: „Zurück von diesem geheiligten Ort! Versündigt euch nicht, Ritter."

Mittlerweile waren einige seiner Mitbrüder herbeigeeilt. Bruder Philippus schirmte zu seiner Rechten und Bruder Matthäus zu seiner Linken und neben diesen andere Mitbrüder Vinzenz mit ausgebreiteten Armen. Jeder von ihnen hielt eine Kerze in der Hand, so daß die Dunkelheit etwas gebannt war.

„Gebt den Mörder heraus", zischte Gundolf von Hunolstein, während Ernst von Kranz versuchte, ihnen unter den Händen hindurch zu schlüpfen. Als Bruder Matthäus dies bemerkte, schlug er ihm mit solcher Härte ins Genick, daß Ernst wie vom Blitz getroffen zu Boden ging.

Inzwischen war auch der Abt angelangt; er stellte sich vor seine Mönche, hob seine Hände, als wolle er die Knappen segnen und fragte: „Du sprichst von einem Mörder, Knappe?"

„Ja, ehrwürdiger Vater." Boemund von Ettendorf trat vor. „Der dort hat Arnold von Felsberg ermordet."

„Nein", schrie Vinzenz vom Altar her und klammerte sich noch fester an das gestickte Altartuch. Abt Isenbardus fragte erschrocken: „Was hat er? Arnold von Felsberg ermordet? Arnold von Felsberg ist tot?" Er bekreuzigte sich.

Kunz von Dalberg trat vor: „Ja, ehrwürdiger Vater. Dieser da hat ihn die Treppe hinabgestoßen. Er ist tot."

„Wann war das?"

„Gestern abend. Wir haben ihn die ganze Nacht gesucht, und erst vorhin haben wir seine Spur entdeckt", erklärte Peter von Eckstein.

Abt Isenbardus bekreuzigte sich wieder: „Ich kann es nicht glauben. Erst vorige Woche hat Arnold von Felsberg mich besucht. Es tut mir leid um ihn. Er war ein umgänglicher Mensch." Er faltete seine Hände, blickte nach oben und flüsterte: „Der Herr sei seiner Seele gnädig. Wir werden für ihn beten. Friede seiner Seele. Er war ein guter Christ. Er hat immer freudig für die alleinseligmachende Kirche gespendet."

Danach drehte er sich zum Altar um und fragte in scharfem Ton: „Wem soll ich glauben? Du sagst nein, und diese edlen Herren sagen ja."

„Mir", schrie Vinzenz, „ich war es nicht." Leise und am ganzen Körper zitternd fügte er hinzu: „Bestimmt nicht, ehrwürdiger Vater." Seine Knie ruhten in einer großen Pfütze, die sich von seiner nassen Kleidung gebildet hatte. Mit einem plötzlichen Aufbäumen, bei dem er das Altartuch fast herabgezogen hätte und die Meßutensilien bedenklich ins Schwanken gerieten, schrie er: „Schützt mich, ehrwürdiger Vater. Laßt mich bei euch bleiben."

Bruder Adolphus, der in der Nähe stand, hielt das Altartuch fest, damit nichts von dem wertvollen Gut umkippte und herunterfiel, und rief in seiner Erregung laut: „Laß los, Junge. Du erhältst auch so Asyl." Seine Stimme füllte das hohe Gewölbe wie eine Mahnung: „Die Kirche gewährt allen Hilfesuchenden Schutz."

„Wollt ihr einen Mörder schützen, ehrwürdiger Vater?" fragte Dietrich vom Sauberg ehrfürchtig. „Liefert ihn uns aus, und wir überstellen ihn dem Schultheiß."

„Glaubt ihnen nicht. Sie erschlagen mich oder hängen mich auf", schrie Vinzenz, „seht das Blut an meinem Kopf und in meinem Gesicht. Sie haben mich so zugerichtet. Glaubt ihnen nicht. Laßt mich bei euch bleiben."

„Erlaubt ihr eine Frage an die Knappen, ehrwürdiger Vater?" bat Bruder Godefried.

„Frage."

„Wer von euch hat gesehen, daß er Arnold von Felsberg die Treppe hinabgestoßen hat?"

Totenstille herrschte in der Abteikirche. Niemand antwortete.

„Das verstehe ich nicht", unterbrach der Prior die Stille, „wenn es niemand gesehen hat, warum behauptet ihr dann etwas so Ungeheuerliches?"

„Er muß es gewesen sein", schrie Dietmar von Kerpen, so daß seine Worte laut in der Kirche widerhallten, „ich habe auf der Empore einen Schatten gesehen, als es passierte, und Vinzenz war sonst nirgends auf der Burg zu finden."

„Ich war es nicht. So glaubt mir doch", winselte Vinzenz.

„Sage die Wahrheit. Warst du es wirklich nicht? Bedenke, Junge, die Wahrheit kommt eines Tages doch ans Licht, und dann stehst du als Lügner da. Denke an das ewige Höllenfeuer, Junge. Warst du es wirklich nicht?" fragte der Abt.

„Nein." Vinzenz fügte, immer noch zitternd, hinzu: „Behaltet mich hier, Herr Abt. Schickt die Knappen weg. Sie bringen mich um." Mit seinem blutigen Handrücken wischte er sich Tränen von den Wangen, wobei er flüsterte. „Fragt doch den Herrn Wichardus. Er weiß, daß ich es nicht getan habe. Er würde mich schützen, wenn er wüßte, daß die Knappen mich verfolgen. Er weiß, daß ich den Burgherrn geliebt habe wie einen Vater."

„Keine Sorge, Junge. Die Knappen tun dir nichts. Du bleibst vorerst hier", entschied der Abt und fragte: „Bist du ein Höriger?"

„Ja, ehrwürdiger Vater."

„Da Wichard von Felsberg Richter des Herzogs in Wallerfangen ist, wird er entscheiden, ob du vor den Ding kommst. Bis es soweit ist, brauchst du keine Angst zu haben. Die Kirche beschützt dich. Aber wenn sich herausstellt, daß du es doch warst, müssen wir dich dem Schultheiß übergeben, damit du deine verdiente Strafe erhältst. Siehst du das ein?"

„Ja, ehrwürdiger Vater, aber ich war es nicht."

„Jawohl warst du es", zischte Kuno von Gersbach und fragte gleich hinterher: „Wer soll es denn sonst gewesen sein?"

Abt Isenbardus wandte sich mit erhobenen Händen und ruhiger Stimme an die Knappen: „Der Junge hat um Asyl gebeten, und er erhält es. Er bleibt hier, ganz gleich wie er heißt und ob er der Täter ist oder nicht, bis die fünfundvierzig Tage um sind, die wir jedem Asylsuchenden nach den Regeln unserer Ordens gewähren. Wird in dieser Zeit seine Schuld erwiesen, übergeben wir ihn dem Schultheiß, wenn nicht, lassen wir ihn frei. Das ist mein letztes Wort."

„Er ist ein Höriger, den Arnold von Felsberg erst vor ein paar Wochen von einer Tante geerbt hat. Er ist noch keine sechzehn Jahre alt", gab Hugo von Clair zu bedenken.

„Ganz gleich, wie alt er ist, er bleibt auf jeden Fall erst einmal fünfundvierzig Tage hier bei uns. Danach sehen wir weiter."

„Wollt ihr denn wirklich einen Mörder in euren heiligen Mauern dulden, ehrwürdiger Vater?" fragte einer und trat vor, die Rechte am Griff seines Kurzschwertes. „Bedenkt, was er in der Abtei alles anrichten kann. Wer einmal mordet, der mordet immer."

„Mach dir deswegen keine Sorgen, Friedrich von Montfort, der Junge ist bei uns in jeder Hinsicht in guten Händen. Wenn die Kirche sich entschließt, jemanden zu schützen, dann tut sie das aus ganzem Herzen und so, daß niemand an ihn herankommt."

„Wehe, er verläßt das Kloster", knurrte Eberhard von Bolchen im Hintergrund und fügte drohend hinzu: „dann..."

Weiter kam er nicht, denn Boemund von Ettendorf, der neben ihm stand, stieß ihm den Ellbogen in die Rippen und fauchte so laut, daß alle seine Worte hörten: „Bist du jetzt ruhig, Eberhard." Und leise hauchte er: „Es braucht doch niemand zu wissen, daß wir draußen auf ihn warten, um ihm die Schlinge um den Hals zu legen."

„Ihr steht für sein Leben, ehrwürdiger Vater. Falls er die Abtei verläßt, ist es keinen Pfifferling mehr wert", unterstrich Eberhard von Bolchen seine anfängliche Drohung.

„Ich sagte schon, wir bürgen für ihn", wiederholte der Abt geduldig. „Er steht bei uns unter ständiger Aufsicht."

Er blickte sich um. Seine ausgestreckte Hand wies auf Bruder Rudolphus aus Bisten, einen sehr zuverlässigen Mönch, der die Siebzig längst überschritten hatte und für die umfangreiche und kostbare Bibliothek verantwortlich war: „Bruder Rudolphus nimmt ihn unter seine Fittiche, und ihr könnt gewiß sein: Er könnte unter keiner besseren Aufsicht sein."

„Aber er soll wissen: Wenn er ausbricht, werden unsere Wachen ihn verfolgen und stellen."

„Er wird die Abtei nicht verlassen, dafür stehe ich ein. Und nun kniet nieder und empfangt meinen Segen zur Ehre Gottes, den ich bitte, daß er eure Seelen versöhnlich stimmt. Was auch auf Burg Felsberg geschehen sein mag, der Herr weiß es, und wir vertrauen seiner Güte und Umsicht, weil wir wissen, daß derjenige, der es getan hat, seiner gerechten Strafe zugeführt wird."

Sie sahen sich gegenseitig an. Isenbard von Kastel kniete nieder und faltete seine Hände. Sie blickten verständnislos auf ihn herab, sahen sich wieder an, bis Boemund als nächster der Aufforderung des Abtes folgte. Nun knieten auch die anderen nach und nach nieder. Nur Kuno von Gersbach stand noch, bis ihm Heinrich von Bubenheim mit der Handkante in die Kniekehlen schlug, so daß er einknickte. Nun war auch er bereit, den Segen zu empfangen.

Abt Isenbard hob seine Hände und segnete sie: „Der Herr segne und behüte euch und mache euer Herz frei von allen Rachegedanken. Gehet hin und tut Gutes. Im Namen des Vaters, des Sohnes und des heiligen Geistes, Amen." Er ging an ihnen vorbei, seine Rechte vorgestreckt. Jeder küßte den Ring an seiner Hand. Unversöhnlich, wie sie gekommen waren, verließen sie die Kirche.

Der Abt befahl: „Steh auf, Junge."

Als Vinzenz stand und sich mit beiden Händen am Altar festhielt, forderte ihn Abt Isenbardus auf: „Lege deine Hand auf diese Bibel und schwöre so laut und deutlich, daß jeder meiner Brüder es hören kann: Ich habe Arnold von Felsberg nicht umgebracht."

Vinzenz legte seine Rechte auf die Heilige Schrift und schwor mit zitternder Stimme: „Ich habe Arnold von Felsberg nicht umgebracht."

„Gut, mein Junge." Der Abt klatschte in die Hände. Sofort verstummte das Stimmengewirr der Mönche. Er sagte: „Nun wollen wir den Laudes singen. Nehmt eure Plätze ein." Alle eilten gemessenen Schrittes zu ihren Chorstühlen.

Nur Bruder Rudolphus blieb bei Vinzenz, nahm ihn an der Hand und führte ihn zu dem Chorstuhl des erst kürzlich verstorbenen Bruders Seyfried, während er ihm zuflüsterte: „Du wartest hier, bis wir das Morgenlob gesungen haben. Dann kümmere ich mich um dich. Schmerzen deine Wunden?"

„Nicht sehr", entgegnete Vinzenz, „sie brennen nur."

„Nachher bringe ich dich ins Hospiz. Bruder Fenegrinus hat bestimmt unter seinen vielen Salben einige, die dir helfen werden. Vielleicht sind deine Wunden auch nicht so schlimm, wie sie aussehen, so daß du das Hospiz gleich wieder verlassen kannst."

Die Knappen standen vor dem Portal der Basilika und konnten es nicht verwinden, daß der Abt ihnen Vinzenz nicht ausgeliefert hatte. „Wir hätten nicht locker lassen dürfen", meinte Werner von Hymersdorf. „Vinzenz war es bestimmt, und Wichard macht uns nachher Vorwürfe, daß wir ihn nicht erwischt haben."

Heinrich von Wollenschläger, den der Springbrunnen inmitten des großen Klosterhofes so faszinierte, daß er keinen Blick von ihm ließ, entgegnete: „Aber was ist, wenn er es nicht war?"

„Er war es." Aus Kunos Stimme klang felsenfeste Überzeugung.

„Und wenn nicht, liefern wir dem Henker einen Unschuldigen aus", gab Heinrich zu bedenken. „Da mache ich nicht mit."

„Scheißer", brummte Kuno. Heinrich gab ihm keine Antwort, sondern winkte ab und ritt zu dem Springbrunnen.

„Niemand hat gesehen, daß er Arnold niederschlug oder die Treppe hinabstieß, niemand. Es reicht einfach nicht, daß Dietmar einen Schatten gesehen hat, um ihn gleich als Mörder abzustempeln," pflichtete Dietrich von Finstingen ihm bei, „wir tun ihm vielleicht Unrecht. Und vergeßt nicht: Wichard hat ihn in unsere Runde eingeführt, und er ließ ihn bei den Waffenübungen mitmachen, also hat er Vertrauen zu ihm. Reiten wir erst einmal auf die Burg und hören, was Wichard dazu sagt."

„Vielleicht", überlegte Nikolaus von Rittenhofen, „ist Arnold ausgerutscht und die Treppe heruntergefallen. Ritter Marsilius war bei ihm, und sie haben bestimmt vorher eine Menge getrunken."

„Unsinn!" brummte Dietmar, „er hat ihn umgebracht, dafür lege ich meine Hand ins Feuer. Aber ich kriege ihn noch. Am liebsten würde ich mich hier Tag und Nacht auf die Lauer legen mit einem Strick in der Hand."

„Höre mal, Dietmar", sagte Johann von Rollingen, „warum haßt du ihn so?"

„Weil er uns in allem ebenbürtig oder überlegen ist und weil Wichard ihn immer bevorzugt, dabei ist er doch nur ein Höriger und erst fünfzehn."

„Du bist doch nur wütend, weil er deinen Pfeil getroffen und gespalten hat", stellte Heinrich von Wollenschläger fest.

„Vielleicht war sein Vater auch ein Ritter, vielleicht sogar ein großer Haudegen? Wer weiß es? Vielleicht liegt ihm das Waffenhandwerk deshalb im Blut", lachte Nikolaus von Rittenhofen. „Es kommt ja immer wieder vor, daß edle Ritter Kinder zeugen und Väter werden, ohne es zu wissen. Es laufen genug dieser Bastarde herum. Sie werden ihr Leben lang betrogen. Sie haben nicht die Rechte wie die legitim gezeugten Kinder, genießen nicht die standesgemäße Erziehung und erben nichts von dem Vermögen, das ihnen normalerweise zustehen würde."

Dietrich vom Sauberg gähnte ausgiebig: „Ich bin saumüde. Kommt, Freunde, wir reiten zurück auf die Burg. Dort hören wir erst einmal, was Wichard sagt, und danach legen wir uns schlafen."

Er riß seinen Blick von dem Springbrunnen los und schritt allen voran dem Tor des Eingangsgebäudes zu.

Draußen wieherte eines ihre Pferde.

Traum von der Vergangenheit

Amanda hielt zusammen mit Sofie die Totenwache. Sofie hatte sie freundlich begrüßt: „Schlafe nur, Kindchen, schlaf. Pfeife auf die Totenwache. Den Arnold klaut uns keiner, und morgen ist wieder ein strammer Tag. Du weißt ja, hier geht jetzt alles drunter und drüber, und auf uns Hörige nimmt sowieso keiner Rücksicht. Arnold, der die ganze Zeit seine Hand über dich gehalten hat, liegt hier, und seine Hände umklammern das Schwert, das jetzt genau so kalt ist, wie er selbst. Er ahnt ja nicht, was er mit seinem frühen Weggang angerichtet hat."

Nach diesen Worten schlief sie ein. Vierzig ihrer sechzig Jahre hatte sie Tag für Tag gebeugt über dem Waschtrog gestanden, und dieses ständige Bücken hatte ihren Rücken krumm gebogen.

Als Amanda ihren ruhigen, gleichmäßigen Atemzügen lauschte, fielen auch ihr die Augen zu. Sie hatte einen schweren Tag hinter sich. Sie war bereits um sechs Uhr aufgestanden, hatte Arnold das Frühstück bereitet, der um sieben Uhr zur Jagd ritt. Danach hatte sie seine Zimmer in Ordnung gebracht, einige seiner Sachen geflickt und in der Küche geholfen. Als Arnold heimkehrte, warf er drei Hasen, fünf Rebhühner und einen Fasan auf den Küchentisch. Der Koch schob den Fasan Amanda mit den Worten zu: „Den machst du fertig. Ich mache ihn ja dem Herrn nicht gut genug. Verflucht sei der Tag, an dem ich krank war und du ihm den Fasan zubereitet hast. Ich möchte nur wissen, was du in den Vogel hineinsteckst, daß er ihm jedesmal so gut schmeckt."

„Das wird nicht verraten", antwortete sie lachend und machte sich an die Arbeit, stets darauf bedacht, daß er ihr nicht über die Schulter schaute, wenn sie die Gewürze mischte.

Auch an diesem Mittag hatte Arnold der Fasan wieder köstlich geschmeckt, und sie freute sich wie immer darüber, denn sie mochte ihn, weil er so gut zu ihr und Vinzenz war.

Zwei Stunden später, in denen sie in der Wäschekammer geholfen hatte, war Marsilius zu Besuch gekommen. Auf Bitten ihres Herrn war sie ihm zu Willen. Sie gestand sich jedoch ein, daß sie es gerne und mit völliger Hingabe getan hatte, denn Marsilius war ein stattlicher Mann, und er hatte ihr von Anfang an gefallen, außerdem war er bedeutend jünger als Arnold, dessen Manneskraft in letzter Zeit nur durch Amandas besondere Fürsorge hin und wieder kurz aufflackerte. Gerade als sie beide einem erneuten Höhepunkt zusteuerten, passierte das Unglück mit Arnold.

Kurze Zeit später, als sie noch völlig aus dem Häuschen, voller Trauer und ratlos war, als sie sich immer wieder fragte, was nun aus ihr werden würde, machte ihr das Verstecken und Weglaufen von Vinzenz zusätzlichen Kummer.

Zu all ihrem Elend mußte sie abends hundemüde bei den Knappen auf Wunsch Hugo von Clairs den Mundschenk spielen, als diese von ihrer Suche ohne Ergebnis zurückkehrten. Sie mußte sich ihre Handgreiflichkeiten gefallen lassen, ob sie dazu aufgelegt war oder nicht, und sie waren nicht zimperlich, erst recht nicht, wenn sie viel getrunken hatten. Kurz vor Mitternacht hatte Hugo von Clair sich ihrer noch bedient.

Traurig über ihre Wehr- und Hilflosigkeit, aber auch ausgelaugt und voller Kummer um Vinzenz, zudem todmüde von den Verrichtungen des langen Arbeitstages mußte sie nun auch noch auf Anordnung der Herrin Totenwache halten!

Amanda schlief kurz nach Sofie ein. Aber sie schlief nicht fest, vor Angst, erwischt zu werden. Sie träumte.

Eines Tages fiel ein Mann in Böckelheim nahe der Brücke über ihre Mutter her, schlug sie zusammen, riß ihr die Kleider vom Leib und tat ihr Gewalt an. Sie hörte im Traum wieder die Schreie ihrer Mutter und sah, wie sie sich verbissen wehrte und wie Klara, die Frau des Meiers, zufällig mit ihrem Ochsengespann vorbei kam und dem Mann den Rechenstiel von hinten auf den Kopf schlug, so daß er benommen von seinem Opfer ließ und nun die Meierin angriff. Sechs andere Bauersfrauen eilten herbei, griffen ihn beherzt von allen Seiten an und schrien aufgeregt durcheinander: „Haben wir dich endlich, du Saukerl! Auf den Bauch mit dir! Beiß ihn in die Hand, Lisa, beiß doch fester zu!" Klara schlug ihm den Hackenstiel in die Kniekehlen, so daß er ins Wanken kam, während Maria ihm noch einen Stoß von der Seite versetzte, daß er hinfiel. Sofort waren sie über ihm und fesselten seine Hände und Beine. Lisa lief davon, um den Schultheiß zu rufen. „Amanda, knie dich jetzt auf ihn, der darf uns nie mehr entkommen", zischte Maria.

Der Mann versuchte, sich von den Umklammerungen der Frauen freizumachen, und schrie: „Verschwindet hier, verfluchte Weiber! Laß mich los, ihr Bauerntölpel! Loslassen, sage ich!"

„Tritt ihm in die Eier, Edith", rief Tina. Sie sprang ihm von hinten auf den Rücken und hämmerte, die Beine um seine Hüften geschlungen, mit ihrer Rechten auf seinen Kopf. Sie beschimpften ihn, bedrohten ihn mit der Hacke und mit seinem Schwert: Elke setzte ihm die Schwertspitze aufs Herz. Er fluchte ununterbrochen, aber die Frauen ließen sich nicht erweichen und hielten ihn fest, bis der Schultheiß in Begleitung des Büttels kam.

Der Schultheiß erkannte sofort, wen er vor sich hatte, und fuhr die Frauen an: „Was fällt euch ein, einen Knappen zu fesseln?" Empört beschimpften ihn die aufgebrachten Frauen, so daß er den Mann, wenn auch widerwillig, festnahm. Alle Frauen beteuerten, er habe Irene ins Gras geschmissen und sich an ihr vergangen. Sie zeigten dabei auf seinen noch heruntergeklappten Hosenlatz, der das corpus delicti preisgab. Der Schultheiß mußte den Mann mehrmals nach seinem Namen fragen, bis dieser endlich „Wolf von Husack" in seinen Bart brummte.

„Stelle ihn sofort vor Gericht, Schultheiß", forderte Maria.

„Am nächsten Dingtag", antwortete dieser.

„Nichts da", schimpfte Edith, „wir fordern ein Gassengericht, das sofort zusammentritt."

„Wir füttern den Kerl doch nicht noch bis zum Herbst durch", fauchte Lisa.

„Am Dingtag im Herbst, habe ich gesagt."

„Nein. Noch heute. Wir haben das Recht, ein Gassengericht zu verlangen, das weißt du so gut wie wir alle, und wir wollen, daß er noch heute verurteilt wird."

Der Schultheiß wand sich. Doch er wußte, daß Klara recht hatte und er dem Verlangen der Frauen nachgeben mußte.

„Du willst wohl zuerst noch mit dem Grundherrn reden und hoffst darauf, daß der ihn freiläßt?"

„Das geht den Grundherrn gar nichts an. Der kann ihn nicht freilassen. Nur ein Gericht kann ihn freisprechen, sonst niemand", erklärte Klara. „Wir fordern noch heute ein Gassengericht."

„Ja, sofort ein Gassengericht", schrie Lisa, und die anderen fielen in ihren Ruf ein, so daß der Büttel seine Lanze gegen sie in Anschlag brachte und schrie: „Ruhe, Weibervolk."

Aber sie schrieen weiter, bis der Schultheiß nickte: „Also gut. Ein Gassengericht." Dem Büttel befahl er: „Sperre den Knappen in den Turm. Das Gericht tritt heute mittag auf dem Dingplatz zusammen."

Als die Frauen ins Dorf kamen, trat der Meier aus seinem Stall. Sofort berichtete ihm seine Frau, was vorgefallen war. „Das habt ihr Frauen gut gemacht", lobte er.

„Welche Strafe bekommt er denn?" fragte Irene.

„Du weißt", erklärte der Meier, „es gilt immer noch das alte germanische Recht: Wer einen Grenzstein auspflügt, wird an Stelle des Steins bis zum Hals eingegraben, und sein Kopf wird abgepflügt. Brandstifter, Hexen, Ketzer und alle, die die reine Lehre der Kirche verfälschen, Zauberer, Totschlägerinnen und Ehebrecherinnen, aber auch Verräter und solche, die mit Tieren oder dem gleichen Geschlecht Unzucht treiben, werden verbrannt. Falschmünzer und Betrüger werden in heißem Öl, in Wasser oder Wein gesotten. Wer gemordet oder Straßenraub begangen hat, wird in den meisten Fällen gerädert. Das ist die ehrloseste Hinrichtung. Die durch das Schwert ist die ehrenvollste."

Klara unterbrach ihn: „Wie geht das Rädern?"

„Das habe ich einmal in Trier gesehen. Der Verurteilte lag auf der Erde. Unter seine Oberarme und Oberschenkel wurden dicke Steine gelegt und festgebunden. Der Büttel stieß nun mit einem großen Rad solange auf seine Gelenke, bis sie brachen."

„Der muß doch gebrüllt haben wie ein Stier."

„Noch schlimmer. Aber das war erst der Anfang. Seine gebrochenen Arme und Beine wurden durch die Speichen des Rades geflochten und festgebunden."

„Geflochten?"

„Ja. Richtig geflochten. Sie hingen ja nur noch an ein paar Sehnen und Muskelfasern. Das Rad wurde nun auf einen hohen Pfahl gehoben und festgebunden. Dort wartete der Verurteilte auf seinen Tod. Wann er gestorben ist, weiß ich nicht, aber als ich nach drei Monaten wieder nach Trier kam, hing er immer noch an seinem Rad, und die Vögel pickten an seinen Knochen."

„Das ist gut so", sagte Klara, und Irene nickte dazu.

„Und das Lebendig-begraben-werden? Ist dieser Tod milder?"

„Das weiß ich nicht", lachte der Meier „ich habe es noch nicht ausprobiert. Man wird mit dem Kopf nach unten in ein tiefes Loch gesteckt, und das Loch wird dann zugeschüttet. Der Eingegrabene erstickt, weil er ja keine Luft mehr bekommt. Vom Ertränken wollen wir gar nicht erst reden. Das kennt ihr ja. Sie bekommen entweder einen Stein um den Hals, oder sie werden in einem Faß oder in einem zugebundenem Sack ins Wasser geworfen."

„Huuuu". Klara schüttelte sich. „Eklig, wenn das Wasser kalt ist."

„Und die Gehängten bleiben solange hängen, bis die Knochen selbst vom Strick fallen."

„Also bis die Vögel seine Knochen durchgepickt haben."

„Ja. Und geviertelt wird fast so wie beim Rädern. Die Qualen werden recht lange hinausgezogen. Zuerst werden die beiden Arme, danach die Beine und zum Schluß der Kopf abgeschlagen."

„Strafe muß sein", meinte Klara.

„Darauf kannst du dich verlassen, er wird bestimmt verurteilt", sagte der Meier und ging wieder in seinen Stall.

Mittags, als alle von den Feldern heimkehrten, ging der Büttel durchs Dorf und rief in jeder Gasse mehrmals: „Leute! Kommt zum Gassengericht wegen der Notzüchtigung von Irene Baumgart. Kommt sofort zum Gassengericht! Alle Schöffen und jeder, der dazu etwas zu sagen hat, werden aufgefordert zu erscheinen."

Eine halbe Stunde später setzten sich bereits die ersten Zuschauer auf die Baumstämme, die den Dingplatz von der Kirche abgrenzten und der einen Steinwurf groß war.

Für alle Angehörigen der Dorfgemeinschaft, Freie oder Hörige, war das Erscheinen Pflicht. Die Schöffen saßen auf einer Bank unter der Dorflinde, links neben dem Meier, von den sieben Schöffen fehlten vier. Aber das hatte bei einem Gassengericht nichts zu bedeuten. Weder der Vogt noch der Grundherr waren benachrichtigt worden. Deren Anwesenheit war nicht notwendig, denn keiner von ihnen konnte Recht sprechen oder Einwände erheben. Der Schultheiß fungierte als Richter. Er saß rechts neben dem Meier. Neben ihm stand der Büttel mit seinen Helfern.

Alle Umstehenden schauten den Schultheiß gespannt an. Endlich hob er den weißen, geschälten Stab, das Symbol des Rechts. Die Verhandlung war eröffnet. Sofort verstummten alle Gespräche.

Der Zender trat einen Schritt vor, schlug mit seinem Schwert dreimal an seine Lanze und rief laut, während er vor den Umstehenden einherging: „Hört, ihr Leute, hört!" Nun trat er vor den Gefangenen und schrie ihn an: „Höre, du schuldiger Mensch, ich gebiete dir hiermit, und das ist das erste und letzte Gebot, daß du Antwort gibst, um das Unrecht, daß du in unserem Dorf begangen hast, aufzuklären."

Der Schultheiß stand auf, zog sein Schwert aus der Scheide, hob es hoch und zeigte es in die Runde, als Zeichen dafür, daß er bereit war, das Urteil zu vollstrecken. Nachdem er es wieder in der Scheide gesteckt hatte, rief er: „Die Magd Irene Baumgart hat diesen Mann der Notzucht angeklagt. Zeugen sind die Frau des Meiers und andere Frauen." Er wandte sich an den Angeklagten: „Wie heißt du, Notzüchtiger?"

Der Mann schwieg, und er schwieg auf alle Fragen so hartnäckig, daß die Umstehenden bald ungeduldig wurden und ein Bauer rief: „Schultheiß! Gib ihn uns. Wir bringen ihn zum Reden."

Der Schultheiß winkte ab und sagte: „Vor seiner Festnahme sagte er den Frauen, sein Name wäre Wolf von Husack. Daß er ein Knappe ist, kann jeder erkennen. Da er aber seit dieser Zeit kein Wort mehr gesprochen hat, kann ich ihm auch nicht helfen."

Raunen ging durch die Menge. Der Büttel gebot Schweigen.

Große Aufregung machte sich breit, als Irene schildern mußte, wie der Angeklagte sie angefallen, ihr die Kleider vom Leib gerissen und sich über sie geworfen hatte. Der Tumult und die Empörung steigerten sich noch, als Irenes Schilderung mit dem Ruf unterbrochen wurde: „Mich hat er in Perdsfeld auch angefallen, und bei mir hat er es genau so gemacht."

„Wer bist du?"

„Lisa Purber aus Perdsfeld. Ich kam zufällig durch Böckelheim und habe von dem Vorfall gehört." Allgemeines Murren machte sich breit, und mehrere Frauen riefen: „Pfählt ihn! Pfählt ihn! Laßt ihn genau so leiden, wie diese Frauen gelitten haben."

Es dauerte eine Weile, bis der Lärm verstummt war und der Schultheiß fragte: „Hast du dich gewehrt, Lisa?"

„Ja. Genau wie die Irene, aber es kam niemand, der mir half."

„Hast du es deinem Mann erzählt?"

„Nein. Ich habe mich zuviel geschämt. Aber der da war es. Ich erkenne ihn wieder."

„Ich muß dir sagen, Lisa: Dieses Gericht ist nur für das zuständig, was in Böckelheim geschah. Du mußt also in Perdsfeld klagen."

Er wandte sich an den Angeklagten: „Warst du an diesem Tag in Perdsfeld?"

„Nein", sagte dieser. Es war das erste Mal, das er sprach.

„Jawohl warst du am Michaelistag dort", riefen mehrere Männer. „Das können wir bezeugen. Wir haben dich gesehen."

Der Schultheiß fragte einen nach dem anderen: „Schwörst du den heiligen Eid darauf, daß du ihn am Michaelistag in Perdsfeld gesehen hast?" Alle hoben die Schwurhand.

„War es so?" fragte der Schultheiß den Beschuldigten. Der gab keine Antwort, sondern senkte den Kopf.

Nun wandte sich der Schultheiß an die Schöffen: „Wir können hier nur die Klage von Irene Baumgart behandeln, obwohl der Vorwurf von Lisa Purber beweist, daß wir es mit einem gefährlichen Menschen zu tun haben. Ihr könnt also nur über das urteilen, was Irene hier in Böckelheim geschah. – Hast du noch etwas zu deiner Verteidigung vorzubringen?" fragte er den vor sich hinstierenden Angeklagten. Dieser reagierte überhaupt nicht, und es schien, als ginge ihn das alles nichts an.

„Dann fällt ein gerechtes Urteil", gebot der Schultheiß.

Die Schöffen standen von ihren Bänken auf und gingen in den Kirchgarten. Alle Umstehenden blickten ihnen nach und sahen bald an ihrem Kopfnicken, daß sie sich schnell einig waren.

„Wie lautet das Urteil?" fragte der Schultheiß, nachdem sie sich wieder gesetzt hatten.

Der Meier stand auf, warf sich in die Brust und sagte so laut, daß es jedermann hören konnte: „Schuldig mit Kopf und Hals. – Du hast es gehört, Wolf von Husack. Hast du noch etwas zu sagen?" Der Verurteilte blickte nicht einmal auf.

„Hat jedermann das Urteil gehört?" fragte der Schultheiß. Er blickte in die Runde, und da alle nickten, stellte er die nächste Frage: „Tritt jemand für den Unhold ein?"

„Pfählt ihn endlich", schrie jemand aus der Menge.

„Ruhe!" schrie der Zender und stellte sich auf die Fußspitzen, um den Rufer erkennen zu kennen, aber er sah ihn nicht.

Der Schultheiß stand auf, nahm den weißen, geschälten Stab in beide Hände und rief: „Ich verkünde im Namen des Gassengerichts von Böckelheim das Urteil."

Er zeigte auf den Angeklagten und sagte: „Dieser Mann, der angab, Wolf von Husack zu sein, dessen Herkunft wir aber nicht kennen, der ein Notzüchter ist, wird zum Tod durch den Pfahl verurteilt. Das Urteil wird sofort vollstreckt. Irene Baumgart hat das Recht, ihn von nun an drei Stunden lang zu pfählen." Er brach den Stab in zwei Stücke. Damit war das Urteil rechtsgültig.

In diesem Augenblick begann die Kirchenglocke zu läuten. Ein Raunen ging durch die Menge, und nichtendenwollender Beifall brauste auf. Den Beifall der Menge übertönten Rufe wie: „Endlich ein gerechtes Urteil!"– „Bravo, ihr Schöffen!" – „Schluß mit solchen Hurensöhnen!" Der Zender lief auf dem Dingplatz hin und her, während er rief: „Hört, hört, ihr Leut'!" Wieder schlug er mit seinem Stab gegen seine Lanze, bis endlich Ruhe eintrat.

Der Schultheiß stand auf und fragte noch einmal: „Tritt jemand für den Unhold ein?" Und als sich niemand meldete: „Fordert jemand Begnadigung für ihn?" Niemand rührte sich. Der Schultheiß blickte in die Runde und wartete noch eine Weile, ehe er sagte: „Niemand tritt für ihn ein, und da er selbst kein Wort sagt, rufe ich: Vollstreckt das Urteil."

Nun warfen der Büttel und seine Helfer den sich wild Wehrenden auf den Rücken und hielten seine Arme und Beine fest, während andere Pfähle in den Boden rammten, an die sie seine Hände und Füße banden. Sie rissen ihm die Kleider vom Leib, so daß er nackt vor ihnen lag. Der Schultheiß ging an den Tisch, nahm den Schlegel in die Hand und wandte sich an Irene: „Irene Baumgart, du hast es gehört. Du hast drei Stunden lang Zeit, das Urteil zu vollstrecken. Komm her."

Irene trat vor. Der Schultheiß gab ihr den Schlegel. Sie mußte ihn mit zwei Händen halten, weil er so schwer war.

Der Büttel setzte den etwa drei Fuß langen Holzpfahl, der am unteren Ende zugespitzt war, dem Verurteilten auf den Unterleib.

„Schlag zu, Irene, schlag zu! Denk daran, was er dir angetan hat!" rief eine Frau überlaut. Dieser Ruf löste eine ganze Lawine von Rufen aus, die sich bald im Chor vereinigten: „Schlag zu, Irene, schlag zu, Irene." Irene hob den Schlegel hoch über ihren Kopf, blickte in die Gesichter der Umstehenden, dann auf die Hände des Büttels, der den Pfahl mit beiden Händen festhielt, und schlug mit aller Kraft zu. Der Verletzte schrie fürchterlich. Sein Schrei fuhr allen in die Glieder. Der Pfahl war schon beim ersten Schlag in seinen Leib gedrungen. Noch floß nur wenig Blut.

„Fester, Irene", schrie wieder dieselbe helle Frauenstimme. Wieder ertönte es im Chor: „Schlag zu, Irene, schlag zu, Irene!" Eine Schwarzhaarige, die ganz in ihrer Nähe stand, rief: „Vergiß nicht, was er dir angetan hat." Andere Rufe von Frauen wie: „Sei genau so brutal zu ihm, wie er zu dir war", „Gib ihm zurück, was er dir angetan hat", „Denk daran: Das schuldige Glied muß büßen" gingen unter in dem Chor, der mit jedem Schlag, den Irene ausführte, lauter wurde. Sie hörte die Rufe der Menge nicht mehr. Dumpf klang jeder Schlag auf dem Stab.

Die Menge schwieg, als beim dritten Schlag Blut hochspritzte. In diese Stille schrie einer, der in ihrer Nähe stand: „Irene! Schlag härter, härter, härter." Sein Ruf steckte andere an, und immer mehr riefen: „Härter! Härter! Härter!" Jeden Schlag begleitete ein Sprechchor. Zu demjenigen aber, der zuerst „härter" gerufen hatte, sagten alle fürderhin in Böckelheim: Das ist der Härter.

„Jawohl, Irene! Dring in ihn ein, wie er in dich eingedrungen ist", rief eine alte Frau. Der Gepfählte lag inzwischen reglos.

Amanda stand mit den anderen Kindern vorne im Kreis. Irene blickte zu ihr hinüber. Ihre Augen trafen sich. Und sie schlug mit solcher Wucht zu, daß der Pfahl ganz durch den Körper des Mannes drang. Er bäumte sich auf, schrie fürchterlich, lag still.

„Gut gemacht, Irene, gut gemacht!" schrien die Umstehenden.

Der Büttel nahm ihr den Schlegel ab und schlug dreimal wuchtig zu, bis der Pfahl nur noch einen Fuß breit über dem Leichnam hervorragte. Der Schultheiß rief: „Das Urteil ist vollstreckt. Er bleibt bis heute abend hier liegen, dann wird er im Wald verscharrt."

Eine alte Frau lief zu dem Gepfählten, stellte sich breitbeinig über ihn und pißte ihm ins blutbespritzte Gesicht. Andere Frauen taten es ihr nach, wieder andere bespuckten ihn. Irene ging zu Amanda, nahm sie an der Hand und sagte: „Komm mit. Wir gehen zum Bach. Ich muß baden." Doch bevor sie gingen, trat sie zu der Bäuerin, bei der sie im Dienst stand. „Ich ziehe mit Amanda weiter. Hier halte ich es nicht mehr aus. Jeden Augenblick sehe ich diesen Schweinehund vor mir."

„Nichts da. Du bleibst bis morgen. Wo willst du denn jetzt noch hin?" fuhr die Bäuerin sie an.

„Nein. Wir gehen gleich. Ich packe mein Bündel, wenn ich gebadet habe."

„Wie du willst." Sie ging zu ihrem Mann, redete mit ihm, kam zurück: „Hier hast du deinen Lohn. Du kannst gehen, dem Bauern ist es recht. Nehmt euch zwei Brote aus der Kammer und Äpfel als Wegzehrung mit, so viel ihr tragen könnt. Gott behüte euch."

Eine Stunde später verließen die beiden Böckelheim. Vier Tage wanderten sie westwärts. Sie nächtigten in Feldscheunen oder im Freien innerhalb der Umfriedung einer Markgemeinde. Am fünften Tag fragte Irene einen Bauern, der aufs Feld fuhr: „Hast du Arbeit für uns?"

„Habe ich. Geht ins Dorf, sagt meiner Frau, daß ihr bleiben könnt. Es ist der zweite Hof rechts." Er drehte sich um, trieb die Ochsen an und ließ die beiden stehen.

„Der hat aber einen langen Bart", wunderte sich Amanda, „von seinem Gesicht sieht man nur die Augen und die Nasenspitze." Irene jubelte: „Wir haben Arbeit und ein Dach über dem Kopf. Dem Himmel sei Dank." Sie kniete nieder und bekreuzigte sich.

Seit diesem Dankgebet mochte Amanda die geduckten, niederen Blockhäuser mit den Strohdächern, den beiden winzig kleinen Fenstern, die man nicht öffnen konnte, und den Hof des Bauern Johannes Edel, der mit einem Zaun an den Stellen umfriedet war, wo kein Gebäude auf der Hofgrenze stand. Diese Umfriedung gab ihr, dem ängstlichen Kind, genau wie die des gesamten Dorfes, die sie Banneder nannten, große Sicherheit.

Sie erlebte in ihrem Traum wieder, wie Mägde, Knechte und Bauern gemeinsam zweimal im Jahr einen Streifen von sechs Fuß außerhalb des Steinwalls freihielten. Sie schlugen jeden Strauch zwischen Steinwall und Wald zur besseren Sicht, aber auch zum Brandschutz ab, denn sie hatten alle große Angst vor Feuer, das sich vom Wald her ausbreiten konnte, aber auch vor Bären, Wölfen und den Wildschweinrudeln, die immer wieder versuchten, ins Dorf einzubrechen. Außerdem hauste in dem Wald, der bis auf den Gemeindewald Eigentum der Grundherren war, oft umherziehendes Gesindel, ausgemusterte Soldaten, zurückkehrende Kreuzfahrer, die plündernd und mordend umherzogen. Sie machten die schmalen von den Römern gebauten und überwucherten Straßen unsicher, die jetzt nur noch als spärlich befahrene Handelswege dienten. Durch das Tor am Wald trieb der Schweinehirt seine Herde in den Gemeindewald, die Allmende. Dort fraßen sich seine Schützlinge an Eckern, Eicheln und Wurzeln satt.

Amanda träumte von dem Hof, auf dem sie wohnten, und dem Bauern Johann Edel, der, wie alle anderen Bauern auch, ein Markgenosse war. Die meisten waren Unfreie, die genau wie die Freien als Pacht für den bewirtschafteten Grund den Zehnten zu zahlen hatten, dazu kam das Schutzgeld und die Abgabe an den Grundherrn, die Bede. Diese wurde meist in Korn und Hafer gemeinschaftlich von der Markgemeinde an den Vogt entrichtet.

Das Schutzgeld hatte jeder Haushalt mit einer Feuerstelle in Form von Hühnern, Enten, Gänsen oder Eiern zu zahlen. Dabei wurde unterschieden zwischen einem ganzen und gebrochenen Bett, zwischen einem Ehepaar und einer verwitweten Person.

Amanda sah im Traum die Bauern schimpfen, wenn der Zender oder Eintreiber kam, um den Zehnten zu kassieren. Der Vogt und seine Beamten versuchten wie der Grundherr von Jahr zu Jahr mehr vom Markeigentum, das ja Genossenschaftseigentum war, zu bekommen. Für die Markgenossen wurde es von Jahr zu Jahr schwerer, sich dagegen durchzusetzen. Mißernten trafen sie besonders hart, denn die Vögte gingen nie von ihren Forderungen ab. Sie hörte das Murren der Bauern, wenn das Wort Vogt fiel.

Im Schlaf neigte sie sich zur Seite und drohte von dem dreifüßigen Schemel zu kippen. Doch sie rappelte sich hoch, bekam Halt an dem Tisch, auf dem der Leichnam Arnolds lag, und träumte weiter.

Als sie mit ihrer Mutter zu Johann Edel kam, war sie zehn Jahre alt. Kati, Johanns Frau empfing sie in der Tür ihrer Kate aus dicken Baumstämmen, deren Zwischenräume mit Lehm ausgefüllt waren, äußerst unfreundlich: „Wieder zwei Fresser mehr!"

„Wir arbeiten für unser Essen", wandte Irene ein, voller Angst, abgewiesen zu werden. „Wo können wir schlafen, Bäuerin?"

Die ungekämmte, etwa dreißig Jahre alte Frau mit der aschgrauen Haut, den Froschaugen und den vielen Runzeln im Gesicht stemmte die Hände in die Hüften und keifte mit krächzender Stimme: „Für euch bin ich die Herrin. Habt ihr verstanden? Die Herrin, und der Bauer ist für euch der Herr. Wohnen könnt ihr in der Scheuer. Aber das sage ich euch gleich: Wenn ich eine andere Magd finde, müßt ihr gehen."

Sie betrachtete Irene prüfend von oben bis unten und fügte hinzu: „Du bist jung und hübsch. Deswegen sage ich dir gleich: Laß den Bauer links liegen, wenn dir dein Leben lieb ist."

Sie trat vor die Tür und zeigte auf die Scheune: „Dort könnt ihr schlafen. Es ist genug Heu und Stroh drin. Zu essen gibt es dreimal am Tag. Ich stelle euch eure Näpfe auf diesen Hauklotz. Ins Haus kommt mir keine von euch."

Sie reichte jeder einen Fladen Brot, schüttete Irene eine Prise Salz in die Hand und brummte: „So, jetzt geht."

Hungrig machten sie sich in der Scheune, die sie mit Schweinen, Gänsen und Ziegen teilen mußten, über ihr Brot her. Die Kühe und Ochsen waren auf der Weide und wurden erst abends eingetrieben. Amanda hörte sich im Traum sagen: „Die Bäuerin ist aber streng." Irene antwortete: „Ja. Ich glaube, mit der ist nicht gut Kirschen essen. Aber warten wir erst einmal ab, was der Bauer sagt. Ich bin zu müde, um jetzt weiter zu wandern." Und sie schlief ein.

Amanda inspizierte die Scheuer und den Hof. Sie entdeckte unweit einen Bach, der durch die Au rann. Sie hängte ihre Füße hinein, bevor sie zu den anderen Gehöften wanderte, die sie sich von der Straße aus ansah. Vor dem letzten Hof sprach ein Bauer sie an und fragte: „Wer bist du?"

„Amanda Baumgart."

„Und wo gehörst du hin?"

„Meine Mutter ist Magd dort drüben."

„Seit wann?"

„Seit heute morgen."

„Aha." Mehr sagte er nicht, zog seinem Zugochsen eines mit der Peitsche über und folgte ihm. Auf dem Heimweg sah Amanda ihre Bäuerin ins Haus eines Nachbarn eintreten.

Kaum hatte sie die Scheunentür hinter sich zugezogen, als sich diese auch schon wieder öffnete. Der Bauer trat ein. Er trug ein Brot unterm Arm und blickte noch einmal prüfend zurück, bevor er das Tor schloß. Er schob den schweren Holzriegel vor, legte das Brot auf ein Gatter und schritt, sich entblößend, auf Irene zu. Er schüttelte sie an der Schulter und rief: „Aufwachen, Magd, aufwachen, sage ich. Hier wird nicht geschlafen. Aufwachen! Aufwachen! Du bist jetzt dran."

Es dauerte eine Weile, bis Irene erwachte, sich verschlafen auf den Rücken drehte und erschrocken fragte: „Was ist denn los? Wo bin ich denn?" Sie hatte noch nicht ausgesprochen, als er sich, ihr den Rock hochschiebend, auf sie warf. Irene wehrte sich nicht, sondern schlang ihre Beine um seinen Rücken. Amanda stand fassungslos daneben. Vor drei Tagen hatte ihre Mutter einen Mann gepfählt, der sie einfach nehmen wollte, und jetzt wehrte sie sich nicht einmal.

„Es geht euch gut, wenn ihr tut, was ich will", sagte er, als er aufstand und seine Hose hochzog. „Wer etwas der Bäuerin sagt, dem schneide ich die Zunge ab", fügte er hinzu, brach das Brot in zwei Hälften und gab jeder ein Teil und dazu noch eine Birne.

Nachdem er gegangen war, zog Irene ihre Tochter an sich. „Hast du gehört? Er hat gesagt, es würde uns gut gehen, wenn wir tun, was er will. Alleine das zählt, Kind. Wenn es ganz schlimm wird, können wir immer noch weiter ziehen." Sie aßen ihr Brot und die saftige Birne. Amanda erzählte Irene von dem Bach. „Komm, wir gehen hin", jubelte diese, „das Wasser wird uns gut tun. Der Bauer hat gestunken wie der Bock am Michaelistag."

„Was heißt das?"

„Das heißt so, weil der Geisbock, wenn er am Michaelistag zum Decken geführt wird, unheimlich stinkt."

„Und warum stinkt er gerade an diesem Tag mehr als sonst?"

„Weil er dauernd Samen abspritzt, wenn er die Geisen riecht."

Sie wanderten ein Stück den Bach entlang und fanden weiter oben eine Verengung, vor welcher der Bach tief und breit war. Sie zogen sich aus und hatten viel Spaß miteinander. Sie bespritzen sich, lachten viel, und Irene versuchte ihrer Tochter das Schwimmen beizubringen.

Amandas Traum führte sie nun auf einen abgeernteten Acker. Sie sah sich mit ihren dürren Beinen und den um ihren schmalen Körper flatternden Lumpen unsicher hinter ihrer Mutter auf dem Gerstenfeld herstapsen. Sie las Ähren auf, die ihre Mutter beim Sammeln übersehen hatte. Hin und wieder blieb sie stehen, schabte die Frucht mit ihren kleinen dreckigen Fingern von der Ähre und steckte sie heimlich in den Mund, nachdem sie gewissenhaft kontrolliert hatte, daß kein Mutterkorn darunter war, denn sie hatte immer Hunger, wußte aber, daß Mutterkorn sehr giftig war. Diese paar Ähren waren das einzige, was sie außer dem täglichen Hirse- oder Haferbrei zu essen bekam.

Irene litt darunter, daß Amanda immer Hunger hatte und daß sie außerdem ihr Essen von dem Holzklotz, der seitlich der Küchentür stand, abholen mußte. „Es ist nicht üblich, daß wir im Stall essen müssen. Auf allen Höfen sitzt das Gesinde in der Stube des Bauern und ißt mit ihm am Tisch. Wenn ich das aber dem Johann Edel sage, weist er uns vom Hof." Sie fuhr sich mit beiden Händen durch die Haare und fügte hinzu: „Aber wir wollen nicht klagen. Wir können froh sein, daß wir ein Dach über dem Kopf haben. Vielleicht wandern wir im Frühjahr weiter."

Hin und wieder, wenn der Hunger Amanda zu sehr quälte, riß sie ein paar Blätter Huflattich, Spitzwegerich oder Wegwarte ab und kaute sie. Wenn sie Glück hatte, kamen ein paar Beeren dazu, die sie im Vorübergehen pflückte, denn weder ihre Mutter noch die Herrin duldeten, daß sie sich von der Arbeit entfernte und Beeren suchte.

Zweimal in der Woche kam der Bauer zu Irene, immer, wenn seine Frau zur Nachbarin ging. Diesen Tag sehnte Amanda die ganze Woche über herbei, wünschte aber gleichzeitig, daß er sich nie wiederholen würde, denn kaum war der Bauer in der Scheune, zerrte er ihre Mutter hinter sich her, warf sie ins Heu und legte sich auf sie. Es störte ihn nicht im mindesten, daß Amanda händeringend dabei stand und ihnen zusah.

Wenn er aufstand, gab er entweder jeder ein halbes Brot oder er warf ihnen ein Säckchen Hirse vor die Füße, wobei er drohte: „Haltet bloß eure Mäuler, sonst bringe ich euch um."

Amanda stürzte sich jedesmal gierig auf das Säckchen, und ihre Mutter kochte, kaum daß der Herr die Scheune verlassen hatte, über einem offenen Feuer im Hof einen herrlich duftenden Brei, den beide heißhungrig mit Holzlöffeln aus der Holzschüssel aßen, die Irene an Regentagen selbst geschnitzt hatte.

Diese Stunde verband Amanda besonders mit ihrer Mutter. In dieses stille Glück fragte Irene jedesmal: „Was meinst du, Amanda? Sollen wir hierbleiben – oder jetzt schon weiterziehen?"

„Ich weiß es nicht, Mama", antwortete sie stets.

„Er guckt dich immer so an", sagte Irene eines Tages, als sie die Holzschüssel ausspülte.

„Wie guckt er, Mama?"

„So komisch, wie wenn er sich an dir versündigen wollte."

„Was ist versündigen?"

„Wenn er dich genau so ins Heu wirft wie mich und sich auf dich legt."

„Tut das weh, Mama?"

„Zuerst ja. Aber keine Angst. Wenn er es bei dir tut, steche ich ihn ab."

„Tut es dir denn nicht weh, Mama?"

„Nein. Aber drinnen tut es weh, daß er nicht ein gutes Wort für mich hat, mich einfach nur benutzt, als wäre ich ein Stück Vieh."

„Warum, Mama?"

„Das verstehst du noch nicht, und ich weiß es ja auch nicht."

„Wenn er sich auf mich legt, bin ich dann eine Frau, Mama?"

„Ja. Aber wenn er das tut, steche ich ihm dieses Messer in den Rücken."

„Aber ich möchte schon jetzt so gerne eine Frau sein, Mama."

„Das hat noch Zeit. Du bist noch zu jung."

„Gehen wir jetzt weg?"

„Nein. Wir bleiben noch. In der Scheuer ist es warm, und die beiden zusätzlichen warmen Mahlzeiten gleichen den Hunger der ganzen Woche aus. Wo sollen wir denn auch hin um diese Zeit? Niemand gibt uns im Herbst einen Unterschlupf."

„Warum nicht, Mama?"

„Im Herbst braucht niemand Mägde und Landhelfer." Nach einer Weile sagte sie noch einmal: „Wenn er dir was antut, steche ich ihn ab." Schweigen herrschte lange im Stall. „Aber vielleicht sehe ich auch zu schwarz. Vielleicht tut er dir gar nichts." Sie zog Amanda an sich: „Du mußt es mir sagen, wenn er dir unter den Rock greift oder dich auf seinen Schoß setzen will. Tust du das?"

„Ja, Mama, ich sage es dir."

„Und daß du mir ja nicht alleine mit ihm gehst, wenn er das will. Hast du verstanden, Amanda? Du mußt mich dann sofort rufen."

„Ja, Mama."

In diesen Stunden dachte sie nicht an den Hunger am anderen Tag und daß ihre Mutter dann wieder keine Sekunde Zeit für sie haben würde, daß sie erbarmungslos zur Seite geschubst wurde, wenn sie ihr im Wege stand, weil die Herrin dauernd hinter ihrer Mutter her war und sie immer zu neuer Arbeit antrieb.

Einmal wollte Lisa, die Tochter eines Nachbarn, draußen auf dem Feld zu ihr kommen. Sie hatte ihr schon von Ferne mit einem Blumenstrauß zugewinkt und wollte mit ihr reden. Doch noch bevor sie bei ihr angekommen war, rief ihre Mutter: „Hierher! Lisa! Komm sofort zurück. Mit diesem Gesindel haben wir nichts zu tun." Traurig war Lisa zurückgestapft, hatte sich noch ein paarmal umgesehen und ihr mit dem Blumenstrauß zugewunken. Später sah sie, daß Lisa den Ochsen führte, den ihr Vater vor die Egge gespannt hatte. Aber Lisa sah nicht mehr herüber.

Beim Dorffest traf sie Lisa. Erfreut hielt diese sie an und warf einen kurzen Blick zu ihrer Mutter warf,. Als diese nicht herüber sah, flüsterte sie hastig: „Meine Mutter hat mit mir geschimpft, weil ich mit dir gesprochen habe."

„Das wollte ich nicht."

„Schon gut." Lisa lief rasch zu ihrer Familie. Die ganze Dorfgemeinschaft saß unter der Dorflinde. Man aß und trank, denn der Grundherr hatte am Dingtag für Essen und Trinken zu sorgen. Nur Amanda und ihre Mutter standen abseits, weil die Herrin vor dem Ding zu ihrer Mutter gesagt hatte: „Untersteh dich nur nicht und setze dich mit deinem Bankert zu uns an den Tisch."

Die Herrin saß neben ihrem Mann, dessen Bruder Hermann und seiner Frau Berta. Hermann fragte seinen Bruder: „Warum holst du Irene nicht an unseren Tisch? Das ist gegen alle Sitten. Das Gesinde sitzt und ißt doch immer mit am Tisch."

Johann zeigte mit dem Finger auf seine Frau und knurrte: „Kati will das nicht."

„Das kannst du doch nicht machen, Kati", wandte sich Herrmann an seine Schwägerin, „gerade jetzt, da es sich von Böckelheim bis hierher herumgesprochen hat, daß sie einen Unhold gepfählt hat. Sieh einmal in die Runde. Überall sitzt das Gesinde am Tisch der Herrschaft, überall, nur bei dir nicht." Er wandte sich an seinen Bruder: „Geh, Johann, ruf sie an unseren Tisch. Es ist doch Platz genug." Er rückte zur Seite. „Sieh her! Hier können noch zwei Personen sitzen."

Kati machte ein langes Gesicht. „Müssen wir mit diesem Gesindel an einem Tisch sitzen?"

„Irene ist fleißig und ordentlich", nahm Johann seine Magd in Schutz, „und die Kleine ist gut gezogen. Sie hilft ihrer Mutter, wo sie nur kann."

„Und sie hat Mut", mischte sich Berta ein, „sie hat den Unhold von Böckelheim gepfählt. Hättest du soviel Mut gehabt, Kati? Du solltest stolz darauf sein, daß sie bei dir arbeitet."

„Du hast recht, Berta", sagte Johann Edel, „es ist bei Kati nur die Eifersucht, sonst nichts. Ich wollte ja gleich, daß sie bei uns sitzen sollten, aber sie nicht." Er stand auf, ging zu Irene und brachte sie und ihre Tochter an ihren Tisch.

„Ich habe doch gesagt, sie soll..."

„Du hältst jetzt dein Maul", fuhr er Kati an, „sie arbeitet für uns, da soll sie auch mit uns essen und trinken, auch zu Hause."

„Nein. Sie kommen mir nicht ins Haus, damit du das weißt. Ich stelle ihnen nach wie vor ihren Fraß vor die Tür."

Da sie nicht zur Seite rückte, schubste er sie mit seinem Hintern weiter, während sie wütend fauchte: „Das wirst du mir büßen, Johann, das schwöre ich dir."

Kaum hatte Irene sich gesetzt, da kam der Meier und forderte sie zum Tanz auf.

„Siehst du, Johann, sogar der Meier holt sie zum Tanz. In allen Dörfern spricht man von ihr, seit sie den Unhold gepfählt hat."

„Davon hat sie nie etwas gesagt."

„Also ist sie auch noch bescheiden", stellte Hermann fest. „Ich wäre stolz, wenn sie jeden Tag mit uns am Tisch sitzen würde."

„Hat sie den Unhold von Böckelheim angeklagt?" fragte Johann.

„Ja. Und sie hat ihm den Pfahl mit sieben Schlägen durch den Leib getrieben. Dann war er tot."

„Das hat sie wirklich gemacht?" Johann Edel war blaß und nervös geworden. Seine Finger trommelten neben dem Bierkrug auf den Tisch. Er dachte daran, wie er gleich am ersten Tag über sie hergefallen war und wie er für sie bis heute nicht ein gutes Wort übrig hatte, wie er ihr den Brotkanten oder das Hirsesäckchen vor die Füße geschmissen hatte, wenn sie ihm ohne Widerrede zu Willen war. Er wischte sich den Schweiß von der Stirn und erschrak, als sein Bruder antwortete: „Ja. Sie hat ihn angeklagt. Warum fragst du, traust du ihr das nicht zu?"

„Doch, doch. Ich meine ja nur."

„Höre mal, Johann! Hast du sie auch genommen, wie alle ihre Vorgängerinnen, ohne daß sie es wollte?"

„Nein, nein", sagte er hastig, „sei doch still damit."

„Warum bist du dann so anders, seit du das von Böckelheim weißt?"

„Bin ich das?" Johann bemühte sich, ruhig zu wirken, hörte auf, mit dem Finger auf der Tischplatte zu trommeln, und versuchte, ein Lächeln zuwege zu bringen, was ihm aber mißlang.

„Ja. Gib es zu. Sieh nur, jetzt tanzt sogar der Schultheiß mit ihr, und wie sie tanzt. Du mußt nachher auch mit ihr tanzen."

„Ich? Ich habe in meinem ganzen Leben noch nie getanzt, und was denkst du, was dann die Kati sagt?"

„Laß die Kati sagen, was sie will. Du solltest ihr nicht immer nachgeben. Sie macht dich immer mehr zum Hanswurst."

„Halt's Maul, Hermann. Kein Wort mehr gegen Kati."

„Aber er hat recht", mischte sich Berta ein, „im Dorf lacht man schon über dich, weil du zu Hause nichts zu melden hast."

„Wir meinen es doch nur gut mit dir, Johann. Prost, trinken wir noch einen." Hermann stieß mit seinem Bruder an, worauf dieser seinen Krug in einem Zug leer trank.

Amanda, die die ganze Zeit neben Hermann gesessen hatte und das Gespräch aufmerksam verfolgt hatte, war nun sehr stolz auf ihre Mutter und wußte nicht, wie ihr geschah, als Johann ihr Geld gab und sie aufforderte: „Geh, hole dir einen Becher Kinder-Met und spiele mit den anderen Kindern."

„Die lassen mich ja nicht mitspielen."

„Warum denn nicht?" fragte Hermann.

„Das weiß ich nicht."

„Das wäre ja noch schöner. Komm mit", sagte Berta, nahm sie an der Hand und zog sie hinter sich her zu denen, die Ringel-

Ringel-Reihen tanzten. Sie löste die Hände zweier Kinder und fügte Amanda mit den Worten in den Kreis ein: „Wehe euch, ihr laßt Amanda nicht mitspielen."

Eine Stunde später kam Amanda wieder. „Die mögen mich nicht. Sie sind auch zu klein für mich."

„Dann setze dich zu uns und hole dir noch einen Becher Kinder-Met." Diesmal gab Herrmann ihr Geld.

Als es dunkel war, sah Amanda ihre Mutter mit einem betrunkenen Mann in den Wald gehen. Sie hatte Angst um sie und ging ihr in einigem Abstand nach. Aber Irene bemerkte sie und sagte: „Setze dich nur wieder an den Tisch. Ich komme gleich zurück."

Unterwegs traf sie Lisa, die sie anhielt und sagte: „Meine Mama hat schon wieder gesagt, ich soll nicht mit dir sprechen. Aber mein Papa sagt: ,So eine fleißige Magd müßte man haben.' "

Amanda antwortete stolz: „Siehst du, die Bäuerinnen sind alle eifersüchtig. Daß die Männer so hinter meiner Mutter her sind, das ärgert sie. Aber nun geh, sonst schimpft sie wieder mit dir."

„Ja, ich gehe ja schon. Sie schlägt mich sonst. Ich wollte dir das nur sagen. Wenn ich dürfte, würde ich jeden Tag mit dir spielen."

Lisa hatte Amanda mit dem Lob über ihre Mutter zum glücklichsten Kind des Tages gemacht. Sie wußte plötzlich, daß jemand sie mochte und Anteil an ihrem Schicksal nahm. Aber mehr als ein kurzes zufälliges Winken kam nie mehr zustande. Sie verließen spät in der Nacht das Dorffest. Amanda schlief glücklich in den Armen ihrer Mutter ein.

Der Alltag empfing sie am frühen Morgen mit gewohnter Härte. Es änderte sich nichts an dem allgemeinen Trott. Und die Bäuerin stellte ihnen am folgenden Tag nur noch halbe Portionen auf den Hauklotz. „Das ist doch viel zu wenig", wehrte sich Irene empört, „wie sollen wir denn davon satt werden?"

„Dafür habt ihr gestern um so mehr gefressen." Sie schlug ihr die Tür vor der Nase zu. Irene beschwerte sich bei Johann, doch der zog nur die Schultern hoch und ließ sie stehen.

„Na gut", drohte Irene, „dann gehe ich zum Schultheiß..." Diese Drohung wirkte. Er stapfte mit großen Schritten auf sein Haus zu, stieß mit Wucht die Tür auf und schrie: „Gib ihnen genug zu essen. Wenn du dich nicht fügst, hole ich sie ganz ins Haus." Die Bäuerin gab nach. Aber sonst änderte sich nichts. Immer noch kam der Bauer zweimal in der Woche, stieß Irene ins Heu und redete kaum ein Wort.

Am Tag vor Heiligabend brüllte Johann Edel in aller Frühe über den Hof: „Irene, komm! Hilf der Herrin. Sie spuckt Blut."

Irene öffnete verschlafen das Scheunentor und fragte: „Wie soll ich ihr helfen? Davon verstehe ich nichts."

„Koche ihr Tee. Du kennst doch alle Kräuter."

„Jetzt findet man doch keine Kräuter mehr."

„Geh und suche welche." Seine Hand wies auf die Felder. Er kam mit großen Schritten über den Hof, packte Irene am Arm und zog sie mit in die Kate, die sie sonst nie betreten durfte. Amanda folgte den beiden mit gemischten Gefühlen in einigem Abstand. Es war ein naßkalter Tag und noch früh; es dämmerte gerade.

Ein fürchterlicher Gestank verschlug den beiden schon auf der Türschwelle den Atem. Sie hielten sich die Nase zu. Amanda drehte sich um, lief nach draußen und erbrach sich vor der Tür.

Auch Irene kam noch einmal vor die Tür, um frische Luft zu schnappen. „Die Herrin hat sich bis zum Hals vollgeschissen."

Den Bauern fragte sie: „Gibt es noch eine Tür, damit man Durchzug machen kann?"

„Nein."

„Wie lange liegt sie schon so?"

„Seit gestern abend. Was mache ich jetzt mit ihr?"

„Ich kann ihr nicht helfen. Der helfen keine Kräuter mehr."

„Sie soll aufstehen. Es ist jetzt keine Zeit, um im Bett zu liegen."

„Sage ihr das selber, aber aufstehen kann sie nicht. Sie ist schwer krank."

„Dann koche ihr Tee", brummte er und stapfte hinaus.

Irene lief ihm nach und rief: „Komm zurück und wasche sie."

„Ich?"

„Ja. Sie ist deine Frau."

„Und deine Herrin." Ohne sich noch einmal umzusehen, stapfte er weiter zum Stall. Kurz bevor er ihn erreichte, drehte er sich um und rief: „Ich gehe in den Wald. Koche eine Suppe für heute abend."

Die ganze Zeit über schrie die Bäuerin: „Macht die Tür zu. Ich erfriere. Mir ist kalt." Nach jedem Satz schlug sie mit einer Lederpeitsche auf den Boden und fing an zu husten.

„Wir müssen uns um sie kümmern", sagte Irene schließlich, „oder sollen wir unser Bündel packen und weiterziehen?"

„Nimmt uns denn jemand auf?"

„Nein. Komm herein, aber halt den Atem an." Sie betraten den kleinen Raum zwischen den dicken, mit Lehm verschmierten Balken, in dessen hinterer Ecke über weißen Vorratssäcken Hühner auf einer Stange saßen. An der hinteren Wand war die Feuerstelle. Vor dem Strohsack von Kati, die in dem Halbdunkel mit den wirren grauen Haaren gespenstisch wirkte, stand eine Holzschüssel mit Wacholder, die sie halb voll Blut und Schleim gespuckt hatte.

„Leer die Schüssel aus", krächzte Kati die erschrockene Amanda an und schlug mit der Peitsche nach ihr. Amanda sprang behende und erschrocken zur Seite. Der Lederriemen pfiff an ihrem Ohr vorbei und traf dicht neben ihr auf den Lehmboden.

Angeekelt von dem blutigen Inhalt der Schüssel sah Amanda ihre Mutter hilflos an und klammerte sich an ihren Rock.

„Gehorche, du Bankert", keifte die Alte und versuchte, Amanda mit der Peitsche zu treffen. Irene trat auf den Lederriemen und rief: „Hör sofort auf. Wenn du willst, daß ich dir helfe, dann tue die Peitsche weg."

„Nie", schrie die Bäuerin. Sie zog und zog, bis der Riemen unter Irenes Fuß freikam. Nun drohte sie Irene zu schlagen. Die aber hob einen Holzschemel hoch und fauchte: „Wenn du es wagst, nach mir zu schlagen, dann schlage ich dir diesen Schemel auf den Kopf, du Miststück, dann kannst du in deiner Scheiße verrecken. Wir ziehen dann weiter." Ihre Worte wirkten. Kati legte die Peitsche neben sich und fragte beinahe friedlich: „Wo ist der Herr?"

„In den Wald. Kannst du aufstehen?"

„Nein."

„Du wirst jetzt zuerst einmal gewaschen", sagte Irene und winkte Amanda, ihr zu folgen. Sie nahmen im Stall eine Leiter, über deren Sprossen sie einige Hanfsäcke ausbreiteten. Auf diese legten sie die sich heftig Wehrende und Schimpfende und trugen sie zum Bach. Sie legten sie in das eiskalte Wasser und rieben sie ab. Danach deckten sie sie mit Hanfsäcken zu und trugen sie zurück zum Haus; Kati zitterte und schnatterte den ganzen Weg über. Sie legten die Leiter vor dem Haus ab, und Irene sagte: „Amanda, hole den verschissenen Strohsack heraus und verbrenne ihn. Ich hole frisches Stroh aus der Scheune." Zehn Minuten später legten sie Kati auf frisches Stroh, und Irene ermahnte sie: „Verdreck dich nicht, sonst kommst du wieder in den Bach."

„Scheusal", krächzte die Bäuerin.

„Wann hast du zuletzt gegessen?"

„Vorgestern."

„Hast du Hunger?"

„Nein."

„Du solltest aber etwas essen. Wo ist das Brot?"

„Das geht dich gar nichts an. Du bekommst nicht mehr als sonst auch", keifte Kati.

„Du sollst es essen. Wir gehen jetzt baden, und danach suchen wir Lungenkraut."

„Das Brot liegt auf dem Bord."

Irene schnitt ihr eine dicke Scheibe ab: „Kaue es gut und iß es langsam. Wir sind bald zurück."

Sie schnitt auch für sich und Amanda eine dicke Scheibe ab, ergriff einen Sack und sagte: „Denke daran, du kommst wieder in den Bach, wenn du dich noch einmal verdreckst."

Als sie im eiskalten Wasser des Baches standen, sagte Amanda: „Hoffentlich war das Wasser nur nicht zu kalt für sie."

„Aber es ist ja jetzt schön warm in der Stube", entgegnete Irene, während sie sich mit einer Rupfendecke trocken rieb, „der alten Hexe hat das Bad bestimmt nicht geschadet."

Anschließend gingen sie aufs Feld. Sie rissen aus, was sie an Huflattich, Wegerich, Lungenkraut und Engelwurz fanden. „Die helfen der Alten nicht viel", meinte Irene, „jetzt hat das Grünzeug doch keinen Saft und keine Kraft mehr. Ich koche es ihr aber trotzdem. Lange lebt sie sowieso nicht mehr."

Der Sack war nicht einmal viertel voll, als sie heimgingen. Sie hatten kalte Finger bekommen. „Morgen gehen wir noch einmal, denn wenn Schnee kommt, finden wir gar nichts mehr."

Kaum waren sie zu Hause, schrie Kati sie an: „So eine Sauerei, mich so lange alleine zu lassen."

Irene machte ihr einen Sud aus kleingeschnittenem Engelwurz, während die Alte schimpfte: „Du kannst kochen, was du willst. Ich trinke nichts. Du willst mich vergiften." Sie schlug Irene das Gefäß aus der Hand: „Du hast mir Gift gekocht."

„Nein. Ich bin keine Giftmischerin und keine Mörderin. Sieh her. Ich trinke selbst davon." Irene trank einen Schluck von dem bitteren Trank und schüttelte sich: „Huuu, war das bitter. Jetzt weiß ich endlich, warum Engelwurz auch Heiligenbitter heißt. Trinke ihn, der hilft dir bestimmt."

„Nein. Ich will ihn nicht."

„Wie du willst. Es ist deine Gesundheit." Irene stellte die braune, tönerne Tasse auf den Boden neben Katis Lager und kümmerte sich nicht mehr um sie.

Kati schielte von nun an immer öfter auf die Tasse. Ihre Hand griff mehrmals danach. Sie zog sie aber immer wieder zurück, bis sie endlich zaghaft, nach vorsichtigem Nippen, trank.

Es dunkelte bereits, als Johann Edel polternd nach Hause kam. „Das ist zu wenig Suppe", schalt er. „Ich habe großen Hunger, war den ganzen Tag draußen in der frischen Luft. Schneide mir Speck in Scheiben." Irene gehorchte.

Er aß seine Suppe hastig, ohne aufzuschauen, legte sich Speckscheiben aufs Brot und schlang auch dieses hinunter. An diesem Abend aß Amanda zum erstenmal in ihrem Leben Brot mit Speck.

„Kannst du denn nichts außer Feldarbeit?" fragte Johann Irene.

„Woher sollte ich? Ich habe immer nur Feldarbeit gemacht."

Er lachte und griff ihr unter den Rock: „Umsonst bist du keine Halbwilde."

„Holst du die Hand dort weg, Johann", schrie die Bäuerin.

Irene drehte sich um und ging einen Schritt weiter weg, während er, ohne auf seine Frau zu achten, brummte: „Aber gerade das mag ich an dir."

Amanda interessierte es nicht, was er mit ihrer Mutter anstellte. Sie aß und aß und wurde nicht satt.

„Hierher mit dir", befahl Johann, sah Irene an und zeigte neben sich. „Stelle dich hierher. Ich will dich in meiner Nähe haben." Irene gehorchte und stellte sich neben ihn. Während er mit seiner Rechten aß, streichelte seine Linke ihre Oberschenkel. Er schmunzelte die ganze Zeit über, bis er mit vollem Mund brummte: „Holt euch nachher Stroh und macht euer Lager dort in der Ecke. Ihr schlaft ab sofort hier."

Amanda blieb der Bissen im Hals stecken, als sie dies hörte, und sie brachte ihn erst hinunter, als er zu ihr sagte: „Und du backst morgen Brot. Die Herrin sagt dir, wie der Teig gemacht wird. Und mache die Laibe nicht zu groß, sonst wird der Bannbäcker wütend. Zeige mir deine Hand."

Amanda zeigte ihm seine Hand. Er hielt seine darunter. „Wenn du den Teig fertig hast, steckst du deinen Daumen in die Mitte des Teigs, streckst deine Finger aus, schlägst einen Kreis und gibst noch einen halben Finger dazu. Dann ist es richtig. Hast du verstanden?"

„Ja." Sie machte es ihm auf der Tischplatte vor.

„Gut. Weißt du, wo der Backofen ist?"

„Ja. Ich habe ihn schon einmal gesehen."

„Gut." Er öffnete einen Lederbeutel, der an seinem Leibriemen hing, und gab ihr drei Pfennig: „Dieses Geld gibst du dem Bannbäcker, aber erst, wenn er dein Brot aus dem Ofen geholt hat. Verstanden? Und wenn er fragt, wo die Herrin ist, dann sagst du, sie wäre krank, es sei aber nicht schlimm. Deine Mutter würde gut für sie sorgen."

„Ja, Herr."

„Du bist ein kluges Kind", sagte er und streichelte ihr Haar. Danach drehte er sich auf seinem Schemel um und zog Irene auf seinen Schoß. Sie wehrte sich: „Nein, nicht. Die Kati und Amanda."

„Ich bin der Herr." Mit eisernem Griff hielt er sie am Arm fest und verschaffte sich Befriedigung, während Kati ununterbrochen keifte und mit der Peitsche auf den Boden schlug, die aber nicht bis zum Tisch reichte.

In ihrem Traum erlebte Amanda wieder, wie sie in dieser Nacht aus tiefem Schlaf erwachte, weil eine Hand an der Innenseite ihrer Schenkel hochkroch. Sie erschrak und wagte sich nicht zu rühren. „Das ist der Herr", schoß es ihr durch den Kopf, „es ist seine Hand." Mit aller Kraft hielt sie ihre Beine geschlossen und rückte weiter zur Kante ihres Lagers. Sie versuchte, seinen Arm wegzudrücken. Als ihr dies nicht gelang, zwickte sie mit ihren Fingernägeln so fest seine Haut, daß er aufschrie und seinen Arm zurückzog. Irene fragte: „Was hast du denn?"

„Nichts", antwortete er.

Unterdessen krakeelte Kati ununterbrochen: „Hier ist dein Lager, du Saukerl, du verdammter. Komm sofort hierher. Hierher gehörst du. Hast du verstanden? Könnte ich doch nur aufstehen. Ich würde dich umbringen und dieses Saumensch auch."

„Sag ihr, sie soll ruhig sein. Amanda wird wach."

„Die schläft fest", antwortete er. „Höre einfach nicht auf sie. Laß sie krakeelen, so viel sie will."

„Aber Amanda wird wach."

„Das ist nicht schlimm. Sie weiß doch schon alles."

„Aber sie braucht ihren Schlaf."

„Sei still, Alte", schrie er nun, „du bist ja doch zu nichts mehr zu gebrauchen. Schlafe, dann hörst du uns nicht."

„Sie hat die Peitsche."

„Hast du Angst vor ihr?"

„Wenn sie Amanda schlägt, bringe ich sie um."

Statt einer Antwort fing er an zu stöhnen und sagte dabei Worte, die Amanda schon oft gehört hatte, die sie aber nicht deuten konnte. Ermattet sank er danach zwischen ihr und Irene aufs Stroh.

„Du bist jetzt meine Frau", sagte er. „Meine Alte wird doch nicht mehr gesund. Morgen bringe ich sie in den Stall."

Und er drehte sich zu Amanda herum, die sich wieder auf ihren alten Platz gelegt hatte. Sofort kroch seine Hand an ihrem Bein hoch. Das alte Spiel begann von neuem.

„Bring sie nicht in den Stall. Dort stirbt sie in wenigen Tagen", sagte Irene, „sie ist deine Frau und ein Christenmensch." Sie drehte sich auf die andere Seite und bemerkte nichts von dem Kampf, der sich unter Amandas Decke abspielte.

„Soll sie sterben", brummte er und schob seine Hand höher, aber Amanda zwickte ihn wieder. Er zog seine Hand zurück. „Morgen kommt sie hinüber."

„Willst du, daß sie schon in den nächsten Tagen stirbt?"

„Sie wird ja doch nicht mehr gesund und frißt uns nur das Essen weg. Ich habe ja jetzt dich, du bist mir lieber als sie."

„Das ist Unrecht. Die Nachbarn und der Pfarrer werden es merken."

„Die Nachbarn? Die sind mir egal, der Pfarrer auch. Der macht doch nur den Menschen Angst mit seiner Hölle. Der hat alle die Jahre, die wir verheiratet sind, nicht nach uns gefragt. Es gab ja auch keine Taufe. Sie bekam ja keine Kinder." Und er verließ das Lager mit den Worten: „Morgen ist ein harter Tag. Jetzt muß ich noch ein bißchen schlafen."

Amanda kroch zu ihrer Mutter und gestand flüsternd: „Er hat mich angefaßt, Mama."

„Das Schwein", zischte sie und streichelte Amandas Haar. „Hat er dir weh getan?"

„Nein. Ich habe ihn ganz fest gezwickt, da nahm er seine Hand zurück."

„Dann ist es gut. So ein Saukerl", fauchte Irene und zog Amanda fest an sich. „Er ist halt so. Wenn er dir nicht weh tut, müssen wir es dulden. Aber wenn er sich auf dich legen will, schreist du ganz laut. Hast du verstanden?"

„Ja, Mama."

Nach einer Weile sagte Irene leise: „Zu mir hat er gesagt: ‚Du bist jetzt meine Frau, Irene.'‟

„Muß ich dann Vater zu ihm sagen?‟

„Nein. Dein Vater ist tot. Schlaf jetzt.‟ Amanda kuschelte sich an ihre Mutter und schlief gleich ein.

Am anderen Morgen streichelte Johann ihr blondes Haar und sagte: „Du wirst einmal hübsch, Amanda.‟

„Ja?‟

„Sage Vater zu mir.‟

„Ihr Vater ist tot‟, fauchte Irene.

„Sie soll aber‟, fuhr er sie an. Seine Rechte wies auf Kati: „Die da taugte ja nicht zum Kinderkriegen.‟

„Sie sagt erst Vater zu dir, wenn wir vorm Altar waren.‟

„Wenn die dort tot ist, feiern wir Hochzeit‟.

„Aber nur, wenn du Amanda in Ruhe läßt. Du hast jetzt mich.‟

Kati krächzte die ganze Zeit über: „Der Saubock bekommt doch nie genug! Wenn ich aufstehen könnte, würde ich ihn erschlagen. Jetzt sterbe ich ihm nicht schnell genug. Jede Stunde wartet er auf meinen Tod. Käme doch nur eine der Nachbarinnen! Die würde schon dafür sorgen, daß er vors Gericht kommt. Das, was der macht, ist Ehebruch, und Ehebruch wird hart bestraft.‟

Er überhörte ihr Gezeter und sagte seelenruhig zu ihr: „Ich habe meinem Bruder Herrmann und seiner Frau, aber auch der Meierin gesagt, daß du krank bist. Berta und die Meierin haben gesagt, sie kämen dich besuchen. Warum sie aber noch nicht hier waren, das weiß ich nicht. Sie haben ja in dieser Zeit alle Hände voll zu tun.‟

Von nun an konnte Amanda keine Nacht mehr durchschlafen. Jedesmal, wenn er zu Irene kam, kroch seine Hand an ihrem Bein hoch. Schon in der zweiten Nacht wehrte sie sich nicht mehr, und in der darauffolgenden Nacht wartete sie sogar auf seine Berührung, und es gefiel ihr, wenn er sie streichelte. Sie sagte nichts ihrer Mutter. Sie genoß es einfach. Von diesem Zeitpunkt an jagte Johann alle jungen Burschen weg, die sich Amanda näherten, und so kam es, daß bald keiner mehr Anstalten traf, sie kennen zu lernen.

An einem Regentag zeigte er ihnen, wie Butter gestoßen und Käse gemacht wird und sonst noch vieles, was in einem Bauernhaushalt notwendig war und wovon Irene keine Ahnung hatte.

Eines Tages warf er einen Ballen gelbes Leinen auf den Tisch: „Näht euch ein paar Kleider.‟ Er zeigte auf seine Frau und fügte hinzu. „Die braucht ja keine mehr." Er gab auch jeder ein paar Holzschuhe. Danach streichelte er Amandas Haar. „Du wirst ja richtig rund, seit du gut zu essen hast."

„Laß die Finger von ihr", fauchte Irene, „sonst ziehen wir weiter."

„Wo willst du denn hin bei diesem Wetter und mitten im Winter? Dir gefällt es hier doch viel zu gut. Du tust doch nur so, als würdest du gehen." Lachend verließ er die Stube.

Kurz vor Ostern starb Kati. Johann ging zu den Nachbarn, um ihr Ableben bekannt zu geben. Alle Frauen des Dorfes kamen und bezeugten ihr Beileid. „Mein Sepp fährt heute mittag ins Dorf. Er kann es dem Pfarrer sagen", meinte die Frau des Meiers. Eine andere sagte: „Mein Hermann hilft dir, die Grube auszuheben." Die Dritte fügte hinzu: „Und mein Heinrich kann ihm dabei helfen. Aber wer sagt denn Katis Angehörigen Bescheid?"

„Sie hat keine mehr. Ihre Eltern sind tot, und niemand weiß, ob ihre Schwester noch lebt", antwortete Johann, während er ihnen die Becher vollgoß.

„Dann kann auch niemand Anspruch erheben auf das eingebrachte Gut", sagte die Frau des Meiers und fügte mit einem Seitenblick auf Irene hinzu: „Johann, du bist ja vorläufig versorgt, bis du wieder heiratest. Du weißt ja, daß du wieder heiraten mußt. Der Grundherr besteht darauf." Sie sah sich um, bevor sie ihre Begleiterinnen ansah und meinte: „Ich wüßte jemand, der gut zu dir paßt, eine Wittib mit Haus und Hof und gutem Land. Soll ich ihr den Brautwerber schicken?"

„Bist du verrückt, Alma?" schimpfte Berta, „die Kati ist noch nicht kalt, da willst du ihn schon verkuppeln?"

Das ganze Dorf nahm Anteil am Tod von Katharina und war bei der Beerdigung dabei. Sogar der Pfarrer war gekommen und hielt eine schöne Rede. Bei dem anschließenden Leichenimbs im Dorfkrug saßen Irene und Amanda an der Seite von Johann, und immer wieder bekam er zu hören: „Halte dich ran, an Irene. Vielleicht schenkt sie dir einen Sohn."

„Haltet eure Schandmäuler", erwiderte er, „trinkt lieber, heute kostet es nichts."

Er machte seiner Kati nicht einmal ein Kreuz für ihr Grab. Amanda suchte zwei passende Äste, band sie mit einem Hanfseil zu einem Kreuz zusammen, steckte das lange Teil in ihr Grab und legte ein paar frühe Margaretchen davor.

„Gut, daß sie tot ist", sagte er ohne Trauer, als sie nach Hause gingen, „jetzt braucht sie sich nicht mehr zu quälen, und außerdem, wo es draußen nun soviel Arbeit gibt, wäre sie nur im Weg gewesen. An ihrer Stelle müßt ihr beide tüchtig mit angreifen. Der Zender hat mir im Herbst zwei Malter Korn und vier Gänse, zwei Brote, sechs Quart Hafer und ein Schwein gestundet. All das treibt er in diesem Herbst ein, komme es wie es wolle. Ich konnte ihn im Herbst nur abwimmeln, weil ich ihm elf Rebhühner gegeben habe, die er mir aber nicht angerechnet hat." An diesem Abend schlief er gleich ein und schlief die ganze Nacht durch.

Am anderen Morgen fragte Irene: „Bringt dein Hof in diesem Jahr soviel, wie du im Herbst dem Vogt mehr abgeben mußt?"

„Er muß es bringen."

„Wir helfen dir, so gut wir können. Hoffentlich gibt es ein gutes Jahr."

„Ich gehe in den Stall und bringe die Egge in Ordnung. Einige Zacken sind abgebrochen. Amanda kann mir dabei helfen."

Amanda hatte längst alle Scheu vor dem ungehobelten Bauern verloren und nannte ihn, wie ihre Mutter, Johannes. Im Stall zog er sie an sich, streichelte sie und war so zärtlich zu ihr, daß sie heute noch gerne an diese Stunde dachte, in der er ihr beibrachte, wozu ein Bart gut ist. Anschließend hielt sie ihm die Egge fest.

„Hat es dir gefallen?"

„Ja, gut."

„Dann machen wir es öfter so."

„Aber nur so, nicht anders."

„Gut. Dann komm, ich habe schon wieder Lust." Das Spiel begann von neuem, endete aber anders: „Jetzt ist es doch passiert. Nun habe ich zwei Frauen", sagte er.

Amanda sagte ihrer Mutter nichts, Irene merkte es aber und sagte nur: „Paß auf, daß er dir kein Kind macht." Sie hatte auch keine Einwände, wenn er nachts zu Amanda kroch, falls er zuerst bei ihr gelegen hatte.

Der Dorfvorsteher fragte Johannes jedesmal, wenn er ihn traf: „Warst du immer noch nicht mit der Irene vor dem Altar?"

„Nur langsam, Heimmeier. Nächstes Jahr heiraten wir. Du weißt, die viele Arbeit... und ich habe Schulden beim Vogt."

„Der Graf holt dir das Lehen ab, wenn er hört, daß ihr in wilder Ehe lebt."

„Er braucht es ja nie zu erfahren."

„Du weißt, es ist nicht der Graf, es ist die Kirche, und wer stellt sich schon gerne gegen sie und den Grundherrn?"

„Laß mir meine Ruhe."

„Ich meine es doch nur gut mit dir. Der Grundherr überwirft sich wegen dir nicht mit der Kirche. Das wollte ich dir sagen."

Johannes erfand immer neue Ausreden, um Irene nicht heiraten zu müssen. So lebten sie vier Jahre in Frieden und Eintracht zusammen und konnten soviel erwirtschaften, daß sie genug für sich hatten und keine Schulden beim Vogt machen mußten.

„Der Vogt, dieser elende Halsabschneider, kriegt doch nie genug", schimpfte Johannes eines Tages nach dem Besuch des Zenders, „bei dem kommen wir nie auf einen grünen Zweig."

„Nur keine Angst, wir schaffen es schon", beruhigte ihn Irene und brach zusammen. Johannes trug sie auf ihren Strohsack. Amanda war außer sich, wußte vor Schreck nicht, was sie tun sollte, legte die Hand auf Irenes Stirn und sagte fassungslos: „Ihre Stirn ist ganz heiß. Was soll ich nur machen? Was hat sie nur?"

„Warum seid ihr Weiber dauernd krank?" schimpfte Johannes und polterte herum: „Es ist kein Verlaß auf euch. Wenn man glaubt, jetzt hat man eine, die gut in der Arbeit und auch sonst gut ist, dann wird sie plötzlich krank."

Amanda hörte seine Vorwürfe nicht. Ihr Kopf war voll mit tausend Fragen: „Wie kann ich ihr denn helfen?" Und sie sagte still vor sich hin: „Mama hat zuviel geschuftet."

„Das ist es nicht. Arbeiten ist sie gewöhnt, es muß etwas anderes sein", entgegnete Johann unwirsch und schimpfte: „Außer für das Bett seid ihr zu nichts zu gebrauchen." Er holte ein Tuch von dem Regal. „Versuche es mit kalten Umschlägen. Sie muß wieder gesund werden. Kranke kann ich hier nicht gebrauchen."

Als Amanda den Lappen netzte, schrie Irene furchtbar auf. Amanda lief sofort zu ihr. Irene rang nach Luft. „Ich sterbe" flüsterte sie, faßte sich ans Herz und hauchte ihr Leben aus.

Fassungslos standen sie an ihrem Bett. Ihr plötzlicher Tod traf beide schwer; sogar Johannes liefen Tränen über die Wangen, und er wischte sie nicht einmal weg. Er ging mit großen Schritten hin und her und seufzte: „Jetzt sind wir beide ganz allein."

„Machst du ihr ein Kreuz?"

„Ja." Er stapfte hinaus, nahm die Axt und ging in den Wald, um Holz für ein Kreuz zu schlagen. Amanda ging in alle Häuser und gab den Tod ihrer Mutter bekannt. Man drückte ihr Beileid aus, aber sie merkte, daß es in vielen Fällen nicht von Herzen kam. Dennoch nahm die ganze Gemeinde an Irenes Beerdigung teil. Johannes ließ sogar vom Holzsepp einen Sarg zimmern.

Sie begruben Irene neben der Herrin. Johannes steckte selbst das Kreuz in die Erde und wischte sich die Tränen ab.

„Sie war doch gar nicht krank", weinte Amanda, als sie vom Grab zum Leichenimbs gingen, „warum mußte sie so jung sterben? Warum läßt Gott das zu? Ich kann das nicht verstehen. Wenn der liebe Gott doch alle Menschen lieb hat, warum läßt er dann so etwas zu? Es ist ein schlechter Gott, wenn er so etwas zuläßt, oder gibt es vielleicht gar keinen? Da stimmt doch etwas nicht."

„Du schaffst die viele Arbeit nicht alleine. Es muß eine andere Frau her", brummte Johann. Er hatte ihr gar nicht zugehört.

„Nein, keine andere Frau. Ich arbeite für drei."

„Das hältst du nicht durch mit deinen sechzehn Jahren, Amanda. Aber du kannst bei mir bleiben, solange du willst."

„Ich habe meine Mama so lieb gehabt. Sie war doch erst zweiunddreißig."

„Wer weiß, was in euch Weibern steckt!"

„Holst du dir bald eine andere Frau ins Haus?"

„Es muß so schnell wie möglich eine Magd her."

„Heiratest du sie dann?"

„Das weiß ich noch nicht. So eine wie deine Mutter findet man nicht jeden Tag. Sie hat gearbeitet wie ein Ochse und war auch nachts noch für mich da."

„Meinst du, daß die neue Magd mich neben sich duldet? Die jagt mich bestimmt schon am ersten Tag weg."

„Ich bin der Herr im Haus", sagte er mit fester Stimme und wiederholte dieselben Worte abends noch einmal, als sie vom Leichenimbs nach Hause kamen. Er zog Amanda, die immer wieder zu weinen anfing, auf seinen Schoß: „Sei nicht traurig. So ist das Leben nun einmal. Aber es muß weitergehen."

„Aber ich kann es nicht verstehen. Sie war doch nie krank."

Sie hatte ihren Kopf an seine Brust gelegt. Er streichelte ihr Haar, ihre Wangen, ihren Hals, und sie ließ ihn gewähren mit Tränen in den Augen und all ihrem Kummer im Herzen.

„Ich habe sie auch lieb gehabt", gestand er, „und bis ich eine andere Frau gefunden habe, schläfst du jetzt bei mir."

Keine sechs Wochen später kam Irmgard in Johann Edels Haus. Er hatte Amanda kein Wort davon erzählt. Sie war sehr traurig, hatte sie doch bis dahin voll die Stelle ihrer Mutter auf dem Feld, im Haus und im Bett übernommen. Die Neue, zwanzig Jahre alt, verbannte Amandas Strohsack gleich in der ersten Stunde in die Scheune. Und da Johannes nichts dagegen unternahm, packte Amanda noch an demselben Tag ihr Bündel und ging auf Wanderschaft, so wie sie es von früher her gewohnt war.

Nach drei Monaten führte sie ein Zufall nach Kirf, wo man dringend eine Wäscherin brauchte. So kam sie zu Arnold von Felsbergs Tante Margarete von Kirf, und da sich rasch herumsprach, daß sie sehr gut über Kräuter Bescheid wußte, durfte sie bald die alte Dame, die voller Rheuma und schon lange bettlägerig war, pflegen und ihr den Tee zubereiten.

„Aufwachen, ihr faules Volk, aufwachen."

Amanda erschrak und fragte, sich reckend, mit halbgeöffneten Augen: „Wo bin ich?"

„Totenwache solltet ihr halten, und stattdessen habt ihr geschlafen", fauchte Margarete. Das Licht einer flackernden Kerze beleuchtete das Antlitz der Burgherrin, das schmal und bleich unter dem Hennin, der halbhohen Burgunderhaube mit Schleier, zu sehen war. Das hellblaue, hochgeraffte Oberkleid mit dem schmalen golddurchwirkten Besatz über dem langärmeligen dunkelblauen Hemdkleid, das in weite Falten fiel, ließ ihre schlanke Gestalt noch größer wirken.

Sofie schrak ebenfalls auf und glotzte Margarete mit verschlafenen Augen an: „Ja, Herrin. Ich bin eingeschlafen, ich war zu müde."

„Schert euch in eure Betten! Legt euch hin. Ich wache alleine. Auf euch ist ja doch kein Verlaß", zischte Margarete, breitete ihre Arme aus und trieb die immer noch Verschlafenen wie Hühner vor sich her aus dem Rittersaal.

Amanda, immer noch von ihrem Traum befangen, schlief noch halb, als sie sich auf ihren Strohsack legte. Doch plötzlich war sie hellwach. Vinzenz war nicht da. Angst befiel sie. Wo war er jetzt? War er in Freiheit, oder hatten die Knappen ihn gefangen und an den nächstbesten Ast gehängt? Sie betete für ihn, und die Gewißheit, daß er ein schlauer Junge war, beruhigte sie ein wenig. Sie schlief bald darauf ein.

Unterdessen war Margarete an die linke Seite des Sarges getreten, hatte ihre Rechte auf die Arnolds gelegt und geflüstert: „Gott sei deiner Seele gnädig." Arnolds Hände lagen auf dem Griff des Sarazenenschwertes. Frieden lag auf seinem Gesicht.

Margarete streichelte seine Hand und fragte: „Warum hast du es denn so eilig gehabt, mich zu verlassen? Nicht einmal ein Wort des Abschieds hast du für mich gehabt. Das macht mich traurig. Ich habe vorhin unser gemeinsames Testament gelesen. Wichard war nämlich nirgends zu finden. Ich glaube, er ist ganz durcheinander. Er kann nicht begreifen, daß du tot bist. Er wollte alleine sein. Das Testament ist noch so, wie wir beide es einst aufgesetzt haben, und ich freue mich, daß du es nicht geändert hast. Mein eingebrachtes Gut bleibt bei mir, da von meiner Familie ja niemand mehr lebt. Du warst ja auch nie dessen Besitzer, sondern nur Verwalter, und du hast es gut angelegt in den Anteilen auf der Burg, im Schloß Hamberg und auf der Siersburg. Von den 180 Anteilen der Burg halten wir alleine 152. Mit 28 Anteilen hat der Herzog im Februar 1289 deinem Verwandten Peter von der Brükke beliehen, und was den Gottfried von Esch angeht, der hat keine Anteile, sondern nur Grundstücke rund um unseren Besitz. Aber das geht uns nichts an. Wenn der Herzog einverstanden ist, ziehe ich Peters Anteile auch noch an mich."

Ihr Blick glitt nach oben zu seinem Gesicht und blieb an dem großen Doppelkreuz hängen, das sie noch nie leiden konnte, weil es so wuchtig war. Dasselbe Doppelkreuz hatte er vor vielen Jahren seiner Tochter Lore und seinem Sohn Wichard geschenkt. Margarete überlegte, wann das gewesen sein könnte. Das war wohl vor fünfzehn oder sechzehn Jahren gewesen, bevor er wieder einmal ins Heilige Land oder mit des Herzogs Heer aufgebrochen war. Sie nahm das Kreuz in ihre Hand. Es wog schwer. Auf dem unteren breiten Teil knieten Maria und Magdalena neben dem gekreuzigten Heiland. Sie drehte es um, erschrak und ließ es los. Schwer fiel es auf seine Brust. Margarete trat einen Schritt zurück und flüsterte: „Mein Gott". Sie bekreuzigte sich dreimal.

Nach dem ersten Schreck trat sie wieder vor. Ihre Blicke hingen immer noch auf dem Kreuz. Obwohl das Licht im Rittersaal nicht sehr gut war, erkannte sie den Leibhaftigen mit seinen Hörnern und dem Pferdefuß, auf einer Brücke stehend, eingeritzt. Darunter stand die Zahl 1276.

„Der Leibhaftige ist mir auf den Kruzifixen von Lore und Wichard nicht aufgefallen", dachte sie, „als ich sie damals bat, dieses Kreuz nicht zu tragen, was sie ja auch nie getan haben.

Wenn Wichard kommt, werde ich ihn bitten, mir sein Kreuz einmal zu zeigen. Ich werde auch Lore fragen."

Sie drehte das Kreuz wieder um. „Selbst im Tod hatte Arnold noch eine Überraschung für mich bereit." Sie trat ein wenig zur Seite, streichelte seine Wange und flüsterte: „Aber du warst ja schon immer spontan und hattest oft auch komische Ansichten. Doch ich bin dir nicht böse. Nur traurig. Wenn wir uns auch die letzten Jahre nicht mehr allzu viel zu sagen hatten", sie strich ihm übers Haar, „so haben mich deine wöchentlichen Besuche doch sehr erfreut. Weißt du noch, wie wir einst verliebt waren, wie du mich gleich, nachdem der Ritter von Grimburg mich dir auf dem Burgfest vorgestellt hatte, in den Wald geführt und mich verführt hast? Ich war damals dreizehn, und es hat mir nicht weh getan. Du hast dich darüber gewundert, aber ich habe dir nicht gesagt, daß da schon vorher einer war.

Weißt du noch, wie mein Vater dich zum Kampf auf Leben und Tod aufgefordert hat, weil du mich geschwängert hast und mich nicht heiraten wolltest? Ich weiß noch gut, wie ihr auf der Lichtung im Wald von Kell gekämpft habt. Meine Schwester Gundi und ich haben euch von einem Versteck aus zugesehen und um euch gebangt. Mein Vater war ja viel stärker als du, aber du warst flinker und geschickter und hast ihm sein Schwert aus der Hand geschlagen und hast ihm das Leben geschenkt. Später seid ihr dann Freunde geworden." Sie ging auf die andere Seite und zupfte das Leintuch zurecht: „Du wirst mir fehlen..."

Sie schlug ihren Schleier etwas zurück. „Schließlich waren wir über fünfundvierzig Jahre lang verheiratet. An Ostern 1250 war es. Ach Gott, wie die Zeit vergeht. Aber man sieht mir mein Alter noch nicht an – oder?" Sie betrachtete ihre Hände. „Armin von Sassendorf, der mich gestern mit seiner Laute besuchte und der noch in meiner Kemenate schläft, meint, ich hätte eine so glatte Haut wie eine Zwanzigjährige, und das sei nicht geschmeichelt. Er kann das beurteilen. Er kommt überall in der Welt herum, und es gibt kaum eine Rittersfrau, die er nicht kennt."

Sie rieb sich die Hände: „Ja. So ist das, Arnold. Ich hätte mir dein Ende auch anders vorgestellt. Weißt du noch, bei unserer Hochzeit habe ich dir gesagt, es wäre schön, wenn wir zusammen sehr alt werden würden. Aber du hast gelacht und gebrummt: ‚Mir reicht es schon, wenn ich dich die Hochzeitsnacht ertragen muß.' Dabei hast du dauernd auf Gundi gestarrt, wie du immer mehr auf sie als auf mich geschaut hast. Ich weiß, du hättest lieber sie zur Frau genommen, und es war gut, daß sie schon versprochen war, als du um mich freitest. Leider konnte ich nicht verhindern, daß du ihr nachgeschlichen bist und daß sie dich erhört hat."

Sie machte ihm einen Finger: „Das hat mir damals sehr weh getan, als ich dich mit ihr im Bett erwischte, aber ich habe mich noch an demselben Tag gerächt. Zufällig kamen gleich zwei Minnesänger zu Besuch, und ich sang mit jedem mein Liebeslied. Ich bin auch froh, daß du so großzügig warst und den Schlüssel für meinen Keuchheitsgürtel deiner Mutter zur Aufbewahrung gegeben hast... und sie hat ihn stets so weggepackt, daß ich immer wußte, wo er lag. Aber hättest du das auch getan, wenn du dir nicht gedroht hätte: Ich springe vom Bergfried, wenn du ihn mitnimmst? Weißt du noch, wie du die Stufen heraufgehetzt bist, wie all deine Tempelbrüder und Weggenossen nach Jerusalem unten beteten, daß ich nicht von den Zinnen springen möge?"

Sie gab ihm einen Klaps auf die Hand: „Ich hatte immer Spaß an der Sache, und mir konnte es nie wild genug zugehen. Mann, Arnold! Erinnerst du dich an unsere Hochzeitsnacht? Ach so, ja. Das weißt du ja noch gar nicht."

Sie ging auf die andere Seite des Sarges, während sie ihm beichtete: „Nicht daß du glaubst, ich sei zu kurz gekommen in der Hochzeitsnacht, während du dich betrankst. Schließlich war ich jung, sehr begehrt und heißblütig. Ich habe all mein Leben lang gerne an diese Nacht gedacht. Ja... da war der Armin von Hohenheim. Er war gerade achtzehn geworden, und ich war seine erste Frau. Ach Gott, war der süß in seiner Unschuld. Du hättest ihn sehen müssen. Er ist noch richtig rot geworden, als ich es ihm beigebracht habe, und zwei Stunden später schenkte ich seinem Onkel, Bernhard von Buchingen, meine Gunst. Du weißt, er hat mich seitdem bis zu seinem Tod fast jede Woche besucht, und der alte Lothringer machte seinem Spitznamen Bock von Buchingen alle Ehre. So, nun weißt du, wie es damals war. Von den vielen anderen brauche ich dir ja nichts zu beichten. Das weißt du ohnehin, und ich danke dir für dein Verständnis. Es hat unser Zusammenleben angenehm gemacht. Es gab nie Streit und Hader zwischen uns. Wir hatten eine gute, gottgefällige Ehe, und ich habe dich ehrlich sehr, sehr lieb gehabt." Sie setzte sich auf Amandas Schemel und faltete ihre Hände, während ihre Lippen sich betend bewegten. Kurz danach schlief sie ein.

Im Kloster

Nach dem Laudes strebten die Mönche aus der Basilika. Sie machten, angeführt von Bruder Philippus, keinen Hehl daraus, daß das Eindringen der Knappen die klösterliche Stille empfindlich gestört und sie aus ihren frommen Gedanken gerissen hatte.

„Wie gut, daß wir von den Gefahren draußen nichts wissen", sagte der greise Bruder Adamus aus Beckingen. Der Prior fügte hinzu: „Laßt uns Gott für diese Gunst danken!" Der schwärmerische Bruder Conrad aus Fulkolingen bekreuzigte sich: „Brüder! Die Grausamkeit der Welt hat soeben bei uns hereingeschaut."

Vinzenz sah sie weggehen. Die ganze Zeit über hatte er immer wieder auf die Tür gestarrt und gehofft, Wichard würde erscheinen und ihn mit auf die Burg nehmen. Aber nichts war geschehen.

Abt Isenbardus trat mit Bruder Rudolphus zu ihm. Der Abt sagte: „Bruder Rudolphus übergibt dich erst einmal Bruder Folmar. Du bleibst bei ihm im Hospiz, bis du wieder gesund bist."

„Ich will aber nicht ins Hospiz, ehrwürdiger Vater. Meine Wunden sind doch nicht so schlimm. Es sind nur ein paar Kratzer."

„Oho! Aber dein Gesicht sieht schlimm aus. Bruder Rudolphus bringt dich wieder mit hierher, wenn sie nicht so schlimm sind. Dann bringt er dir in der Schreibstube der Bibliothek Lesen und Schreiben bei, damit dir bei uns die Zeit nicht zu lang wird."

Er griff ihn am Kinn, hob seinen Kopf hoch und blickte ihm in die Augen: „Hast du Arnold von Felsberg auch wirklich nicht die Treppe hinabgestoßen?"

„Nein. Wirklich nicht."

„Nun, wenn du unschuldig bist, passiert dir auch nichts. Dafür setze ich mich ein, darauf kannst du dich verlassen."

„Schreiben kann ich schon, auch ein wenig Latein", sagte Vinzenz stolz.

„Das läßt sich hören. Wo hast du denn das gelernt? Sieh einer diesen Knaben an, kann schon ein wenig lesen und schreiben, wo es doch die meisten Ritter nicht können."

„Margarete von Kirf hatte eine schöne bunte Bibel. Aus ihr durfte ich manchmal ganze Zeilen abschreiben. Sie hat mir dann die Buchstaben erklärt. Nur mit den Verzierungen ging es nicht so gut. Sie hat mir auch immer vorgelesen, was ich geschrieben habe."

„Dann bist du in der Schreibstube am besten aufgehoben." Der Abt segnete ihn und ging.

„Komm, wir gehen zum Hospiz", forderte Bruder Rudolphus ihn auf, „es liegt dort drüben." Er zeigte mit der Hand zu einer Gruppe herrlich großer Bäume.

Sie schritten durch die gepflegten Gärten, in denen Gemüse aller Art und Obst gedieh. Viele Beete waren eingerahmt von blühenden Blumen. Mehrere Laienbrüder harkten oder zupften Unkraut aus, und alle nickten ihnen freundlich zu, als sie vorbeigingen.

„Hier ist es aber schön", staunte Vinzenz und konnte sich an der Pracht der Blumen nicht satt sehen.

„Der Abtgarten ist noch viel, viel schöner. Und der Conventsgarten erst! Er liegt dem Dorfe zu. Zwei große Fischweiher, voll mit Karpfen, befinden sich genau in seiner Mitte. Und alle diese Gärten gehören zur Abtei. Unser Hospiz hat eigene Gärten und auch eine eigene Verwaltung. Es ist völlig unabhängig und kann alleine existieren."

„Wenn es auf der Burg nur halb so schön wäre!"

Bruder Rudolphus grinste: „Ich hoffe nur, daß du keine gärtnerischen Ambitionen hast. Ich hätte dich viel lieber in meiner Schreibstube. Ich merke nämlich, daß du einen Sinn für das Schöne hast, somit bist du bestens geeignet, um Schriften zu schreiben und ... bei genügend Talent und einer guten Anleitung auch Initialen zu entwerfen und künstlerisch auszugestalten."

„Aber das ist bestimmt zu schwer für mich, Bruder Rudolphus. Aber wie lange gibt es denn schon das Kloster?" fragte Vinzenz.

„Genau wissen wir das nicht. Graf Friedrich von Saarbrücken, ein Sohn Graf Sigiberts des Ersten, der die Siersburg erbaute und auch dort wohnte und nach dem sie ihren Namen hat, verordnete auf seinem Sterbebett, daß in Wadgassen ein Kloster zu seinem und zu seiner Vorfahren Seelenheil erbaut werden sollte. Kurz nach seinem Tod begaben sich seine Witwe Gisela und sein Sohn Simon I. zum Erzbischof Albero nach Trier, der selbst zugegen war, als beide ihr ganzes Besitztum in Wadgassen in einer Schenkungsurkunde auf dem Altar opferten. Der Ort Wadgassen war damals ziemlich verfallen, obwohl der Kaiser immer noch hin und wieder hier zur Jagd erschien. Die ersten Mönche mußten eine Viertelstunde zu Fuß in die Sankt-Nikolaus-Kapelle gehen, um ihr Haupt nach der schweren Arbeit zur Ruhe zu betten, weil es sonst keine vernünftige Unterkunft für sie gab. Mit dem Bau des Hospizes wurde 1158 unter Abt Wolfram begonnen. Seitdem sind Hunderte Pilger und Notleidende in ihm aufgenommen und Tausende Kranke gesund gepflegt worden, oder es wurde ihnen in ihrer schwersten Stunde Beistand geleistet."

„Gibt es auch eine Klosterschule?"

„Ja. Wenn du willst, kannst du sie besuchen, wenn du wieder frei bist."

„Glaubst du mir, Bruder Rudolphus, daß ich es nicht getan habe?"

Bruder Rudolphus blieb stehen und sah Vinzenz in die Augen, und nach einer Weile, die dem Jungen wie eine Ewigkeit vorkam, sagte er: „Ich glaube dir. Aber wir müssen warten, was der Schultheiß bei seiner Befragung herausbekommt, und die Schöffen verkünden das Urteil, das weißt du ja. Solange die Knappen behaupten, du hättest ihn ermordet, sieht es nicht gut für dich aus. Ihnen glaubt man eher als einem jugendlichen Hörigen."

„Es kann aber niemand gesehen haben, weil ich es nicht war. Auch der Herr Wichard hat gut für mich gesprochen, als sie alle um seinen toten Vater herumstanden. Das habe ich selbst gehört. Ich wagte mich nur nicht aus meinem Versteck hervor, weil Dietmar von Kerpen immer wieder sagte, er hätte oben auf dem Rundgang einen Schatten gesehen, und das könne nur ich gewesen sein. Sie wollen mir mit aller Gewalt den Tod des Burgherrn anhängen."

„Warst du denn in seiner Nähe, als es passierte?"

„Ja. Ganz in der Nähe. Ich hockte in der Türnische von Herrn Arnolds zweitem Zimmer. Ich habe gesehen, wie er sich umdrehte und dabei ausgerutscht ist. Es ging alles so schnell. Kaum war er gefallen, da lag er auch schon unten und rührte sich nicht mehr. In diesem Augenblick bin ich rasch in die Kammer meiner Kusine gekrochen, weil inzwischen unten Dietmar hereingekommen war."

„Wenn es so war, wie du erzählst, dann brauchst du keine Angst zu haben, dann sprechen dich die Schöffen frei. Sie können dich keiner Tat bezichtigen, die du nicht begangen hast. Ich selbst werde Dietmar bei seiner Ritterehre fassen, falls er behauptet, du hättest Arnold hinabgestoßen."

„Ritterehre! Sie sind ja erst Knappen. Keiner von ihnen hat den Rittereid geleistet, den Armen und Schwachen zu helfen. Aber wenn ich wieder frei bin, werde ich die Abteischule besuchen."

„Das würde mich sehr freuen."

„Vorausgesetzt, der Herr Wichard sagt ja dazu." Vinzenz sah Bruder Rudolphus von der Seite an. „Was lernt man denn dort?"

„Zuerst kommst du in die niedere Schule. Dort lernt man Lesen, Schreiben, Rechnen, Gesang und Religionskunde. In der höheren Schule gibt es Dialektik, Grammatik, Rhetorik, Arithmetik, Geometrie, Astronomie und Musik. Aber das ist noch lange nicht alles. Nach diesem Studium kannst du Theologie, Philosophie, Ethik, Kirchenrecht und Kirchengeschichte studieren. Unser Kloster ist weithin bekannt für eine gründliche Ausbildung, und die Studenten kommen oft von weit her, aber..."

Bruder Rudolphus sah ihn wieder mit dem spitzbübischen Lächeln um die Lippen an: „Alle Studenten brauchen Bücher, viele gelehrte Bücher, und die müssen erst geschrieben werden, verstehst du? Ich will damit sagen, daß wir auch viele fleißige Leute brauchen, die diese Bücher schreiben, und daß dir das vielleicht auch Spaß macht."

„Studieren ist, glaube ich, nichts für mich", sagte Vinzenz, „so viele gelehrte Wörter, wie du eben gesagt hast, habe ich noch nie gehört. Was ist das: Dialektik, Grammatik und die anderen schweren Wörter?"

Bruder Rudolphus lachte: „Nur keine Angst, das begreifst du schnell."

„Glaubst du?"

„Ja. Gerade das gefällt mir an dir, daß du so offen bist. Ich sage dir, Junge, bleibe bei uns im Kloster. Bei uns kannst du sehr viel lernen, denn du bist keiner von den stumpfen, dummen Bauerntölpeln, wie sie überall herumlaufen und auf die Weiberröcke starren, das sehe ich dir an."

„Aber ich habe meine Kusine auf der Burg. Sie ist die einzige Verwandte, die ich habe."

„Hier sind alle Mönche deine Verwandten. Hast du noch nicht bemerkt, daß wir uns alle Brüder nennen?"

Bruder Folmar, der Verwalter, trat vor das Portal und winkte ihnen zu: „Was gibt es, Bruder Rudolphus, daß du dich hierher bemühst?"

„Ich bringe diesen Jungen. Er ist voller Wunden."

Bruder Folmar rief ihm zu: „Komm her, Junge, laß dich ansehen."

Er zog Vinzenz nahe an seinen dicken Bauch heran und betrachtete ihn. „Das ist ein Klacks für Bruder Fenegrinus", lachte er und zog den Jungen an der Hand hinter sich her ins Hospiz, wo er so laut „Bruder Fenegrinus" brüllte, daß Vinzenz die Ohren weh taten.

Der Gerufene kam aus einer Tür geschossen und fragte: „Was gibt es, Bruder Folmar?"

„Sieh dir diesen Jungen an und bringe ihn in mein Zimmer, wenn du seine Wunden versorgt hast. Ich gönne mir unterdessen ein Plauderstündchen mit unserem geschätzten Bruder Rudolphus." Mit diesen Worten übergab er Vinzenz den geschickten Händen des größten Kräuterkenners weit und breit, der für alles ein Kräutlein oder ein Sälblein hatte.

„Wer hat dir das angetan?"

„Einige Knappen haben mich verfolgt, und ich mußte mich in einem Dornenbusch verstecken."

„Um dein Leben zu retten?"

„Ja. Sie glauben, ich hätte Arnold von Felsberg die Treppe hinuntergestoßen."

Fenegrinus trat einen Schritt zurück und betrachtete Vinzenz von oben bis unten, trat dann nahe an ihn heran und sah ihm so starr in die Augen, wie das vorher schon Bruder Rudolphus getan hatte. Nach einigen Sekunden fragte er: „Warst du es?"

„Nein."

„Dann brauchst du auch keine Angst zu haben. Du warst es nicht. Das sehe ich deinen Augen an. So klare Augen wie du hat kein Mörder. So, und jetzt genug davon. Zieh dich aus, ich will sehen, ob du sonst noch Wunden oder Kratzer hast." Vinzenz machte keine Anstalten, sich auszuziehen. Er dachte an das Kreuz, das seine Mutter ihm in ihrer Sterbestunde geschenkt und an sein Versprechen, das er ihr gegeben hatte. Er wollte es dem Mönch nicht zeigen.

„Vor mir brauchst du keine Angst zu haben, Junge. Ich weiß, wie ein Junge aussieht. Ich bin doch selbst ein Mann. Also, mach voran."

„Auf dem Rücken habe ich keine Kratzer."

„Ich will dich trotzdem sehen. Vor was hast du denn Angst?"

„Vor nichts."

„Dann zieh dich aus."

Vinzenz gab nach und zog sein Wams über den Kopf.

„Was ist denn das für ein Kreuz, Junge? Das ist ja etwas ganz Besonderes. So eines trägt nicht einmal der Abt. Von wem hast du das?" Der Mönch hatte das Kreuz in die Hand genommen und wog es, während er es aufmerksam betrachtete.

„Ich habe es von meiner Mutter", antwortete Vinzenz schüchtern.

Fenegrinus sagte: „Das wurde nicht im Morgenland gemacht. Dieses hier hat ein heimischen Künstler hergestellt. Das sieht nach einer Metzer Arbeit aus. Solch schwere und dennoch kunstvolle Arbeit gibt es nur in Metz." Er drehte das Kreuz um und ließ es im gleichen Augenblick los. Schwer fiel es auf Vinzenz Brust.

„Der ‚Gott-sei-bei-uns'", rief Fenegrinus und bekreuzigte sich, während er einen Schritt zurück trat. „Von wem hat deine Mutter dieses Kreuz?"

„Das weiß ich nicht", log Vinzenz, „es würde mir Glück bringen, hat sie gesagt."

„Das will ich hoffen", sagte Fenegrinus, „das wirst du nötig haben. Solch ein Kreuz hat seine Bewandnis. Dreh es um. Trage es immer so, Junge, daß der Heiland auf deinem Herzen ruht und der Leibhaftige nach außen schaut. Der hält dir dann das Böse vom Leib."

Vinzenz drehte es um und antwortete: „Ich werde es jetzt immer so herum tragen. Vielleicht ist es schuld an meinem Unglück?"

„Ganz sicher. Wer das Zeichen des Teufels trägt, ist der Hölle ganz nahe. Das kannst du mir glauben. Kennst du die gruseligen Werkzeuge des Teufels, die Krallen, die einem das Fleisch zerfetzen, die hochlodernden Flammen, die dich versengen, und die vielen glutroten Nadeln, die in die Glieder der Männer eindringen und sie von innen her verbrennen?" In normalem Ton fuhr er fort: „Nun laß mal sehen, wie verkratzt du auf dem Rücken bist."

Er besah Vinzenz' Wunden. „Da haben wir doch noch einen tiefen Schnatzer. Warte, ich schmiere ihn gleich ein. Der verheilt nicht so schnell, und der da in deiner Leiste, au, au, der ist auch nicht ohne. Und jetzt sehe ich mir deine Beine an." Nachdem er alle Kratzer gesäubert und mit Kamillensalbe eingerieben hatte, meinte er: „Im großen und ganzen ist es nicht schlimm. Aber komm heute abend noch einmal vorbei. Den Kratzer in der Leiste will ich im Auge behalten. Es ist gut, daß der Abt dich hergeschickt hat. Er ist übervorsichtig und in allem besonders gründlich. Dafür ist er weit und breit bekannt in unserem Orden."

„Was ist ein Orden?"

„Mmmh. Wie soll ich dir das erklären?" Feregrinus kratzte sich am Bart und druckste herum, bis er schließlich herausbrachte:

„Ein Orden ist eine Gemeinschaft, die nach einer bestimmten Regel lebt, so wie wir Prämonstratenser hier in Wadgassen."

„Prämonstra... das ist aber ein schweres Wort."

„Ja. Er ist schwer auszusprechen, aber es ist ein guter Orden. Norbert von Xanten hat ihn gegründet. Er war am Hofe bei Kaiser Heinrich V., als ihn 1115 ein Blitzschlag vom Pferd warf. Das hat ihn so mitgenommen, daß er tiefsinnig wurde. Er zog sich in die Einsamkeit zurück und baute, drei Stunden von Laon in Nordfrankreich entfernt, das erste Prämonstratenserkloster, das einige Jahre später von Papst Honorius genau so wie der Orden genehmigt wurde. Der Orden hat strenge Regeln."

„Und wie sind die?"

„Ich sagte schon: sehr streng. Doch man gewöhnt sich daran. Seit der Gründung vor fast zweihundert Jahren gibt es weit über tausend Äbte, über 300 Pröbste und fast achthundert Nonnenklöster. Unser Orden ist weit verstreut. Jeweils fünfundzwanzig Klöster bilden eine Circaria, und unser Kloster Wadgassen bildet einen eigenen Kreis. Hast du denn keine Lust, auch ins Kloster einzutreten?" Während er erzählte, sog Vinzenz den Duft der an Schnüren hängenden und trocknenden Kräuter ein und betrachtete die unzähligen Töpfe, Krüge und Tiegel, die fein geordnet und beschriftet auf den Regalen standen. Im Hof und außen auf den Fensterbänken standen mehrere Flaschen in der Sonne, in denen Kräuter in Alkohol angesetzt waren.

„Ich weiß nicht. Hier ist alles so fremd, wie in einer anderen Welt. Und außerdem habe ich eine Kusine auf der Burg."

„Eine Kusine? Wie alt?" Fenegrinus sah ihn aufmerksam an, kniff die Augen zusammen, trat an das winzige Fenster, blickte hinaus, aber auch hin und wieder zu Vinzenz hinüber, so, als beobachte er ihn.

„Amanda ist einundzwanzig oder so", antwortete er, „genau weiß ich das nicht."

„Hängst du sehr an ihr?" Fenegrinus beobachtete ihn genau. „Schade, daß du sie nicht sehen kannst, solange du hier bist."

„Das sind fünfundvierzig Tage, wenn mich der Herr Wichard nicht vorher herausholt."

„Ist sie hübsch, deine Kusine?"

„Oh ja. Sehr."

„Hängst du sehr an ihr?"

„Ja. Sie kümmert sich um mich wie eine Mutter."

Fenegrinus sah ihn prüfend an. „Vielleicht gibt es doch einen
Weg, wie du sie sehen kannst. Wie ist es? Willst du sie sehen?"
„Oh ja. Das wäre schön. Geht denn das?"
„Ich will es versuchen, dir zuliebe. In der Abtei könnte sie dich
nicht besuchen, aber hier im Hospiz geht das." Er klopfte an die
Fensterscheibe. „Du bist also Leibeigener des Herrn von Fels-
berg?"
„Ja. Von Herrn Wichard, jetzt, wo Herr Arnold tot ist."
„Das ist dumm. Der Wichard gibt dich niemals frei, um ins
Kloster einzutreten."
„Warum nicht?"
„Weil keiner der Herren einen Hörigen ziehen läßt. Hin und
wieder schenken sie den Klöstern hörige Frauen. Das sind aber
meistens solch durchtriebene Luder, mit denen sie selbst nicht
mehr zurechtkommen. Wir stecken sie dann in Nonnenklöster,
wo sie niedere Arbeiten verrichten müssen. Du mußt nämlich
wissen, Hörige sind billige Arbeitskräfte für die Herren. Sie sind
ihr Eigentum, mit dem können sie machen, was sie wollen. Hat
dir das noch niemand gesagt?"
„Nein, so noch nicht. Ich dachte immer, es müßte so sein, wie
es ist. Aber bei Wichard brauchte ich nicht zu arbeiten. Er hat
mich immer mit auf die Jagd genommen und mir alle die
Kriegskünste beigebracht, die er auch den Knappen beibringt."
Fenegrinus sagte: „Zieh dich wieder an. Vergiß nicht, heute
abend noch einmal zu kommen."
„Ja."
„Willst du deiner Kusine eine Order schicken?"
„Oh ja. Wenn das geht. Sie weiß sicher schon, daß ich hier bin.
Aber man könnte ihr sagen, daß die Wunden nicht so schlimm
sind, sonst macht sie sich unnötige Sorgen."
„Gut. Ich schicke ihr Bescheid. Es kommen nämlich jeden Tag
viele Leute hierher, und einer ist sicherlich darunter, der die
Botschaft überbringt."
„Kann er nicht auch zu Herrn Wichard gehen und ihm sagen,
daß ich unschuldig bin und daß er sich für mich einsetzen soll?"
„Ich versuche es. Doch ich darf dem Abt nicht vorgreifen. Das
verstehst du doch. Wenn du aber deine Kusine treffen willst und
sie Lust dazu hast..." Er machte ein pfiffiges Gesicht und meinte, verschmitzt lächelnd: „Ich weiß, wie du das Kloster verlassen
und wie du wieder hereinkommen kannst, ohne daß jemand etwas

bemerkt. Du könntest zum Beispiel mit mir Kräuter suchen gehen und dann mit deiner Kusine alleine sein."

„Das wäre fein. Ich könnte dann Amanda bitten, bei Herrn Wichard für mich zu sprechen."

„Aber ich muß bei dem Treffen in eurer Nähe sein, damit du nicht fliehst. Du stehst ja unter dem Schutz des Klosters."

„Du kannst ruhig dabei sein. Kann Amanda morgen schon kommen?"

„Ich weiß nicht, ob sie Zeit hat und ob man sie einfach so gehen läßt. Außerdem übersende ich ihr morgen erst die Nachricht."

„Danke, Bruder Fenegrinus, du bist sehr gut zu mir."

„Danke Gott, daß dich die Knappen nicht erwischt haben. Und nun komm, wir gehen zu Bruder Folmar, der hat jetzt genug mit Bruder Rudolphus geschwatzt."

Auf dem Rückweg ins Kloster trafen Vinzenz und Bruder Rudolphus im Klosterhof Bruder Petrus.

„Gut, daß ich dich treffe, Bruder", rief Bruder Rudolphus ihm zu, „wir beide sind gerade auf dem Weg zu dir. Du kennst unseren Asylanten?"

„Ja. Jetzt sieht er schon besser aus, als heute morgen."

„Der Abt unterstellt ihn deiner Obhut, was sein leibliches Wohl angeht. Gib ihm auch eine gute Unterkunft."

„Er soll es gut bei uns haben. Komm mit in die Küche, Junge, du hast bestimmt großen Hunger."

„Ja."

„Bringe ihn in die Bibliothek, wenn er satt ist." Bruder Petrus legte dem Jungen die Hand auf die Schulter und dirigierte ihn in die Klosterküche, wo man ihm so reichlich auftischte, daß er nicht alles aufessen konnte. Dann brachte er ihn in die Bibliothek.

Die vielen Bücher in den Regalen, die bis unter die Decke reichten und rings um die Wände aufgestellt waren, faszinierten Vinzenz. Er wußte nicht, wo er zuerst hinschauen sollte.

„Komm nur, komm", rief Bruder Rudolphus. „Siehst du, hier stehen unsere Kostbarkeiten, und dort drüben ist die Schreibstube. In ihr sitzen 26 Schreiber, Maler und Restauratoren, alles Künstler, die diese herrlichen Werke geschaffen haben und immer wieder neue schaffen. Wir sehen sie uns nachher an. Zuerst will ich dir aber noch unsere Schule zeigen. Komm mit."

In der Klasse saßen elf Jungen um einen großen Tisch. Ihr Lehrer, Bruder Richardus, saß mitten unter ihnen. Als sie die geräumige Stube betraten, standen die Schüler auf und grüßten wie aus einem Mund: „Grüß Gott, Bruder Rudolphus."

Der Lehrer kam ihnen entgegen, reichte Vinzenz die Hand und fragte: „Ist das nicht unser Verfolgter von heute morgen? Ein neuer Schüler, Bruder Rudolphus?"

„Noch nicht. Später vielleicht. Ich wollte ihm nur einmal die Schule zeigen, da er danach gefragt hat."

„Siehst du, Junge", wandte sich Bruder Richardus an Vinzenz und zeigte auf getrocknete Ahornblätter, die vor den Schülern lagen, „auf ihnen sind die einzelnen Buchstaben mit Holzkohle aufgezeichnet. Auf diese mit Bienenwachs überzogenen Holztafeln ritzen wir ganze Wörter ein, die wir aus Buchstaben zusammensetzen. So lernen wir lesen und schreiben."

„Er hat schon aus der Bibel abgeschrieben", erklärte Bruder Rudolphus. „Zeige ihm lieber, wie du die Kinder rechnen lehrst."

Was nun geschah, setzte Vinzenz in großes Erstaunen. Durch Umlegen oder Strecken oder auch nur durch Beugen der Finger beider Hände in bestimmte Stellungen wurden die verschiedenen Zahlen angedeutet, und das Rechnen ging so schnell, daß er fast schwindlig davon wurde.

„Es ist nicht so schwer, wie es aussieht", erklärte der Lehrer, „und wenn man es einmal kann, ist es ein Kinderspiel. Wir würden uns alle freuen, wenn du zu uns kommen würdest."

„Da ist ja zuerst noch manches zu klären", erwiderte Bruder Rudolphus, „du weißt ja, weshalb er hier ist."

„Ja, leider."

Im Schreibsaal der Bibliothek führte ihn Bruder Rudolphus von Schreiber zu Schreiber, und jeder fragte in anderer Art: „Warst du es?" – „Hast du ihn umgebracht?" – „Da hast du aber Glück gehabt, daß die Knappen dich nicht gekriegt haben."

Vinzenz war froh, als der Rundgang vorbei war und er am Pult des kürzlich verstorbenen Bruders Seyfried zeigen durfte, wie gut er in Kirf schreiben gelernt hatte. Natürlich kamen alle und standen um ihn herum und schauten ihm zu.

„Wenn ihr ihm alle über die Schulter schaut, dann bringt er doch nichts fertig, Brüder. Geht an eure Pulte und laßt ihn in Ruhe. Er ist doch durch eure Fragerei schon aufgewühlt genug", sagte Bruder Rudolphus. Er wandte sich an Vinzenz: „Und du, laß dich durch nichts stören, schreibe einmal diese Zeile ab." Er reichte ihm ein Muster. Vinzenz gab sich große Mühe, und bald hatte er die Zeile fertig. „Gut! Sehr gut!" wurde er gelobt. „Aber es fehlt doch noch an der notwendigen Übung, und die sollst du bei uns haben." Rudolphus brachte ihm mehrere Pergamentbogen, die von den Schreibern wegen Fehlern oder Unachtsamkeit verschmiert worden und unbrauchbar waren und meinte: „Siehst du! Hier ist noch genügend Platz zum Üben. Bruder Gerardus wird dir zeigen, wie du es machen mußt. Es gibt einige Besonderheiten, die man beim Schriftschreiben wissen sollte."

Bruder Gerardus war ein junger Mönch von siebenundzwanzig Jahren. Er strahlte ihn an: „Dann wollen wir mal", sagte er und ließ ihn mehrere Gänsefedern spitzen. „Das Spitzen ist das Wichtigste. Das muß man können. Eine jede Feder muß so breit wie die andere sein. Wenn du das kannst, machen wir weiter."

Vinzenz, der das exakte Schneiden der Gänsekiele schnell heraus hatte, fragte: „Was heißt denn das, was da geschrieben steht?"

„Es heißt: ‚Dezember 1294: Papst Bonifatius bestätigt dem Kloster Wadgassen alle Besitzungen und Erwerbungen.'"

Vinzenz zeigte auf ein anderes Blatt: „Liest du mir das auch noch vor, Bruder Gerardus?"

„Gerne. Hier steht: ‚22. Januar 1295. Abt Isenbardus von Wadgassen, Mitbesiegler einer Urkunde, mit der Johann von Siersberg seinen Herrn, den Herzog Friedrich von Lothringen, schadlos halten will, da dieser eine Bürgschaft von 300 Pfund Trierer Pfennige bei dem Trierer Schöffen Jakob von Euren für Johann eingegangen ist. Datum anno domini 1294 in die beati Vincensis martiris. Siegler: Abt Isembard von Wadgassen und Abt Peter von Mettlach.'"

„Was ihr so alles erfahrt! Liest du mir noch mehr vor?"

„Warum nicht. Hör zu: ‚13. Dezember 1293. Der Edelknecht Wilhelm und seine Ehefrau Odilia erklären für sich und ihre Erben, keinerlei Anrecht zu haben an den Gütern, Besitzungen und Leuten, die Wilhelms Bruder, der Kleriker Simon, in Bisten, Oberbisten, Überherrn, Berweiler und Wirnewilre schon lange in Besitz hat. Zeugen: der Mönch Johannes genannt Buzorgus, der Edelknecht Johann von Homburg, der Edelknecht Peter von Berus. Datum anno domini 1293 in die beate Lucie virginis. Siegler: der Abt von Busendorf als Siegelbewahrer des Herzogs von Lothringen.'" Vinzenz zeigte auf eine andere Urkunde und jubelte: „Hier kann ich das Wort Grimburg lesen. Was steht denn noch da?"

„Du bist aber neugierig", lachte Gerardus, „ich glaube, du würdest alle Urkunden in einer Woche lesen, wenn du das könntest. Also, paß auf: ‚Die Ritter Boemund der Ältere von Grimburg und Godemann von Dorfswilre in der Diözese Metz erklären: Ihr verstorbener Oheim Johann, Herr der neuen Burg Warsberg und Vogt zu Kelchen, hat das Patronat der Kirche zu Beringen mit allen Zugehörigkeiten dem Abt und Konvent des Klosters Wadgassen wegen dessen Armut und Mangel an Einkünften als Geschenk übergeben, wie aus den gesiegelten Urkunden klar hervorgeht. Diese Schenkung ist mit ihrem Wissen und ihrer ausdrücklichen Zustimmung geschehen. Siegler: Ritter Boemund für sich und seinen Neffen Godemann, der kein Siegel hat.' "

„Warum schenken die Leute dem Kloster soviel?"

„Sie wollen in den Himmel kommen und dort einen guten Platz erhalten. Den bekommen sie nur, wenn sie ohne Sünden vor Petrus erscheinen. Die Sünden aber vergibt ihnen die Kirche, und je mehr einer spendet, um so mehr Sünden werden ihm vergeben."

„Ja, Bruder Gerardus. Liest du mir das auch noch vor?" Vinzenz reichte ihm ein anderes Blatt. „Gut, also hier steht: ‚Walram von Zweibrücken schenkt dem Kloster Wadgassen seine Hörige Jeanette, Tochter des Paul von Gresaubach.' "

„Ich verstehe nicht, wie man einfach so Menschen verschenken kann", sagte Vinzenz.

„Das ist nun einmal so. Was sollen denn die Herrschaften mit ihnen tun, wenn sie nichts mehr mit ihnen anfangen können und wenn sie sich immer quer stellen, und das tun Frauen sehr oft."

Er nahm ein anderes Pergament in die Hand und las vor: „Hier steht: ‚11. März 1290. Papst Nicolaus IV. erlaubt den auf Reisen befindlichen Prämonstratensern alles zu essen' und hier steht unter dem 9. April 1292: ‚Das Nonnenkloster in Mainz verkauft an Abt Isenbardus von Wadgassen seine Besitzungen in Bockenheim für 800 Pfund Heller unter Bürgschaft von acht Mainzern.' Dieses wichtige Dokument wurde mehrmals abgeschrieben, und diese Abschrift ist nicht gelungen, siehst du? Hier ist die Schrift verschmiert. Das kann vorkommen, sollte aber nicht allzu oft passieren, denn Pergament herzustellen ist nicht so einfach und teuer. Jetzt aber Schluß damit. Schreib einmal dieses Blatt ab. Wenn du fertig bist, kommst du zu mir und zeigst es mir."

Und Vinzenz gab sich ganz besondere Mühe, denn er wollte es Bruder Gerardus, der ihm sehr sympathisch war, recht machen.

Ein Meer von Blumen

Wichard war durch den plötzlichen Tod seines Vaters völlig aus dem Gleichgewicht geworfen. Er ritt nach Dilsdorf, fand aber auch in dem geräumigen Haus, das er mit vielen Mitbringseln aus dem Morgenland ganz nach seinem Geschmack ausgestattet hatte, keine Ruhe. Das Unerwartete schnürte ihm die Brust zu. Er konnte es nicht fassen, daß der rüstige alte Herr, mit dem er sich, so gut verstand, plötzlich nicht mehr da sein würde.

Er mußte mit jemandem reden, der ihn verstand. Mit seiner Mutter konnte er das nicht. Er verurteilte schon seit vielen Jahren ihre Liebschaften. Als Dreizehnjähriger war er ungestüm in ihre Kemenate gestürmt, wollte sie etwas fragen. Aber er fand sie nackt, sich mit einem Minnesänger auf dem Teppich liebend. Seitdem sprachen die beiden nur noch das Notwendigste miteinander. Alle Versuche seiner Mutter, ihm verständlich zu machen, daß die lange Abwesenheit seines Vaters für sie unerträglich war, ließ er nicht gelten. „Du hast ihm Treue geschworen", sagte er wütend, „nun halte sie auch."

Er überlegte, wo er hinreiten konnte, um mit jemandem zu reden, der ihn verstand und ihn nicht gleich als Weichling abstempelte. Es fiel ihm nur sein Freund Friedrich von Sierck ein, der Burggraf von Schauenburg. Im Kreise seiner Familie mit seiner Gemahlin Johanna von Warsberg, der Tochter Johanns von Warsberg-Saarbrücken, und ihren Kindern Johann I., der sich auch von Jllingen nannte, und seiner Schwester Hildegard, die später seinen Neffen Wichard von Hamberg heiraten sollte, fühlte er sich wohl. Dort fühlte er sich daheim. Friedrich schätzte ihn auch nicht gering, weil er nicht zeugungsfähig war. Er wußte, daß der Hieb eines Sarazenen ihm den Hodensack und einen Teil seines Gliedes abgetrennt hatte.

Er sattelte sein Pferd und trieb es immer wieder an, denn er wollte Sierck noch bei Tageslicht erreichen, außerdem wollte er sich schnellstens so weit weg wie möglich von der Burg entfernen. Er atmete auf, als er endlich, nach hartem Ritt, Schloß Sierck auf der Höhe über der Stadt erblickte. Es war ein imposanter Bau, und der Herzog, das hatte er selbst gehört, war sehr zufrieden mit seinem Lehnsmann Friedrich, nachdem er erst kürzlich wieder einmal in Schloß Sierck residiert hatte.

Schon auf dem Weg in den Palas hörte er Stimmengewirr, Lachen und Harfenspiel, das aber immer wieder durch laute Worte übertönt wurde. Als er die Tür des Rittersaales öffnen wollte, kamen zwei Mägde mit einer leeren Bratenplatte heraus.

Erstaunt sah er die fröhliche Runde beim Essen. Ihm am nächsten saß Johann, der Bischof von Utrecht, zu dessen Linken sein Bruder, der Ritter Friedrich, und neben diesem seine Frau Adelheid von Bayon. Zur Rechten Johanns nagte sein Bruder Peter, seines Zeichens Domherr in Metz, an einem Hähnchenschenkel. Sein Bruder Konrad, der Kommandeur des geistlichen Ordens der Johanniter von Jerusalem in Metz war, stieß ihn so unsanft in die Seite, daß er vor Schreck den Hähnchenschenkel fallen ließ: „Weißt du noch, wie damals der wilde Hund den Johann gejagt hat und Johann in die Mosel fiel?"

„Ich wäre ertrunken, hätte mich unser Bruder Heinrich nicht im letzten Augenblick gerettet. Wißt ihr noch? Die Mosel führte damals Hochwasser, und der Hund war so wütend wie nie zuvor."

„Du hast ihn ja auch bis aufs Blut gereizt", lachte Heinrich, der Domherr in Trier war. „Schwimmen ist für uns Ritter unerläßlich", warf sein Neffe Arnold IV., der Sohn Friedrichs, ein. „Ich wäre schon zweimal ertrunken, wenn ich es nicht gekonnt hätte."

Die zierliche und zerbrechliche Johanna saß an der Harfe und begeisterte mit ihrem Spiel die Frauen, von denen die meisten am unteren Ende der Tafel saßen, wie Arnolds Schwester Katharina, auf die Simon von Helferdingen ein Auge geworfen hatte, und neben ihr ihre Schwester Elisabeth, die nicht aß, sondern hingebungsvoll dem Spiel von Johanna lauschte.

Am Kopfende der Tafel saß Elsa, die Ahnin, und schmunzelte, als ihre Enkelin Agnes, die dritte Tochter Friedrichs, ihr im Vorbeigehen einen Kuß auf die Wange drückte und fragte: „Wie fühlst du dich an deinem Geburtstag, Großmutter? Es ist doch schön, daß alle deine Söhne kamen, um dir zu gratulieren?"

„Es ist die reinste Kirchenversammlung", krächzte sie, worauf ihr Enkel Friedrich, der Probst in Utrecht war, ihr einen Finger machte und rief: „Wir Siercker müssen doch sehen, daß wir alle einen guten Platz im Himmel bekommen, Großmutter."

„Ja", hauchte sie, „in meinem Alter denkt man oft an so etwas. Aber mir reicht es schon, wenn es nur der Himmel ist und nicht die Hölle." Sie blickte in die Runde und fragte: „Wo steckt denn nur der Philipp? Den habe ich heute noch nicht gesehen."

„Der studiert doch Theologie in Bologna, Großmutter."

„Aber warum denn so weit weg?"

„Es ist eine bedeutende Universität."

„Aha. Ob ich ihn noch einmal zu sehen bekomme, ehe ich sterbe?"

„So darfst du nicht reden, Großmutter, so gesund wie du bist."

„Du hier, Wichard?" rief Friedrich, sprang so spontan auf, daß sein Stuhl umkippte, ging seinem Freund entgegen, umarmte ihn und sagte: „Das ist aber schön, daß du kommst. Du kommst gerade richtig. Wir feiern Großmutters Geburtstag."

Johanna hatte aufgehört zu spielen.

„Dann will ich ihr zuerst gratulieren." Wichard löste sich von Friedrich, ging zur Ahnin und küßte ihre Hand. „Bleib noch recht lange gesund, Elsa. Du warst immer wie eine Mutter zu mir."

„Gibt es etwas Neues auf der Teufelsburg?" wollte sie wissen.

„Es ist etwas passiert", rief Johann der Lange von Mengen, „das sehe ich Wichard an. Der ist nicht so froh gelaunt wie sonst."

„Mein Vater ist tot. Er ist heute nachmittag gestorben. Er ist die Treppe heruntergefallen. Als er unten liegen blieb, war er tot."

Nachdem sich die erste Aufregung gelegt hatte, sagte Friedrich: „Es ist gut, daß du gekommen bist. Hier kommst du über den ersten Schreck besser hinweg. Setz dich. Ich werde dir mit Rat und Tat zur Seite stehen. Aber zuerst erzähle, wie es passiert ist."

Nachdem Wichard erzählt hatte, war die Bestürzung groß, und er ärgerte sich, daß er in diese fröhliche Geburtstagsgesellschaft mit der Trauerbotschaft hereingeplatzt war. Aber Friedrich tröstete ihn, und als er sich am anderen Morgen in aller Frühe verabschiedete, sagte er: „Es ist nicht mehr zu ändern, Wichard. Trage es mit Fassung. Wir kommen natürlich zur Beerdigung."

Als Wichard in den Burghof der Teufelsburg ritt, empfing ihn seine Mutter und schalt: „Hättest du nicht hier bleiben können? Warum hast du nicht gesagt, daß du wegreitest?"

„Habe ich doch. Du hast es in der Aufregung überhört. Hat sich denn etwas Wichtiges ereignet?"

„Nein. Aber sorge dafür, daß dein Vater gleich in die Wallerfanger Kapelle überführt und dort würdevoll aufgebahrt wird. Dort ist es kühl, und wir brauchen den Rittersaal für den Imbs. Es soll doch alles in Ordnung sein, wenn der Herzog mit dem ganzen Hofstaat zur Beerdigung kommt."

„Es wird alles erledigt", brummte er und war ärgerlich, daß sie ihn in Gegenwart der Knechte und Mägde so angefahren und zurechtgewiesen hatte. Er fragte voller Haß: „Hast du wenigstens den Minnesänger weggeschickt, oder willst du etwa, daß er beim Imbs neben dir sitzt? Wenn du ihn nicht wegschickst, dann tue ich es, und glaube mir, wenn es soweit kommt, dann war er der Letzte, der dich besucht hat, dann wagt sich keiner mehr hierher."

Die Knechte und Mägde grinsten. Margarete wurde rot vor Zorn. Sie stampfte mit dem Fuß auf und zischte: „Was unterstehst du dich? Du kannst wohl gar nicht mehr warten, bis ich aufs Altenteil komme?"

„Du irrst, Mutter. Solange Vater lebte, konntest du es treiben, mit wem und solange du wolltest. Doch wenn der Herzog mir die Burg als Lehen übergibt, wird hier sowieso manches anders, und dann hast du hier nichts mehr zu melden."

Margarete, die Wichard so nicht kannte, wandte sich ab, drehte sich im Weggehen aber noch einmal um und rief ihm über die Schulter zu: „Der Minnesänger bleibt, daß du es weißt."

„Wage das nur nicht. Ich erschlage ihn, wenn er den Rittersaal betritt, und dich mit." Voller Wut hatte er zu seinem Schwert gegriffen. Er beruhigte sich aber, als er sah, wie seine Mutter eilig in der Burg verschwand. „Ja, glaubst du denn, ich will mich vor dem Herzog lächerlich machen?" brummte er in den Bart.

Kuno von Gersbach kam aus dem Palas, wo er und die anderen Knappen in einer der Vorratskammern schliefen, rieb sich schlaftrunken die Augen und blinzelte in die Sonne: „Wichard, du?"

„Ja. Hast du mich vermißt?"

„Wir alle haben dich vermißt."

„Doch nicht wegen Vinzenz?"

„Doch, wegen ihm. Er ist im Kloster Wadgassen. Abt Isenbardus hat ihm 45 Tage Asyl gewährt. Er kann dort bleiben, ohne das er angetastet werden darf."

„Gut, daß du da bist", rief Heinrich von Wollenschläger. „Ich habe mir das überlegt mit Vinzenz, vielleicht ist er doch nicht schuldig. Du mußt ihn verhören, bevor du ihn dem Schultheiß überstellst."

„Unsinn", warf Johann von Hüttingen ein, „er war es. Er muß hängen. Dietmar hat oben seinen Schatten gesehen. Von alleine ist der alte Herr doch nicht die Treppe herunter gefallen. Den muß jemand gestoßen haben."

„Mir war wirklich, als wäre eine Gestalt in eine Nische gehuscht. Aber wir haben ja niemanden gefunden", gestand Dietmar, „das ist zu komisch. Ich hätte darauf geschworen."

„Ich habe ja gleich gesagt, du hast das Burggespenst gesehen", lachte Eberhard von Bolchen, während er sich den Schlaf aus den Augen rieb.

„Der Abt muß ihn jetzt herausrücken, wo Wichard wieder da ist. Hängen muß der Kerl", rief Isenbarth von Kastel.

„Richtig", stimmte ihm Hugo von Clair zu, und Kuno von Gersbach schlug vor: „Am besten reiten wir gleich nach Wadgassen. Dann kann Wichard mit dem Abt reden."

„Nichts da. Vinzenz geht euch ab sofort nichts mehr an. Ich kümmere mich um ihn", sagte Wichard. „Laßt den Jungen in Ruhe. Der Schultheiß wird den Fall klären, wie es seine Aufgabe ist, und wenn Vinzenz schuldig ist, wird es seiner gerechten Strafe nicht entgehen."

„Er ist schuldig", knurrte Dietmar von Kerpen und dachte wieder an seinen Pfeil, der genau in der Mitte der Scheibe saß und den der Pfeil von Vinzenz gespalten hatte.

„Habt ihr schon gefrühstückt?" fragte Wichard.

„Nein", kam von allen die Antwort.

„Dann kommt in die Küche. Und von Vinzenz will ich kein Wort mehr hören, bis seine Schuld oder seine Unschuld bewiesen ist. Habt ihr mich verstanden?"

„Ja", brummten sie mißmutig.

Wichard winkte einen Hörigen herbei: „Höre! Schicke den Burgvogt zu mir in die Küche, Alfons. Und spann danach die Pferde vor den Wagen. Alle anderen Knechte sollen dir helfen, den Schrein auf den Wagen zu stellen. Amanda und die anderen Mägde sollen den Sarg mit Blumen schmücken. Wenn wir gefrühstückt haben", er zeigte in die Runde, „überführen wir ihn in die Wallerfanger Kapelle, wo er aufgebahrt wird."

Amanda besah sich auf der Treppe den handflächengroßen Blutfleck, in dem einige Haare klebten. Es war die Stelle, an der Arnolds Kopf aufgeschlagen war. „Ich mache ihn gleich nachher weg", flüsterte sie, „zuerst muß ich frühstücken."

In der Küche stellte die dreizehnjährige Küchenmagd Stefanie eine Teekanne auf ein Tablett. „Wenn du das der Herrin bringst, mache ich uns inzwischen ein ganz besonders gutes Frühstück."

„Ist die Herrin denn schon wach?"

„Ja. Sie hat bis vorhin Totenwache gehalten."

In diesem Augenblick fiel Amanda wieder ein, wie Margarete sie und Sofie heute nacht geweckt und mit Schimpf und Schande aus dem Rittersaal gescheucht hatte, weil sie, müde von des Tages Last, eingeschlafen waren, und sie erinnerte sich flüchtig an den Traum von ihrer trostlosen Kindheit. Ärgerlich knurrte sie: „Bring du ihr den Tee selber. Das ist deine Aufgabe."

„Ekel, du", fluchte Stefanie und setzte hoffnungsfroh hinzu: „Hoffentlich stecken sie dich jetzt in den Schweinestall. Dort gehörst du nämlich hin."

Amanda gab ihr keine Antwort, schenkte sich Tee ein und biß in ein Stück trockenes Brot. Sie hatte mehr Durst als Hunger, und die Bemerkung von Stefanie führte ihr wieder vor Augen, in welch mißlicher Lage sie sich befand. Ihr war zum Heulen. Dieser Zustand verschlimmerte sich noch, als sie das Blut auf der Treppenkante wegwischte.

In Arnolds Zimmer fielen ihr als erstes die Bierkrüge ins Auge, aus denen er und Marsilius getrunken hatten. Neben diesen lagen das vertrocknete Brot und die Speckscheiben auf dem Holzbrett. Das zerwühlte Bett im Hintergrund rief für eine Sekunde die Erinnerung an Marsilius wach. Als sie Arnolds Bierkrug anfaßte, brach sie in Tränen aus. Sie heulte, und es schüttelte sie so, daß sie zu seinem Bett hinüberging und sich in die Kissen wühlte, die bald naß von ihren Tränen waren.

Sie wußte später nicht, wie lange sie gelegen und die Decke angestarrt hatte, und erschrak, als die Tür aufgestoßen wurde und Susanne rief: „Komm, Amanda, komm! Ich habe dich überall gesucht. Der Sarg steht schon auf dem Wagen. Wir haben ihn mit unzähligen Blumen geschmückt. Die Herrin hat gesagt: ‚Die Amanda geht auch mit nach Wallerfangen.' Die Knappen geben dem Burgherrn das Geleit."

„Ja. Ich komme." Sie rieb sich die verweinten Augen, ergriff Arnolds Eisenkamm, den er aus dem Morgenland mitgebracht hatte, und kämmte sich kurz, während Susanne sagte: „Zieh dir etwas anderes an. So kannst du nicht mitgehen."

Amanda lief in ihre Kammer und griff nach dem guten Kleid, das Margarete von Kirf ihr vor etwa zwei Jahren geschenkt hatte, als sie mit deren Pflege begann. Nach Margaretes Tod hatte sie es nie mehr getragen, denn Arnold hatte ihr ein anderes aus gutem

Stoff mit einem weiten Ausschnitt und einer engen Taille geschenkt, aber das konnte sie unmöglich zu seiner Beerdigung anziehen. Er hatte sie gerne in diesem Kleid mit dem weiten Ausschnitt gesehen. „Darin sieht man wenigstens, was du zu bieten hast", hatte er jedesmal lachend gesagt, wenn sie, sich in den Hüften wiegend, vor ihm hin und her tänzelte.

„Komm endlich. Wo bleibst du denn so lange?" schimpfte Susanne.

Amanda schlüpfte in ihre Holzpantinen und folgte ihr. Susanne hatte an der Treppe auf sie gewartet: „Sie sagen alle, Wichard würde dich bald zum Teufel jagen oder in den Schweinestall stecken."

„Das werden wir ja sehen", antwortete sie, „so dumm wird er nicht sein. Man jagt nicht einfach Hörige weg. Das sind billige Arbeiter. Mit ihnen kann man machen, was man will. Hast du etwas von Vinzenz gehört?"

„Nein, nichts."

Als sie aus der kühlen Burg ins Freie traten, schlug ihnen warme Luft entgegen, und Susanne sagte: „Heute wird es heiß. Es ist jetzt schon kaum zum Aushalten."

Der Trauerzug hatte sich bereits in Bewegung gesetzt. An der Spitze ritten Wichard, seine Schwester Lore und deren Mann, Dietrich von Warsberg, ein Sohn Johann des Großen von Rollingen, der sich wie sein Vater auch von Warsberg, Herr zu Homburg und Herr zu Mengen nannte, womit Bliesmengen gemeint war.

Neben Dietrich ritt Margarete. Ihr Gesicht war ganz von einem Schleier verhüllt. Während der Totenwache hatte sie Zahnweh bekommen und gleich, nachdem sie in ihr Zimmer gekommen war, heiße Kamillenspülungen gemacht. Die Schmerzen ließen daraufhin ein wenig nach, dafür schwoll aber ihre Wange mehr und mehr an. Sie hatte das Tuch, das von ihrem Hut herabhing, um ihr Antlitz geschlungen, da ihre rechte Wange bis unters Auge dick geschwollen war. In der zweiten Reihe ritten Lores Sohn Johann, seine Schwester Isabella und ihr Bruder Wichard.

Lore war vor zwei Stunden mit verweinten Augen heimgekommen. Sie hing sehr an ihrem Vater. Er war ihr ein und alles, und jeden ihrer vielen Freier hatte sie an ihrem Vater gemessen. Nun ritt sie neben Wichard mit versteinertem Gesicht und wußte, daß sie, wenn überhaupt, kaum noch auf die Burg kommen würde, denn mit ihrer Mutter hatte sie sich nicht mehr verstanden, seit sie diese als kleines Kind mit einem Minnesänger überraschte. Entsetzt war sie zu Wichard gelaufen und hatte ihn um Hilfe gebeten: „Komm schnell. Wir müssen der Mutter helfen. Der Sänger ringt mit Mutter, der will sie umbringen", hatte sie gerufen. Wichard hatte ihr damals erklärt, daß sie gerade dabei war, wieder einmal ihrem Vater die Treue zu brechen.

Vor dem Wagen mit dem offenen Sarg schritt der Meßdiener Friedrich. Er hielt das eicherne Holzkreuz mit dem gekreuzigten und blutverschmierten Heiland, das angeblich vor vielen Jahren Graf Sigibert der Pfarrei gestiftet hatte, besonders hoch. Ihm folgte in einigem Abstand Dekan André aus Wallerfangen mit gefalteten Händen und besonders frommem Gesichtsausdruck.

Der Wagen war mit frischem Grün geschmückt. Der offene Sarg war ein Meer von Blumen. Nur Arnolds Gesicht und seine gefalteten Hände, die das Schwert hielten, waren frei. Über seinen Beinen lag sein von vielen Hieben verbeulter Schild mit dem Wappen der Herren von Brücken mit dem gekrönten Löwen. Rechts und links ritten die Knappen in vollem Waffenschmuck in Doppelreihe. Ihre Helme, Schwerter und Schilde blitzten im Sonnenschein. Hinter dem Wagen schritten die Hörigen, denen erlaubt war, mit zu gehen. Die übrigen standen im Burghof und sahen dem Zug nach. Alle Frauen weinten. Aber von den zurückbleibenden alten Männern sah nicht einer traurig aus. Der Abschied von Arnold war für sie nicht schwer. Sie waren ihm aus dem Weg gegangen, hatten immer Angst, ein altes Versäumnis vorgehalten zu bekommen. Arnold war nachtragend gewesen. Nie konnte er etwas vergessen. Am schlimmsten traf es stets den buckligen Nikolaus. Der stand ohne jede Regung da und brummte: „Ein Schinder weniger. Er hat mich gepiesackt, wo er konnte. Wenn er mich sah, fing er schon von weitem an zu toben: ‚Nickel! Tu das! Nickel, was hast du denn schon wieder angestellt?' "

„Versündige dich nicht, Nikolaus", antwortete der greise Schlächter Heinrich, „er war unser Herr, und Toten sagt man nichts Schlechtes nach."

„Gerade du, Nickel, du hast doch keinen Grund, dich zu beschweren", rief der Pferdeknecht Paul, der hinkte, weil ihm ein Pferd das Schienbein zertrümmert hatte. Und er fügte mit einem Anflug von Neid in der Stimme hinzu: „Du hast doch nur Vorteile davon, daß er dich ins Frauenhaus gesteckt hat, um dies in Ordnung zu halten. Hätte er geahnt, daß du gleich bei allen Frauen Hahn im

Korb bist, hätte er dich in den Schweinestall gesteckt, und du hättest jeden Tag den Stall ausmisten müssen."

„Das wäre auch gerechter gewesen", lachte Ingo, der Vater des Wappners, „schließlich ist er ja kein Eunuche."

„Nein, das ist er sicher nicht. Er scheint genau das Gegenteil zu sein, wenn man dem glauben darf, was die Frauen so erzählen", warf Hugo, der Schmied ein.

„Wenn das stimmt, was die Weiber erzählen", wandte sich Ingo an Nikolaus, „dann bist du wie ein junger Hengst... und gib es zu, du hast auch manchmal den Lückenbüßer bei der Burgherrin gespielt, wenn Not am Mann oder längere Zeit kein Minnesänger vorbei gekommen war."

„Lästermaul!", schimpfte Nikolaus und ging.

„Gib es doch zu, Nikolaus", rief Gerhard ihm hinterher, „die Frauen haben doch gesehen, wie du aus ihrer Kammer gekommen bist. Einige wollen auch gehört haben, daß du ihr auf deine Art ein Liebeslied gesungen hast. Die Frauen kennen doch deine Stimme, und außer dir war sonst kein Mann im Frauenhaus."

„Lüge, Lüge, alles Lüge", schrie er ihnen zu und setzte seinen Weg fort: „Ihr Neidhämmel, ihr Schlappschwänze. Ihr seid ja nur neidisch."

„Laßt doch den armen Tropf in Ruhe", sagte Heinrich, der Schlächter, „er hat es in seinem Leben schwer genug gehabt."

„Was ihm oben fehlt, hat er zwischen den Beinen zuviel", lachte Theobald, dem der rechte Arm in der Schlacht bei Berus abgeschlagen worden war, und er fügte hinzu: „Das könnt ihr mir glauben, das war bei meinem Onkel Karl genau so. Hinter dem waren auch alle Weiber her. Die rissen sich um ihn, weil auch er wie ein Hengst war. Das hatte sich schnell herumgesprochen. Jede wollte ihn haben."

„Wollt ihr jetzt still sein, ungebildetes Mannsvolk", schimpfte die Köchin, „ihr habt wieder nichts im Kopf als nur das eine."

„Wird es uns unter Wichard besser gehen als unter Arnold?" wollte Ingo wissen. „Ich glaube schon", entgegnete Paul, „der ist bestimmt kein solcher Antreiber."

„Abwarten", sagte Heinrich, „der brauchte bis heute ja auch niemanden anzutreiben. Das hat alles der Arnold erledigt."

Der Leichenzug war ihren Blicken entschwunden. Die Köchin rief, die Hände in die speckigen Hüften gestemmt: „Los! An die Arbeit, ihr Faulenzer. Lange genug gefaulenzt."

Sie blickte hinüber zum Frauenhaus, in dessen Tür Nikolaus stand und lauschte. Sie machte ihm eine Faust und rief: „Und du, merke dir eines: Alles, was du über den toten Herrn gesagt hast, das erzähle ich dem Herrn Wichard."

„Du hältst dein Maul, Lästerweib", fuhr Heinrich sie an, „wenn du auch nur ein Wort von dem sagst, was hier gesprochen wurde, dann setzt es was." Er kniff sie in den fetten Hintern. Sie schrie auf und lief unter dem Gelächter aller in ihre Küche.

Das Teufelskreuz

Bruder Gerardus, zweiundzwanzig Jahre alt, ein hochgewachsener Blondschopf mit blauen Augen, der viel besser in eine Ritterrüstung als in eine Kutte gepaßt hätte, stand Vinzenz am Schreibpult gegenüber und lächelte ihm mit einer Reihe perlweißer Zähne hin und wieder zu, während dieser versuchte, einen Buchstaben nach dem anderen fein säuberlich auf die Rückseite eines aussortierten Blattes zu schreiben.

„Nur nicht verzagen. Es wird schon werden", tröstete ihn Bruder Gerardus, als er zwischendurch einmal seine Feder zur Seite legte und auf Vinzenz Arbeit schaute. „Laß dir nur Zeit. Hier treibt dich niemand, und außerdem bist du ja auch nur hier, damit wir dich immer im Auge haben. Wenn du es also nicht schaffst mit dem Schreiben, dann ist das auch nicht schlimm, dann kommst du vielleicht zu Bruder Fenegrinus, um Kräuter zu sammeln, oder zum Bruder Gärtner, um Unkraut zu jäten. Hier in der Abtei gibt es Arbeit genug. Aber vielleicht klärt sich auch bald auf, daß du unschuldig bist. Das wäre das Beste für dich, und du könntest wieder auf deine Burg gehen."

Kurz vor Mittag traten Bruder Rudolphus und Bruder Gerardus zu ihm, und Bruder Rudolphus sagte: „Bruder Gerardus zeigt dir jetzt die Zelle, in der du wohnen wirst. Er begleitet dich auch sonst auf allen Wegen, und er geht heute abend mit dir zu Bruder Fenegrinus. Seine Zelle liegt neben deiner. Er holt dich dort immer ab und bringt dich wieder hin. Und vergiß nicht, alleine darfst du nirgends hingehen. Wende dich immer an ihn, wenn du etwas willst. Dein Essen bekommst du auch in deiner Zelle."

Nachdem Bruder Rudolphus gegangen war, erklärte Bruder Gerardus: „Das ist nur die ersten Tage so streng. Wenn sie sehen, daß du dich fügst, sind sie bestimmt anders zu dir."

Sie schritten den langen Flur im ersten Stock mit den vielen Mönchszellen entlang, und Bruder Gerardus zeigte ihm den breiten, an die Hauswand angebauten Erker, wo er seine Notdurft verrichten konnte. Als sie den langen Flur zurückgingen, drückte Bruder Gerardus eine Zellentür auf und sagte: „Dies ist deine Zelle. Hier bringt man dir auch dein Essen."

Ein kleiner Tisch, ein Schemel und ein hölzernes Kruzifix an der Wand waren die gesamte Einrichtung. Vinzenz hatte noch nie eine Kammer für sich gehabt. Immer war er mit anderen Menschen zusammen gewesen. Er setzte sich auf die Holzpritsche und sah sich um. Er war deprimiert und froh zugleich und wußte nicht, was er sagen sollte.

„Willst du vor dem Essen noch die Beichte ablegen?"

Vinzenz sah den Mönch fragend an und sagte nach einigem Zögern: „Ich habe nicht gesündigt."

„Wirklich nicht? Ist dein Gewissen rein wie klares Wasser?"

„Ja." Ein Lächeln flog um Vinzent' Lippen. „Noch reiner."

„Überlege es dir noch einmal und klopfe an diese Wand, wenn dir doch noch etwas einfällt. Ich komme dann sofort. Später gehen wir gemeinsam zur Schreibstube. Ich hole dich ab. Aber das dauert noch eine Weile. Schlafe ruhig nach dem Essen ein bißchen. Du bist bestimmt noch müde, denn sie haben dich ja die ganze Nacht gejagt. Hast du viel Angst gehabt?"

„Ja. Ich hatte fast so viel Angst wie damals, als meine Mama starb." Bruder Gerardus sah die Angst in Vinzenz' Augen. „Ich will noch nicht sterben. Sie haben mich gejagt wie einen Hasen. Wo sie einen Ast knacken hörten, preschten gleich zwei mit ihren Pferden hin."

„Ich glaube gerne, daß du Todesangst gehabt hast. Ich kann mich gut in deine Lage hineinversetzen."

„Es war ja auch hell in der Nacht, nachdem es aufgehört hatte zu regnen. Der Mond hat ihnen geholfen, mich immer wieder aufzustöbern. Sie wußten genau, daß ich in die Bannmühle von Ensdorf wollte. Du weißt ja, wer die erreicht, ist ein freier Mann und kann nicht mehr vor Gericht gestellt werden. Aber vier Knappen hatten sie abgeriegelt. Dort war kein Durchkommen."

„Und die Furt über die Saar nach Roden?" forschte der Mönch.

„In die Stadt Wallerfangen kommt nachts niemand hinein und niemand heraus. Die Stadttore sind geschlossen, und die Stadtmauer ist hoch. Außerdem geht ein Wächter die ganze Nacht durch die Gassen. Ich mußte also die Stadt ganz umgehen, um an die Furt zu kommen, und dort warteten Erich von Kranz und Georg von Heringen. Gott sei Dank haben sie laut miteinander gesprochen, sonst wäre ich in ihre Falle getappt."

„Bist du dann sofort weiter nach Wadgassen gewandert?"

„Ich wollte, aber Boemund von Ettendorf und Heinrich von Wollenschläger standen dort Wache."

„Du mußtest also in den Wald?"

„Ja, aber ich mußte in der Nähe der Straße bleiben, sonst hätte ich mich verirrt."

„Wann haben sie dich entdeckt?"

„Kurz, bevor ich. die Bannmühle von Ensdorf erreichte. Die Saar ist dort sehr tief, und ich kann nicht gut schwimmen. Sie hatten sich an der schmalsten Stelle der Saar im Wald versteckt, dort, wo der Wald fast bis an den Fluß reicht, und keiner von ihnen sprach ein Wort."

„Diesmal waren sie vorsichtiger, sie wollten dich unbedingt kriegen", unterbrach ihn Gerardus voller Eifer.

„Ich kroch auf dem Bauch das Stück vom Wald bis in die Saar. Kaum war ich im Wasser, da hörte ich sie heranpreschen. Ich bin dann ganz dicht am Ufer entlang getaucht und dort, wo der Wald bis ans Ufer reicht, kletterte ich aus dem Wasser. Aber sie haben es bemerkt und folgten mir. Im letzten Augenblick konnte ich in eine dichte Brombeerhecke kriechen, die mir die Haut in Fetzen riß. Sie galoppierten immer und immer wieder um die Hecke, schrien sich zu, ich müßte da drin sein, und sie ritten erst weiter, als Heinrich von Bubenheim von der Straße her rief, er habe mich weiter unten am Ufer der Saar gesehen. ‚Dann war das hier wohl ein Tier', rief Kunz von Dalberg, und Peter von Eckstein meinte: ‚In diese dichte Hecke kriecht nicht einmal ein Fuchs oder Dachs, viel weniger ein Mensch. Kommt weiter, der ist unmöglich hier hineingekrochen.' – ‚Ich würde es auch nicht wagen, dazu wäre mir meine Haut zu schade', lachte Gundolf von Hunolstein. Als sie weg waren, wagte ich mich langsam hervor. Meine Kleider hingen in Fetzen an mir herab, und am ganzen Körper war ich verkratzt. Von nun an mied ich die Straße und blieb im Wald."

„Wo haben sie dich dann wieder entdeckt?"

„Kurz vor der Abtei."

„Das kann ich mir vorstellen. Hier gibt es ja keinen Schutz mehr durch Bäume oder Hecken."

„Ich bin auf dem Bauch an der Mauer entlang gekrochen, aber es hat nichts genützt. Einer hat mich dann doch entdeckt, und dann begann die Jagd über den Klosterhof. Gott sei Dank ging die Kirchentür leicht auf."

„Nun brauchst du keine Angst mehr zu haben. Vorläufig bist du in Sicherheit. Ich muß jetzt gehen. Behüt dich Gott bis nachher."

Bruder Gerardus zog die Tür hinter sich zu. Vinzenz war allein.

„Hoffentlich kommt nur bald der Herr Wichard und holt mich hier heraus", betete er. Seine Augen suchten unstet nach einem Halt, als er mürrisch murmelte: „Warum ist er denn noch nicht gekommen? Warum läßt er sich soviel Zeit? Er hätte mich doch schon längst hier heraus holen können. Er weiß doch, daß ich dem alten Herrn niemals etwas hätte antun können. Warum hat er dem Abt nicht längst Order geschickt: ‚Laß den Vinzenz frei!'?"

Seine Hände umklammerten die Holme der Pritsche. Er blickte auf das Kruzifix, als er laut sagte: „Herr Jesus. Mach mich frei und schicke mir Amanda. Sie macht sich sonst zu viele Sorgen."

Die Tür wurde geöffnet. Ein Laienbruder mit einem sehr langen Bart brachte ihm auf einem Tablett sein Essen. „Du bist das also, Freundchen?" lachte er. „Hier ist dein Essen. Komm, iß dich einmal richtig satt. Du bekommst doppelte Portion. Ich denke, daß das reicht für einen solch unternehmungslustigen jungen Mann wie dich." Er zeigte auf die drei vollgefüllten Holzschüsseln. „Der Abt selbst hat angeordnet, daß du diese große Portion bekommst, und das will etwas heißen. Hast du ihn denn die Treppe hinunter gestoßen, den alten Arnold, oder nicht?"

„Nein."

„Wirklich nicht?" Er legte ihm die Hand auf die Schulter und schlug einen vertraulichen Ton an: „Mir kannst du es doch ruhig sagen. Ich verrate dich nicht."

„Nein. Wirklich nicht." Vinzenz setzte sich an den Tisch und begann, seine Suppe zu essen.

„Laß es dir schmecken, Junge. Ich hole später das Geschirr ab." Nach diesen Worten ging der Mönch, kam aber wieder zurück und sagte: „Ich soll dir von Bruder Fenegrinus sagen, die Order an deine Kusine sei unterwegs."

„Au, das ist fein", jubelte Vinzenz voller Hoffnung. Plötzlich fiel ihm seine Mutter ein und ihre wahnsinnigen Schmerzen, ihre Schreie, ihr Winseln, das Sich-krümmen, ihr Flehen um Erlösung, ihr Beten und Gott-verfluchen, dem er genau so hilflos gegenüberstand wie der Anschuldigung der Knappen, einen Mord begangen zu haben.

Während er aß, dachte er an den Bauern Paul Schommer, der seine Mutter und ihn wegjagen wollte, weil sie nicht mehr arbeiten konnte, als sie krank wurde. Nur der Bäuerin war es zu verdanken, daß sie nicht vom Hof mußten.

Vinzenz erinnerte sich noch genau an die lautstarke Auseinandersetzung zwischen dem Bauern und der Bäuerin, in deren

Verlauf die Bäuerin mehrmals geschrien hatte: „Was bist du nur für ein Christenmensch? Die Helga bleibt. Du kannst doch diese todkranke Frau nicht ins Ungewisse schicken."

„Na gut", hatte er schließlich nachgegeben, „sie kann auf dem Hof bleiben, aber nicht im Haus. Wer weiß, vielleicht steckt sie uns noch alle an."

„Richte ihr im Heuschober eine Ecke ein. Sie war immer fleißig und ordentlich, oder hast du einen Grund gehabt, dich jemals über sie zu beklagen?"

„Nein. Es ist ja auch nur wegen ihrer Krankheit und daß sie niemanden ansteckt", maulte der Bauer.

„Sie hat ihr Leben lang schwer arbeiten müssen. Deshalb soll sie es, nun, da es mit ihr zu Ende geht, wenigstens in ihren letzten Stunden noch gut haben. Ich habe auch schon daran gedacht, daß der Vinzenz bei uns bleiben kann, wenn sie gestorben ist. Er versteht sich gut mit unserem Josef, und zupacken tut er auch wie ein Alter. Was meinst du? Sollen wir es mit ihm versuchen?"

„Ich habe nichts dagegen", kam die Antwort, „er wird einmal ein guter Knecht. Es kann für unseren Josef nur ein Vorteil sein, wenn er hier bleibt."

Sie stellten das Bett seiner Mutter in die Scheune. „Darf ich bei meiner Mama bleiben?" hatte er die Bäuerin gefragt, und sie hatte geantwortet: „Ja. Schütte dir Heu vor ihr Bett, dann bist du ganz nahe bei ihr." Der Bauer selbst hatte seine Mutter in die Scheuer getragen und sie auf den Strohsack gelegt. Die Bäuerin deckte sie zu und sagte: „Dein Vinzenz braucht nicht zur Arbeit zu gehen. Er soll solange bei dir bleiben, wie du ihn brauchst. Es soll dir an nichts fehlen. Er soll ruhig kommen, wenn du etwas willst. Hast du mich verstanden?"

„Ja", hatte seine Mutter mit schwacher Stimme gehaucht und versucht, zu lächeln. Nachdem der Bauer und die Bäuerin gegangen waren, sagte sie leise mit heiserer Stimme: „Ich sterbe bald. Aber du darfst nicht traurig sein. Du bist schon ein großer Junge und kannst dir selber helfen." Sie versuchte die Kette mit dem großen Kreuz, die um ihren Hals hing und über die sie nie gesprochen hatte, so oft Vinzenz auch danach gefragt hatte, abzunehmen. Aber sie schaffte es nicht. Ihre Arme fielen in halber Höhe herab, und sie sah ihn flehend an, als sie hauchte: „Nimm du sie mir ab und behüte sie gut. Sie ist von deinem Vater."

„Wer ist mein Vater? Lebt er noch? Wo kann ich ihn finden?"
Vinzenz war so aufgeregt wie nie zuvor in seinem Leben.

„Zuerst die Kette…"

Vinzenz gehorchte, zog ihr die Kette mit dem Doppelkreuz
über den Kopf und betrachtete den Gekreuzigten auf der Vorder-
seite. „Dreh es um", hauchte sie. Vinzenz tat es und sagte erstaunt: „Da ist ja der Teufel, eine Burg – und eine Brücke mit der
Zahl 1276 eingeritzt."

„Dein Vater ist der Herr der Teufelsburg", kam es fast lautlos
über ihre Lippen. Er beugte sich vor, um besser hören zu können,
denn sie fügte ganz leise hinzu: „Aber du darfst es niemand sagen
und das Kreuz niemandem zeigen. Versprich es mir."

„Aber warum, Mama?"

„Ich habe es deinem Vater damals versprochen. Versprichst du
es mir auch?"

„Ja, Mama. Ich verspreche es. Aber ich verstehe es nicht."

„Und noch eins."

„Noch eins, Mama?"

„Ja, noch eins", flüsterte sie, „sage jedem, der dich danach
fragt, dein Vater sei tot. Verrate deine arme Mutter nicht. Dein
Vater weiß nicht, daß du sein Sohn bist, und niemand soll es je
erfahren. Es genügt, wenn du es weißt."

„Wo ist die Teufelsburg, Mama? War er ein Ritter?"

„Die Teufelsburg liegt bei Walderfingen."

„Warst du schon einmal dort, Mama?"

„Nein. Ich war auf dem Linseler Hof. Er kam jeden Tag und
besuchte mich, bis er eines Tages nicht mehr kam. Doch vorher
schenkte er mir dieses Kreuz."

„Und als er zurückkam?"

„Da war ich schon weitergewandert mit dir im Arm. Er weiß
nicht, daß ich ihm einen Sohn geboren habe."

„Hat er dich denn nie gesucht?"

„Ich weiß es nicht. Vielleicht. Wenn ich gestorben bin, gehe zu
deiner Kusine Amanda. Sie ist die Tochter meiner Schwester
Irene, ein guter Mensch, und sie wird für dich sorgen. Sie ist bei
einer Herrschaft in Kirf. Gehst du?"

„Ja, Mama." Er hängte sich die Kette um den Hals.

„Bleibe auf keinen Fall auf diesem Hof", mahnte sie. „Der
Bauer ist nicht gut", flüsterte sie. Und wieder befiel ein Schütteln
ihren ausgemergelten Körper. „Halte mich fest", flüsterte sie. Sie

streckte ihm ihre Arme entgegen. Er umfing sie, und sie legte ihre Arme um seinen Hals, ihr Körper warf sich vor Schmerzen auf und nieder immer und immer wieder, während sie schrie: „Mein Kopf, mein Kopf, oh, mein Kopf."

Danach sank sie zurück und rührte sich nicht mehr. Er legte sich ins Heu neben ihrem Bett, und mit dem Kreuz seines Vaters in der Hand schlief er kurz darauf ein.

Am anderen Morgen erwachte er, als es draußen schon hell war. Die Sonnenstrahlen suchten sich ihren Weg durch die Ritzen in der Bretterwand. Er sah sofort, daß seine Mutter tot war. Zusammen mit Josef, dem Sohn des Bauern, hob er die Grube für sie aus. Die Bäuerin bestand darauf, daß der Pfarrer geholt wurde, und sie ging selbst von Hof zu Hof, um Helgas Ableben bekannt zu geben. So erhielt Vinzenz' Mutter eine ordentliche Beerdigung.

Einige Frauen aus dem Dorf kamen und beteten am Grab. Eine wollte Vinzenz gleich mit sich nach Hause nehmen. Sie wollte ihn wie einen Sohn halten, hatte sie gesagt, und eine andere meinte: „Du kannst ruhig zu ihr ziehen, Vinzenz. Bei ihr bist du gut aufgehoben. Ihr Mann ist tot, und sie hat keine Kinder. Von ihr kannst du alles erben."

„Die Bäuerin hat mich schon gefragt, ob ich bleiben will", antwortete er, „aber ich muß zu meiner Kusine Amanda, das habe ich meiner Mutter versprochen." Er drehte sich um, bündelte seine sieben Sachen, verabschiedete sich und machte sich auf den Weg nach Kirf.

„Das ist alles schon so lange her", murmelte er, als er das Tablett mit den drei Holzschüsseln zur Seite schob. Er legte sich auf seine Pritsche und starrte auf das Kruzifix an der Wand, bis seine Augenlider schwer wurden und zufielen. Er schlief so fest, daß Bruder Gerardus ihn nicht weckte, als er hereinkam, um ihn mit in den Schreibsaal zu nehmen.

Vinzenz träumte. Er sah das Bild vor sich, wie er mit Amanda und Arnold von Felsberg zusammen in den Burghof der Teufelsburg ritt, nachdem sie Margarete von Kirf beerdigt hatten. An diesem Tag feierte die Herrin ihren Geburtstag. Lustiges Treiben herrschte auf dem Burghof. Man tanzte, und Margarete war glücklich, daß der Herr doch noch rechtzeitig zu ihrer Feier kam.

„Du warst lange weg, Arnold", begrüßte sie ihn, „und es ist schön, daß du doch noch gekommen bist."

„Ich konnte nicht früher kommen. Es tut mir leid. Wir mußten zuerst noch meine Tante Margareta beerdigen. Das hat länger gedauert, als ich dachte." Seine Hand zeigte auf Amanda und Vinzenz: „Sie hat mir ans Herz gelegt, mich um diese beiden armen Geschöpfe zu kümmern, und ich habe es ihr versprochen."

„Tretet vor, Kinder", hatte die Herrin ihnen zugerufen und sie herangewinkt. Sie waren vor sie getreten. Amanda hatte ihren Knicks und er seine Verbeugung gemacht. Die Herrin lächelte Amanda zu. Doch dieses Lächeln erstarb, als sie Vinzenz sah.

„Wer ist dieser Junge?" fuhr sie Arnold an.

„Er heißt Vinzenz. Warum?" fragte Arnold arglos.

„Ja, siehst du denn das nicht?" zischte sie voller Wut.

„Was?" Arnold blickte sie verständnislos an.

Nach diesen Worten entließ die Herrin Amanda und ihn mit einer Handbewegung, die nichts Gutes verhieß.

„Der Junge gleicht dir aufs Haar", fauchte sie, nachdem die beiden weg waren. „Er muß dein Sohn sein. Diese Ähnlichkeit ist kein Zufall. Du bist sein Vater. Es gibt keinen Zweifel. Welche Magd ist seine Mutter? Mit welcher Hure hast du diesen Bankert gezeugt?" Sie war so zornig, daß sie mit dem Fuß auf den Boden stampfte.

„Mir ähnlich?" murrte Arnold fassungslos und sah in diesem Augenblick nicht sehr klug aus. „Du übertreibst mal wieder, Margarete."

„Er muß dein Sohn sein. Solch eine Ähnlichkeit gibt es nicht zufällig. Aber wenn er dein Sohn ist, dann wird er sich vielleicht eines Tages nach dir nennen, obwohl er als Bastard weder Anspruch auf deinen Namen noch dein Erbe hat."

„Das ist unmöglich. Ich weiß von nichts. Ich kenne ihn nicht. Keine Frau hat mir bis heute gesagt, daß sie mir einen Sohn geboren hat... außer dir natürlich."

„Hast du seine Mutter hinter meinem Rücken abgefunden?"

„Nein. Ich hätte es dir gesagt, wenn ich es gewußt hätte. Von den vier Mädchen, die ich nebenher gezeugt habe, habe ich dir ja auch gleich erzählt."

„He, Junge", rief Margarete und winkte Vinzenz heran, „komm her."

„Ja, Herrin?"

„Wer bist du, Junge?"

„Ich heiße Vinzenz."

„Wie noch?"

„Baumgart, wie meine Mutter."

„Wer ist dein Vater?"

„Meine Mutter hat gesagt, er sei tot."

„Wirklich?"

„Ja, Herrin."

„Wie heißt deine Mutter mit Vornamen?"

„Sie hieß Helga. Aber sie ist tot."

„Weiß deine Kusine auch nicht, wer dein Vater ist?"

„Das glaube ich nicht."

Margarete winkte Amanda herbei und fragte in herrischem Ton: „Wer ist der Vater von diesem Jungen?"

„Das weiß ich nicht. Meine Mutter hat nie darüber gesprochen."

„Wirklich nicht?"

„Nein, nie, Herrin."

„Es ist gut. Ihr könnt gehen."

Margarete drehte sich um, ging zu ihren Gästen und sprach an diesem Tag kein Wort mehr mit Arnold.

Am anderen Morgen suchte sie Arnold auf und sagte: „Der Junge muß von der Burg. Das Gesinde und jedermann sieht auf den ersten Blick, daß er dein Sohn ist. Ich bestehe darauf, daß er sofort die Burg verläßt."

„Er bleibt. Das habe ich Margarete auf ihrem Totenbett versprochen, und Arnold von der Brücken, Herr von Felsberg und von Siersberg und von Homburg hält sein Wort. Merke dir das. Du bildest dir nur ein, daß er mir gleicht. Ich schwöre dir noch einmal, ich weiß nichts von ihm und will deshalb kein Wort mehr darüber hören. Hast du verstanden?" Wütend stand er auf und trieb sie wie eine aufgescheuchte Gans vor sich her, bis sie vor der Tür war. Und er rief ihr nach: „Kein Wort mehr über ihn, verstanden?"

„Ja", zischte sie, ohne noch einen Blick zurückzuwerfen.

Die Untersuchung

Am Burgtor von Wallerfangen hielten drei Wagen lombardischer Händler, um ihren Zoll zu bezahlen. Nach ihrer schwarzen Kleidung und den Hüten mit den breiten Krempen zu urteilen, waren es Juden.

Hennes Stein, der Wachhabende, sah als erster den Leichenzug um die Wegbiegung kommen. Er reagierte sofort. Wie von der Tarantel gestochen fuhr er auf die Händler los und schrie: „Zur Seite mit euch! Fahrt eure Karren weg. Wartet dort drüben, bis der Leichenzug vorbei ist. Los! Los! Macht voran! So macht doch! Soll ich euch Beine machen?"

Er griff selbst in die Zügel und fuhr den ersten Wagen an die Stadtmauer, da der Händler nicht begriff, um was es ging. Johann Sauerbronn, der zweite Wachmann, und Paul Simon, der dritte, taten es ihrem Vorgesetzten gleich.

„Wache! Angetreten!" kommandierte Hennes Stein danach und nahm neben seinen Wachmännern Aufstellung, die stramm standen und mit sturem Blick geradeaus den Zug erwarteten.

Hennes Stein allerdings behielt den Leichenzug im Auge und gab schließlich den Befehl: „Großes Ehrensignal!"

Sofort hob Paul Simon sein Horn und schmetterte das „Große Ehrensignal", das bisher nur geblasen wurde, wenn der Herzog in Wallerfangen Einzug hielt. Im Frühjahr hatte er es zum letzten Mal geblasen, als der Herzog den Vorsitz bei der Versammlung der Assisen, einer Vereinigung der edelsten Ritter Lothringens, führte. Dieses Gremium war das oberste Gericht in lothringischen Landen. Wallerfangen war neben Mirecourt und Nancy von Herzog Friedrich III. im Jahre 1290, als er die neue Gerichtsordnung einführte, als dritter Gerichtsort in Lothringen bestimmt worden, was einmal mehr die Bedeutung der Stadt unterstrich.

Paul Simon war stolz darauf, Wachmann in Wallerfangen zu sein. Er hatte die edlen Herren alle gesehen, die von Mirecourt, von Nancy, Toul, von Tourcheville, von Leiningen, Mengen und alle anderen, die durch sein Tor geritten waren und ihn gegrüßt hatten. Er gab sich diesmal beim Blasen besonders Mühe, denn Wichard von Felsberg war ein wichtiger Mann in des Herzogs Diensten, und ihm wollte er es besonders recht machen. Aus dem gleichen Grund standen auch seine Kameraden heute besonders stramm, und sie waren stolz darauf, daß Wichard sie mit einem kurzen Nicken grüßte und Notiz von ihnen nahm.

Die Juden, die dicht vor ihren Wagen standen, hatten ihre Häupter entblößt. Sie hielten ihre Hüte vor ihre leicht nach vorn gebeugten Oberkörper.

Von allen Seiten kamen Bewohner herbei und blieben in gebührenden Abstand in den engen Gassen nahe der Hauswände stehen. Sie bekreuzigten sich, viele Frauen weinten, als der Wagen mit Arnolds Leiche vorüberfuhr, manche knieten sogar nieder. Alle schlossen sich ohne Ausnahme dem Leichenzug an. Schließlich war Arnold einer der ihren gewesen, und Wichard war es immer noch.

Die meisten Wallerfanger, unter ihnen Schultheiß Godemann und der Meier, erwarteten den Leichenzug vor der altehrwürdigen, baufälligen Kapelle, die nach den Erzählungen der Alten um das Jahr Tausend erbaut worden war und demnach nun schon fast dreihundert Jahre im westlichen Teil der Stadt am Rande des Friedhofes treu und redlich ihren Dienst versah.

Als Wichard die kleine Kapelle betrat, begann das Glöcklein zu läuten. Die Knappen trugen den offenen Sarg in die Kapelle und verließen sie sofort wieder, um Platz für die Angehörigen Arnolds zu machen. Aber diese mußten vor der Tür stehen bleiben. Es war nur Platz für Dekan André, der die Leiche segnete: „Ruhe hier in Frieden, Arnold von Brücken, Herr zu Felsberg, zu Siersberg und zu Homburg an der Kanner, bis wir deine sterbliche Hülle übermorgen der Erde übergeben. Der Herr sei deiner Seele gnädig." Danach trat er, auch die Gemeinde segnend, nach draußen.

Als erster trat Schultheiß Godemann zu Wichard und sprach sein Beileid aus. Kaum hatte Wichard ihm gedankt, gesellte sich Kuno von Gersbach zu ihnen und flüsterte Wichard zu: „Weiß er schon von dem Mord?"

„Wie kannst du jetzt von Mord reden? Mein Herz ist voller Trauer. Und außerdem ist das alles dummes Zeug." Als er das Entsetzen in Kunos Gesicht sah, verbesserte er sich und fügte hinzu: „Noch ist nichts erwiesen!"

Doch nun fragte ihn der Schultheiß: „Erhebst du Anklage, Wichard von Felsberg, oder die Burgherrin?"

„Wenn Vinzenz in der Nähe meines Vaters war, als dieser stürzte, wie Dietmar von Kerpen behauptet, dann bleibt mir ja nichts anderes übrig, dann muß ich Anklage erheben." Wichard machte eine Pause, sah Kuno und die anderen Knappen an: „Also gut, Schultheiß. Untersuche den Fall. Wenn Vinzenz wirklich schuldig sein sollte, erhebe ich Anklage, aber nicht vorher. Hast du das verstanden?"

Nach diesen Worten galt es noch eine Menge Hände zu schütteln, bis er zu Amanda kam, die einen tiefen Knicks vor ihm machte und beim Aufstehen fragte: „Darf ich Vinzenz besuchen, Herr? Er hat mir Nachricht geschickt."

„Glaubst du, daß er es war?"

„Nein, niemals, Herr. Er verehrte den Burgherrn zu sehr."

„Laß sie gehen", mischte sich Margarete ein, „es ist vielleicht das letzte Mal, daß sie mit ihm sprechen kann."

„Wie meinst du das?"

„Wenn er schuldig ist, muß der Abt ihn dem Schultheiß überstellen, und der steckt ihn ins Gefängnis. Dort gibt es keine Besuche mehr."

„Du glaubst also, daß er schuldig ist, Mutter?"

„Ich weiß es nicht. Ich frage mich nur, was er genau zu der Zeit dort oben zu suchen hatte, als es passierte."

„Er wollte zu mir", erklärte Amanda ungefragt. „An manchen Tagen kam er mehrmals nach oben, um mit mir zu reden."

„Was gibt es denn da viel zu reden?" fragte Wichard.

„Er ist so glücklich, daß er hier sein darf und daß Ihr ihm soviel beibringt, Herr, auf der Jagd und bei den Ritterspielen. Er hat ja sonst niemand, dem er sein Herz ausschütten kann als mich und... zu Euch wagt er ja nicht zu reden wie zu mir. Gott sei Dank seid Ihr ihm ja auch sehr zugetan, Herr."

„Also gut. Hole dir ein Pferd und reite zu ihm. Frage ihn aber, ob er gesehen hat, wie es passiert ist."

„Ja. Herr. Ich danke Euch."

„Noch etwas. Hast du das Zimmer meines Vaters verschlossen?"

„Nein, Herr."

„Dann verschließe es gleich, wenn du heimkommst."

„Jawohl, Herr."

Nun war Amandas Knicks noch tiefer als vorher.

Schultheiß Wilhelm Godemann, ein schwerer und großer Mann von fünfzig Jahren, betrat die Anmeldestube der Abtei Wadgassen. Ihm folgten der Zender Friedrich Wagemann, klein und dicklich, vierzig Jahre alt, dem seine Pfiffigkeit von weitem anzusehen war, und der Büttel Nikolaus Presser, fünf Jahre jünger, groß und stark, mit aufgeschwemmtem Gesicht und glasigen Augen.

„Aaah, hier drinnen ist es schön kühl", sagte Godemann. Bruder Laurentius, der hinter einem Tisch saß und in einem Folianten Eintragungen über die Schenkungen des Vortages machte, aber auch die Wünsche der Besucher an die entsprechenden Stellen weiterleitete, sagte: „Grüß Gott, ihr Herren! Was ist euer Begehr?"

„Gelobt sei Jesus Christus", nuschelte der Büttel, und Laurentius antwortete: „In Ewigkeit. Amen." Der Schultheiß und der Zender beließen es bei einem „Grüß Gott", und Godemann fügte hinzu: „Ich muß mit dem Abt sprechen, wegen dem Mord an Arnold von Felsberg, aber auch mit dem Jungen, dem man Asyl gewährt hat."

„Kommt mit", bat Bruder Laurentius, „der Abt erwartet euch schon." Sie durchschritten mehrere Stuben, bis sie in das Wartezimmer des Abtes kamen, in dessen Mitte ein runder Tisch stand, um den sechs Stühle postiert waren. Über der Tür zum Abtzimmer hing ein holzgeschnitztes Kruzifix, und in einer Ecke stand eine fast meterhohe holzgeschnitzte Figur mit einem Bischofshut und einem Hirtenstab in der Hand. Bruder Laurentius klopfte an, öffnete, ohne abzuwarten, gleich die Tür und sagte: „Der Schultheiß von Wallerfangen ist da, ehrwürdiger Vater."

„So schnell schon?" antwortete der Abt und trat ihnen mit verschränkten Armen und einer leichten Verbeugung entgegen. „Du bist der Schultheiß?"

„Ja – und dies hier ist der Zender und dies der Büttel von Wallerfangen."

„Der Büttel?" Der Abt lachte. „Ja, wollt ihr denn den Vinzenz gleich mitnehmen? Hat man Euch nicht gesagt, daß wir ihm Asyl gewährt haben?"

„Doch, schon, und der Herr Wichard hat als Grundherr der Burg und als Justitiar des Herzogs angeordnet, daß ich untersuchen soll, ob Vinzenz den Burgherrn die Treppe hinabgestoßen hat und was er überhaupt auf der Empore zu suchen hatte."

„Gut und schön. Ich sehe ein, daß diese Fragen geklärt werden müssen, und auch, daß, wenn er es getan haben sollte, ein Gericht das Urteil über diese Straftat spricht. Aber Vinzenz hat in unserer Basilika auf die Bibel geschworen, daß er Arnold von Felsberg nicht die Treppe hinabgestoßen hat. Dies allein zählt, und daraufhin haben wir ihm Asyl gewährt. Du weißt, das Asylrecht ist der Kirche seit eh und je heilig. 45 Tage gewährt die Kirche jedem

Asylsuchenden. Bedenke, das ist kein Schutz für Sünder, denn nach dieser Zeit muß jeder wieder hinaus in die Welt. Diese Zeit der Ruhe und Besinnlichkeit in unseren Mauern soll ihm die Möglichkeit bieten, seine Seele zu erforschen, um vielleicht doch eine Schuld zu erkennen und diese zuzugeben. Wie du weißt, darf dieses Recht nicht verletzt werden."

„Wenn er Arnold die Treppe hinabgestoßen hat, ist er ein Mörder und muß verurteilt werden", brauste der Schultheiß auf.

„Nicht zu hastig, Schultheiß Godemann. Stelle erst einmal fest, ob er überhaupt schuldig ist. Die 45 Tage, die er in diesen Mauern weilt, steht er unter unserem – nein, unter Gottes Schutz. Natürlich steht er dir zur Verfügung. Willst du ihn sprechen?"

„Ja."

„Warte hier, ich lasse ihn holen."

Der Abt ging und ließ die drei allein. „Richtig ist das ja nicht mit dem Asyl", meinte der Büttel, „so kann sich jeder verstecken, wenn er etwas angestellt hat. Er bekommt in den Klöstern satt zu essen und kann ein schönes Leben führen."

„Ich bin anderer Ansicht, Nickel. Nach meiner Meinung ist es eine gute Sache. Der Abt hat recht: Wir haben jetzt 45 Tage Zeit, um seine Schuld oder Unschuld zu beweisen", entgegnete der Zender. „Nach 45 Tagen muß er das Kloster auf jeden Fall verlassen, ob er will oder nicht. Dann kannst du ihn fassen."

„Warum der Aufschub? Wenn wir nachher feststellen, daß er schuldig ist, nehmen wir ihn auf der Stelle mit. Dann kommt er in unseren Turm, bis beim nächsten Ding das Urteil gesprochen wird. Warum soll so einer hier ein schönes Leben führen, wenn er dann doch zum Tod verurteilt wird?"

„Nur nicht so hastig", warf der Zender ein, „du scheinst es ja eilig zu haben, den Jungen hängen zu sehen. Aber noch sprechen vorher die Schöffen das Urteil."

Bruder Laurentius fand die Tür von Vinzenz' Zelle halboffen. Der Junge saß verschlafen auf der Pritsche und strich sich durch die Haare. Bruder Gerardus stand vor ihm und meinte lächelnd: „Ausgeschlafen scheinst du nicht zu haben. Komm mit, wir wollen noch ein paar Schreibübungen machen, dann wirst du rasch munter werden."

Vinzenz sah Bruder Laurentius und blickte zur Tür. Dadurch wurde auch Gerardus aufmerksam. „Du, Bruder Laurentius?"

„Ja. Der ehrwürdige Vater schickt mich. Vinzenz soll zu ihm kommen. Der Schultheiß von Wallerfangen ist da, der Zender und der Büttel."

„Der Schultheiß?" fuhr Vinzenz auf und war im Augenblick hellwach. Es schien, als stelle sich sein borstiges rötliches Haar noch steiler nach oben und als würde seine Stimme vor Angst noch rauher und zittriger, als er fauchte: „Der Schultheiß? Nicht der Herr Wichard? Warum kommt der denn nicht? Er weiß doch, daß ich unschuldig bin."

Seine Hände umklammerten den Holm der Pritsche so fest, daß die Knöchel weiß wie ein Leintuch wurden. Es waren feingliedrige Hände mit langen Fingern, mit denen er seinen Pfeil mitten in den des Dietmar von Kempen gesetzt hatte. Mit ihnen schnitzte er genau so geschickt die schönsten Holzfiguren, Pfeile und Angelhaken, wie er die Laute spielte, Bilder zeichnete, Amanda in höchste Wonnen versetzte und Schrift schrieb, als sei er schon vier Wochen in der Lehre bei Bruder Gerardus.

„Beruhige dich, Vinzenz, vielleicht hat Herr Wichard den Schultheiß geschickt, um dich abzuholen", sagte dieser.

„Abzuholen? Um mir die Freiheit zu geben? Nein, das kann ich nicht glauben. Wer zum Schultheiß muß, kommt ins Gefängnis, und jeder weiß, er geht dort nicht zimperlich mit den Gefangenen um. Ich will aber nicht ins Gefängnis. Ich habe nichts getan."

„Es steht ja noch gar nicht fest, daß du hinein mußt, aber wenn der Abt dich rufen läßt, mußt du zu ihm gehen", empfahl Bruder Gerardus mit sanfter Stimme. „Er wird schon darauf achten, daß dir kein Unrecht geschieht. Geh nur mit Bruder Laurentius. Nur keine Angst. Du stehst unter dem Schutz des Klosters."

Vinzenz erhob seine schlacksigen Knochen und streckte sich, wie aus stillem Protest, bevor er mit gesenkten Schultern hinter Bruder Laurentius aus der Zelle stapfte. „Wenn die Besprechung vorbei ist, bringt Bruder Laurentius dich in die Schreibstube", rief ihm Bruder Gerardus nach, „ich warte dort auf dich."

Vinzenz nahm seine Worte nicht mehr wahr. „Wenn sie mich mit nach Wallerfangen nehmen, brenne ich durch, ganz egal, was dann mit mir geschieht", dachte er, während er Bruder Laurentius folgte. Der Abt stand auf, als er die Stube betrat, lächelte ihm freundlich zu, während er seine Hände ergriff, und sagte mit seiner tiefen Stimme beruhigend: „Der Schultheiß von Wallerfangen will von dir einige Auskünfte. Er wurde von Herrn Wichard beauftragt, herauszufinden, wie es zu dem Sturz seines Vaters kommen konnte. Erzähle ihm alles, was du weißt und wie es sich zugetragen hat. Laß nichts aus und füge nichts hinzu, denn du weißt: Ehrlich währt am längsten. Und habe keine Angst."

„Ja, ehrwürdiger Vater. Ich werde alles sagen, was ich weiß."

„Gut." Der Abt ging zur Tür, öffnete sie und sagte: „So, Schultheiß, dies ist Vinzenz. Du kannst ihn nun befragen."

Der Schultheiß baute sich in seiner ganzen Größe vor Vinzenz auf und fauchte: „Du bist das also, Bursche! Gib zu, daß du es getan hast!" Vinzenz trat erschrocken zurück und sah den Abt hilfesuchend an. Dieser stellte sich zwischen die beiden und fragte barsch: „Willst du in diesem Ton fortfahren, Schultheiß?"

„Ehrwürdiger Vater! Ich möchte nicht, daß Ihr bei dem Verhör dabei seid."

Der Abt trat noch einen Schritt vor. „Wenn du nicht willst, daß ich dabei bin, mein Sohn, dann geh nach Hause. Habt ihr drei vergessen, daß ihr hier im Kloster überhaupt kein Recht habt?"

„Aber der Junge wird des Mordes beschuldigt, ehrwürdiger Vater, und ich bin beauftragt herauszufinden, ob er es getan hat."

„Das weiß ich. Aber noch ist nicht bewiesen, daß er ein Mörder ist, und wenn du das herausfinden willst, dann befrage ihn jetzt in meiner Gegenwart, oder du mußt warten, bis die 45 Tage vorbei sind, die wir ihm Asyl gewähren."

Der Schultheiß sah seine Begleiter ratlos an. Diese zogen ihre Schultern hoch und nickten mit den Köpfen.

„Also gut", wandte sich der Schultheiß Vinzenz zu, „warum hast du den Burgherrn die Treppe hinabgestoßen?"

Wieder blickte Vinzenz den Abt an, der kopfschüttelnd an Vinzenz' Stelle antwortete: „Ja, glaubst du denn wirklich, Schultheiß, daß du so dem Jungen ein Geständnis entlockst?"

Der Abt drückte Vinzenz auf einen Stuhl und empfahl dem Schultheiß: „Auch du solltest dich setzen, Schultheiß Godemann, es redet sich dann leichter."

Schweigend setzte sich der Schultheiß und fragte nun in milderem Ton, in dem aber dennoch eine gehöriges Quantum Ärger über die Zurechtweisung des Abtes mitschwang: „Warum hast du das getan, Vinzenz?"

„Ich habe ihn nicht hinabgestoßen. Ich war überhaupt nicht an der Treppe, als er ausgerutscht ist. Ich saß in einer Türnische. Ich habe mich vor ihm versteckt, als er vom Bergfried herunter kam."

„Warum hast du dich versteckt?"

„Ich wollte nicht, daß er mich sieht."

„Was wolltest du auf der Empore?"

„Ich wollte zu Amanda, meiner Kusine."

„Was wolltest du von ihr?"

„Ich wollte ihr sagen, wie stolz ich war, daß ich den Pfeil von Dietmar von Kerpen, der mitten in der Scheibe saß, mit meinem Pfeil gespalten habe."

„Dietmar Kerpen hat aber gesehen, daß du an der Treppe warst, als der Burgherr stürzte."

„Das kann er nicht. Als der Burgherr stürzte, saß ich doch schon in der Türnische. Er kann mich gar nicht in der Nähe des Burgherrn und der Treppe gesehen haben."

„Ist die Treppe weit von deinem Versteck?" fragte der Abt.

„Ja. Soweit weit, wie dieses Zimmer lang ist."

„Du hast also den Burgherr nicht berührt?" wollte der Schultheiß wissen.

„Nein. Ich war ja weit weg. Ich habe mich eng an die Mauer in der Nische geschmiegt, und als ich um die Ecke geschaut habe, sah ich, wie der Burgherr mit beiden Armen in der Luft herumfuchtelte, hinfiel und die Treppe hinunter rollte. Das war alles."

„Hast du Dietmar gesehen, als er zur Tür herein kam?"

„Nein, Herr. Ich habe nur auf den Burgherrn geschaut und gedacht: Hoffentlich passiert ihm nichts."

„Wie alt bist du?"

„Fünfzehn Jahre, Herr."

„Wie heißt dein Vater?"

„Das weiß ich nicht, Herr, der ist tot."

„Und deine Mutter?"

„Die ist gestorben."

„Wie war ihr Name?"

„Helga Baumgart."

„Demnach heißt du Vinzenz Baumgart?"

„Ja, Herr."

„Weißt du, wo deine Mutter gestorben ist?"

„Ja. In Perdsfeld."

„Wann war das?"

„Es sind fünf Jahre her, Herr."

„Und sie hat dir nie gesagt, wer dein Vater ist?"

„Nein, Herr."

„Gut. Hast du Verwandte?"

„Ja. Meine Kusine Amanda."

„Wo ist sie?"

„Sie ist Hörige auf der Burg."

„Aha. Dann werde ich auch sie befragen." Der Schultheiß stand auf und sagte zum Abt: „Das wäre es fürs Erste. Falls sich noch Fragen ergeben, komme ich noch einmal vorbei."

„Das steht dir frei, denn auch der Kirche ist daran gelegen, daß überall Gerechtigkeit waltet. Nur – bedenke, ob nicht ein anderer Arnold von Felsberg gestoßen hat oder ob es vielleicht nur ein Unfall war, daß er falsch getreten und ausgerutscht ist."

„Ich werde es bedenken, ehrwürdiger Vater. Aber bewacht ihn gut. Setzt er auch nur einen Fuß über eure Schwelle, dann nehmen meine Leute ihn fest." Der Abt hob seine Hände und machte das Kreuz, während er sagte: „Gehet hin in Frieden."

Der Büttel, der es am eiligsten hatte, hinaus zu kommen, erwiderte: „In Ewigkeit. Amen." Der Abt begleitete sie bis zur Tür. Von draußen drang ein Schwall heißer Luft herein, die den Abt daran erinnerte, daß Vinzenz mehrmals am Tag ins Hospital mußte, um sich behandeln zu lassen.

„Schultheiß", rief der Abt den dreien nach, „da ist noch etwas."

Sie blieben stehen und drehten sich um. Der Schultheiß fragte: „Was ist das, ehrwürdiger Vater?"

„Unser Hospital gehört auch zur Abtei, obwohl es abseits liegt. Ich hoffe, ihr respektiert auch den Weg dorthin als zur Abtei gehörig."

„Ist der Weg ein öffentlicher Weg?"

„Nein. Er liegt auf unserem Grund."

„Dann respektieren wir ihn", sagte Godemann und fügte hinzu: „Ihr könnt euch darauf verlassen, ehrwürdiger Vater." Er drehte sich um und schritt zur Pforte. Seine Begleiter folgten ihm.

Der Abt schloß die Tür und wandte sich Vinzenz zu: „Das haben wir also hinter uns. Bruder Laurentius bringt dich jetzt in die Schreibstube. Wie gefällt es dir dort?"

„Gut, ehrwürdiger Vater, nur die Luft ist dort nicht so gut wie draußen im Freien."

„Aha! Du bist die frische Luft auf der Burg gewohnt, das ist es. Aber du bleibst vorläufig dort. Glaube mir, es ist zu deinem Besten. Und strenge dich an, damit du so viel wie möglich lernst, in der Zeit, die du bei uns bist."

Unfall im Wald

Nahe der Abtei begegnete Amanda dem Schultheiß, dem Zender und dem Büttel von Wallerfangen. Sie wußte sofort, daß die drei in der Abtei gewesen waren, und freute sich, daß sie Vinzenz nicht bei sich hatten. Der Abt hatte ihn also nicht ausgeliefert. Im Hof des Hospizes angelangt, sah sie einen bärtigen Mönch das Haus verlassen. Sie ritt auf ihn zu und sagte: „Ich soll zu Pater Fenegrinus kommen."

„Dann bist du Amanda von der Burg, Vinzenz' Kusine?"

„Ja."

„Ich bin Bruder Fenegrinus. Es ist gut, daß du gleich gekommen bist. Vinzenz kann es kaum erwarten, dich zu sehen." Er betrachtete sie abschätzend von oben bis unten. „Du bist sehr hübsch, Amanda. Kein Wunder, daß Vinzenz an dir hängt."

„Ich bin seine einzige Verwandte."

„Ich weiß. Er hat mir schon alles erzählt. Du hast Glück gehabt, daß du mich noch getroffen hast. Ich wollte gerade in den Wald, um Kräuter zu suchen, die ich in meinem Kräutergarten nicht habe. Aber dein Kommen ändert meinen Plan. Ich hole jetzt zuerst Vinzenz, damit ihr miteinander reden könnt. Du kannst solange in meiner Stube warten."

Amanda stieg vom Pferd und band es fest. Der Mönch führte sie in seine Stube. Der Duft der vielen trocknenden Kräuter verschlug ihr den Atem.

„Hätte ich besser in der Abtei fragen sollen, ob ich ihn besuchen kann?" fragte sie, Fenegrinus musternd. Der Mann war ihr nicht sympathisch. „In der Abtei könnt ihr euch nur unter Aufsicht sehen. Bei mir aber könnt ihr reden, solange du Zeit hast. Wenn ihr wollt, könnt ihr auch mit mir in den Wald gehen und mir helfen, Kräuter zu suchen, dann seid ihr ganz für euch."

„Darf denn Vinzenz mit in den Wald?"

„Warum nicht? Wenn er mir verspricht, daß er nicht wegläuft!"

„Er läuft bestimmt nicht weg. Dafür werde ich schon sorgen."

„Also gut. Warte hier. Ich bin bald zurück. Ich hole die Erlaubnis, daß er mitgehen darf."

Kaum hatte der Mönch die Stube verlassen, als eine Nonne die Tür öffnete, den Kopf hereinstreckte und laut „Bruder Fenegrinus!" rief.

„Der ist weggegangen", sagte Amanda und trat ein wenig hervor, so daß die Nonne sie etwas besser sehen konnte.

„Oh, er hat Besuch? Das habe ich nicht gewußt."

„Ich bin wegen Vinzenz gekommen."

„Ach so, ja. Bist du seine Kusine?" Die Nonne, eine ältere Frau von etwa sechzig Jahren mit einem gütigen Blick und einem beträchtlichen Umfang, trat näher und besah sich Amanda genau. Sie nahm sie an der Hand und zog sie zum Fenster, während Amanda sagte: „Ja, ich bin seine Kusine."

„Ich bin Schwester Hadevidis von Warsberg. Ich kümmere mich hier hauptsächlich um die kranken Frauen. Es ist nicht gut, wenn sich Männer zu sehr den Frauen nähern, und wie du weißt, gibt es ja auch Krankheiten bei Frauen, davon verstehen die Männer nichts. Verstehst du, was ich meine?"

„Ja. Aber ich dachte, es seien nur Männer hier."

„Außer mir wohnen noch zwei Laienschwestern hier, und wir haben alle Hände voll zu tun. Es kommen mehr Frauen ins Hospiz als Männer. Aber sage mal, wie ist denn das passiert mit Arnold von Felsberg?" Kaum hatte Amanda ihr gesagt, daß sie es nicht wisse, als sich die Tür öffnete und Fenegrinus mit Vinzenz eintrat. „Hier ist der Jüngling", rief er, „aber ich mußte mich für ihn verbürgen. Weder Bruder Gerardus noch Bruder Rudolphus wollten ihn gehen lassen." Vinzenz hatte Fenegrinus' Worte nicht gehört. Er lief sofort zu Amanda, umarmte sie stürmisch und brachte vor Glück kein Wort heraus. Als sie sich von ihm gelöst und ihn weggedrückt hatte, hauchte er: „Gut, daß du da bist."

„Bist du schlimm verletzt?"

„Nein. Es geht. Was hat Wichard gesagt?"

Noch bevor Amanda antworten konnte, wandte sich Schwester Hadevidis den beiden zu und meinte: „Das ist ja eine große Wiedersehensfreude. Gott beschütze euch, Kinder!" Sie empfahl Fenegrinus: „Paß gut auf die beiden auf, Bruder Fenegrinus. Aber ich bin ja gekommen, um dich um Rat zu fragen. Der kleinen Elke mit dem schlimmen Hautausschlag geht es nicht gut. Kannst du einmal nach ihr sehen? Sie kratzt sich die ganze Haut vom Leib."

„Ja. Ich gehe gleich mit. Sie darf auf keinen Fall kratzen." Er suchte unter den vielen Tiegeln auf den Regalen einen aus, während er sagte: „Ich versuche es bei ihr mit Labkraut. Vielleicht hilft das besser als die Bäder mit Eichenrinde." Er wandte sich an Amanda und Vinzenz: „Ihr habt gehört: Ich muß noch zu der kranken Elke, bevor wir gehen. Wartet hier, bis ich zurückkomme."

„Ja. Wir warten."

„Es dauert nicht lange", sagte er von der Tür aus, und Schwester Hadevidis steckte noch einmal den Kopf durch die Tür und rief: „Gott behüte euch."

Kaum hatte sich die Tür geschlossen, nahm Amanda Vinzenz an beiden Händen, sah ihm in die Augen und sagte: „Ich bin so froh, daß dir nicht mehr passiert ist."

Er löste seine Hände, trat einen Schritt zurück und fragte: „Warum tut denn Wichard nichts für mich?"

„Er hat eine Untersuchung angeordnet. Er glaubt auch nicht, daß du es warst. Aber er ist Richter des Herzogs. Da muß alles seine Ordnung haben."

„Ich weiß. Der Schultheiß war schon bei mir. Er wollte mich sogar mitnehmen wie einen Dieb oder Mörder. Aber ich habe doch nichts getan, und Abt Isenbardus gibt mich nicht heraus. Das ist gut."

„Du mußt warten, was der Schultheiß herausfindet. Findet er nichts, dann passiert dir auch nichts."

„Mich kränkt schon, daß man mir nicht glaubt."

„Hast du Arnold wirklich an der Treppe keinen Stoß versetzt?"

„Nein. Ich schwöre es. Ich war fünf Schritte weiter weg, stand in der Türnische seines Zimmers. Glaubst du mir?"

„Ja. Ich glaube dir."

„Hat Wichard schon gesagt, wem du jetzt dienen mußt?"

„Nein. Aber er wird schon eine Arbeit für mich haben. Vorläufig helfe ich in der Küche. Es kommen ja auch viele Leute zum Imbs. Er war heute so freundlich zu mir. Er hat mir sogar den Fuchs gegeben, um hierher zu reiten. Ich bin ja jede Arbeit gewohnt. Mir ist es ganz gleich, wo er mich hinsteckt, Hauptsache, ich komme nicht in den Schweinestall."

Er trat vor und küßte sie auf den Mund. Sein Körper drückte sich fest gegen den ihren, und seine Rechte hob ihren Rock hoch.

„Nicht hier", hauchte sie, als sie wieder Luft bekam, „der Mönch kommt doch gleich zurück."

„Ach, der. Der schmiert doch erst einmal das Kind ein."

Wieder zog er sie an sich und küßte sie. Diesmal gab sie ihm die Küsse zurück, streichelte mit der Linken sein Haar und schob mit ihrer Rechten Gläser und Kräuter auf dem Tisch zur Seite, bevor sie sich mit einem kleinen Hopser darauf setzte. Sie zog Vinzenz zu sich und bot sich ihm so dar, daß er alles um sich herum vergaß; ihnen war es egal , ob Fenegrinus oder sonst wer sie so fand.

„Ich liebe dich mehr als mein eigenes Leben", flüsterte er immer wieder, und Amanda antwortete: „Ich besuche dich, so oft ich kann. Am liebsten würde ich ganz bei dir bleiben."

Als Fenegrinus hereinkam, standen beide am Fenster. Jeder hatte einen Arm um die Hüfte des anderen geschlungen.

„So, da bin ich wieder. Ich hoffe nur, daß das Labkraut dem armen Kind hilft. Habt ihr euch auch nicht gelangweilt?"

„Nein, überhaupt nicht", antwortete Amanda.

„Dann gehen wir jetzt Kräuter suchen. Es ist Erntezeit für manche von ihnen, und die will ich nutzen. Kommt." Er gab jedem einen Leinensack. Als er Vinzenz den Sack überreichte, sah er ihn prüfend an und fragte: „Verschwindest du im Wald auch nicht in den Büschen?"

„Ich verspreche es. Aber was ist, wenn Leute des Schultheißen im Wald auf mich lauern?"

„Keine Angst. Dort, wo wir suchen, kommt niemand hin. Ihr könnt euch unterwegs und beim Suchen erzählen, was ihr euch zu sagen habt. Ich höre nicht hin."

Eine unerträgliche Hitze lastete auf dem Hof des Hospizes. Nicht das geringste Lüftchen wehte. Die dicht um den großen Hof herumstehenden uralten Eichen spendeten nur für ein paar Augenblicke kühlenden Schatten. Fenegrinus schritt kräftig aus: „Kommt schneller, damit wir bald im Wald sind. Dort ist es kühler."

„Was suchen wir denn für Kräuter?" wollte Amanda wissen.

„Himmelfahrtsblümchen. Von denen nehmen wir das ganze blühende Kraut. Kennt ihr Himmelfahrtsblümchen?"

„Ja. Ich kenne sie."

„Dann brauche ich Huflattich."

„Den kenne ich auch", rief Vinzenz.

„Dann brauche ich noch Marienmantel. Ich kenne ein schattiges Plätzchen. Dort könnt ihr eure Leinensäcke damit füllen. Ich gehe unterdessen weiter und suche Schmerzwurz. Ich kenne eine Stelle, wo ich welches finden kann, die ist aber etwas weiter oben."

„Nennt man Marienmantel nicht auch Frauenmantel?" wollte Amanda wissen.

„Ja, auch Liebfrauenmantel oder Alchemilla vulgaris. Du kennst dich ja gut aus, Amanda", lobte er.

„Man darf den Marienmantel nie taufrisch pflücken", erwiderte Amanda, „sondern erst, wenn der Tau getrocknet ist, sonst verfärbt er sich und ist nicht mehr schön."

„Donnerwetter, was du alles weißt", staunte Fenegrinus.

„Meine Mutter wußte noch viel mehr als ich."

Sie waren noch keine halbe Stunde gegangen, als er ihnen die Stelle in der Nähe eines Baches zeigte, an der in einer feuchten Wiese der Marienmantel wuchs.

„Hier könnt ihr ernten, so viel ihr wollt", sagte er. „Ich gehe ein bißchen weiter zu der Stelle, an welcher der Schmerzwurz wächst." Er wandte sich an Amanda: „Kennst du Schmerzwurz?"

„Wenn du Speckwurz meinst, dann kenne ich es."

„Manche sagen auch Beinwell oder Wallwurz dazu. Ich brauche ihn für schlecht heilende Wunden und Zahnschmerzen. Aber nun muß ich gehen. Laßt euch Zeit, es dauert eine Weile, bis ich zurückkomme." Nach diesen Worten drehte er sich um und war bald darauf im Wald verschwunden.

„Will er uns alleine lassen, damit wir miteinander reden können, oder führt er sonst etwas im Schild?"

„Oder damit wir sonst was machen können", lachte Vinzenz, der Amanda begehrlich ansah.

„Hast du denn noch nicht genug?"

„Von dir doch nie", lachte er und ging zu ihr. Sie saß bereits in der Hocke, hatte einige Pflanzen herausgerissen und in ihren Leinensack getan. Vinzenz gab ihr einen Schubs, daß sie auf den Rücken fiel. Er warf sich auf sie und begann sie zu küssen.

Amanda wehrte sich: „Nein, Vinzenz, nicht. Jetzt nicht." Sie drückte ihn weg. Er aber gab nicht nach. Es kam zu einem Gerangel zwischen den beiden, bis Amanda vorschlug: „Wir machen zuerst unsere Leinensäckchen voll."

„Gut. Aber dann bestimmt."

„Ja."

„Und wenn der Mönch vorher zurückkommt?" fragte Vinzenz.

„Er hat doch gesagt, es dauere eine Weile."

„Dann laß uns schnell alles abgrasen." Während er sich beeilte, ließ sich Amanda Zeit, denn sie hatte gleich gesehen, daß nicht soviel Marienmantel an dieser Stelle wuchs, daß auch nur einer von ihnen seinen Leinensack voll bekam. Sie suchte weiter weg, fand aber nur ab und zu eine Pflanze. Bald kam sie an einen Bach. Sie streifte ihre Schuhe ab, hob ihren Rock hoch, unter dem sie sonst nichts trug, und ging vorsichtig hinein. „Oh! Ist das schön", jubelte sie und rief laut: „Vinzenz! Komm hierher!"

„Was ist denn?"

„Hier ist ein Bach. Im Wasser ist es herrlich."

Als er kam, baumelten ihre Füße in dem klaren Naß. „Wenn er tiefer wäre, könnte man darin sogar schwimmen."

„Ich sehe einmal nach." Er lief davon und rief kurz darauf: „Komm hierher, Amanda, hier ist er tief genug."

Sie folgte ihm. „Ja, hier geht es", sagte sie. Mit einem Ruck zog sie ihr Kleid über den Kopf, ließ es neben sich auf den Waldboden sinken und lief ins Wasser, von wo aus sie Vinzenz naß spritzte.

„Höre auf", rief er, und dann: „Ist es auch nicht zu kalt?"

„Nein. Komm nur, du Angsthase."

Sie schwamm den Bach hinab. Vinzenz zog sich aus und folgte ihr. Er schwamm aber nur ein paar Stöße, denn seine Wunden brannten, und als er sich hinstellen wollte, rutschte er auf einem glatten Stein aus und fiel vor Schmerzen schreiend zur Seite.

„Was ist los?"

„Ich habe mir den Fuß verdreht", stöhnte er, als er versuchte, sich hinzustellen, „ich kann gar nicht auftreten."

„Paß auf, daß du nicht noch einmal umknickst."

Er versuchte einen Schritt zu gehen, aber es tat so weh, daß er nur humpelnd unter Schmerzen das Ufer erreichte.

„Ist es so schlimm?"

„Ja." Er zog sich am Ufer hoch. „Es ist am Knöchel."

„Hänge den Fuß ins Wasser und kühle ihn, das hilft", riet sie und schwamm zu ihm, um nach seinem Fuß zu sehen. Als sie die niedere Uferböschung hochkroch, zeigte sie auf die zahlreichen entzündeten Kratzwunden: „Ist das von der Verfolgung?"

„Ja."

„Tut es immer noch weh?"

„Jetzt geht es. Vorhin im Wasser war es zuerst ganz schlimm."

„Zeig einmal her. – Der Knöchel wird dick. Hoffentlich packst du noch den Weg bis in die Abtei."

„Wenn ich nicht gehen kann, dann krieche ich", spottete er.

„Pater Fenegrinus und ich stützen dich. Vielleicht ist es aber auch schon besser, bis er zurückkommt." Sie legte sich, nackt wie sie war, neben ihn ins Gras und sah zu dem dichten Laubdach empor. Vögel zwitscherten in den Bäumen und Sträuchern. Vor ihnen plätscherte der Bach. Der Duft der Pflanzen vollendete den Eindruck. „Wunderbar ist es hier. So muß es im Paradies gewesen sein. Hier könnte ich ewig liegen bleiben. Hier ist das Stückchen Freiheit, von der ich immer träume."

„Gefällt es dir denn nicht auf der Burg?"

„Doch, schon. Aber keiner von uns kann tun und lassen, was er will. Wir sind dazu verdammt, immer nur zu gehorchen, immer zu tun, was die anderen wollen. Wir müssen immer bereit sein, bei Tag und Nacht. Wir sind doch nur da, um die Wünsche der Herrschaften zu erfüllen, seien sie auch noch so unanständig. Glaube mir, ich hatte schon mehr als einmal Lust, einem das Messer in die Brust zu stechen, wenn er sich einfach so auf mich warf und mich wie ein Stück Vieh behandelte. Aber ich habe mich immer beherrscht und ihnen oft genug vorgegaukelt, wie gut sie als Mann sind, und ich habe ihnen gesagt, daß keiner einen solch Großen hat wie sie und daß es keiner so gut kann wie sie."

„Ich habe nicht geahnt, daß du so voller Haß auf sie bist."

„Du weißt noch viel mehr nicht von mir, und das ist gut so."

„Ist es etwas Schlimmes?"

„Schlimm genug. Oft ist das Vieh besser dran. Da geschieht es nur in der Brunft, aber wir Hörigen sind das ganze Jahr über Freiwild für die Herren. Wenn einer Lust hat, und die geilen Böcke haben immer Lust, weil sie ja sonst den ganzen Tag nichts zu tun haben, dann müssen wir gehorchen." Sie machte eine Pause, sah ihn betrübt an und fügte hinzu: „Du glaubst ja nicht, was man alles von uns Frauen verlangt."

„Was denn? Erzähle mal."

„Nein. Ich schäme mich, alles zu erzählen. Das brauchst du nicht zu wissen. Zwischen uns beiden ist es schön. Das muß so bleiben. Es gefällt mir, und dir doch auch?"

„Ja", antwortete er und fügte nach einer kurzen Pause hinzu: „Was können wir tun, daß du das nicht mehr mitmachen mußt?" Er gab sich selbst die Antwort: „Weglaufen können wir nicht. Wo sollen wir denn hin? Herr Wichard läßt uns bestimmt überall suchen, und wenn er uns dann findet, dann wehe uns."

Amanda stand auf: „Ich hole unsere Kleider und die Kräuter."

„Dann findet uns Pater Fenegrinus nicht, wenn er zurückkommt."

„Nur keine Angst. Vor lauter Angst, du seist weggelaufen, wird er jedes Stückchen Erde nach dir absuchen."

Sie war gleich wieder zurück. „Zieh dich an, wenn der Mönch uns findet, braucht er dich nicht nackt zu sehen." Sie warf die Kleider und die Säcke neben ihm auf den Boden und ging noch einmal ins Wasser. „Ich muß das ausnutzen", rief sie, „wann kommt unsereiner schon einmal zum Baden? Das letzte Mal bin ich in der Nahe bei Sobernheim geschwommen. Aber das ist schon lange her. Meine Mama hat auch gerne gebadet."

Als sie aus dem Wasser kam, zeigte er ihr seinen Fuß: „Guck mal, wie dick er ist." Sie strich über den geschwollenen Knöchel. „Mit diesem Fuß kannst du nicht weglaufen", lachte sie.

Ihr Blick fiel auf das Kreuz, dessen Rückseite oben lag. „Arnold hat dasselbe", stieß sie entsetzt hervor. „Das ist ein Teufelskreuz! Gestern abend habe ich es bei ihm gesehen. Auch auf seinem Kreuz ist der Teufel, die Burg und die Brücke eingeschlagen." Sie schüttelte sich. „Wo hast du das her?"

„Von meiner Mutter. Sie gab es mir, bevor sie starb."

„Das hast du mir schon erzählt, als du das erste Mal unter meine Decke gekrochen bist, aber du hast kein Wort davon gesagt, daß auf der Rückseite der Teufel eingeritzt ist."

„Wichtig ist doch nur, daß es von meiner Mutter ist."

„Aber wieso ist es dasselbe Kreuz wie das von Arnold? Und es ist genau dasselbe. Die Rückseite habe ich gestern abend zum erstenmal gesehen. Weißt du, woher es deine Mutter hat?"

„Nein", log er.

„Das ist aber komisch", wunderte sich Amanda. „Auch auf seinem Kreuz steht diese Zahl. Was bedeutet sie? Vielleicht das Jahr, in dem das Kreuz geschmiedet wurde."

„Die Zahl heißt 1276, das hat mir meine Mutter gesagt."

„Vor wievielen Jahren war das, 1276?" Sie lag auf dem Bauch und sah ihn an. Es war das erstemal, daß Amanda etwas mit Zahlen zu tun hatte, und sie ärgerte sich, daß sie nicht selbst ausrechnen konnte, wie lange das her war.

„Das weiß ich nicht." Vinzenz ließ seine Füße wieder im Wasser baumeln. „Ich weiß nur, daß wir jetzt 1296 haben."

„Das habe ich gestern abend auch gehört, als Wichard zu Margarete sagte: ‚Heute, am 8. Juni 1296, ist Vater gestorben.' "

„Wie lange ist ein Jahr?" forschte Vinzenz.

146

„Von Weihnachten bis Weihnachten", antwortete Amanda stolz. „Das weiß ich, weil Margarete von Kirf jedesmal an Weihnachten sagte: ‚Ach Gott! Schon wieder ein Jahr vorbei.' "

„Als ich mit Bruder Rudolphus in der Abteischule war, da haben die Jungen die Zahlen an den Fingern abgezählt, aber das ging so schnell, daß ich schwindlig davon geworden bin."

„In meinem ganzen Leben brauchte ich noch nicht zu zählen. Weißt du was? Wir fragen Fenegrinus, der weiß es sicherlich."

„Warum willst du es denn wissen?" Er drehte den Kopf zu ihr und freute sich an ihrem Anblick. „Du bist schön, Amanda. Es ist das erstemal, das ich dich bei Tageslicht nackt sehe."

„So? Bin ich schön?"

„Ja, wirklich", sagte er und ließ seinen Oberkörper nach hinten sinken.

„Das hat mir noch niemand gesagt." Sie lächelte ihn an und kitzelte mit einem Grashalm seine Brust. Sie führte ihn immer wieder um seine Brustwarze, bis er fragte: „Macht dir das Spaß?"

„Ja."

„Dann laß es mich auch bei dir machen."

„Wenn du willst." Sie legte sich auf den Rücken.

Vinzenz schrie vor Schmerzen auf, als er sich auf die rechte Seite drehte. Amanda reichte ihm den Grashalm, und er ließ ihn um ihre linke Brustwarze kreisen, bis diese anschwoll und so rot wie eine Himbeere wurde.

„Mache es jetzt bei der anderen", forderte sie ihn auf. Langsam kroch ihre Linke an seinem Oberschenkel hoch.

Bruder Fenegrinus wunderte sich, daß er die beiden nicht fand, wo er sie zurückgelassen hatte. Als er sah, daß der Marienmantel abgeerntet war, überlegte er: „Vielleicht sind sie baden gegangen, oder sind sie sogar weggelaufen?" Er rieb sich die Augen und flüsterte: „Nein. Das glaube ich nicht. Vinzenz hat mir sein Wort gegeben, und seine Augen lügen nicht."

Er lief zum Bach, wanderte am Ufer entlang und sah als erstes ein paar nackte Beine im Wasser hängen. „Da sind sie", freute er sich. Ein paar Schritte weiter, und er sah Amanda nackt auf Vinzenz sitzen. Er trat entsetzt hinter einen Baum.

„Mein Gott!" entfuhr es ihm, während er sich hastig dreimal hintereinander bekreuzigte „das habe ich ja noch nie gesehen. Es stimmt also, was der greise Bruder Emilius, der den Kinderkreuzzug mitgemacht hat, mir immer wieder predigte: ‚Verachte die Frauen, denn jede Frau ist nur Fleischeslust, sie ist ein unvollkommenes Tier und benimmt sich auch so.' "

Wieder bekreuzigte er sich und war nahe daran, zu den beiden zu laufen, sie auseinander zu treiben und zu züchtigen. Seine Hände umklammerten den Baum, seine Fingernägel gruben sich in die Baumrinde. „Bruder Emilius hatte recht. Jetzt sehe ich es selbst: Amanda ist der lebendige Beweis für seine Worte."

Er legte seine linke Hand vor die Augen, spreizte die Finger und sah hindurch, während er sich schaudernd fragte: „Ist sie vielleicht eine Hexe, da sie oben sitzt, ihn beherrscht, mit ihm tut, was sie will? Oder ist Vinzenz sogar der Teufel, der Arnold von Felsberg in die Hölle geschickt hat?"

Amandas Keuchen, die Emsigkeit ihres Rittes auf Vinzenz' Leib zauberten düstere Bilder vor seine Augen, die Bruder Emilius ihm in seinen alten Tagen vor zwanzig Jahren, kurz bevor er starb, vorgezeichnet hatte. Dessen Worte klangen noch in seinen Ohren: „Der Antichrist ist dabei, die Herrschaft auf der Erde zu übernehmen! Er tut das so geschickt, daß niemand weiß, wer die Hexen und wer die Teufel sind. Die Macht des Teufels liegt in den Geschlechtsteilen des Menschen. Er kommt zu uns in vielerlei Gestalt, als häßliche Kröte, als Schlange, als Werwolf, als Kater mit einem Wolfskopf! Glaube mir, mein Sohn! Das Ende der Welt ist nahe!" Fenegrinus, immer noch die Worte seines Lehrers im Ohr, fragte sich entsetzt: „Zeugt hier, keine zwanzig Schritte von mir entfernt, nicht eine Hexe lustvoll mit einem Teufel einen neuen, kleinen Teufel? Oder täusche ich mich? Sind die beiden nicht einfach nur zwei junge Menschen, die sich lieben?"

Ratlos, was er glauben sollte, spreizte er wieder seine Finger und warf einen Blick auf die beiden. Er schloß seine Finger, spreizte sie wieder, nahm seine Hand ganz von seinem Gesicht und hörte Bruder Emilius sagen: „Glaube mir, Bruder Fenegrinus, Hexen machen die unglaublichsten Dinge. Aus ihren Körperöffnungen kommt die Glut der Hölle, die allen Glauben verbrennt."

Die Rechte von Fenegrinus war bei dem, was er keine zwanzig Schritte vor sich sah, ohne daß er es wollte unter seine Kutte gekrochen und rieb, was dort zu reiben war, bis Emilius' Worte „Alle Fleischeslust ist Sünde" ihn zur Besinnung riefen und er die Hand unter der Kutte hervorzog. Er wollte gehen, um seiner Erregung Einhalt zu gebieten und seiner Lust keinen Anlaß zu geben, sich seiner noch mehr zu bemächtigen. Aber als er sich umdrehte, knackte ein Zweig. So blieb er, den sich Liebenden den Rücken zugewandt, stehen, blickte auf den nahen Bach und hörte in seinem Plätschern wieder Bruder Emilius vom Kinderkreuzzug von 1212 erzählen. Er hörte seine Worte so deutlich, als stünde er neben ihm.

„,Ich liebe Jesus', schrien wir immer wieder, ‚mehr als alles auf der Welt!' 20.000 Kinder aus allen Teilen Frankreichs, von denen nicht eines älter als zwölf Jahre war, trafen sich in Vendôme. Die Mehrzahl waren Buben und Mädchen aus Bauernfamilien, aber es waren auch adlige Knaben darunter. Wir zogen in Gruppen unter einem Führer nach Süden. Er trug die Fahne mit den drei goldenen Lilien, das Wahrzeichen des Kreuzzuges. Auf diesem Zug gesellten sich noch 10.000 zu uns. Alle hatten ihre Eltern, ihr Heim, ihr Dorf, ihre Heimat verlassen, um nach Jerusalem zu pilgern, das Holzkreuz hoch erhoben, das sie aus Haselnußstöcken zusammengebunden hatten. Barfuß waren wir, kamen aus Savoyen, von der Loire, aus Burgund, von Trier, und wir bettelten um Essen, in Lumpen gehüllt. Wir traten die Frauen, die uns zurückhalten wollten, so fest ans Schienbein, daß sie aufschrien und uns losließen. Das rote, blaue oder grüne Kreuz auf unseren Kutten hielt uns zusammen. ‚Wo wollt ihr hin?' fragten sie. ‚Nach Jerusalem, das Heilige Land erobern', antworteten wir im Chor. ‚Wo ist das?' – ‚Das wissen wir nicht. Irgendwo am Ende des Meeres. Dort wartet der Heiland auf uns. Das Meer wird sich teilen, wenn wir kommen.' – ‚Bleibt hier, ihr schafft das nicht. Ihr habt keine Waffen, könnt nicht kämpfen und habt nicht einmal etwas zu essen.' – ‚Wir können unseren Heiland nicht enttäuschen. Er wartet auf uns. Er ist in uns, seht ihr das nicht?' – ‚Die Sarazenen bringen euch um, schlagen euch tot, schneiden euch die Kehlen durch, wie sie Tausende Kreuzritter in den vier bisherigen Kreuzzügen umgebracht haben.' – ‚Gott will es', riefen wir im Chor, der wie ein Bollwerk gegen die Zweifler wirkte. ‚Der Heiland beschützt uns.' – ‚Ihr seid den bösen Menschen nicht gewachsen, die am Rand der Straße stehen, die euch ergreifen, euch die Augen ausstechen, die Hände oder Beine absägen, um mit euch Mitleid zu erregen, wenn sie mit euch betteln gehen. Ihr kennt die Welt nicht. Es gibt große Verbrechen und es gibt Ketzer, die euch töten werden', riefen die besorgten Frauen in den Dörfern. ‚Der Frühling ist mild', rief ich einer zu,

‚bald werden wir beim Heiland sein. Jesus liebt alle Kinder. Er wacht über uns.' Wir gingen über Tours und Lyon nach Marseille. Wir hatten oft tagelang nichts zu essen, aber noch schlimmer war der Durst, da es ein sehr heißer Sommer war. Viele Kinder starben unterwegs. Wir ließen sie einfach liegen, denn der Zug ging unaufhaltsam weiter. In Marseille wurden wir freundlich begrüßt, und viele von uns wurden von gottgefälligen Familien eingeladen. Die Mehrzahl von uns nächtigte jedoch am Meeresstrand und war bitter enttäuscht von unserem Führer Stephan, als sich das Meer nicht vor uns teilte, so wie es sich einst vor Moses geteilt hatte und wie er immer und überall gepredigt hatte. Viele machten sich wieder auf den Nachhauseweg, doch die Mehrzahl blieb und wartete weiter auf das versprochene Wunder. Ich wurde krank, als wir am Strand auf die Schiffe warteten. Alle liefen auf und ab, suchten Muscheln und glaubten, die Seesterne seien vom Himmel gefallen, um ihnen den Weg nach Jerusalem zu zeigen. Ich schlief ein, und als ich wach wurde, waren alle weg. Die Schiffe waren ohne mich gefahren. Seeleute fanden mich halbverhungert und verdurstet am Strand. Sie brachten mich in ein Kloster. Dort sagte man mir: ‚Fast alle Kinder sind umgekommen. Nur ein paar blieben am Leben. Sie wurden in die Sklaverei verkauft, und sie dienen den Ungläubigen als Sklaven, müssen die niedrigsten Arbeiten verrichten, und ihre Frauen benutzen die Jungen als Spielzeug. Der Herr sei ihnen gnädig.' "

Fenegrinus, der vollkommen in Gedanken versunken dastand und vor sich sah, was Bruder Emilius ihm erzählt hatte, schrak auf, als er Amandas Lustschreie hörte, in die Vinzenz einstimmte.

Er hielt sich die Ohren zu und drehte sich langsam um. Amanda ging zum Bach, stieg ins Wasser und schwamm davon.

Fenegrinus versuchte seiner Erregung Herr zu werden. Nach einer Minute trat er hinter dem Baum hervor und rief: „Ach, hier seid ihr. Ich habe euch schon überall gesucht."

„Ich habe mir den Fuß verstaucht", antwortete Vinzenz mit einer Ruhe, als sei zuvor nichts geschehen.

„Laß sehen." Fenegrinus kniete sich neben ihn, besah sich den Knöchel: „Es ist gut, daß du ihn gleich gekühlt hast. Du darfst mit ihm nicht auftreten, sonst wird es noch schlimmer."

„Wie soll ich denn in die Abtei kommen?"

„Wir machen dir eine Trage. Wir suchen zwei Balken und binden ein paar Querhölzer darüber, auf die kannst du dich legen.

Das ist schnell gemacht. Auf ihr tragen wir dich in die Abtei. Du darfst auf keinen Fall mit dem Fuß auftreten." Während er dies sagte, wunderte er sich selbst darüber, wie rasch seine Erregung abgeklungen war, und er freute sich zugleich, daß er einen Weg gefunden hatte, mit Amanda allein sein zu können.

Er würde sie soweit weg führen, daß Vinzenz nichts von dem merken würde, was er mit ihr vor hatte. Sie war hübsch und hatte ihn vom ersten Augenblick an gereizt, und sie war leidenschaftlich, das hatte er vorhin selbst gesehen. Er war ein Mann in den besten Jahren, der Gott Enthaltsamkeit geschworen hatte in Unkenntnis dessen, wie schwer dieses Gelübde zu halten war. Seine Stellung als Kräuterfachmann gab ihm die Gelegenheit, außerhalb der Klostermauern seinem Drang freien Lauf zu lassen. Er wollte Amanda besitzen, so wie er schon andere besessen hatte, die willig mit ihm Kräuter suchen gingen und nichts verrieten und immer wieder zu ihm kamen und an der verabredeten Stelle im Wald warteten. Außerdem, so sagte er sich, will ich sie prüfen, ob sie nicht doch eine Hexe ist.

„Packt ihr mich denn?" fragte Vinzenz.

Fenegrinus antwortete, während er Amandas wohlgeformten Po im glasklaren Wasser fasziniert betrachtete: „Nur keine Angst. Zu zweit packen wir dich." Er winkte Amanda zu und rief: „Komm, wir suchen Hölzer, um ihm eine Bahre zu machen."

„Dreh dich um, bis ich mich angezogen habe", bat sie, und er gehorchte. Vinzenz zog seine Hose an und vergaß seinen Überwurf nicht. „Bleibt nur nicht so lange weg", bat er.

„Ich bin fertig", rief Amanda, „du kannst dich umdrehen."

„Komm, ich weiß, wo gesunde Balken liegen." Feregrinus schritt voran. Als sie außer Sichtweite waren, sagte er: „Geh du vor, hier kann man schlecht nebeneinander gehen. Geh nur geradeaus, immer geradeaus. Es ist nicht weit."

Arglos schritt sie vor ihm her, während er jede ihrer Bewegungen lüstern verfolgte. Sie zeigte auf zwei starke Äste: „Die können wir nehmen."

„Nein. Die sind zu schwach, komm noch ein Stück weiter."

„Aber warum denn? Die halten ihn doch aus." Es tat Amanda gut, widersprechen zu können.

„Und wenn sie brechen?" fragte er. „Vinzenz ist nicht leicht."

„So schwer ist er aber auch nicht. Komm, wir nehmen diese." Sie bückte sich, hob den Stamm etwas an. Fenegrinus preschte ungestüm vor, stellte sich hinter sie, preßte sich an sie, drückte ihren Kopf nach unten. Mit der Linken schürzte er ihr voller Hast das Kleid bis über die Hüften und hob dann seine Kutte hoch.

„Loslassen", schrie Amanda und trat nach hinten aus. „Ich schreie. Ich rufe Vinzenz." Sie ließ sich nach vorne fallen. Er fiel auf sie, packte sie am Hals und zischte: „Nun habe ich dich, du Hexe." Amanda bäumte sich auf, machte einen Buckel und warf ihn ab. Blitzschnell drehte sie sich um, wollte aufstehen. Aber er warf sich auf sie und griff wieder nach ihrem Hals. Instinktiv hob sie ihr rechtes Bein. Ihr Knie traf genau die richtige Stelle. Er schrie laut auf. Seine Hände lösten sich von ihrem Hals, griffen nach unten, während er jammernd zur Seite rollte. Amanda packte einen dicken Ast, schlug ihm diesen auf den Kopf. „Dir werde ich es geben, stinkender Pfaffe. Du hinterhältiger Hund", fauchte sie.

Fenegrinus stöhnte kurz auf, sackte in sich zusammen, fiel zur Seite, verdrehte die Augen, streckte sich und rührte sich nicht mehr. Und dann lag er völlig ruhig, die Kutte immer noch hochgeschürzt. Amanda sah Blut aus seiner Kopfwunde rinnen.

Nun erst wurde ihr bewußt, was sie getan hatte. Sie trat ihm mit dem Fuß in die Seite und sah in sein Gesicht. Er atmete noch. Froh darüber, zischte sie: „Scheißkerl. Das war eine Lehre für dich."

Sie lief, so schnell sie konnte, zu Vinzenz, um ihm zu erzählen, was vorgefallen war. „Dieses Schwein", schalt dieser, „was machen wir jetzt? Ist er tot?"

Aufgeregt antwortete sie: „Nein. Er atmet noch. Er blutet am Kopf."

„Wenn er tot ist, müssen wir fliehen."

„Nein, er ist nicht tot. Aber vielleicht stirbt er bald. Komm mit, wir sehen nach."

Vinzenz setzte sich auf: „Hilf mir. Du mußt mich stützen."

Er schrie mehrere Male auf, bevor er an ihrer Seite, einen Arm um ihre Schulter gelegt, loshumpelte. „So ein geiler Bock", brummte er, „das hätte ich ihm nicht zugetraut. Das Kräutersuchen war für ihn nur ein Vorwand, um sich an dich heranzumachen."

„Was machen wir, wenn er stirbt?" fragte Amanda.

„Warte erst einmal ab. Vielleicht ist es gar nicht so schlimm."

Feregrinus lag noch genau so, wie Amanda ihn verlassen hatte. Erleichtert rief sie: „Er atmet noch. Oh, Gott! Bin ich froh." Sie bekreuzigte sich mit ihrer Linken, während sie Vinzenz auf die

Erde gleiten ließ. Er schob sich an Fenegrinus' Seite und stieß ihn in die Seite: „He! Fenegrinus! Lebst du noch?"

„Sein Kopf blutet immer noch", sagte Amanda. „Bleib du bei ihm, ich laufe ins Kloster und hole Hilfe."

„Nein. Dann fragen sie, wie das passiert ist, und sie stellen dich als Mörderin hin, wenn er inzwischen stirbt."

„Aber wir müssen ihm helfen. Wir können ihn doch hier nicht so liegen lassen. Er wird vielleicht wieder gesund. Ich habe mich doch nur gewehrt. Du siehst doch, daß er fast nackt hier liegt. Jeder weiß doch, was er wollte, wenn er ihn so liegen sieht."

„Wenn ich richtig gehen könnte, würden wir jetzt weglaufen, aber mit diesem Fuß kommen wir nicht weit."

„Es gibt keinen anderen Weg, ich rufe Hilfe im Kloster. Wir sagen ganz einfach, dieser Ast sei ihm auf den Kopf gefallen." Sie legte den Ast neben seinen Kopf, bevor sie ging.

„Aber merke dir den Weg", rief er ihr nach, „damit du mich wieder findest."

Amanda fand Schwester Hadevidis erst im letzten Zimmer, wo sie einer gerade verstorbenen Frau die Hände faltete. Völlig außer Atem stellte sie sich auf die andere Seite des Bettes und hauchte: „Bruder Fenegrinus ist im Wald verunglückt. Ihr müßt ihm helfen."

„Wo? Ist es weit? Ist es schlimm?" Die Schwester vergaß alles um sich, eilte die Treppe hinunter, stieß die Tür zum Zimmer des Verwalters auf und rief: „Wir müssen Bruder Fenegrinus helfen, er liegt im Wald. Er ist verunglückt." Sie schaute Amanda fragend an. „Wie konnte denn das nur passieren?"

„Er blutet am Kopf und ist ohne Besinnung."

„Kommt. Laßt uns keine Zeit verlieren", rief Bruder Folmar, stand auf und eilte zur Tür. „Wir nehmen Pferde mit, um ihn zu transportieren."

„Vinzenz kann auch nicht gehen. Er hat sich den Fuß verstaucht."

Bruder Folmar ging zu dem Fuchs, auf dem Amanda gekommen war: „Ich reite ins Kloster, um Mönche und Pferde zu holen."

„Das ist ja eine schöne Hiobsbotschaft", stöhnte Hadevidis. „Erzähle! Wie ist es denn passiert?"

„Ich weiß es nicht. Ich glaube, ein Ast ist ihm auf den Kopf gefallen. Plötzlich schrie er auf und fiel hin. Als ich zu ihm kam, lag er da und hat sich nicht mehr gerührt."

„Hoffentlich lebt er noch. Es wäre schrecklich, wenn er sterben würde. Wo bleibt denn nur Bruder Folmar?" Händeringend lief sie hin und her und blickte immer in Richtung Abtei. „Es ist doch auch zu dumm, daß wir hier keine Pferde haben. Alles haben wir, alles, nur keine Pferde, wo wir sie jetzt so dringend brauchen. Hoffentlich lebt er noch. So viele kranke Menschen brauchen ihn. Niemand kann so gut helfen wie er."

„Vinzenz ist bei ihm. Er ist zu ihm gehumpelt, nachdem es passiert war. Ich habe ihn gestützt."

„Ich hole Verbandszeug."Die Schwester lief ins Hospiz. Amanda folgte ihr in ein Zimmer neben Fenegrinus' Zimmer, das vom Flur aus nicht zu erreichen war. Während Hadevidis Verbandszeug aus einem Bord nahm, sah Amanda zwei nebeneinander liegende aufgeschnittene Leichname auf dem blutigen Tisch und die daneben liegenden Gedärme. Sie hielt sich die Nase zu, drehte sich um, lief nach draußen und erbrach sich. Hadevidis folgte ihr, drückte ihr Verbände und Tücher in die Hand, lief wieder ins Haus, kam kurz darauf mit drei Salbentiegeln heraus und schimpfte: „Wo bleibt denn nur Bruder Folmar. Wenn er nicht bald kommt, verblutet Bruder Fenegrinus. Wie kann denn auch ein Ast einfach abbrechen und Bruder Fenegrinus treffen?" Sie lief hin und her und rief plötzlich hocherfreut: „Dort kommt er."

Bruder Folmar kam mit drei weiteren Mönchen, die auf Pferden saßen. Jeder führte noch zwei Pferde mit. Schwester Hadevidis schwang sich aufs Pferd, als sei sie sechzehn und keine sechzig. „Führe uns", rief sie Amanda voller Ungeduld zu und trieb ihr Tier an. Amanda setzte sich an die Spitze des Zuges.

Schon von weitem hörten sie Fenegrinus stöhnen. „Er lebt! Gott sei Dank!" Bruder Folmar und seine Mitbrüder bekreuzigten sich. Der Verletzte lag noch so, wie Amanda ihn verlassen hatte.

„Der ist ja halbnackt!" rief Hadevidis entsetzt, preschte vor, sprang vom Pferd und zog ihm mit verdrehten Augen die Kutte über die Knie. „Ich habe ihn nicht angerührt", rief Vinzenz den Herbeieilenden zu. „Er stöhnt schon die ganze Zeit so schlimm."

Schwester Hadevidis kniete sich neben Feregrinus. In seinen Augen sah man nur das Weiße. Mit einem Tuch begann sie vorsichtig, die Wunde abzutupfen. Sie blickte auf, wies auf den quer über seinem Kopf liegenden, an einer Stelle blutverschmierten Ast: „Nehmt den Ast weg, dann komme ich besser an die Wunde."

„Der hat ihn aber ordentlich getroffen", stellte Bruder Folmar fest, während Bruder Antonius den Ast zur Seite warf.

„Wie bringen wir ihn heim?" fragte Hadevidis.

„Wir setzen ihn vor mich aufs Pferd", schlug Bruder Gerlach vor, „ich halte ihn dann fest."

„Gut, so machen wir es." Schwester Hadevidis machte Feregrinus einen Verband um den Kopf. „Er blutet ja Gott sei Dank nicht mehr so stark." Alle halfen, ihn aufs Pferd zu setzen, nur Vinzenz nicht. Hadevidis sagte voller Sorge zu Bruder Gerlach: „Du mußt ihn aber gut festhalten, daß er dir nicht wegrutscht. Er ist noch nicht richtig bei Besinnung."

Vinzenz ritt neben Amanda. Sie lobte ihn: „Das hast du gut gemacht mit dem blutverschmierten Ast neben seinem Kopf. Niemand hat Verdacht geschöpft."

„Hoffentlich verrät er dich nicht, wenn er wieder zu sich kommt."

„Das wird er nicht, denn dann müßte er ja zugeben, daß er mich angegriffen hat und etwas von mir wollte. Niemand wird glauben, daß ich ihn zuerst angegriffen habe."

„Ja, aber wenn er es trotzdem tut?"

„Dann kann ich immer noch sagen, wie es gekommen ist, und kann fragen, ob ihm die Kutte beim Sturz von alleine bis über den Nabel gerutscht ist. Sie alle haben doch gesehen, wie er dalag."

Im Hof des Hospizes erwartete sie bereits der Prior im Kreis anderer Mönche. „Lebt er?" rief er ihnen schon von weitem zu.

„Ja, aber er hat viel Blut verloren", antwortete Hadevidis.

Sie trugen Feregrinus in sein Zimmer. „Erzählst du mir, wie es passiert ist?" fragte der Prior Amanda und zog sie zur Seite.

„Ich weiß es auch nicht. Vinzenz hatte sich den Fuß verrenkt. Bruder Fenegrinus wollte eine Bahre bauen. Er und ich suchten zwei Stämme. Ich war hinter ihm. Plötzlich schrie er laut und fiel hin. Ich glaubte zuerst, er sei tot, und da Vinzenz keine Hilfe holen konnte, bin ich ins Hospiz gelaufen. Der Ast lag noch auf ihm, als wir zurückkamen. Hoffentlich wird er wieder gesund."

Vinzenz reichte dem überraschten Prior die beiden Säckchen Marienmantel. „Die haben Amanda und ich für ihn gesammelt."

„Schön. Es wird das beste sein, wenn Amanda jetzt heim reitet. Bruder Gerlach und Bruder Antonius bringen dich, Vinzenz, zurück in die Abtei. Wir alle sind froh, daß du wieder da bist."

Amanda trat zu Vinzenz und flüsterte ihm ins Ohr: „Sage nur nichts anderes, als ich jetzt erzählt habe."

„Nein."

Sie trat vor den Prior und fragte: „Darf ich Vinzenz noch einmal besuchen, ehrwürdiger Vater?"

„Ja. Aber dann melde dich im Besucherzimmer der Abtei."

„Und wenn ich Pater Fenegrinus besuchen will?"

„Dann komm vorher zu mir", mischte sich Bruder Folmar ein, „es freut mich, daß du solchen Anteil an seinem Schicksal nimmst, und ich danke dir, daß du so rasch Hilfe geholt hast."

Amanda machte einen Knicks vor den beiden, setzte sich auf ihr Pferd und ritt davon, ohne sich noch einmal umzublicken. Als sie außer Sicht war, machte sie einen Bogen ums Hospiz und ritt zu der Stelle, an der sie Fenegrinus den Ast auf den Kopf geschlagen hatte. Sie stieg vom Pferd, hob den Ast auf, lief mit ihm zur Bist, warf ihn hinein und sah ihm nach, wie er fortschwamm. Dann setzte sie sich auf ihr Pferd und ritt auf die Burg.

Erinnerungen

Es war einer der Abende, die dazu einladen, bis in die Nacht in geselliger Runde zu sitzen, zu essen, zu trinken und zu reden. Alle waren im Burghof versammelt, Wichard, seine Mutter Margarete und alle Knappen, die am Morgen Arnold das Geleit nach Wallerfangen gegeben hatten. Außer der Kleidung von Margarete und Wichards Schweigsamkeit wies nichts auf große Trauer hin. Es war geschehen. Man hatte sich wieder gefaßt. Der Tod war ein ständiger Gast, in dieser Zeit andauernde Überfälle, der vielen Kriege, Krankheiten und Epidemien. Über zwei Drittel der Mädchen hatte im zarten Alter von vierzehn Jahren bereits einem Kind das Leben geschenkt, und viele starben an Kindbettfieber. Der einfache Mensch galt nichts, und Arnold hatte ein gutes und langes Leben gehabt, bedachte man, daß die durchschnittliche Lebenserwartung bei dreißig Jahren lag.

„Der Tod saß auf einem kohlschwarzen Rappen", gröhlte Boemund von Ettendorf, während Kuno von Gersbach wie üblich das große Wort führte. Er stand zwischen Margarete und Wichard und sang, die Laute zupfend, die letzte Strophe eines Liedes von Alice von Forbach:

„Du bist zu eitel, süßes Kind,
du bist zu stolz und zu erhaben.
Wer dich als Gattin an sich bind',
wird nicht viel Freude haben."

„Bravo, bravo", riefen alle und klatschten begeistert in die Hände. Heinrich von Wollenschläger rief: „Du hättest Minnesänger werden sollen, Kuno!"

„Dann wäre er längst tot. Bei seinem Temperament hätte er längst sein Leben auf einer Burgfrau ausgehaucht", mischte Georg von Heringen mit und grinste unverschämt, als alle Margarete ansahen.

Wichard sprang auf: „Was erlaubt ihr euch, ihr Rotzlöffel, meine Mutter so anzustarren. Wollt ihr damit sagen, bei ihr seien die Minnesänger ein- und ausgegangen?"

Margarete stand auf, torkelte ein wenig, hielt sich an Wichards Arm fest und unterbrach ihn, mit schwerer Zunge lallend: „Halt ein, Wichard. Laß doch den dummen Jungen ihren Spaß." Sie trat in den Kreis, schwankte ein wenig, blickte in die Runde: „Sie haben ja recht. Aber eines müssen sie wissen: Arnold von Felsberg hatte nichts dagegen."

Sie stampfte mit dem Fuß auf und schrie: „Habt ihr gehört, Knappen? Arnold von Felsberg hatte nichts dagegen. Er war ein fabelhafter Gatte." Sie versuchte ihnen nacheinander in die Augen zu schauen, aber nicht einer sah sie an. „Seht mir in die Augen, ihr Hosenscheißer", schrie sie und trat vor Ernst von Kranz: „He, du, sieh mir in die Augen, du hast vorhin so unverschämt gegrinst. Sage mir, ob es dich etwas angeht, was ich getan habe?"

Ernst hob seinen Kopf nicht, sondern starrte weiter auf die Erde. So trat sie vor jeden und fragte: „Hast du was dagegen einzuwenden, was ich mit meinem Körper tue?" Nicht ein einziger sah sie an. Nur Georg von Heringen stand auf, nahm ihre Hand, küßte sie und entschuldigte sich: „Verzeih, Margarete. Es war nicht böse gemeint."

„Ich weiß es, und ich mache mir nichts daraus, daß alle Welt es weiß. Wichtig ist nur, daß Arnold und ich uns gut verstanden haben und daß zwischen uns deswegen kein böses Wort fiel. Das kann Wichard bezeugen. Wer weiß, wie es euch einmal ergeht! Merkt euch: Verständnis füreinander zu haben ist mehr wert als eine gute Klinge zu schlagen." Sie setzte sich wieder auf ihren Platz, trank einen Schluck und fuhr fort: „Wißt ihr, als Winfried von Böckelheim dieses Lied von der Alice von Forbach sang, trieb er mit dem letzten Vers Arnold von Siersberg fast in den Wahnsinn. Dieser Vers stachelte Arnolds Eifersucht auf seinen Bruder Heinrich von Felsberg noch mehr an, so daß es zu dem berühmten Zweikampf zwischen ihnen kam. Winfried war ein hervorragender Sänger. Ich habe ihn als junges Mädchen sehr bewundert. Selbst im hohen Alter von 85 Jahren sah er noch sehr gut aus. So wie er muß Kaiser Barbarossa einst ausgesehen haben mit dem rötlichen Bart, den gütigen blauen Augen, dem kurzgeschnittenen Haar und den gekräuselten Locken auf der Stirn."

„Erzähle uns von dem Kampf", bat Ernst von Kranz.

„Er fand unter der Aufsicht Herzog Friedrichs statt. Das war, glaube ich, wartet mal, ich muß erst nachrechnen, vor fast genau vierzig Jahren, ja, es war im Jahre 1255. Es war ein Kampf auf Leben und Tod in der Wallerfanger Au." Sie sah Wichard an. „Dein Vater war dabei als Begleiter des Herzogs. Außerdem kannte er die beiden Brüder gut. Als Kinder haben sie oft zusammen gespielt."

„Wie ging denn der Kampf aus?" fragten mehrere Knappen gleichzeitig.

„Unentschieden! Es galt das Recht des Älteren. So war es ausgemacht, und so wurde Alice von Forbach, die Tochter Thirrys, Arnold von Siersbergs Gattin."

„Hieß diese Burg damals schon Teufelsburg?"

„Ja. So heißt sie schon seit altersher. Niemand weiß, wie lange schon", antwortete Margarete und trank wieder einen Schluck des süßlichen „Bistener Südhang", von dem sie nie genug bekommen konnte, weil sie von ihm herrliche erotische Träume bekam. Jedesmal hatte sie diese am anderen Morgen ihrem Gatten erzählt und dann ihre Freude daran gehabt, wenn er ausrief: „Gib dir keine Mühe, Margarete. Du kannst mich damit nicht scharf machen. Ich bekomme immer nur Kopfweh, wenn ich ihn trinke."

„Demnach muß die Burg ihren Namen vom Teufel selbst haben", meinte der schwermütige Kunz von Dalberg.

„Wie soll denn das gehen? Der Teufel ist doch eine Erfindung der Kirche, damit man gut und böse unterscheiden kann. Den gibt es doch nicht wirklich", entgegnete Nikolaus von Rittenhofen. Er war als Denker in der Runde bekannt.

„Der Teufel muß schon viel älter sein", erläuterte Wichard, „einige Germanenstämme nannten ihn Loki, und sein Sohn war Fenriswolf, die Kelten nannten ihn, glaube ich, Fomori. Im Grunde war aber mit ihm immer das Böse gemeint."

„Die Alten in den Dörfern ringsum", erklärte Margarete, „erzählen heute noch ihren Kindern davon, daß dort drüben auf dem Vorgelände einmal der Attis- und Kybele-Kult betrieben wurde."

„Was ist denn das?" fragte Friedrich von Montfort.

„Ihr wißt doch alle", riß Wichard die Unterhaltung an sich, „daß die Germanen ihre eigenen Götter hatten, bevor das Christentum kam."

„Ja. Mein Großvater hat mir von den Asen erzählt", rief Peter von Eckstein aufgeregt. „Sie waren ein reiches Göttergeschlecht, lebten in Sälen aus reinem Gold, bauten herrliche Altäre aus Gold und waren so gute Goldschmiede, wie es seither keine mehr gab."

„Die Asen gibt es doch gar nicht", warf Heinz ein.

„Aber mein Großvater weiß es wieder von seinem Großvater. Ihr Führer war Odin."

„Von Odin habe ich auch schon gehört", rief Werner von Hymersdorf. „Das ist der, den manche auch Wodan nannten."

„Er ist der unheimliche, wilde Jäger der Lüfte, der den Menschen Angst und Schrecken einjagt, der Gott des Windes und Sturmes, des Atems und der Seelen, der Gott der Toten und des Jenseits", erklärte Peter, stolz, daß er soviel zu erzählen hatte. „Andere Asen waren Baldr, Heimdal, Thor und Frigga, die Gattin Odins. Großvater hat immer gesagt, wenn es schneite: ‚Siehst du, Junge, jetzt spinnt und webt Frigga wieder und schüttelt ihre Betten aus.' Die Germanen hatten aber viel mehr Göttinnen als Götter."

„Oho!" rief Hugo von Clair, „hatten die Weiber damals auch schon mehr zu sagen als die Männer?"

„Mein Großvater hat erzählt: Als damals das Volk der Kimbern von Jütland nach Bayern zog, waren in dem Heereszug auch Priesterinnen mit weißen Haaren und langen, weißen Gewändern. Sie trugen Schwerter aus Erz. Wollten sie wissen, ob ihnen das Kriegsglück weiterhin hold war, schnitt die oberste Priesterin mehreren Kriegsgefangenen die Kehle durch und las aus ihrem Blut die Zukunft. Andere Stämme schnitten den Gefangenen die Bäuche auf und lasen die Zukunft aus den Gedärmen der Opfer."

„Gut, daß wir damals nicht gelebt haben und in Gefangenschaft gerieten", lachte Heinrich von Wollenschläger.

Wichard ergänzte: „Ihr wißt, daß unsere Vorfahren in vielem freier waren, als wir es heute sind. Auch in der Liebe. Ihr habt sicherlich von den Liebestänzen gehört, die jedesmal in tagelangen Orgien ausarteten, bei dem es jeder mit jedem trieb, Orgien, wie wir sie uns gar nicht mehr vorstellen können. Fast immer wurden dabei Menschenopfer dargebracht. War der normale Alltag wieder eingekehrt, ging alles wieder seinen Lauf. Die Frau war wieder dem Mann hörig. Er durfte sie schlagen, genau wie er die Kinder und Tiere schlagen durfte. Er durfte sie allerdings nicht töten."

„Es hatte also jedes Volk seine Göttinnen und Götter?"

„Ja. Da waren Midgard, Berta, Nanna und viele andere. Mir fallen jetzt aber nicht mehr ein", sagte Peter von Eckstein.

„Peter hat recht. Jedes Volk hatte seine eigenen Götter. Nur kennen wir die von den Germanen am besten, weil wir ja selbst Germanenblut in uns haben. Als mein Vater mich zum erstenmal mit nach Jerusalem nahm, wurde ich, wie ihr wißt, schwer verwundet. Der Khan Abaga von Persien nahm mich in seinem Palast auf. Dort wurde ich gesund gepflegt. Jeden Tag kam eine Verwandte von ihm namens Soraya und erkundigte sich nach meinem Befinden."

„Du bist ein Glückspilz, Wichard", unterbrach ihn Isenbard von Kastel, „mich hat noch nie eine Prinzessin besucht."

„Dir hat man ja auch nicht die Eier abgeschnitten, und du bist ja auch noch nie über den Hochwald hinaus gekommen", knurrte Georg von Heringen. „Erzähl weiter. Das ist spannend."

Wichard trank einen Schluck, bevor er fortfuhr: „Soraya hatte große Sympathien für das Christentum, und wir unterhielten uns oft stundenlang darüber. Sie berichtete mir von den Göttinnen ihres Landes und von denen Ägyptens und der Türkei."

„Erzähle uns davon", bat Margarete.

„Die bekannteste Göttin aus dem Morgenland bis hin nach Griechenland und hinauf bis Schottland und hinüber bis nach Indien war die ägyptische Göttin Isis. Man nannte sie auch ‚Mutter der Sonne' oder ‚Große Gottesmutter', sie soll klüger als alle anderen Gottheiten gewesen sein. Viele Menschen huldigten ihr. Soraya konnte wunderbar erzählen, und sie reihte auch Eva unter die Göttinnen ein, so wie unsere Kirche die Mutter Jesu, Maria, als Gottesmutter verehrt. Aber da waren noch mehr. Da waren Aphrodite, Hestia, Ischtar, Astarde, Inanna und auch die Große Gottesmutter Kybele, die man auch ‚Mutter Erde' nannte. Isis herrschte über ihren Bruder Osiris, der neben ihr Gott war. Die Große Gottesmutter Kybele aus Ostanatolien stand über ihrem Sohn und Geliebten, dem Gott Attis. Angebetet wurde Kybele aber immer nur allein. Als sie nach Griechenland kam, lange bevor unser Herr Jesus auf die Welt kam, wurde sie mit der Mutter des Gottes Zeus gleichgesetzt. Ihre Religion wurde bald sehr volkstümlich, da verschiedene Orakel geweissagt hatten, wenn die Große Gottesmutter nach Rom käme, würden die Römer den Krieg gegen Hannibal gewinnen. Überall wurden ihre Bilder aufgestellt, und jedes Jahr wurde vom 4. bis 10. April das Fest der Großen Gottesmutter gefeiert, ein Frühlingsfest wie heute Ostern, bei dem ein junger Mann für ein Jahr zum neuen Gott und ihrem Geliebten geweiht wurde."

„Das wäre etwas für mich gewesen", unterbrach Hugo Wichard.

„Dann hättest du beweisen können, ob du deinen Namen Bock von Clair zurecht trägst", rief Kunz von Dalberg.

„Der junge Mann wurde in einer Blutgrube mit frischem Tierblut getauft, und solch eine Grube haben wir hier auf der Vorburg."

„Wie kommt die denn hierher?" wollte Ernst von Hagen wissen.

„Morgen früh will ich sie sehen."

„Die Römer haben diese Religion mit hierher gebracht, genauso wie den Glauben an den Gott Mitras. Die Männer pflegten mehr den Mitras-Kult und die Frauen den der Kybele."

„Die Alten behaupten", fiel ihm Margarete ins Wort, „daß es noch gar nicht so lange her ist, als man hier Blutopfer darbrachte. Man kann die Blutgrube jetzt noch sehen. In ihr wurde in jedem Frühjahr beim großen Frühlingsfest der neue Gott Kybeles, den sie Attis nannten, mit Tierblut getauft, und denen, die sich außer ihm taufen ließen, wurden alle Sünden vergeben. Ihr seht also, das gab es alles schon lange, bevor unser Heiland geboren wurde."

„Warum denn jedes Jahr ein neuer Gott?" wollte Johann von Rollingen wissen.

„Sonst hätte er Anspruch auf den Thron gehabt, den Kybele, die Große Gottesmutter, inne hatte."

„Und warum hat man alle diese Religionen, Götter und Göttinnen abgeschafft?" wollte Heinrich von Bubenheim wissen.

„Weil das Christentum keine anderen Religionen neben sich duldet. Es rottet alle aus. Allein in Trier hat man über 6.000 Legionäre enthauptet, einen nach dem anderen, Kopf ab, Kopf ab, nur weil sie dem Attis- und Kybelekult zugetan waren. Ihr solltet euch mehr mit Geschichte befassen, Freunde, statt mit Pfeilschießen und Lanzenstechen. Wißt ihr nicht, daß man viel aus der Geschichte lernen kann?" meinte Nikolaus von Rittenhofen.

„Prosit", rief Kuno und hob seinen Kelch, in dem der „Bistener Wingert" seinen lieblichen Duft verbreitete.

„Diese Attis- und Kybele-Religion interessiert mich", gestand Hugo. „Weißt du noch mehr darüber, Margarete?"

„Ja. Die Großmutter meiner Amme hat mir erzählt, daß ihre Großmutter noch den Grafen Sigibert gekannt hat. Diese Großmutter diente bei einer römischen Familie namens Cavelius, deren Vorfahren nicht nach Rom zurückgingen, als die Franken unser Land besiedelten und sie verjagten. Von diesen Leuten wußte sie, daß es eine Frauen- und Liebesreligion war. Sich zu lieben galt als oberstes Gebot, als etwas Schönes. Es gab keine Ehe. Jede Frau verkehrte mit jedem Mann, der sie im Tempel der Großen Göttin Kybele besuchte. Das war ein Liebesdienst zu Ehren der Großen Göttin. Kinder aus diesen Ehen wurden gemeinsam im Tempelbereich erzogen. Es galt das Mutterrecht. Die Kinder trugen die Namen ihrer Mütter, auch das Erbrecht ging von den Müttern aus. Die Männer verrichteten niedere Dienste im

Tempel und in den Wohnbereichen." Margarete war außer Atem gekommen, hob ihr Glas und trank einen Schluck.

Gundolf von Hunolstein fragte: „Und was geschah mit den Männern, die für ein Jahr Gott ihres Volkes waren?"

„Sie waren nicht nur Gott, sondern auch Kybeles Liebhaber", erklärte Margarete. „Sie wurden in einer stürmischen Liebesnacht vor Ablauf des Jahres entmannt. Sie dienten fortan der Großen Göttin als Tempeldiener oder Bettelmönche."

„Vielleicht sind sie die Vorläufer des Zölibats in unserer Kirche", überlegte Nikolaus von Rittenhofen. „Nicht umsonst hat Papst Gregor VII. alle Ehen der Priester aufgelöst."

„Demnach waren alle Priester vorher verheiratet?" wollte Peter von Eckstein wissen.

„Ja, die meisten. Man war früher in der Kirche überhaupt nicht kleinlich, was Frauen angeht. Auch Bischöfe, Erzbischöfe und Päpste hatten Frauen, Mätressen, Kinder von diesen Frauen, und niemand störte sich daran – bis Gregor kam. Wegen seinem Erlaß verübten Tausende ehrbarer Ehefrauen Selbstmord, weil sie nicht mehr bei ihren Männern sein durften, von den armen verlassenen Kindern gar nicht zu reden. In Italien beriefen einige Bischöfe sogar deswegen ein Konzil ein, bei welchem sie den Papst exkommunizierten, weil die Ehelosigkeit der Priester ihre Sittenlosigkeit förderte."

„Woher weißt du denn das alles, Nikolaus?" fragte Gundolf.

„Er soll sein Maul halten, statt hier gegen die Kirche zu lamentieren", schimpfte Dietmar von Kerpen mit schwerer Zunge.

Nikolaus überhörte den Einwand und erklärte: „Wie ihr wißt, habe ich von meinem achten Lebensjahr an bei meiner Tante in Rom gelebt, und sie war eine der ersten Damen der Gesellschaft. Sie gab fast jeden Tag Empfänge oder wurde zu solchen eingeladen. Ich habe dabei auch sehr viel von den Schandtaten früherer Päpste erfahren, wovon man hier nie etwas hört."

„Jetzt fängt er schon wieder an", maulte Dietmar, „ich höre mir das nicht mehr lange an, dann schlage ich dir eine in die Fresse, Nikolaus. Auf unsere Kirche lasse ich nichts kommen, nichts!"

„Halt's Maul, Dietmar. Paß auf, daß dir keiner draufschlägt", erregte sich Werner von Hymersdorf, „mußt du denn immer stören?"

„Sprechen die Römer so offen und nicht in Ehrfurcht über ihre Päpste und die Kirche?" fragte Eberhard von Bolchen zweifelnd.

„Ihr würdet staunen, was die über die Päpste erzählen."

„Was denn? Hier wagt niemand ein Wort gegen die Kirche zu sagen. Gleich hat man Angst vor der Hölle und dem Teufel. Deshalb kann ich nicht glauben, daß die so offen und respektlos über die Kirche und den Papst reden."

„Vor allem über die jungen Päpste. Sie nennen sie allesamt Sittenstrolche, die zum Teil nicht einmal Priester waren."

„Versündige dich nicht, Nikolaus", mahnte Wichard.

„Nein. Ich erzähle nur, was ich mehr als einmal gehört habe. Vor zwanzig Jahren war Hadrian der Fünfte rechtmäßig Papst, er war aber vorher weder Priester noch Bischof."

„Unsere Menschen in den Dörfern sprechen nicht umsonst andauernd von dem sündigen Rom", warf Margarete ein, und Nikolaus stimmte ihr zu: „Den vierundzwanzig Jahre alte Papst Johannes XII. ertappte ein römischer Ehemann, als er mit seiner Frau im Bett lag. Er schlug ihm einen schweren Hammer auf den Hinterkopf, so daß er sofort tot war."

Kunz von Dalberg, den sie auch den Schwermütigen oder Langsamen nannten, schnauzte ihn an: „Schluß jetzt mit der Hetzerei. Das Volk braucht in diesen schweren Zeiten die Kirche mehr denn je. Was du über die Heiligen Väter in Rom erzählst, ist nur dazu angetan, Stimmung gegen die Kirche zu erzeugen."

„Jawohl, Kunz. Er soll sein Maul halten. Kein Wort mehr gegen die Kirche. Keines mehr, hört ihr?" rief Dietmar.

„Ich lasse mir doch von euch das Maul nicht verbieten", schrie Nikolaus zurück. „Fahrt doch nach Rom, dort wird man euch noch viel mehr und viel Schlimmeres darüber erzählen."

„Was denn?" rief Hugo. „Erzähle, Nikolaus. Endlich hört man hier einmal, was in Rom vor sich geht. Das wollen wir uns nicht entgehen lassen, auch wenn es manchen nicht paßt."

Nikolaus blickte in die Runde. „Wer will noch mehr hören?"

Fast alle hoben die Hand. „Wir sind ja schließlich nicht das dumme Volk", meinte Heinrich von Wollenschläger, „wir sollten schon wissen, was in unserer Kirche vor sich geht."

„Ja, erzähle", sagte nun auch Georg von Heringen, und zögernd stimmten ihm noch mehrere zu.

„Na gut. An der Wahrheit können auch die Inquisitoren nichts ändern."

„Hör auf", keifte Kunz, „warum machst du die Kirche schlecht? Glaube nicht, daß ich schweige, wenn mich der Inquisitor fragt!"

„Leck mich am Arsch. Wahrheit ist Wahrheit!" Nikolaus wandte sich an die anderen: „Um das Jahr 955 herum war Johannes XII. mit sechzehn Jahren Papst und Oberhaupt der Kirche. Er führte ein so ausschweifendes Leben, daß in allen Klöstern weit und breit Tag und Nacht dafür gebetet wurde, daß er bald sterben möge. Mehrere Bürger Roms wollten ihn ermorden. Das war der, der immer wieder neue Sünden erfand, unter anderem auch die, zu der eigenen Mutter ins Bett zu kriechen, was man ihm auch selbst nachsagt. Vor ihm war keine Frau sicher, und er prostete sogar dem Teufel von Hochaltar aus zu."

„Prosit", rief Margarete.

Sie gaben ihr alle Bescheid, nur Kunz von Dalberg nicht. Er stand auf. „Ich spaziere ein wenig auf und ab", sagte er zu Wichard, „ich will das nicht hören." Dietmar von Kerpen wollte ihm folgen, kam aber nicht hoch, da er zu besoffen war. Unter dem Gelächter seiner Freunde fiel er wieder nieder und winkte ab, während sein Haupt nach vorne kippte.

„Es ist doch nichts Schlimmes, Kuno. Das hat doch nichts mit unserem Glauben zu tun. Der ist da drinnen, und glaube mir, Jesus hätte so etwas auch nicht gebilligt. Davon bin ich felsenfest überzeugt", rief Robert von Dorsweiler, der bisher noch kein Wort gesagt hatte.

„Dieser Johannes XII. plünderte schließlich, als Roms Bürger ihn erschlagen wollten, die Schatzkammer von Sankt Peter und flüchtete nach Tivoli, von wo aus er dann wieder fliehen mußte."

„Du hast recht, Robert", rief Ernst von Hagen, „diese Machenschaften haben nichts mit dem Glauben zu tun, gerade deshalb, glaube ich, sollten sie angeprangert werden, damit es besser wird in unserer Kirche."

„Jawohl, der Meinung bin ich auch. So etwas kann wirklich nicht laut genug hinausgeschrien werden in die Welt", meinte Johann von Hüttingen.

„Elf Jahre alt war Papst Benedikt IX., als man ihn 1032 zum Papst wählte. Überlegt euch! Elf Jahre! Ein Junge, der noch das Bett näßte, war oberster Herrscher und Gesetzgeber der Kirche, ernannte Bischöfe und exkommunizierte Abtrünnige."

„Das kann ich nicht glauben", wandte Robert ein.

„Aber es ist wahr und festgeschrieben: Keiner seiner Vorgänger hat es jemals so schlimm mit Frauen und Mädchen getrieben wie er. Aber es war nicht nur die Geilheit der Päpste, sondern auch ihre Grausamkeit, die sie auszeichnete. Johannes XIII. war so grausam, daß er seinen Feinden die Augen ausriß, und Hunderte andere, die ihn auch nur schief ansahen oder ihm im Wege waren, ließ er ohne viel Federlesen ermorden."

„Es ist gut, daß wir hier nicht alles wissen", sagte Robert, den sie den großen Schweiger nannten, „sonst hätten wir hier noch mehr Ungläubige, als es ohnehin schon gibt."

„Prosit auf die Unwissenheit und die Gläubigen", entgegnete Nikolaus ironisch und nahm einen kräftigen Schluck.

„Prosit!" riefen alle außer Dietmar und tranken ihre Becher leer.

„Dort kommt Amanda mit einem Pferd", sagte Ernst von Kranz.

Wichard winkte sie heran. „An Vinzenz und Amanda habe ich gar nicht mehr gedacht."

Sie führte das Pferd am Zügel, war verschwitzt und wirkte abgehetzt, als sie an Wichards Seite trat. „Ich bin wieder da, Herr."

„Was ist mit Vinzenz?"

„Er hat sich den Knöchel verrenkt und kann nur noch humpeln. Er bittet dich, ihn dort heraus zu holen, denn du wüßtest genau, daß er dem Burgherrn niemals etwas hätte antun können."

„Ich weiß es, aber ich habe den Schultheiß beauftragt zu ermitteln, wie es zum Sturz meines Vaters gekommen ist, und bis diese Ermittlungen abgeschlossen sind, bleibt er in der Abtei. Dort ist er gut aufgehoben und kann eine Menge lernen."

„Hat man dir etwas aufgetragen?" wollte Margarete wissen.

„Ich könnte Vinzenz besuchen, wann immer ich wollte, hat der Prior gesagt."

„Du kannst ihn am Sonntag wieder besuchen", sagte Wichard.

„Vinzenz wird sich freuen", jubelte Amanda. Sie machte einen tiefen Knicks vor Margarete und Wichard. „Ich danke euch."

Sie hatte kaum ein paar Schritte getan, da hörte sie Kuno von Gersbach sagen: „Ich schwöre, daß er es getan hat."

Sie blieb stehen, wandte den Kopf und hörte Wichard antworten: „Nicht so hastig, Kuno. Schwöre du erst vor Gericht, daß du gesehen hast, wie er ihn hinabgestoßen hat, und leiste keinen Meineid, denn Dietmar war der einzige, der etwas auf der Empore gesehen hat, und auch er hat nur einen Schatten gesehen und nicht, daß der Junge Hand an meinen Vater gelegt hätte – außerdem hat keiner von euch Vinzenz gefunden, als ihr ihn in der Burg gesucht habt." Beruhigt ging sie auf ihr Zimmer.

„Wann ist denn der nächste Dingtag?" fragte Margarete.

„Wenn der Schultheiß mit seinen Ermittlungen fertig ist", antwortete Wichard. Er fragte Dietmar: „Hat der Schultheiß schon mit dir gesprochen?"

„Heute morgen. Ich habe ihm gesagt, was ich gesehen habe."

„Wer klagt denn Vinzenz an?" forschte Ernst von Hagen.

„Vielleicht ich", sagte Margarete, „aber ich muß erst noch darüber nachdenken." Sie wollte noch mehr sagen, wurde aber von Wichard unterbrochen: „Halt ein, Mutter. Warte erst einmal ab, was der Schultheiß herausfindet. Wenn er schuldig ist, soll er bestraft werden. Aber das haben die Schöffen beim Ding zu entscheiden. Doch nun genug davon. Reden wir lieber von etwas anderem. Prosit." Er hob seinen Becher und prostete allen zu.

Die vier Knappen, die noch um das Lagerfeuer saßen, standen auf, sagten „Gute Nacht" und torkelten in ihre Unterkunft. Hugo von Clair sonderte sich ab und betrat das Haupthaus.

„Was sucht der denn dort?" fragte Margarete mit schwerer Zunge und fügte erschrocken hinzu: „Mein Gott, ich habe Arnolds Zimmer offen gelassen. Die Papiere liegen auf dem Tisch. Sie gehen niemanden etwas an. Die braucht er nicht zu sehen."

Sie eilte ihm so rasch nach, wie es in ihrem Zustand möglich war. Kaum hatte sie das Haupthaus betreten, hörte sie Amanda in ihrer Kammer: „Laß mir meine Ruhe, Hugo! Ich bin hundemüde. Es sind noch andere Weiber da. Geh doch zu ihnen."

„Dich will ich haben. Du allein machst mich verrückt", hörte sie Hugo antworten, als sie die Treppe emporhastete. Von der obersten Treppenstufe aus rief sie: „Schluß jetzt, Hugo. Laß die Amanda in Ruhe." Als sie die Tür öffnete, ordnete Amanda ihr Kleid. Margarete sagte: „Hole zwei Krüge Wein ins Zimmer des Burgherrn, Amanda, dann kannst du schlafen gehen."

„Ja, Herrin, und danke."

„Und du kannst mir Gesellschaft leisten", wandte sie sich an Hugo. „Es ist eine so herrliche Nacht, und ich bin überhaupt noch nicht müde."

„Wenn du das wünschst, Margarete", antwortete er, reichte ihr den Arm und führte sie in Arnolds Zimmer. Amanda brachte den Wein; Margarete packte die Papiere zusammen und legte sie in den Schrein, in dem sie jahrelang geruht hatten. Dann trat sie ans Fenster und sah hinaus in die sternklare Nacht.

„Genau so war die Nacht, als ich mit Arnold zusammen im Gefolge Herzogs Friedrichs bei der Krönung König Rudolfs in

Aachen weilte. Ach, war das eine Nacht! Alle die mächtigen Fürsten, all der Prunk, nur König Rudolf in seinem alten grauen Wams. Ich sehe ihn noch vor mir, wie er, da kein Reichszepter vorhanden war, das goldene Kreuz auf dem Altar ergriff, es hochhielt und rief: ‚Das Kreuz, welches die Welt erlöset hat, wird doch auch die Stelle eines Zepters vertreten können!' "

„Das war bestimmt ein schönes Erlebnis. Wann war das?"

„Oh Gott. Das ist schon über zwanzig Jahre her, 1273 war das, glaube ich, im September."

„Da war ich ja noch nicht auf der Welt", lachte Hugo und trat neben sie, ihr einen Becher mit Wein reichend. „Wie war der König? Hast du ihn öfter gesehen?"

„Ja. Später noch einmal in Hagenau und einmal in Pfirt. Jedesmal waren wir im Gefolge des Herzogs. Rudolf war ein großer, schlanker Mann. Er wirkte immer sehr ernst. Er war schon 56 Jahre alt, als ihn die Fürsten von seiner Habichtsburg im Aargau auf den Königsthron setzten. Er war nie prunkvoll gekleidet, eher unauffällig. Ein graues Wams genügte ihm."

„Erzähle mir mehr von ihm."

„Er war ein sehr zuverlässiger Mensch. Er hat stets alle Zusagen und Versprechungen gehalten. Das Sprichwort: ‚Der hat Rudolfs Redlichkeit nicht', du kennst es sicher, hört man ja heute noch oft genug. Und jedermann konnte zu ihm kommen. Er wurde wütend, wenn man seinen Untertanen den Zutritt zu ihm verwehrte: ‚Laßt ihn doch herein', rief er dann, ‚bin ich denn zum König gewählt worden, daß ich mich einschließen lasse?' "

„Was waren denn seine größten Taten?"

„Du kannst dir nicht vorstellen, wie schlimm die kaiserlose Zeit von 1256 an war, nachdem das Hohenstaufergeschlecht untergegangen war. Nein. Das kannst du nicht einmal ahnen. Aber ihr jungen Leute solltet das alle wissen. Es war eine furchtbare Zeit."

„Gab es denn keinen Kaiser, der für Recht und Ordnung sorgte?"

„Es gab mehrere Kaiser, doch sie waren alle ohne Macht. Nach dem Tode Wilhelms von Holland bewarb sich kein deutscher Fürst um die Kaiserkrone. Nur einige Fremde wurden von ihrem ehemaligen Glanz angelockt. Eine Gruppierung deutscher Fürsten vergab die Kaiserwürde gegen eine hohe Geldsumme an den Bruder des englischen Königs, an den Grafen Richard von Corwallis, eine andere Gruppe wählte Alfred von Castilien zum Kaiser. So kam es, daß wir gleich zwei Kaiser hatten. Sie regierten aber nie wirklich. Sie trugen nur den Titel. Richard war nicht ein einziges Mal in Deutschland. Hier ging alles drunter und drüber. Kein Fürst, kein Ritter, kein Bürger oder Bauer achtete noch die Gesetze. Jeder versuchte seine Macht und seinen Einfluß, egal um welchen Preis, zu erhöhen. Die meisten Burgen waren Raubnester. Von ihnen herab überfielen die bewaffneten Haufen die wehrlos dahinziehenden Kaufleute oder die ohnehin am Hungertuch nagenden Bauern. Sie trieben ihnen das Vieh weg, raubten die Vorräte, und keine starke Hand war da, die diesen Frevel rächte. Das war die furchtbare Zeit des Faustrechts. Es war höchste Zeit, daß Werner von Eppenstein, der Erzbischof von Mainz, und Burggraf Friedrich der Dritte von Nürnberg den Schweizer Grafen Rudolf von Habsburg zur Wahl des Königs vorschlugen."

„Wurde er gleich auf Anhieb gewählt?"

„Ja. Seine geringe Stellung im Kreis der mächtigen Fürsten gab niemandem Anlaß, ihn nicht zu wählen. Aber alle hatten ihn unterschätzt, denn gleich nach seinem Regierungsantritt forderte er von den Fürsten alle widerrechtlich angeeigneten Reichslehen zurück. Ottokar von Böhmen hatte sich am meisten fremdes Eigentum angeeignet und seine Macht über Österreich, Steiermark, Kärnten und Krain ausgebreitet und war der mächtigste Fürst des Reiches. Ottokar wollte den ‚armen Grafen', wie er König Rudolf nannte, nicht als König anerkennen und verweigerte die Herausgabe der unrechtmäßig erworbenen Besitztümer. Rudolf lud ihn mehrmals vor. Da er aber nie zu den Vorladungen erschien, ächtete er ihn und zog mit einer großen Heeresmacht gegen ihn."

„Hat er ihn besiegt?" fragte Hugo aufgeregt.

„Ottokar unterwarf sich, gab die Herzogtümer heraus und kam mit ausgesuchter Pracht, um dem König zu huldigen. Der König empfing ihn in seinem grauen Wams und rief ihm zu: ‚Der König von Böhmen hat oft über mein graues, selbstgeflicktes Wams gelacht, heute soll mein graues Wams einmal über ihn lachen.' Ottokar zog dann beschämt nach Prag."

„Hat er danach Ruhe gegeben?" fragte Hugo, prostete ihr zu, küßte sie auf die Wange und meinte: „Du erzählst wunderbar."

„Ach, du Schmeichler", lachte sie und lehnte sich an ihn. „Es tut gut, von den alten Zeiten zu reden. Ich freue mich, endlich einen Zuhörer zu haben. Wäre ich geschickter im Schreiben, ich hätte alles längst aufgeschrieben. Bei diesen wunderbaren Erinnerungen ist mir Arnold besonders nahe."

Hugo, der hinter ihr stand, umfaßte ihre schmale Taille und wiederholte seine Frage: „Hat der Ottokar dann Ruhe gegeben?"

„Hat er nicht. Seine ehrgeizige Gemahlin stichelte und stichelte, bis es 1278 zur Schlacht südlich von Wien auf dem Marchfeld kam. In dieser Schlacht fiel Ottokar."

„Du hast so schmale Hüften wie ein junges Mädchen", flüsterte er ihr ins Ohr, während er sie an sich preßte. Sie tat so, als merke sie nichts. „König Rudolf überließ Böhmen und Mähren großzügig Ottokars Sohn Wenzel. Aber Österreich und die Steiermark gab er seinen eigenen Söhnen Albrecht und Rudolf. Damit begründete er die habsburgisch-österreichische Hausmacht, und ich glaube, die hält sich noch lange."

„Weißt du noch mehr von ihm, Margarete? Ich könnte dir tagelang zuhören." Er küßte ihren Hals. Sie ließ es geschehen, stöhnte leise und wandte auch nichts dagegen ein, daß seine Rechte zärtlich ihren Busen zu streicheln begann.

„Es gibt viele Geschichten über ihn", sagte sie, als seien seine Zärtlichkeiten die natürlichste Sache der Welt und als bekäme sie nie genug davon. „Eine Bäckersfrau goß ihm einmal einen Kübel eiskaltes Wasser über."

„Warum?" fragte Hugo. Seine Hand wurde schneller.

Margarete lächelte ihm über ihre Schulter zu: „Die Bäckersfrau hielt ihn mit seinem grauen Wams für einen einfachen Kriegsknecht, der in ihr Haus eingedrungen war, um Brot zu stehlen. In Wirklichkeit wollte er sich, weil es draußen so bitter kalt war, nur ein wenig an ihrem Ofen wärmen."

Sie trank ihren Becher leer. „Schenk noch einmal nach, Hugo."

„Dies ist eine der Nächte, die ich in meinem ganzen Leben nie vergessen werde", sagte er, während er eingoß. „Du erzählst himmlisch. Es ist so, als erlebe man alles selbst mit."

„Du übertreibst, Hugo", lachte sie, prostete ihm zu und stellte sich wieder so vor ihn, wie sie vorher gestanden hatte. Hugo begann sie sofort wieder zu streicheln.

„Nein. Ich übertreibe nicht. Es ist auch deine Nähe, Margarete, die mich verzaubert."

Sie lehnte sich an ihn. „Ich könnte deine Großmutter sein, Hugo", meinte sie, während sie ihm ihr Gesicht zuwandte, „aber es tut gut, so etwas aus dem Munde eines Jünglings zu hören." Sie drehte sich ihm zu und küßte ihn flüchtig auf die Wange. Hugo umfaßte sie mit festem Griff, zog sie an sich und gab ihr den Kuß stürmisch zurück. Margarete schmolz in seinen Armen dahin und hauchte, als sie endlich Luft bekam: „Du bist ja ein ganz schlimmer, Hugo." Sie trat wieder ans Fenster.

„König Rudolf hat über dieses Abenteuer mit der Bäckersfrau herzlich gelacht, und als sie an den Hof kam, um sich zu entschuldigen, mußte sie zur Strafe die Geschichte haarklein vor der ganzen Hofgesellschaft erzählen."

Hugo stellte sich hinter sie, küßte sie auf den Hals. Seine Hände streichelten ihren Busen, er preßte sich fest an sie. Sie drückte seine Hände gegen ihre Brüste. „Komm, laß uns im Liegen weiterreden. Ich glaube, der Wein hat mich benebelt. Bei mir dreht sich alles im Kreis."

„Es ist schön, daß du mit Arnold soviel erlebt hast."

„Ja. Wir hatten viele schöne Tage zusammen."

Hugo küßte sie, kaum, daß er neben ihr lag, leidenschaftlich, während seine liebkosenden Hände sie fast zur Raserei brachten.

„Ja. Arnold hat mich überall hin mitgenommen", hauchte sie und wand sich unter seinen Liebkosungen. „Ach Gott, ich weiß gar nicht mehr, wie oft wir beim Herzog waren. Auf jeden Fall waren wir zu jeder Taufe seiner Kinder eingeladen. Du mußt nämlich wissen, ich habe mich immer gut mit seiner Gattin Margarete von Champagne verstanden."

Sie genoß seine Zärtlichkeiten, plapperte weiter wie ein junges Mädchen: „Gut in Erinnerung habe ich noch die Taufe von des Herzogs Sohn Theobald." Sie stöhnte leise, als er in sie eindrang, und redete danach gleich weiter: „Dann waren wir bei der Taufe seines Sohnes Matthäus, seiner Tochter Elisabeth, die ja vor ein paar Jahren den Sohn des Bayernherzogs Ludwig heiratete, und wir waren auch bei der Taufe seines Sohnes Friedrich, der die Tochter des Grafen von Bar heiratete, und bei der Taufe seiner Tochter Isabella und zu der seiner Tochter Katharina, die vor fünf Jahren Konrad, den Sohn des Grafen Egino von Freiburg zum Mann nahm."

„Hätte ich geahnt, daß du es so gerne hast, wäre ich schon früher zu dir gekommen", flüsterte er nahe ihrem Ohr, „mit dir ist es ja schöner als mit jeder Jungen."

Margarete schien seine Worte nicht zu hören, sie erzählte weiter: „Durch diese Heirat wurden auch des Herzogs Feindseligkeiten mit den Herren von Rappoltsweiler beigelegt. Aber wenn Arnold in die Schlacht ritt, verging ich jedesmal vor Angst, und wie du weißt, ließ er keinen der Kämpfe aus, die Herzog Friedrich bestritt. Dann war die Besetzung der Schaumburg bei St. Wendel ein Kapitel für sich."

„Du bist ja noch viel wilder als Amanda, du bist die Wildeste, die ich je gehabt habe."

Margarete tat, als hätte sie seine Worte nicht gehört, und redete ununterbrochen weiter: „Immer war mein Arnold an Herzog Friedrichs Seite, ob der Herzog dem König Geleit gab oder wenn es galt, einen Gegner im Interesse Lothringens zu schlagen. Im Oktober 1275 begleitete er ihn sogar nach Lausanne, wo der Herzog König Rudolf das Geleit gab, als dieser Papst Gregor X. aufsuchte. Das war damals, als sich der Herzog zum Kreuzzug verpflichtete, den er aber bis heute nicht ausführte. Wenn ich an all das zurückdenke, merke ich jedesmal aufs neue, wie sehr ich Arnold liebte. Er war die große Liebe meines Lebens, wenn es auch oft nicht so aussah und jeder von uns manchmal seine eigenen Wege ging. Das alles hatte nichts zu bedeuten, das war nur Nebensache, genau wie jetzt."

Sie preßte ihn fester an sich: „Bleib ganz still liegen, ganz still."

Noch viermal streichelten ihre Hände in dieser Nacht liebevoll seinen Nacken.

Im Hospiz

Bruder Gerlach und Bruder Antonius stützten Vinzenz, als er in seine Zelle in der ersten Etage des Mönchstrakts humpelte. Sie ließen ihn auf seine Pritsche sinken, und Antonius fragte: „Was wird denn jetzt mit deinem Fuß?"

„Das weiß ich nicht, aber er tut sehr weh", sagte Vinzenz.

„Du mußt wieder ins Hospiz. Der Knöchel ist nicht nur dick, sondern schon blau, und der Fuß scheint verdreht zu ein, der muß behandelt werden. Sollen wir dich zurückbringen, Vinzenz?"

„Nicht ohne den Prior zu fragen", warf Antonius ein.

„Dann fragen wir ihn eben. Der Junge braucht doch nicht unnötig Schmerzen zu leiden."

„Der Fuß muß eingerenkt werden, sonst gehen die Schmerzen nie weg", gab Antonius zu bedenken. „Ich frage den Prior, was wir machen sollen. Ich bin gleich wieder zurück."

Kaum war er weg, betrat Bruder Anselm die Zelle. „Hier, junger Freund, etwas zur Stärkung. Ich glaube, das reicht für den hungrigen Magen eines Fünfzehnjährigen. Vergiß nicht das Gebet vor dem Essen." Er stellte ein Tablett auf den Tisch und fragte Gerlach: „Ist etwas mit ihm?"

„Ja. Sieh seinen Fuß an."

„Oh, das sieht ja schlimm aus. Du mußt ins Hospiz." Er wandte sich an seinen Mitbruder: „Entschuldige. Ich habe wenig Zeit. Du kümmerst dich ja um ihn."

Kurz darauf kam Bruder Antonius zurück. „Der Prior hat gesagt, wenn er gegessen hat, könnten wir ihn wieder ins Hospiz bringen."

Gerlach stellte das Tablett auf Vinzenz Beine und verabschiedete sich. „Wir gehen etwas essen. Iß du nur in aller Ruhe. Wir bringen dich nachher wieder hinüber. Und vergiß das Beten nicht."

„Ich vergesse es nicht."

Eine Viertelstunde später betrat der greise Bruder Rudolphus aus Bisten die Zelle. „Na, hat dir das Essen geschmeckt?"

„Ja. Aber ich habe nicht viel Hunger wegen der Schmerzen."

„Wie ist denn das wirklich passiert mit Bruder Fenegrinus im Wald? Es bricht doch nicht einfach ein Ast ab!"

„Vielleicht war er morsch. Ich weiß es nicht. Ich war ja weit weg. Bruder Fenegrinus war mit Amanda Balken suchen, um mir eine Bahre zu bauen."

„Komisch, komisch!" sagte Bruder Rudolphus und kratzte sich am Kopf, bevor er resignierend hinzufügte: „Na ja. Egal. Hauptsache, du bist wieder da und Amanda hat rasch Hilfe geholt." Er ging zur Tür. „Gleich schafft man dich wieder ins Hospiz. Dort bleibst du, bis dein Fuß besser ist." Er segnete ihn: „Der Herr sei mit dir auf allen deinen Wegen. Du wirst es nötig haben."

Als sie den Hof des Hospizes betraten, sahen sie eine junge Schwester, etwa dreißig Jahre alt, ein wenig mollig, mit großen Brüsten, aber ganz schmalen Hüften, was besonders auffiel, weil sie eine Schürze trug, die auf dem Rücken zusammengebunden war und so ihre Taille betonte. Sie hatte ein hübsches Gesicht, schielte jedoch gotterbärmlich. „Donnerwetter", entfuhr es Bruder Conrad, „ich glaube, ich lege mich auch ins Hospiz und lasse mich von diesem Engel pflegen."

„Lästere nicht, Bruder", ermahnte ihn Gerlach, „Sidonia ist zwar hübsch und jung, soll aber, hört man, ein großes Biest sein."

„Biest hin, Biest her. Wenn sie ihn spürt, wird sie genau so zahm wie alle anderen, das kannst du mir glauben." Bruder Conrads Augen blitzten.

Gerlach bekreuzigte sich, schlug die Augen zum Himmel auf, während er sagte: „Herr, verzeih ihm. Er weiß nicht, was er sagt."

„Quatschkopp, klar weiß ich das. Sieh doch nur. So wie sie dasteht, ist sie die reine Sünde. Sie wartet nur darauf, daß ein junger Mann kommt, der sie ordentlich nimmt."

„Schweig, Bruder Conrad. Denke daran: ,Alle Fleischeslust ist Sünde.' Du kannst doch nicht in Gegenwart von Vinzenz solch ein Zeug daher reden."

„Warum nicht? Der weiß doch längst, wie es gemacht wird."

„Sei jetzt still, sonst hört sie uns." Bruder Gerlach war ärgerlich, und sein sonst blasses Gesicht war rot vor Zorn.

„Soll sie doch. Ich kann dir jetzt schon sagen, Bruder Gerlach, noch heute melde ich mich ins Hospiz."

„Das haben schon mehrere versucht, aber von Schwester Sidonia wurde noch niemand behandelt. Das haben immer die unförmige Philippina oder die alte Hadevidis gemacht", stellte Gerlach fest.

„Bringt ihr ihn wieder zurück?" fragte Schwester Sidonia. Sie ging voraus, öffnete die Tür zum Krankenzimmer, zeigte auf ein Bett in der Ecke und sagte: „Legt ihn in dieses Bett."

„Aus der Nähe bist du noch schöner als von weitem", flüsterte Bruder Conrad ihr zu, als sie am Bett neben ihm stand.

Sie wurde rot, drehte sich schnell um und lief zur Tür, von wo aus sie rief: „Ihr könnt gehen. Um Vinzenz braucht ihr euch nicht mehr zu kümmern. Und was du, Bruder Conrad, gesagt hast, habe ich nicht gehört. Ich erinnere dich an dein Gelübde."

„Bei soviel Schönheit vergißt man das leicht", lachte er, blieb vor ihr stehen und versuchte, ihr in die Augen zu sehen, was ihm aber nicht gelang, weil sie ihr hochrotes Gesicht zur Seite wandte und sich dann ganz umdrehte. Und dann machte sie, wie von einer Tarantel gestochen, einen Satz nach vorne, denn sie fühlte Conrads Hand auf ihrem Hintern. Sie floh zwischen zwei Betten, in denen alte Männer lagen, die aufmerksam und grinsend zuschauten.

„Komm jetzt, Bruder Conrad." Gerlach zog ihn am Arm hinter sich her. Conrad aber löste sich durch eine geschickte Drehung von Gerlach und blieb vor Sidonia stehen. „Bevor ich gehe, sollst du wissen: Du bist die schönste Frau, die ich je gesehen habe. Wegen dir würde ich mein Gelübde brechen." Er drehte sich um und folgte Gerlach, ohne sich noch einmal umzusehen.

Schwester Sidonia bekreuzigte sich und lief ihm unwillkürlich nach. Die vor ihrer Nase zugeschlagene Tür brachte sie zur Besinnung. Sie blieb stehen, starrte einen Augenblick auf die Tür, hob die Hände vors Gesicht, drehte sich um, rief den alten Männern zu: „Warum grinst ihr denn so?" und lief mit wehendem Rock aus dem Zimmer.

„Das ist aber ein Wilder", krächzte der greise Bauer Waldemar Eisenbart, dem am Vormittag Fenegrinus das rechte gebrochene Bein geschient hatte, und sein Bettnachbar antwortete: „Ja, die Jugend!" Der Schmied Gregor Hammer war gestolpert und ins Schmiedefeuer gefallen, wobei er sich nicht nur die Hände, sondern auch einen Teil seines Gesichtes verbrannt hatte. Fenegrinus hatte ihn dick eingeschmiert.

Schwester Philippina kam herein und steuerte auf Vinzenz zu. „Jetzt kommt der Engel des Hospizes", hänselte Waldemar, „wenn wir die nicht hätten, würde alles drunter und drüber gehen."

Sie überhörte das, ging zu Vinzenz, setzte sich neben ihn aufs Bett und fragte: „Was macht dein Fuß? Zeig einmal her." Sie schob vorsichtig das Hosenbein hoch. „Du hast wenigstens saubere Füße", rief sie laut, „nicht wie der Bauer dort drüben mit dem gebrochenen Bein. Auf dessen Füße konnte man Rüben säen."

Sie nahm Vinzenz' rechte Hand, streichelte sie und sagte: „Das mit deinem Fuß haben wir bald. Das ist nicht schlimm. Zeig mir mal die Kratzer an deinem Bauch. Die sehe ich mir auch gerade an. Zieh deine Hose aus."

„Aber die tun gar nicht mehr weh, Schwester Philippina." Er wollte die Decke über sich ziehen. Aber sie erfaßte die Enden seines Überwurfs, und zog ihm demselben mit einem Ruck über den Kopf und warf ihn auf den Boden. Erstaunt fragte sie, das Kreuz auf seiner Brust umfassend: „Was ist denn das für ein hübsches Kreuz? Bist du ein Prinzen- oder gar ein Königssohn?"

„Nein."

„Das ist ein sehr kostbares Stück. Wo hast du das her?"

„Von meiner Mutter."

„Aha." Sie ließ es wieder an der Kette baumeln und wandte sich seinen Kratzern zu: „Au weh. Das sieht ja schlimm aus. Die müssen noch weiter behandelt werden, sonst eitern sie. Und nun noch die Hose runter. Und stell dich nicht so an. Du hast da nichts anderes als andere Männer auch." Vorsichtig streifte sie ihm die Hose über den kranken Fuß. Sie zeigte auf einen Kratzer, der sich von seiner Hüfte bis in seine Leiste zog: „Oh! Siehst du, hier fängt er schon an zu eitern. Tut das denn nicht weh?"

„Doch. Ein bißchen."

Langsam glitt ihr Finger um den Kratzer herum: „Welche Salbe hat Bruder Fenegrinus darauf geschmiert?"

„Das weiß ich nicht. Sie war gelblich." Vinzenz blickte auf ihren Zeigefinger, der immer noch um den langen Kratzer strich. Er spürte, wie ihn dieses Streichen erregte. Er zog das Wolltuch über seine Scham. Sie schob es weg und ließ ihren Finger am Ende des Kratzers in seiner Leiste ruhen. Sie lächelte ihn an: „Das ist Kamillensalbe." Sie zog die Decke über ihn. „Auf deinen Fuß machen wir später Essigumschläge, wenn ich ihn dir eingerenkt habe." Sie stand auf und ging.

„Die ist nicht ohne, Kleiner, stimmt es?" rief Waldemar vom anderen Ende des Zimmers herüber.

„Ja", antwortete Vinzenz und drehte sich auf die andere Seite.

Kurz darauf hörte er Schwester Philippina sagen: „So, da bin ich wieder." Er wollte sich auf den Rücken legen, hörte sie aber sagen: „Bleib nur so liegen, ich schmiere dir zuerst die Kratzer auf deinem Rücken ein." Sie tat es sehr vorsichtig. „Es ging wohl um dein Leben, daß du dich so verkratzt hast?" fragte sie.

„Ja. Die Knappen hätten mich am nächsten Ast aufgehängt, wenn sie mich erwischt hätten."

„Aber nun bist du erst einmal in Sicherheit, und das ist gut."

„Ja."

„Hast du Arnold die Treppe hinunter gestoßen?"

„Nein."

„Bleib so liegen." Sie stand, den anderen Patienten den Rücken zugekehrt, und schmierte von dieser Seite aus auch seine Brust ein, auf der sich mehrere kleine Kratzer befanden.

„Niemand in der Abtei traut dir einen Mord zu, ganz besonders deshalb nicht, da du es doch gut auf der Burg hattest", sagte sie, und Vinzenz freute sich darüber.

Als sie den Kratzer an der Hüfte einschmierte, war es Vinzenz sehr unangenehm, daß sie sein Geschlecht sah. Er zog die Decke soweit über sich, daß er bedeckt war, konnte aber nicht verhindern, daß sie beim Einschmieren immer wieder verrutschte. Noch schlimmer empfand er es, daß sich seine Männlichkeit bemerkbar machte und die Decke mehr und mehr hob. Schwester Philippina lächelte und starrte genau wie er auf die Erhebung.

„Was ist denn das?" fragte sie grinsend und zeigte darauf.

„Nichts", antwortete er verlegen.

„Von wegen nichts. Wie ich sehe, bist du schon ein richtiger Mann." Sie ging zum Fußende, setzte sich auf sein Bett, hob vorsichtig seinen Fuß hoch, legte ihn auf ihren Oberschenkel und sagte: „So. Nun kommt der Fuß dran." Ihre Rechte strich zart über den Knöchel, legte sich dann um seine Ferse. Plötzlich schrie sie ihn an: „Mach die Augen zu, beiße auf die Zähne." Aber noch bevor er die Augen geschlossen, schrie er laut auf. Mit einem Ruck hatte sie ihm den Fuß eingerenkt.

„Habe ich dir nicht gesagt, daß sie ein Ungeheuer ist?" rief Waldemar vom anderen Ende des Zimmers herüber.

„So, jetzt bringe ich dir Essigwasser. Aber nicht, daß du es trinkst. Es ist nämlich Weinessig, den Bruder Fenegrinus selbst angesetzt hat. Du machst dieses Tuch damit naß und wickelst es um deinen Fuß. Das Tuch muß immer feucht sein."

„Wie geht es Pater Fenegrinus?" fragte Vinzenz mit Tränen in den Augen.

„Er ist wieder bei Bewußtsein. Aber er spricht irres Zeug, aus dem niemand schlau wird, von nackten Leibern, die ihn verfolgen, und so. Schwester Hadevidis ist die ganze Zeit bei ihm."

Sie ergriff den Salbentiegel und ging. „Ich bin gleich wieder da."

Als sie mit dem Essigwasser zurückkam, war Vinzenz eingeschlafen. Sie weckte ihn: „Lege dich auf den Rücken." Während sie ihm den Umschlag machte, fragte sie: „Erzählst du mir einmal von der Verfolgung durch die Knappen?" Sie tätschelte seine Hand, ließ sie dann auf ihr Knie fallen. Vinzenz ließ sie liegen. Als sie sich umdrehte, rutschte die Hand zwischen ihre Beine, die sie sofort fest zusammenpreßte. Aber als er versuchte, die Hand an ihrem Schenkel hochkriechen zu lassen, fauchte sie, während sie seine Hand energisch entfernte und auf seinen Leib legte: „Laß das! Bist du denn von allen guten Geistern verlassen?"

„Nein", antwortete er, „ich dachte..."

Weiter kam er nicht. „Ich bin keine solche." Sie lächelte ihm zu. „Sei ein vernünftiger Junge, Vinzenz. In ein paar Tagen bist du wieder gesund, und dann mußt du uns verlassen." Sie tätschelte seine Hand und stand auf: „Erneuere die Umschläge so oft wie möglich. Wenn ich Zeit habe, komme ich heute Nacht noch einmal vorbei und sehe nach dir. Ich habe nämlich Nachtwache."

Der nasse Umschlag tat seinem Fuß gut. Er schlief kurz danach fest ein.

Mitten in der Nacht merkte er, daß jemand einen frischen Umschlag um seinen Fuß machte. Er schlug die Augen auf. Draußen war es stockdunkel. Eine Kerze erhellte die Umgebung seines Bettes spärlich. Warme, fast heiße Luft strömte durch das kleine Fenster über seinem Bett. Eine Schwester saß auf seinem Bett. Seine Rechte tastete sich vor, berührte ihren Leib.

„Bist du das, Philippina?"

„Ja. Sei leise, sonst weckst du die anderen."

Seine Hand wurde ergriffen und gestreichelt, dann losgelassen. Sie fiel auf ihren Oberschenkel. Mutig ließ er sie unter ihren Rock gleiten. Diesmal ließ sie es geschehen. Während ihre Hand unter seine Decke kroch, flüsterte sie: „Du bist ja ein ganz Schlimmer." Als alles vorbei war, gab sie ihm einen flüchtigen Kuß und ging, ohne ein Wort zu sagen. Er drehte sich um und schlief weiter.

Vinzenz stand vorsichtig auf, als es zu dämmern begann. Er mußte auf den Donnerbalken. Sein Fuß tat lange nicht mehr so weh wie gestern, und er wollte probieren, ob er den Weg packen würde. Langsam und vorsichtig humpelte er aus dem Zimmer.

Schon als er die Tür öffnete, hörte er Fenegrinus schreien: „Nackter Arsch! – Stöhnen! – Schlagen! – Sie auf ihm! – Wasser!"

Danach war Stille, und Schwester Hadevidis, die Vinzenz durch den Türspalt erkennen konnte, beschwor ihn: „Erzähle mir alles, Fenegrinus, alles, was du im Wald erlebt hast. Hörst du? Du mußt mir sagen, was dort passiert ist. Hat man dich niedergeschlagen?" Fenegrinus murmelte etwas. „Schlaf weiter. Aber überlege dir im Schlaf, was passiert ist. Du sagst es mir dann nachher. Wenn du jetzt geschlafen hast, geht es dir nachher auch gleich viel besser."

„Schöner Arsch! – Stock! – Schmerz! – Schwanz!" rief er.

„Ja, ja. Es ist ja schon gut. Schlaf jetzt. Es wird alles wieder gut." Sie saß neben seinem Bett und streichelte seine Hand.

Als Vinzenz vom Hof zurückkam, trat ihm Hadevidis an der Tür entgegen: „Ach, du bist es. Ich hatte ein Geräusch gehört. Du kannst ja schon wieder humpeln. Das ist fein."

„Wie geht es Pater Fenegrinus? Was hat er vorhin erzählt?"

„Nichts von Bedeutung. Immer nur Wörter. Wenn ich nur wüßte, was er mir sagen will. Immer sagt er dieselben Worte. Ist denn etwas Besonderes passiert im Wald?"

„Nein. Ich hatte meine Füße im Bach hängen. Er und Amanda gingen Äste suchen, um mir eine Bahre zu machen. Mehr weiß ich nicht. Dann kam Amanda angelaufen und sagte, ihm sei ein Ast auf den Kopf gefallen."

„Na gut. Geh wieder schlafen, Junge. Das mit Pater Fenegrinus kommt bestimmt wieder in Ordnung. Ich freue mich, daß es dir so gut geht. Mache weiterhin deine Umschläge."

Er humpelte in sein Zimmer und schlief gleich wieder ein. Er wurde erst wach, als es draußen schon heller Tag war und Bauer Waldemar lauthals rief: „He! Schwester Sidonia! Warst du es, die heute Nacht dem Jungen neue Umschläge gemacht hat?"

„Das geht dich gar nichts. Du solltest nachts lieber schlafen, als auf so etwas zu achten", antwortete Sidonia.

Schwester Hadevidis kam kurz vor Mittag mit einem Tiegel Kamillensalbe zu Vinzenz. Als sie das Kreuz sah, griff sie direkt danach und fauchte ihn an: „Wo hast du das her?"

„Von meiner Mutter."

Ihrem Gesicht war anzusehen, daß sie seine Worte anzweifelte, und entsprechend streng fragte sie: „Und von wem hat sie es?"

„Das weiß ich nicht. Das hat sie mir nicht gesagt", log er.

Wieder fauchte sie: „Du hast es Arnold abgenommen, als du ihn die Treppe hinabgestürzt hast. Lüge nicht, Junge, denn ich kenne dieses Kreuz. Das habe ich schon einmal gesehen. Es gibt nur vier Stück von dieser Sorte, die diese Rückseite mit dem eingeschlagenen Teufel, der Brücke und der Burg haben. Weißt du das?"

„Ich habe das Kreuz wirklich von meiner Mutter. Sie gab es mir, als sie starb. Ich schwöre es."

„Wie hieß deine Mutter?"

„Helga Baumgart."

„So, so, die Helga vom Linseler Hof", sagte sie langgezogen. „Von ihr hast du es also."

„Ja. Hast du meine Mutter gekannt?"

„Ja. Sie war einige Jahre Magd auf dem Linseler Hof. Sie war sehr hübsch und fleißig dazu." Sie wiegte den Kopf, als sie fragte: „Wie alt bist du jetzt?"

„Ich glaube, fünfzehn Jahre."

„Hm, hm. Das könnte stimmen. Der Arnold war in den Jahren vor 1280 oft auf dem Linseler Hof. Das weiß ich. Ich selbst habe ihn dort öfter getroffen. Dort war nämlich immer etwas los. Ein Fest jagte das andere. Sollte Arnold damals deiner Mutter dieses Kreuz als Andenken geschenkt haben, dann..."

„Was ist dann?" fragte Vinzenz besorgt.

„Ach, nichts." Hadevidis betrachtete das Kreuz nachdenklich. „Arnold ließ im Jahr 1276 vier dieser Kreuze in Metz herstellen. Ich traf ihn bei dem Goldschmied Isaak Rosenblatt. Dort hat er sie mir gezeigt. Als ich ihn fragte, für wen sie sind, sagte er: ‚Dieses ist für mich. Morgen reite ich mit dem Herzog auf die Wattweiler Höhe, wo es gegen den Grafen von Zweibrücken geht. Die anderen sind Andenken für meine Lieben, falls ich nicht mehr zurückkomme.'"

Hadevidis lächelte Vinzenz an: „Du mußt wissen, Vinzenz, Arnold und ich, wir kannten uns seit unserer Jugend." Während sie Vinzenz nachdenklich betrachtete, dachte sie: „Falls er Margarete keines geschenkt hat, könnte es sein, daß er der Mutter dieses Jungen eines gegeben hat, bevor er ins Feld zog. Das wäre der Beweis dafür, daß er sein Vater ist. Es könnte aber auch sein, daß er noch welche nachmachen ließ. Ich werde morgen Margarete bei der Beerdigung fragen, was sie davon weiß." Sie schüttelte sich, bevor sie sagte: „Oh, ist das spannend. Das interessiert mich jetzt wahnsinnig."

„Ist morgen die Beerdigung?"

„Ja. Vormittags."

„Ich wollte, ich könnte dabei sein und dem Burgherrn die letzte Ehre erweisen. Er hätte alle ausgelacht, die behaupten, ich hätte ihn die Treppe hinabgestoßen."

„Willst du wirklich hingehen?"

„Ja. Aber nur, wenn mich der Schultheiß nicht gleich verhaftet."

„Das kann er nicht, wenn du unter dem Schutz des Abtes stehst, und der nimmt ja auf jeden Fall an der Beerdigung teil. Soll ich ihn fragen, ob er dich mitnimmt?"

„Ja. Sage ihm, daß ich stets an seiner Seite bleiben werde."

„Gut. In einer Stunde sage ich dir Bescheid."

Sie zog ihm das Wams und die Hose aus, und er wehrte sich nicht. Sie bestrich seine Wunden wieder mit Kamillensalbe. Danach zog er wieder die Decke über sich. Hadevidis beachtete diese Geste nicht, sondern schob die Decke weg und zeigte auf die Wunde in seiner Leiste: „Hm. Das sieht aber nicht gut aus. Siehst du, hier eitert die Wunde. Tut sie weh?"

„Gestern ja, heute nicht mehr."

„Beiß auf die Zähne, Vinzenz. Ich drücke den Eiter heraus. Jetzt tut es ein bißchen weh." Sie zog die Wunde solange auseinander, bis nach dem Eiter Blut austrat. „So. Nun ist der Dreck heraus", erklärte sie, „du wirst sehen, jetzt heilt die Wunde rasch. Ich lege dir einen Verband an, damit kein Schmutz hineinkommt." Sie schmierte die Wunde dick mit Kamillensalbe ein, legte einen Streifen Linnen darüber, wickelte das breite Tuch um seinen Leib und führte den Verband zwischen seinen Beinen hindurch.

Seine Augen wanderten zu ihrem Gesicht: „Vergißt du auch nicht, den Abt zu fragen?"

„Nein, ich vergesse es nicht." Sie warf einen kurzen Blick auf seine Männlichkeit, bevor sie ihn lächelnd zudeckte.

Kurz darauf kam Waldemars Sohn mit einem Ochsengespann und lud seinen Vater auf den Wagen. „Zu Hause kann sein Bein genau so gut heilen wie hier." Der Schmied rief ihm zu: „Nimm mich auch mit, Junge. Meine Schmiede liegt auf deinem Weg."

„Mir soll es recht sein. Frage aber, ob sie dich gehen lassen."

Gregor Hammer ging und kam kurz darauf mit Schwester Hadevidis zurück, die einen Tiegel mit Salbe in der Hand hielt. Sie fragte: „Er behauptet, du wolltest ihn mitnehmen?"

„Ja. Wenn er gehen darf."

„Hier, Gregor Hammer", sagte sie und reichte ihm den Tiegel, „nimm diese Salbe mit. Laß deinen Verband noch drei Tage auf deinem Kopf und deinen Armen. Mache ihn dann ab und schmiere diese Salbe auf deine Wunden. In drei Tagen müßten sie schon gut verheilt sein. Wenn du aber nicht zurechtkommst, komm hierher. Wir verbinden dich dann."

Gegen Mittag rief Schwester Sidonia von der Tür aus Vinzenz zu: „Steh auf, Vinzenz. Du ißt mit uns in der Küche."

Bruder Folmar, der Verwalter des Hospizes, saß am Kopfende des Tisches, Schwester Hadevidis zu seiner Rechten und Schwester Sidonia ihr gegenüber. Neben ihr saßen die Schwestern Lucretia und Hedwiga, beide um die Dreißig, die er bisher noch nie gesehen hatte.

„Laßt uns Gott danken für Speis' und Trank und ihn bitten, daß er unseren Bruder Fenegrinus bald wieder gesund macht, Amen", betete Bruder Folmar und sah dabei Vinzenz an.

„Amen", sagten alle und begannen die Suppe zu essen.

„Der Abt nimmt dich morgen mit zur Beerdigung", sagte Bruder Folmar. „Du sollst um acht Uhr drüben an den Ställen sein."

„Ich werde da sein, und ich danke dem Abt."

Schwester Hadevidis wandte sich an Vinzenz: „Du brauchst jetzt nicht mehr den ganzen Tag zu liegen. Du kannst nach dem Essen die Kräuter sortieren, die ihr im Wald gesammelt habt."

„Das mache ich gerne. Dabei vergeht die Zeit schneller", entgegnete er, „und ich kann mich nützlich machen."

Schwester Sidonia begleitete ihn in Fenegrinus' Zimmer. Der Mönch schnarchte laut.

„Sei leise", mahnte Schwester Sidonia, „damit du ihn nicht aufweckst. Setze dich hier an den Tisch und bündele die Kräuter. Später hängst du sie zum Trocknen auf. Und wenn Bruder Fenegrinus wach wird, dann rufe mich. Ich bin in der Küche. Ich habe dort noch eine Weile zu tun." Sie schob ihm den Sack, den Amanda gefüllt hatte, hin und verließ das Zimmer. Als er die Pflanzen aus dem Sack schüttete, fiel ihm ein, daß Fenegrinus gesagt hatte: „Geht vorsichtig beim Pflücken mit den Pflanzen um. Sie haben Angst, wenn man in ihre Nähe kommt. Sie spüren, wenn man ihnen etwas antun will. Sprecht mit ihnen, sagt ihnen, sie müßten den Menschen helfen, gesund zu werden. Sie sind ein Teil der Natur, genau wie wir."

Nach einer Stunde war Vinzenz mit dem Bündeln fertig; zweiundzwanzig Sträuße hingen an den Schnüren, die quer durchs Zimmer gespannt waren. Daraufhin besah er sich das Regal an der hinteren Wand, auf dem wohl hundert oder noch mehr Tontiegel nebeneinander standen. Interessiert versuchte er, die Aufschriften zu lesen, was ihm bei einigen auch gelang. Er nahm den einen oder anderen in die Hand, hob den Deckel ab, roch an dem Inhalt, stellte ihn wieder an seinen Platz.

Als er zu der Tür kam, die zwischen den Regalen in ein anderes Zimmer führte, wunderte er sich. Sie war ihm bisher nicht aufgefallen, da aufgehängte Kräuter den oberen Teil verdeckten. Er öffnete sie. Ein bestialischer Gestank verschlug ihm den Atem. Er sah zwei nackte Leichen mit aufgeschlitzten Leibern auf einem Tisch liegen. Daneben lagen ihre Eingeweide. Er hielt sich die Nase zu, verließ den Raum, eilte ans Fenster, riß es auf. Sein Magen hob sich, und er erbrach sich nach draußen. „Warum macht Fenegrinus das?" fragte er sich, „ist er dem Teufel auf der Spur? Will er die Seele suchen?"

Nach einem verstörten Blick auf die verdeckte Tür versuchte er wieder, die Aufschriften auf den Salbentiegeln zu entziffern. Bald entdeckte er einen mit fünf aufgemalten Kreuzen. Mit großer Mühe buchstabierte er das Wort: *Sauwurz*. So sehr er auch überlegte, dieses Wort hatte er noch nie gehört. Er betrachtete die fünf Kreuze nachdenklich. In dem Tiegel mußte Gift sein. Er roch an dem Pulver. Aber es roch nicht. Ohne zu wissen, warum er es tat, holte er von der Fensterbank einen Leinenlappen und kippte etwa ein Drittel des Inhalts hinein, verknotete das Tuch und steckte es in seine Hosentasche. „Vielleicht kann ich es einmal gebrauchen", murmelte er. Er war überzeugt, daß Fenegrinus Amanda in Gefahr bringen konnte, wenn er berichtete, was im Wald wirklich geschehen war. Das Pulver in seiner Hosentasche gab ihm ein Gefühl von Sicherheit.

Nicht weit neben diesem Tiegel fand er noch einen, auf dem drei Kreuze und die Worte *Nackte Jungfer – Gicht* aufgemalt waren. Auch in diesem Tiegel befand sich feingemahlenes Pulver. Vinzenz hielt Ausschau nach einem zweiten Leinenläppchen, da er aber keines fand, stellte er den Tiegel wieder an seinen Platz.

„Was machst du da?" herrschte ihn Schwester Sidonia an, die den Raum betrat. „Bleib bloß von den Tiegeln weg."

Vinzenz log: „Ich habe keinen angefaßt."

„In manchen ist starkes Gift. Das ist nichts für Kinder."

„Wozu braucht ihr Gift?"

„Bruder Fenegrinus probiert es an Tieren aus."

„Warum?"

„Um zu sehen, wie es wirkt."

„Wirkt es auch bei Menschen?"

„Sicherlich. Sonst hätte er doch die Kreuze nicht auf die Tiegel gemalt. Aber ich weiß es auch nicht so genau. Frage ihn, wenn er wieder gesund ist."

Durch das Gespräch war Fenegrinus erwacht. Er setzte sich blitzschnell auf und schrie so laut, daß beide erschraken: „Wo bin ich?" Seine vorgestreckten Hände zitterten und machten Abwehrbewegungen. „Weg mit dir. Geh weg!" fauchte er.

Er schien böse Geister verdrängen zu wollen. Sein Gesicht war voller Angst. Schwester Sidonia eilte zu ihm, packte ihn an den Schultern und versuchte, ihn in sein Kissen zu drücken: „Lege dich wieder hin, Bruder Fenegrinus, und schlafe weiter. Für dich ist Schlaf jetzt die beste Medizin."

„Arsch, oh, dieser Arsch! Weg..." Er atmete tief durch, wurde ein wenig ruhiger, blickte an die Decke, während seine Hände eine wohlgeformte Rundung beschrieben und er wieder „Arsch!" schrie. Er starrte Vinzenz an, brüllte: „Bock – unter Amanda." Er schrie laut und furchterregend, daß es ihnen durch Mark und Bein ging: „Huuuuu, huuuuu", schwang seine Beine aus dem Bett, als wolle er aufstehen, seine Rechte schnellte mehrmals vor und zielte auf Vinzenz. Sidonia versuchte, ihn wieder in die Kissen zu drücken: „Nur ruhig, Bruder Fenegrinus. Rege dich nicht auf. Das schadet dir nur. Lege dich wieder hin!"

Als Schwester Sidonia es endlich geschafft hatte, daß Fenegrinus wieder lag und seine verkrampfte Miene sich entspannte, schrie er völlig unerwartet: „Schöner Arsch." Er sah furchterregend aus, schnellte hoch, brüllte: „Arsch! Amandas Arsch!" Er fiel in die Kissen zurück und lächelte, während seine Hände Rundungen zeichneten, bevor er plötzlich wieder schrie: „Schöner Arsch."

Schwester Sidonia bekreuzigte sich: „Beruhige dich, Bruder Fenegrinus, und schlafe weiter."

Sein Gesicht nahm einen friedlichen Ausdruck an. Völlig unvermutet weiteten sich seine Augen, blickten zur Decke, als er schrie: „Schlag. Schmerz. Dunkel."

Sidonia sah Vinzenz fragend an: „Hast du das gehört? Hat Amanda ihn geschlagen?"

„Nein. Das glaube ich nicht. Warum sollte sie? Die beiden wollten doch Stangen suchen, um mir eine Trage zu bauen."

„Aber wenn es nicht so war? Man weiß ja nicht, was sich dort abgespielt hat."

„Es war so, wie Amanda gesagt hat. Amanda lügt mich doch nicht an, mich doch nicht." Er wich Sidonias Blick aus.

Fenegrinus starrte mit leeren Augen an die Decke. Sein Gesicht hatte sich entspannt. Plötzlich warf er seinen Unterleib mit solcher Wucht auf und nieder, daß die Bretter zu krachen drohten.

„Mein Gott", flüsterte Schwester Sidonia, „das ist ja schlimm." Sie drückte seine Schultern mit aller Kraft nach unten, aber sein Unterleib hob und senkte sich weiter in gleichmäßigem Rhythmus.

„Drücke du ihn dort nach unten, Vinzenz", rief sie.

Vinzenz aber hatte nicht genug Kraft, um ihn unten zu halten.

„Komm, drücke du seine Schultern nach unten. Ich versuche es an seinen Hüften", schlug Sidonia vor. Aber auch ihr gelang es nicht, ihn unten zu halten. Eine unbändige Kraft bäumte immer wieder zuerst seinen Oberkörper und dann seinen Unterleib hoch.

„Ich glaube, ich weiß, was ihm hilft", sagte sie plötzlich und sah Vinzenz, wie um Verzeihung bittend, an. „Geh in dein Bett, Vinzenz. Ich brauche dich nicht mehr. Mach dir noch einen Umschlag auf deinen Fuß. Nun geh schon. Los!" befahl sie.

Vinzenz ging, obwohl er den plötzlichen Sinneswandel Sidonias nicht verstand. Er ließ die Tür einen Spalt breit offen, um zu sehen, was Sidonia vor hatte. Sie setzte sich neben Feregrinus auf den Bettrand. Ihre Rechte glitt unter seine Decke und fing an ihn zu reiben. Sofort wurde er ruhig, und sein Aufbäumen hörte auf. Mehrmals drang ein langes und erleichtertes „Oooh" aus seinem Mund. Er lag völlig ruhig und still. Der Ausdruck auf seinem Gesicht wurde von Sekunde zu Sekunde friedlicher. Je emsiger sich die Decke hob, um so entspannter wurden seine Züge. Er hatte die Augen geschlossen und genoß, was mit ihm geschah.

„Hat Amanda dich geschlagen?" fragte Sidonia. „Hörst du mich, Fenegrinus? Hat Amanda dich geschlagen?" Aber Fenegrinus reagierte nicht auf ihre Fragen.

Doch Vinzenz wußte nun, daß er Amanda verteidigen mußte. Sidonia würde keine Ruhe geben, bis jeder in der Abtei die Anschuldigung von Fenegrinus ernst nahm. Sie hatte mittlerweile zwei Knöpfe ihrer Kutte aufgeknöpft. Ihre Linke drückte ihre prallen Brüste, bevor sie unter ihren Rock kroch. Vinzenz hielt es kaum noch an seinem Platz. Eine Diele knarrte.

„Wer ist da?" rief Sidonia und hörte sofort auf.

„Ich bin es. Ich habe keine Ruhe im Bett", antwortete Vinzenz. „Was willst du? Du solltest dich doch in dein Bett legen. Geh, lege dich hin. Ich kann dich hier nicht gebrauchen. Ich muß Bruder Fenegrinus beruhigen." Ihre Stimme verriet ihren Ärger. Ihre Linke zog die Kutte über ihrer Brust zusammen, während ihre Rechte wieder unter Fenegrinus' Decke tätig wurde. „Siehst du", sie zeigte auf die Decke und erklärte: „Das hat ihn beruhigt." Sie lächelte ihn an: „Siehst du, wie ruhig er jetzt liegt?"

„Ja, aber du kannst das doch nicht immer machen."

„Natürlich nicht, nur bis er schläft. Es ist gleich vorbei", sagte sie und lächelte Vinzenz an. Ihre Hand wurde eifriger. Vinzenz stand neben ihr und dachte: „Er darf Amanda nicht beschuldigen, er darf nicht reden. Ich muß ihn zum Schweigen bringen."

Sidonia nahm keine Rücksicht auf Vinzenz. Sie beachtete ihn nicht. Als Fenegrinus anfing, zu stöhnen, stöhnte sie mit und streckte sich wohlig. Fenegrinus schlug plötzlich die Augen auf und röchelte: „Tee – Durst – Amanda schöön. Oh, schön."

„Ich muß Tee aufbrühen", sagte Schwester Sidonia, „bleib du bei ihm, bis ich zurückkomme." Sie holte eine Baldrianwurzel aus einem der größeren Tiegel und ging damit in die Küche.

„Hat Amanda dich geschlagen?" fragte er Fenegrinus.

„Bock", antwortete der Mönch mit Angst in seinen Augen. Er hob abwehrend seine Hände, als wolle er ihn wegscheuchen.

„Ich tue dir doch nichts, Bruder Fenegrinus. Sage mir nur, hat Amanda dich geschlagen?" Seine Hand griff nach dem Gift in seiner Hosentasche. Er hielt Ausschau nach einem weiteren Leinentuch und fand schließlich eines auf einem der Regale. Rasch kippte er aus dem Tiegel mit der *Nackten Jungfer* die Hälfte in das Tuch, knotete es zusammen und steckte es ein. Er ging wieder zu Fenegrinus, der die Augen geschlossen hatte.

Als Sidonia den Tee auf den Tisch stellte, streichelte sie Vinzenz' Haar: „Du bist ein guter Junge, Vinzenz. Ich bin so froh, daß er jetzt ruhig ist. Wenn er nur wieder gesund wird."

Schwester Philippina stieß die Tür auf: „Komm schnell, ein Unfall. Ein Stier hat einem Bauer das Horn in den Leib gerannt."

„Bleib du bei Fenegrinus", rief Sidonia Vinzenz zu, „damit jemand bei ihm ist."

„Ja. Geh nur."

Er überlegte, ob er Fenegrinus schon jetzt das Pulver in den Tee machen oder ob er noch warten sollte. „Ich warte ab", überlegte er, „vielleicht spinnt er nur, und wenn ich es ihm jetzt hineintue, kommen sie vielleicht darauf, daß ich es war."

Als Sidonia zwei Stunden später zurückkam, fragte sie: „War er ruhig?"

„Ja. Die ganze Zeit."

„Hat er getrunken?"

„Nein. Er hat die ganze Zeit geschlafen."

„Dann lege du dich noch bis zum Abendessen in dein Bett und mache dir Umschläge. Ich rufe dich, falls ich dich brauche."

An diesem Abend dauerte es lange, bis Vinzenz einschlief. Immer wieder gingen ihm die Anschuldigungen von Fenegrinus durch den Kopf, und von mal zu mal wurde ihm klarer, daß Amanda in größter Gefahr schwebte und daß er ihn schnellstens zum Schweigen bringen mußte. Schließlich schlief er doch ein, wurde aber wach, als ihm jemand einen frischen Verband machte.

„Wer bist du?" fragte er im Halbschlaf.

„Erkennst du mich nicht?" Ihre Hand streichelte die seine.

„Sidonia!" Er setzte sich auf. „Ich muß dringend in den Hof. Wartest du?"

„Ja." Er streifte seine Hose über, nahm ihre Kerze und humpelte hinaus. Die Tür zu Fenegrinus' Zimmer stand offen. Er ging hinein, schüttete alles Pulver, das er bei sich trug, in den noch halbvollen Krug, rührte mit dem Finger um und ging in den Hof. Er warf die Leinentücher in die Grube, bevor er seine Notdurft verrichtete.

„War es ruhig in Fenegrinus' Zimmer?" wollte Sidonia wissen.

„Ja. Ich habe nichts gehört."

„Dann lege dich hin. Ich bleibe noch ein bißchen bei dir." Er gehorchte und staunte, was sie alles mit ihm anstellte, und wünschte sich, daß diese Zeit im Hospiz nie zu Ende gehen würde.

Als sie sich erhob, sagte sie: „Aber jetzt muß ich zu Fenegrinus. Ich habe Nachtwache bei ihm. Hoffentlich schläft er durch."

Als die Sonne Vinzenz ins Gesicht schien, stand er auf. Daß er Fenegrinus das Gift in den Tee geschüttet hatte, belastete ihn nicht so wie die Angst, die Beerdigung zu verpassen.

Er wusch sich am Brunnen im Hof. Schwester Sidonia kam aus Fenegrinus' Zimmer, als er durch den Flur ging und sagte: „Ich wollte dich gerade wecken."

„Schläft Bruder Fenegrinus noch?" fragte er.

„Ja. Er schnarcht so laut, daß ich immer aufgeschreckt bin, wenn ich eingenickt war. Hoffentlich schläft er noch ein paar Stunden. Meine Nachtwache ist um, gleich löst mich Schwester Philippina ab.

„Hast du in der nächsten Nacht wieder Nachtwache bei ihm?"

„Ja."

„Schmierst du mir noch meine Kratzer ein, ehe ich zum Abt gehe?"

„Ich mache es gleich. Ich setze nur erst noch Wasser für Tee auf." Sie versorgte seine Kratzer in der Küche und meinte dabei: „Sie sind gut verheilt, sogar der hier, der vereitert war."

Bruder Folmar kam und freute sich: „Gut, daß du dich um ihn kümmerst, Sidonia. Was macht Bruder Fenegrinus?"

„Er schnarcht fürchterlich. Er hat heute nacht ruhig geschlafen."

„Dann wird er ja bald wieder gesund werden. Wenn ihm etwas passieren würde, hätten wir niemanden, der sich mit den Kräutern so gut auskennt, von seinen anderen Forschungen gar nicht zu reden. Hoffen wir, daß sein Geist bald wieder ganz klar ist."

Er wandte sich an Vinzenz: „Und dir geht es ja auch schon gut."

Er schlug ihm freundschaftlich auf die Schulter, als er von Sidonia wissen wollte: „Kann er das Hospiz schon verlassen?"

„Eine Wunde eitert noch sehr stark", log sie.

„Dann muß er bleiben, bis alles ausgeheilt ist."

Beerdigung und Tod

Schon am frühen Morgen herrschte geschäftiges Treiben auf der Burg. Margarete entließ Hugo von Clair aus ihrem Bett, als die ersten Sonnenstrahlen in Arnolds Zimmer schienen: „Ich danke dir, Hugo. Du warst ein guter Gesellschafter."

Als Hugo in den Burghof trat, rief ihm Dietmar von Kerpen vom Brunnen aus zu: „Na, du Schwerenöter. Hast du es der Amanda einmal ordentlich gegeben?"

„Ja", log er, zog sein Wams aus und hielt seinen nackten Oberkörper unter das kalte Wasser.

„Ah, das tut gut", sagte er, „am liebsten ginge ich jetzt schlafen."

„Dazu hast du nach der Beerdigung Zeit. Sieh nur, die meisten Burgbewohner sind schon auf und bereiten sich auf die Beerdigung vor, und dort auf den Karren liegen vier Wildschweine und fünf Rehe. Das Leichenimbs wird ja hier auf der Burg gefeiert, und der Koch rechnet mit zweihundert Personen."

„Soviel?"

„Der Herzog bringt allein siebzig Leute mit, seine Soldaten nicht mitgerechnet, und dann die anderen Ritter aus dem ganzen Land. Komm und zieh dich an, damit wir noch Frühstück kriegen."

Ab acht Uhr versammelte man sich im Burghof, um nach Wallerfangen zu reiten, wo für zehn Uhr die Beerdigung angesetzt war. „Du hast bestimmt heute Nacht nicht gut geschlafen, Mutter", sagte Wichard. „War es eine schlimme Nacht?"

„Ja. Es war eine furchtbare Nacht", antwortete sie und fragte: „Sehe ich so schlimm aus?"

„Nein. So war das nicht gemeint. Du siehst nur müde aus."

„Ich habe die ganze Nacht kein Auge zugemacht."

„Gräm dich nicht zu sehr, Mutter", sagte Lore, „ab heute mittag kannst du dich erholen."

„Der Herzog wird dir wohl heute die Burg zu Lehen geben, Wichard. Ich gebe euch Kindern alle Anteile von mir und Vater. Ich will nur die behalten, die ich mit in die Ehe gebracht habe, und für sie bestehe ich auf meinem Altenteil. Bist du einverstanden, Wichard?"

„Darüber reden wir später, Mutter."

„Warum denn später? Höre zu. Ich beziehe heute noch Vaters Zimmer. Ich habe Amanda schon angewiesen, alle meine Sachen dorthin zu bringen. Du wirst ja wohl weiterhin in deinem Zimmer wohnen bleiben, so daß es dir egal sein kann, wo ich wohne."

„Ist denn das so eilig?" fragte er.

„In Vaters Zimmer fühle ich mich sehr wohl, und wenn Amanda mir dient, kann sie auch in ihrer Kammer bleiben. Mit ihr komme ich gut zurecht."

„Also gut. Einverstanden", brummte er, drehte sein Pferd, ritt den Zug entlang und fragte am Ende: „Fehlt noch jemand?"

„Ich glaube nicht", antwortete Johann, der Sohn des Wappners.

Auf dem Weg nach Wallerfangen schlossen sich immer mehr Ritter aus dem ganzen Land dem Zug an. Je näher der Zug dem Friedhof kam, um so größer wurde er. Schon weit vor dem Friedhof war kaum noch ein Durchkommen, obwohl des Herzogs Leibwache sich bemühte, einen Durchgang freizuhalten.

Die Herren von Sierck, allen voran Hildegards Vater, Arnold IV., erwarteten sie am Stadttor von Wallerfangen. Es fehlte keiner aus der großen und einflußreichen Sippe derer von Sierck.

Der Herzog wartete am Kopfende des offenen Sarges, den man vor die Kapelle gestellt hatte. Hinter ihm standen seine Edlen. Ein Blumenmeer bedeckte Arnolds Leiche.

Der Herzog kam sofort zu Margarete, reichte ihr die Hand und sprach ihr sein Beileid aus. Als er Wichard die Hand schüttelte, sagte er: „Dein Vater war mir mehr als ein guter Freund. Er hat mich nie im Stich gelassen. Komm, laß uns deine Mutter stützen."

Sie traten zu Margarete und führten sie an den Sarg. Der Herzog sagte zu ihr: „Du mußt jetzt stark sein, Margarete. Du weißt, daß er sein Leben lang ein großer Kämpfer war. Es wäre ihm nicht recht, wenn du jetzt schwach würdest."

Nach einem stillen Gebet gab Wichard das Zeichen, den Sarg zu schließen. Anschließend hielt Dekan André die Trauerrede, sprach den Segen und trat zur Seite. Der Herzog nahm seine Stelle ein und sagte: „Einer meiner besten Freunde, ein sehr verläßlicher Mensch und sehr mutiger Mann ist von uns gegangen. Es schmerzt mich, daß er nicht mehr unter uns weilt. Das Herzogtum Oberlothringen hat einen seiner treuesten Diener verloren. Mögen alle Jungen ihm nacheifern." Als er Wichard die Hand drückte, fragte der: „Du kommst doch zum Leichenimbs, Herzog?"

„Ich komme erst gegen Abend. Ich muß zuerst noch nach Montclair. Aber mein Sohn Theobald reitet gleich mit auf die Burg. Er wird mich solange vertreten."

Der Sarg wurde in die Erde gesenkt. Das anschließende Händeschütteln nahm kein Ende. Es gab kaum jemanden, der keine Tränen in den Augen hatte. Als einer der letzten trat der Abt von Wadgassen mit Vinzenz und Schwester Hadevidis vor Margarete. Die Wangen von Vinzenz waren naß von Tränen, als er ihr die Hand hinhielt und hauchte: „Herrin. Ich war es nicht.”

Margarete, die nicht mit ihm gerechnet hatte, nahm seine Hand nicht, sondern sah Wichard fragend an. Erst als dieser ihr zunickte, berührte sie die Hand flüchtig mit ihren Fingern und flüsterte: „Ich hoffe nicht.” Zu einem Händedruck konnte sie sich nicht entschließen. Wichard wandte sich an den schluchzenden Jungen: „Ich glaube dir. Keine Angst. Gleich nachher wird alles geklärt.”

Er fragte den Abt: „Darf ich Euch, ehrwürdiger Vater, und Schwester Hadevidis zum Leichenimbs einladen?”

„Erlaube, mein Sohn, daß wir gleich wieder in die Abtei zurückkehren. Die viele Arbeit erlaubt uns keine langen Ausflüge. Aber wir danken dir für deine Einladung.”

„Wartet noch einen Augenblick, bis ich hier weg kann. Es dauert nur ein paar Minuten. Ich rede gleich mit dem Schultheiß wegen dem Jungen.”

„Wir warten”, antwortete der Abt und verließ, nachdem er das Kreuz über Arnolds Sarg gemacht hatte, den Friedhof, der so voll war wie nie zuvor. Sie mußten auf dem Rückweg an Schultheiß Godemann vorbei. Der Abt merkte, wie sich dessen Gestalt reckte, als er Vinzenz erblickte. Er fürchtete jeden Augenblick, er würde ihm den Jungen entreißen, obwohl er Order hatte, ihn in Ruhe zu lassen. Sein ganzes Leben lang vergaß er nicht mehr diese Adleraugen, die den Jungen förmlich aufzufressen schienen. In diesem Augenblick wurde ihm klar, wieviel Angst Vinzenz vor dem Schultheiß gehabt haben mußte. Der Abt blieb mit Vinzenz neben dem Friedhofstor im Schatten der Mauer stehen, und beobachtete, wie Schwester Hadevidis mit Margarete sprach.

Hadevidis fragte: „Hast du das Kreuz von Vinzenz gesehen, Margarete?”

„Ja, was ist damit?”

„Vinzenz ist Arnolds Sohn.”

„Du lügst. Zu mir hat er gesagt, er wüßte nicht, daß er einen Sohn von einer anderen Frau hat. Er habe nur Wichard.”

„Vielleicht hat die Helga Baumgart ihm nichts davon gesagt, als er damals aufbrach, um mit dem Herzog auf den Wattweiler

Höhen zu kämpfen. Vielleicht hat er ihr noch eine Stunde vor seinem Abschied das Kind gemacht. Sieh dir doch nur den Jungen an. Er ist Arnold wie aus dem Gesicht geschnitten. Das kannst du nicht leugnen. Arnold war doch erst siebzehn, als er dich geschwängert hat. Er sah damals genauso aus wie Vinzenz heute. Nein, nein, meine Liebe, Vinzenz ist Arnolds Sohn. Ein weiterer Beweis ist der, daß Arnold der Helga das kostbare Kreuz geschenkt hat. Sie hat es Vinzenz in ihrer Sterbestunde gegeben und hat ihm nicht gesagt, wer sein Vater ist. Sie hat ihm das Versprechen abgenommen, immer nur zu sagen, sein Vater sei tot."

„Sei still, das stimmt doch alles nicht. Arnold wußte nichts von einem Sohn, und das glaube ich ihm. Warum hat ihm die Helga nichts von ihrer Schwangerschaft und ihrem Sohn erzählt, wie es all die Weiber in der Hoffnung tun, eine gute Abfindung zu bekommen?"

„Vielleicht hat sie ihn wirklich geliebt und wollte ihm keine Ungelegenheiten bereiten. Auch das soll es geben."

„Dummes Gequatsche. Aber dich geht das alles gar nichts an. Du erzählst es mir ja doch nur, um mich zu ärgern, weil du ihn nicht bekommen hast. Du trauerst ihm ja heute noch nach, weil er der erste war, der es dir gemacht hat... Von dieser Erinnerung lebst du heute noch, weil du so häßlich warst, daß sich kein Freier in deine Nähe wagte."

Hadevidis überhörte die Schmährede und fragte in ruhigem Ton: „Hat er dir auch eines von diesen Kreuzen geschenkt?"

„Mir? Nein. Eins bekam Lore, eines Wichard und eines hat er selbst getragen. Ich hätte auch keines gewollt. Warum fragst du?"

„Weil er 1276 in Metz vier Stück anfertigen ließ. Ich traf ihn beim Goldschmied Isaak Rosenblatt. Ich war auch dabei, als er sie bezahlte. Dort zeigte er sie mir voller Stolz und sagte: ‚Die sind für meine Lieben.' Aber sage mal, Margarete, für wen war denn dann das vierte, wenn er dir keines gegeben hat?"

„Bleib mir gestohlen mit diesen idiotischen Kreuzen. Der Junge wird nie als legitimer Sohn Arnolds anerkannt werden, nie. Geh wieder in dein Hospiz und kümmere dich um deine Kranken."

Sie drehte sich um und trat zu Johann von Sierck und seinem Bruder Friedrich, mit denen sie den Friedhof verließ.

Hadevidis gesellte sich zum Abt und zu Vinzenz. Sie war aufgeregt und froh, als Wichard endlich zu ihnen kam. In seinem Gefolge waren der Schultheiß und der Meier. „Kommt ein wenig zur Seite", bat Wichard, „sonst blockieren wir den Ausgang, und es braucht ja nicht jeder zu hören, was wir zu besprechen haben."

Wichard fragte den Schultheißen: „Wurde gegen Vinzenz von irgend jemand Anklage erhoben?"

„Nein."

„Kannst du inzwischen nachweisen, daß er meinen Vater die Treppe hinabgestoßen hat?"

„Nein, Herr. Dietmar von Kerpen hat nur einen Schatten gesehen, aber wer das war, das konnte er nicht genau erkennen. Er vermutet nur, daß es Vinzenz war."

„Hat von den Knappen jemand den Jungen gefunden, als sie gleich nach Vaters Tod die Burg durchsucht haben?"

„Nein, Herr Wichard", antwortete der Schultheiß und fügte hinzu: „Ich habe alle gewissenhaft befragt, aber niemand wußte etwas genaues. Alle sagten immer nur das, was Dietmar von Kerpen auch gesagt hat."

„Gut. Ich danke dir, Schultheiß. Wenn das so ist, dann mache ich hiermit als der Grundherr von Vinzenz und sein Gerichtsherr von meinem Recht der Begnadigung Gebrauch und erkläre hiermit, daß Vinzenz unschuldig und frei ist, da niemand Anklage gegen ihn erhoben hat und nicht bewiesen werden konnte, daß er die Tat begangen hat."

Vinzenz fiel vor ihm auf die Knie und küßte seine Hand.

„Ich danke dir, Wichard", sagte der Abt und segnete ihn. „Glaube mir, dieser Junge ist keiner Schandtat fähig. Du hast recht gehandelt. Wenn er aber bei uns im Kloster bleiben will, ist er jederzeit herzlich willkommen, falls du ihn gehen läßt."

Er wandte sich an Vinzenz, der immer noch vor Wichard kniete, machte ein Kreuz auf seine Stirn und fragte: „Hast du gehört, Vinzenz? Du bist jederzeit in der Abtei willkommen."

„Ja, ehrwürdiger Vater. Ich komme euch bestimmt einmal besuchen und danke für alles, aber so frei wie ich auf der Burg bei Herrn Wichard sein kann, bin ich im Kloster nicht, obwohl ich gerne in eure Schule gehen würde, um lesen und schreiben zu lernen."

„Steh auf, Vinzenz", gebot Wichard, „und gehe mit den anderen auf die Burg. Dort werden heute alle Hände gebraucht."

Zum Abt sagte er: „Wenn er gerne in die Klosterschule gehen will, habe ich nichts dagegen. Er darf dann aber seinen Dienst in meiner Kanzlei nicht vernachlässigen."

Vinzenz hörte das nicht mehr. Im Weglaufen rief er Wichard zu: „Danke, Herr" und wischte sich Tränen der Dankbarkeit aus dem Gesicht. Er lief zu Johann, dem Sohn des Wappners, mit dem er sich schon immer gut verstanden hatte. Dieser legte ihm die Hand auf die Schulter und lachte ihn an: „Niemand hat daran geglaubt, daß du es warst. Niemand, auch Wichard nicht. Ich habe selbst gehört, wie er zu Margarete sagte: ‚Das hat der Junge nie und nimmer getan. Er liebte meinen Vater.' "

„Hat er das wirklich gesagt?"

„Ja, ich habe es selbst gehört."

„Du kannst dir nicht vorstellen, wie ich mich freue, Johann."

„Dann komm. Wir müssen auf die Burg. Dort rechnet man mit zweihundert Gästen, welche die Haut Arnolds versaufen wollen."

Schwester Philippina betrat Bruder Fenegrinus' Kräuterstube. Er war unruhig und röchelte. Seine Hände glitten unruhig über die Decke, krallten sich zusammen, ließen die Decke los, ergriffen sie wieder, zerrten an ihr, während sein Körper von Zuckungen und Krämpfen befallen war.

Schwester Philippina versuchte ihn mit Worten zu beruhigen und drückte ihn in die Kissen. Als sie ihn alleine nicht packte, rief sie in den Flur: „Sidonia! Komm und hilf mir."

Bruder Folmar eilte herbei: „Was ist los? Die Sidonia schläft."

„Sieh nur, wie er sich immer wieder aufbäumt. Ich kann ihn alleine nicht halten. Hilf mir."

„Gib ihm etwas zu trinken. Vielleicht hat er Durst."

Philippina hielt Fenegrinus den kleinen Krug an den Mund. Als er dies merkte, wurde er für einen Augenblick ruhiger und trank den Krug mit großen Schlucken leer.

„Siehst du, Philippina, er wird schon ruhiger und wird sicher gleich wieder schlafen", brüstete sich Bruder Folmar, „man muß halt wissen, wie man mit den Kranken umgeht."

„Hoffentlich schläft er nur gleich wieder ein, denn ich muß noch all die anderen Kranken versorgen. Schwester Hadevidis ist ja zur Beerdigung. Ich bin also ganz alleine."

„Schwester Sidonia kann dich unterstützen. Warte, ich rufe sie. Sie kann sich heute Nachmittag ausschlafen, wenn Schwester Hadevidis von der Beerdigung zurück ist."

„Nein, laß sie schlafen. Ich schaffe das schon, wenn Bruder Fenegrinus nur ruhig weiter schläft."

Philippina vergewisserte sich noch einmal, daß Fenegrinus fest schlief, bevor sie sein Zimmer verließ und in das Krankenzimmer ging, in dem der junge Bauer lag, dessen Stier ihn aufs Horn genommen hatte.

„Das ist schlimm, aber du bist noch jung und stark. Du wirst bestimmt wieder gesund werden", machte sie ihm Hoffnung, obwohl sie spürte, daß ohne Fenegrinus' Hilfe keine Aussicht bestand, sein Leben zu retten. Sie hatte die Wunde gesäubert, und damit war ihre Kunst zu Ende. Sie wußte, man müßte den Darm nähen, aber mit was? Und man müßte die Haut weiter aufschneiden, um zu sehen, wie tief er verletzt war. Aber das konnte sie nicht. Das hatte immer Bruder Fenegrinus getan.

Danach versorgte sie Anna Kleinholz, die schon monatelang eine Hautkrankheit hatte, die nicht heilen wollte und mit großem Juckreiz verbunden war. Man hatte ihre Hände dick verbunden, so daß sie sich nicht mehr kratzen konnte. Dafür schrie sie aber gottserbärmlich und wälzte sich auf dem Boden, wenn der Juckreiz sie überfiel.

„Wenn Bruder Fenegrinus nicht bald wieder gesund wird", sagte Philippina, „sehe ich schwarz für dich. Er wollte es bei dir mit Hollunder versuchen. Er hofft, daß die starke Schweißabsonderung dir hilft. Aber ich wage nicht, ihm vorzugreifen."

„Versuche du es mit dem Hollunder, Schwester Philippina. Hilf mir, bitte, bitte hilf mir." Anna klammerte sich an Philippina, die mit Gewalt ihre Hände befreite und die Tiegel mit den Salben in Fenegrinus' Zimmer brachte. Sie stellte sie ins Regal, bevor sie nach ihm sah.

Er lag gekrümmt in seinem Bett, die Augen weit aufgerissen, und atmete nicht mehr. Philippina beugte sich vor, lauschte seinem Atem, fühlte den Puls an seinem Hals und schrie: „Fenegrinus! Fenegrinus!" Sie sank auf den Rand seines Bett und murmelte: „Er ist tot. Er hat es also hinter sich. Er ist tot. Er ist tot."

Innerlich vollkommen leer ging sie zu Bruder Folmar und berichtete ihm mit tonloser Stimme, daß sie soeben Bruder Fenegrinus tot in seinem Bett aufgefunden hatte.

„Der Herr sei seiner Seele gnädig", betete Bruder Folmar, als er neben Schwester Philippina in Fenegrinus' Zimmer trat, und er fügte hinzu, als er ihm die Augen zudrückte: „Ein guter Mensch ist von uns gegangen."

Ritterschlag

Wichard gesellte sich auf dem Heimweg von der Beerdigung zu des Herzogs Sohn Theobald. Vor ihnen ritten die Herren von Sierck und Margarete. Johann von Sierck rief ihm über die Schulter zu: „Nun wirst du der Lehnsherr werden, Wichard."

„Ja. Mutter will allerdings ihr eingebrachtes Gut behalten, so wie es das fränkische Erbrecht vorsieht."

„Ist es viel, Margarete?" rief Johann der Witwe zu.

„Das geht dich gar nichts an!" brauste diese auf.

„In Arnolds Urkunden ist alles festgeschrieben", sagte Wichard. „Ich glaube, es sind 40 Teile von 180. Das alte Recht ist gut. Die Witwen stehen nie mittellos da. Der Mann ist immer nur Verwalter ihres Vermögens, bei Rittern und Begüterten wie beim Volk."

„Wegen mir hätten wir noch lange Zeit gehabt, das römische Recht einzuführen. Schließlich wußten unsere Vorfahren auch, was gut und recht ist", rief Friedrich von Sierck herüber.

Margarete kam an Wichards Seite und sagte leise: „Wichard! Beantworte mir eine Frage."

„Welche, Mutter?"

„Laß uns unter vier Augen miteinander reden."

„Entschuldige, Johann, Mutter hat es eilig", rief Wichard den anderen zu und spornte sein Pferd an .

„Reitet nur vor. Ich weiß, in solchen Fällen ist nicht immer alles für fremde Ohren bestimmt", lachte Johann.

„Hast du Hadevidis von Warsberg gesehen?" fragte Margarete mit Erregung in ihrer Stimme, als sie alleine waren.

„Ja. Warum?"

„Sie behauptet, daß das Teufelskreuz, das Vinzenz trägt, von deinem Vater stamme und er sein Sohn sei. Vater habe vier solcher Kreuze anfertigen lassen, das habe er ihr selbst in Metz bei dem Goldschmied Rosenblatt erzählt, und da er mir keines geschenkt hat, habe er das vierte seiner Geliebten, Vinzenz' Mutter, die damals auf dem Linsler Hof als Magd arbeitete, gegeben."

„Aber Vater hat ihn nie anerkannt."

„Hadevidis ist der Meinung, daß diese Helga Baumgart ihm nichts von ihrer Schwangerschaft gesagt hat."

„Dann hätte ich ja nicht nur drei Halbschwestern, sondern dann wäre Vinzenz mein Halbbruder. Das wäre auch die Erklärung dafür, daß ich ihn so gut leiden kann und mich irgendwie für ihn verantwortlich fühle."

„Gefühlsduselei!" fuhr sie ihn an, setzte aber versöhnlich hinzu: „Als dein Vater ihn und Amanda auf die Burg brachte, habe ich gleich eine Ähnlichkeit zwischen ihm und dem Jungen festgestellt. Ich habe ihn auch zur Rede gestellt, aber er hat mir geschworen, er wisse nichts von einem Sohn außer dir. Ich wollte Vinzenz ja auch nicht auf der Burg dulden. Er sagte aber, er habe seiner sterbenden Tante versprochen, für ihn und Amanda zu sorgen."

„Das braucht dir auch jetzt keinen Kummer zu machen. Vinzenz kann keinen Anspruch geltend machen, und nachdem ich ihn von jeder Schuld freigesprochen habe, ist er nach wie vor unser Höriger. Der Abt hat ihm angeboten, ins Kloster einzutreten. Ich stehe ihm nicht im Weg, wenn er diesen Wunsch äußert. Will er das nicht, so kann er weiterhin mit dem Gesinde zusammenleben und -wohnen. Auf jeden Fall soll er eine gute Ausbildung erhalten. Vielleicht gibt er einen guten Forstmann und Falkner ab. Er hat auch handwerkliche Talente. Vielleicht wird er Wappner. Jedenfalls soll es ihm an nichts mangeln."

„Ich möchte ihm auf der Burg nie mehr begegnen."

„Kein Problem, Mutter. Das läßt sich einrichten."

„Ich habe dir ja schon gesagt, daß ich ab heute in Vaters Stube wohnen werde."

„Aber warum hast du es so eilig, Mutter?"

„Ich will jetzt nur noch in Erinnerung an deinen Vater leben. In seinem Zimmer fühle ich ihm am nächsten. Ich hoffe, du bist auch damit einverstanden, daß Amanda mir in Zukunft dient. Die Anna kannst du sonst irgendwo einsetzen."

„Einverstanden, und sage mir ruhig, wenn du sonst noch Wünsche hast. Du weißt, daß ich sie dir erfüllen werde, und außerdem bist du ja noch Lehnsherrin. Noch hat der Herzog mir das Lehen nicht übertragen."

„Das tut er heute noch, wenn er zum Imbs kommt. Er hat seinen Notar ja immer dabei."

Auf der Burg angekommen, fegte Margarete durch alle Räume und begutachtete, ob alles für den hohen Besuch gerichtet war. Sie war zufrieden. Für Speis' und Trank war bestens gesorgt.

Der Herzog kam, wie versprochen, erst nachmittags auf die Burg. Johann von Sierck, Bischof in Utrecht, begrüßte ihn, da er schon etliches getrunken hatte, mit Johlen: „Höre mal, Herzog

Friedrich, du hast dich nicht viel verändert, seit ich dich bei deiner Hochzeit zum letzten Mal gesehen habe."

„Ho, ho! Das sind vierzig Jahre her!"

„Aber deine Sechsundsechzig sieht man dir nicht an."

„Ich war auch immer in der frischen Luft, immer irgendwo in einen Kampf verwickelt."

„Ich weiß, und ich bewundere dich. Du hast aus dem einst so zersplitterten und in sich verfeindeten Herzogtum ein einheitliches Lothringen geschaffen. Das muß ich dir bescheinigen. Mehr konntest du nicht tun."

„Ich danke dir für deine gute Meinung." Er wandte sich zum Gehen. „Wir reden nachher weiter, Johann. Ich muß jetzt zuerst mit Wichard und Margarete sprechen."

Der Herzog, Margarete, Wichard und der Notar gingen in des Herzogs Zimmer. Die Verhandlungen über das Lehen dauerten nur eine halbe Stunde. Als sie zu den anderen in den Rittersaal traten, kniete Wichard vor dem Herzog nieder, hob seine rechte Hand zum Schwur und sagte laut und deutlich, so daß jedermann es hören konnte:

„Ich, Wichard, Sohn Arnolds von Felsberg, gelobe dir, Herzog Friedrich dem Dritten von Oberlothringen, treu, hold und immer gegenwärtig als Lehnsmann der Burg Felsberg, aber auch als sein Justitiar in Wallerfangen, zu dienen."

Der Herzog trat zu dem Notar, der die Urkunde der Lehensübergabe vorbereitet hatte. Er rief in die Runde: „Ich nehme Wichards Huldigung an und freue mich, wieder einen guten Lehnsmann zu haben." Beifall brauste auf, während der Herzog die Urkunde unterschrieb.

Kaum hatte der Herzog an der Tafel Platz genommen, als Wichard vor ihn trat, sich tief verbeugte und sich erst aufrichtete, als der Herzog fragte: „Was ist, Wichard?"

„Es wäre eine große Ehre für mich und die von mir ausgebildeten Knappen, wenn du sie morgen zum Ritter schlagen würdest."

Der Herzog lachte: „Wird gemacht. Das liebe ich an dir, Wichard, daß du immer gleich zur Sache kommst. Wieviele sind es?"

„Drei."

„Ich bestehe aber darauf, daß der Ritus eingehalten wird. Du weißt: Die Knappen haben die ganze Nacht in der Kapelle zu beten, und daß sie morgen früh im Zuber gebadet werden, gehört auch dazu."

„Der Ritus wird streng eingehalten. Ich achte selbst darauf", versicherte Wichard. Die Herzogin wandte sich an den Herzog und gab zu bedenken: „Aber das wird doch nichts, Herzog. Heute Abend sind die Knappen so voll, daß sie in der Kapelle schlafen oder weitersaufen, statt zu beten. Erlasse ihnen das Nachtgebet in der Kapelle." Der Herzog verzog seinen Mund und wiegte den Kopf hin und her: „Du hast recht. Ich bin damit einverstanden, daß sie die Nacht nicht betend in der Kapelle verbringen müssen. Das können sie nachholen. Heute wird erst einmal Arnolds Haut versoffen. Das sind wir dem toten Arnold schuldig. Prosit."

Sie aßen und tranken bis tief in die Nacht. Alte Freundschaften wurden wieder aufgefrischt, und manche Differenz zwischen den Sippen bei Gesprächen beseitigt.

Vinzenz fungierte als einer der sechs Mundschenke. Amanda und weitere sechs Mägde hatte alle Hände voll damit zu tun, immer wieder neue Speisen aufzutragen. Sie hatte noch keine Zeit gehabt, um Vinzenz ihre Freude über den Freispruch Wichards auszudrücken. In der Hast des Tages blieb nur ein kurzes „Ich freue mich" im Vorübergehen für ihn übrig.

„Ich komme heute nacht zu dir", war seine Antwort. Aber daraus wurde nichts, denn Hugo von Clair legte sich volltrunken in Amandas Bett, als er Margaretes Zimmer verschlossen fand. Als Amanda dies morgens gegen fünf Uhr feststellte, lief sie nach unten und schlief auf drei Mehlsäcken in der Vorratskammer. Daß sich ganz in ihrer Nähe ein Pärchen amüsierte, störte sie nicht. Sie war so müde, daß ihr sofort die Augen zufielen.

Vinzenz erging es genau wie Amanda. Als er Hugo von Clair auf ihrem Bett schlafend vorfand, machte er auf dem Fuße kehrt und flüsterte dabei: „Ich hätte ihn erschlagen, wenn ich ihn in Amandas Armen gefunden hätte."

Er ging nach unten, und da er sonst nirgends einen Platz fand, legte er sich ebenfalls in der Vorratskammer schlafen.

In dieser Nacht schlief niemand lange. Schon vor Sonnenaufgang schleppten die Knechte und Mägde Wasser herbei und füllten den Zuber. „Das wird wieder ein Spaß", rief Anna, „wenn sie nackt in den Zuber steigen."

„Scheiß-Ritterschlag", schalt Paul, der Pferdeknecht, „muß denn das Baden unbedingt bei Sonnenaufgang sein? Heute Mittag wäre doch auch noch Zeit gewesen."

„Bist du schon wieder am Maulen", ermahnte ihn Tina, „der Herzog hat es so befohlen, und so wird es gemacht. Fertig ab."

„Wer hat denn schon Spaß an diesen nackten Knappen, wenn man kaum aus den Augen sieht", rief die vierzehnjährige Guda herüber. Sie war dabei, den Tisch zu decken.

„Dir werden schon die Augen aufgehen, wenn du sie nackt siehst", lachte Felix, der Wappner, „der Dietmar von Kerpen soll ja ganz toll beschlagen sein."

„Habt ihr Weiber denn schon ausgelost, wer sie abschrubbt?", brachte Hugo, der Schmied, alle auf andere Gedanken.

„Die Anna kann am besten schrubben", rief Marga, „sie hat ja Arnold auch immer gebadet."

„Amanda ist ja auch noch da", warf Steffi ein und schielte dabei auf Anna, darauf hoffend, daß diese wieder wütend reagierte. Sie hatte sich aber getäuscht, denn diese lachte: „Wenn Amanda die Knappen abschrubbt, steigt keiner ohne Ständer aus dem Zuber."

„Prima", rief Adelheid in das allgemeine Gelächter, „um so größer ist der Spaß."

„Wo ist sie denn überhaupt? Ich habe sie heute noch nicht gesehen", fragte Tina.

„Sie ist bei der Herrin und hilft ihr beim Ankleiden. Der Herzog und alle anderen kommen sicherlich auch bald. Dort hinten wird es schon langsam hell."

„Seht! Dort kommen der Vogt und Wichard", rief Johann, der Sohn des Wappners, „es geht also bald los, und dort kommen auch schon die anderen Knappen. Sie bringen schon die Geschenke von ihren Verwandten für die neuen Rittersleut."

Dietrich von Finstingen, Ernst von Hagen, Johann von Mengen, Friedrich von Montfort, Isenbard von Kastel und Kuno von Gersbach brachten neue Hellebarden, Schilde, Wurfspeere, Helme und Kurzschwerte und legten sie auf die Tische. Georg, Heinrich und Werner trugen rote Samtkissen, auf denen Schwerter und Sporen für jeden lagen. Hinter ihnen kamen die Knappen. Sie stellten sich in einer Reihe nebeneinander auf. Die Samtkissen wurden ihnen vor die Füße gelegt. Jeder der Samtkissenträger zeichnete seinem Gegenüber ein Kreuz auf die Stirn und sagte: „Gott segne dich."

Natürlich ließ sich keine der Mägde und Knechte diese Zeremonie entgehen, so daß der Vogt schrie: „Macht voran, faules Volk, damit ihr fertig seid, wenn der Herzog kommt."

Im gleichen Augenblick erschallte das Fanfarensignal, das die Ankunft des Herzogs ankündigte. Zuerst erschien der Herold mit der Standarde. Die Hunde, allen voran der Rüde Bodo, stürmten auf den Herold los und verbellten ihn. Bodo aber sonderte sich ab und lief zur Herzogin, die er besonders mochte. Er sprang solange an ihr hoch, bis sie ihn streichelte. Fortan wich er nicht mehr von ihrer Seite. Hinter dem Herzog und der Herzogin folgte sein gesamtes Gefolge. Sogar die Äbtissin von Freisdorf, Elisabeth von Sierck, von der bekannt war, daß sie stets bis Mittag schlief, war dabei und schritt neben Adelheid von Bayon stolz einher. Hinter ihnen folgten Margarete mit Lore und den Ihren, die Siercker, die von Mengen, die von Rodemachern, die Saarbrücker, die von Rollingen, die von Schoenecken und Siersberg, um nur die wichtigsten zu nennen.

Wichard ging ihnen entgegen und begrüßte sie grinsend, denn so viele verschlafene Gesichter hatte er noch nie auf seinem Burghof gesehen.

Gähnend rief der Herzog: „Sind die Knappen bereit?"

Dietmar von Kerpen trat vor, verbeugte sich vor dem Herzog und der Herzogin, stand danach stramm und erwiderte: „Herzog! Burgherr! Wir Knappen stehen zum Ritterschlag bereit."

„Dann ins Wasser mit euch! Worauf wartet ihr denn noch?"

Die Knappen ließen ihre Kleider fallen. Natürlich wollten alle gleichzeitig in den Zuber. Da dieser aber nur Platz für zwei hatte, genossen die Zuschauer den Kampf, bis Anna, Steffi und Lisa patschnaß unter dem Gelächter der Umstehenden versuchten, die beiden im Zuber Stehenden abzuschrubben.

Dietmar versteckte sich hinter dem Zuber und wartete sehnlichst darauf, daß auch er ins Wasser konnte. Erst nachdem der Knecht Franz den beiden zum Abschluß einen Kübel Wasser übergegossen hatte, verließen sie den Zuber und wurden von Klara und Tina abgetrocknet. Inzwischen stieg Dietmar unter dem großem Beifall aller in den Zuber. Nackt gingen die beiden anderen nun zum Tisch, wo die Mägde ihnen ihre neuen, kostbaren Kleider reichten und ihnen beim Anziehen halfen. Als Dietmar zu ihnen kam, waren die beiden anderen schon angezogen.

Inzwischen hatten die Knechte einen tragbaren Altar zwischen dem Herzog und den Knappen aufgestellt, den nun der Abt betrat. Er bekreuzigte sich, sprach ein stilles Gebet und wandte sich danach an die Versammelten.

„Herzog Friedrich der Dritte von Oberlothringen hat sich ent-schlossen, Dietmar von Kerpen, Kunz von Dalberg und Nikolaus von Rittenhofen zum Ritter zu schlagen. Sie sind 21 Jahre alt und haben die ritterlichen Tugenden und den Gebrauch der Waffen bei Wichard von Felsberg gelernt. Sie gehen gut geschult in einen neuen Lebensabschnitt. Wir wollen dieses große Ereignis nicht ohne Gottes Segen begehen. Kniet nieder und laßt uns beten: Der allmächtige Herr im Himmel und auf Erden behüte und beschütze euch auf allen euren Wegen und gebe, daß ihr stets das Rechte tut zu seinem Lob und seiner Ehre. Im Namen des Vaters, des Sohnes und des Heiligen Geistes, Amen."

Der Abt trat zu den drei Knappen, die vor dem Altar knieten, und reichte jedem die Hand: „Steh auf, Knappe."

Als sie standen, forderte er den ersten zum Schwur auf: „Dietrmar von Kerpen, trete als erster vor und leiste den heiligen Eid."

Dietmar kniete nieder und schwor: „Ich schwöre bei Gott, immer die Wahrheit zu sagen, das Recht zu behaupten, die Religion, die Schwachen, Witwen und Waisen zu schützen, die Frauen zu ehren und die Ungläubigen zu bekämpfen."

Nachdem auch die beiden anderen ihren Eid gesprochen hatten, rief der Abt: „Steht auf!"

Nun trat der Herzog zu ihnen, befestigte jedem am rechten Fuß den Sporn, den man ihm von dem roten Samtkissen reichte, und schlug ihm mit der flachen Hand an den Hals, während er sagte: „Ich schlage dich hiermit zum Ritter. Besser Ritter als Knecht. Das gelte für alle Zeiten." Der Abt fügte jedesmal, während er ein Kreuz schlug, hinzu: „So sei es. In Ewigkeit. Amen."

Großer Beifall brauste auf, als nun der Herzog jedem sein Schwert in die Hand drückte, das ihnen die anderen Knappen umbanden. Sie wurden von allen beglückwünscht, die Mägde brachten Brot, Braten und Wein, und ein neues Fest begann. Vinzenz war wieder einer der sechs Mundschenke.

Nach dem Frühstück, als sich alle nach dem Herzog erhoben hatten, rief Wichard Vinzenz zu sich.

„Was ist, Herr?"

Noch bevor Wichard antworten konnte, fragte der Herzog: „Was ist mit dem Jungen?"

„Er ist ein Höriger und heißt Vinzenz. Dietmar von Kerpen hat behauptet, er hätte meinen Vater die Treppe hinabgestoßen. Aber der Schultheiß ist der Sache gründlich nachgegangen und sagt, nein, das stimmt nicht, und ich habe es auch nicht geglaubt. Vor lauter Angst, die Knappen würden ihm etwas antun, war er geflohen und hatte im Kloster Wadgassen Asyl gefunden. Gestern sprach ich ihn als sein Grundherr von dem Vorwurf frei, er sei schuld am Tod meines Vaters. Heute aber hebe ich – nach langer Überlegung und vielen Einwänden meiner Mutter – seine Leibeigenschaft auf." Und förmlich sprach er zu Vinzenz: „Ich hebe hiermit deine Leibeigenschaft auf. Du bist ab sofort ein freier Mann, und du kannst gehen, wohin du willst. Ich würde mich aber freuen, wenn du weiterhin hier bei uns auf der Burg bleiben würdest. Du könntest mir und dem Vogt bei der Verwaltung und im Forstdienst helfen. Willst du?"

Vinzenz, der vor Wichard niedergekniet war, antwortete: „Ja. Ich bleibe, Herr. Amanda ist doch hier. Sie werde ich nie alleine lassen." Wichard zog ihn hoch, winkte dem Vogt. Dieser überreichte ihm ein Stück Papier, das Wichard an Vinzenz mit den Worten weitergab: „Hier ist dein Freibrief. Hebe ihn gut auf."

Der Abt bekreuzigte sich, ebenso Schwester Hadevidis, die neben ihm stand. Beifall brauste auf, und alle gratulierten Vinzenz.

Inzwischen hatte Wichard Amanda herangewinkt: „Und nun zu dir, Amanda! Meine Mutter und ich haben beschlossen, auch dir die Freiheit zu geben als Dank dafür, daß du meinem Vater die letzten Wochen so verschönt hast. Bleibe auch du auf der Burg und setze deine Arbeit als Freie fort wie bisher. Willst du?"

Ihr „ja" ging unter in Beifall. Auch sie erhielt ihren Freibrief, den sie küßte und sich in den Ausschnitt ihres Kleides steckte, während Johann, der Sohn des Wappners, ihr aus der Menge zurief: „Dort würde ich auch gerne einmal etwas hinstecken."

Alle lachten. Der Herzog zeigte auf Vinzenz: „Dieses Kreuz habe ich doch schon öfter gesehen. Wo hat er es her?"

„Mein Vater, Lore und ich haben dasselbe", antwortete Wichard. „Seine Mutter hat es ihm auf ihrem Sterbebett geschenkt."

„Woher hat sie es?"

„Von meinem Vater, Herzog."

„Wer ist dein Vater?" fragte der Herzog Vinzenz.

„Ich habe meiner sterbenden Mutter geschworen, das nie zu sagen", entgegnete dieser stolz.

„Solch edle Gesinnung lobe ich mir." Der Herzog schlug ihm lachend auf die Schulter, während sein Sohn Theobald fragte: „Höre Junge. Hast du keine Lust, in des Herzogs Heer einzutreten?"

„Nichts da", mischte sich die Herzogin ein, während sie Bodo streichelte, „laß den Jungen bei Wichard. Er beißt noch früh genug ins Gras. Was meinst du, Junge?"

„Ich möchte noch auf der Burg bleiben, so, wie ich es dem Burgherrn versprochen habe."

Margarete sagte leise, so daß sie kaum jemand hörte: „Also! Wegen mir kannst du gehen. Ich halte dich nicht."

Wichard erklärte nun Vinzenz: „Du kannst im Haus des verstorbenen Sattlers wohnen. Amanda kann zu dir ziehen, wenn meine Mutter es erlaubt. Auf die Dauer ist das ja keine Lösung mit euch beiden in der kleinen Kammer."

„Ich danke dir, Herr. Gleich morgen werde ich das Haus herrichten. Darf ich jetzt gehen und es Amanda sagen?"

„Ja, geh nur", lachte Wichard und sagte zum Herzog: „Ich freue mich über jeden Dienst, den ich ihm erweisen kann, weil er sich kindlich über die kleinste Aufmerksamkeit freut."

„Das ist die Blutsverwandtschaft", lachte der Herzog.

Amanda freute sich auch, als Vinzenz es ihr erzählte. „Ich ziehe natürlich mit dir, wenn die Herrin es erlaubt."

Aber diese erlaubte es nicht, als Amanda sie etwa eine Stunde später fragte, denn sie war immer noch wütend über das, was wenige Minuten vorher geschehen war.

Während nämlich Vinzenz mit Wichard und dem Herzog zum Tisch gegangen war, hatte Margarete laut zur Herzogin gesagt: „Immer wenn ich ihn sehe, muß ich an Arnolds Ehebruch denken und sehe genau vor mir, wie er es mit ihr getrieben hat."

Da trat Hadevidis zu ihr und den anderen Frauen und sagte: „Der Junge kann doch nichts dafür, daß dein Arnold ihn gezeugt hat. Die Helga Baumgart, du hast sie auch gekannt, die hübsche Blonde vom Linseler Hof, hat deinem Arnold halt auch gut gefallen. Demnach ist der Junge Wichards und Lores Halbbruder. So wie der Arnold gleicht, müßtet ihr ihn als seinen Sohn anerkennen, wenn ihr auch nur ein bißchen Ehre im Leib habt."

„Was geht uns dieser Bastard an", brauste Margarete auf, „es ist schon schlimm genug, daß Wichard ihm die Freiheit gab. Ich habe mich mit allen Mitteln dagegen gewehrt. Aber er ist der Grundherr. Er hat das Sagen, und da er ein zu guter Mensch ist, glaubt er diesem Bankert etwas schuldig zu sein."

Margarete drehte sich um und ging zum Tisch, wo sie sich ein Glas Wein geben ließ. Ihre Hand zitterte vor Aufregung, als sie leise vor sich hinsprach: „Aber ich werde ihn demütigen, wie zuvor noch nie ein Mensch gedemütigt worden ist, und zwar so lange, bis er die Burg von sich aus verläßt."

Die Herzogin trat zu ihr und sagte: „Wir gehen noch eine Stunde schlafen. Nach dem Mittagessen reiten wir weiter. Sieh zu, daß wir gegen Zwölf essen können."

„Ja. Das Essen steht pünktlich auf dem Tisch", antwortete sie und trank ihr Glas in einem Zug leer.

Nach und nach entfernte sich, wer zum Gefolge des Herzogs gehörte. Alle anderen aber feierten ein feucht-fröhliches Fest. Margarete trank viel, und ihre Zunge war schwer, als sie sich nach dem Essen vom Herzog, der Herzogin und all den anderen guten Bekannten verabschiedete. Sie mußte den Rüden Bodo zurückhalten, der am liebsten mit der Herzogin gelaufen wäre. Wichard gab dem Herzog Geleit bis Dilsdorf. Dort verabschiedete ihn der Herzog.

Margarete trat zu Hugo von Clair: „Das mit uns hat ab sofort ein Ende. Suche dir eine andere Schlafstelle. Ich will meine Ruhe haben." Ohne seine Antwort abzuwarten, ging sie zu Amanda: „Schicke mir sofort den Vinzenz auf mein Zimmer."

Sie gab dem Hund ein Stück Braten, das dieser gierig fraß. Mit einem weiteren Stück lockte sie in ihr Zimmer.

„Hier bin ich, Herrin", sagte Vinzenz, als er Margaretes Zimmer betrat. Bodo kam ihm entgegen und sprang an ihm hoch. Vinzenz blieb auf der Schwelle stehen und traute seinen Augen nicht. Margarete kniete nackt mit gespreizten Beinen vor ihrem Bett und schrie ihn an: „Tür zu. Komm her."

Er gehorchte widerwillig, blieb aber wie angewurzelt im Zimmer stehen, starrte auf dieses seltsame Bild und wehrte den Hund ab.

Bodo lief zu Margarete und stieß die Schnauze in ihre Scham, Margarete rief Vinzenz über die Schulter zu: „Los! Hilf ihm, du weißt schon, was er will." Als er sich nicht rührte, schrie sie voller Wut: „Gehorche! Du hast mir auch jetzt noch zu gehorchen, obwohl du frei bist. Hast du nicht gehört, was ich verlangt habe? Hilf sofort dem Hund, oder ich lasse dich von der Burg jagen."

Vinzenz gehorchte widerwillig, während er dachte: „Ich habe immer geglaubt, die Pferdeknecht würden phantasieren, wenn sie behaupten: ‚Die Minnesänger genügen der Herrin nicht. Sie macht es auch mit Hunden.'"

„Das paßt dir wohl nicht, Bankert?" fachte sie. „Aber ich sage dir: Das ist noch lange nicht alles. Du wirst gehorchen, denn ich weiß, wie du an Amanda hängst. Zieh dich aus!"

„Aber Herrin... das geht doch nicht!"

„Du sollst dich ausziehen", schrie sie voller Wut. „Los! Voran. Ich werde dir zeigen, was geht und was nicht geht. Du willst doch auf der Burg bleiben, oder nicht?"

„Doch, doch, Herrin", stotterte er, während Bodo sie bediente.

„Zieh dich aus, habe ich gesagt."

Vinzenz gehorchte.

„Schneller, sage ich, schneller. Wie lange brauchst du denn?"

Vinzenz, vollkommen verschüchtert, beeilte sich und gehorchte.

„Lege dich unter mich."

Vinzenz blieb neben ihr stehen; er begriff nicht, was sie wollte.

„Warum dauert das so lange? Hast du nicht gehört? Du sollst dich unter mich legen." Vinzenz schob sich unter sie. „Nun sauge an meiner Brust und streichele sie." Vinzenz gehorchte, und Margarete fing an zu stöhnen, wie er noch nie jemand stöhnen gehört hatte. Als der Hund von ihr sprang, rief sie: „Bodo ist fertig. Lecke seinen Samen ab."

„Nein, Herrin! Das kann ich nicht, Herrin-"

„Was, das kannst du nicht? Dann hast du auf dieser Burg nichts mehr verloren." Sie stand auf, trat ihm in die Hüfte, legte sich breitbeinig auf ihr Bett und winkte den Zögernden heran: „Soll ich es noch einmal sagen? Du scheinst sehr schlecht zu hören. Du tust jetzt sofort, was ich dir befohlen habe, verdammter Bankert!"

Als Vinzenz immer noch zögerte, setzte sie sich auf, stützte sich auf ihre Ellbogen und starrte ihn ein paar Sekunden an, worauf sie bewundernd sagte: „Du bist genau so stark gebaut wie mein Arnold." Dann schrie sie wieder voller Wut und noch lauter als vorher: „Wird es bald, her mit deiner Zunge! Ich will, daß du dich ekelst."

Vinzenz stand reglos und suchte einen Grund, das Zimmer zu verlassen. „Los, mach schon. Ich sage es nicht noch einmal."

Unverhofft streckte sie ihre Hand nach ihm aus: „Komm her." Sie setzte sich auf und griff nach ihm. „Komm näher".

Er gehorchte, und als er dicht vor ihr stand, öffnete sie ihren Mund. Kurz darauf biß sie zu.

Vinzenz schrie auf, daß es durch die ganze Burg hallte. Er wollte sich zurückziehen, aber sie hielt ihn mit ihren Zähnen fest.

Instinktiv schlug er fest zu. Sie schrie auf, biß aber sofort wieder zu. Wieder schrie er und schlug sie. Er griff nach ihren Haaren, traf aber ihr Auge. Nun schrie sie, und er kam frei.

„Das wirst du mir büßen, Bankert, verdammter", schimpfte sie, während ihre Linke ihre Wange und ihre Rechte das Auge rieb. Vinzenz' Rechte preßte sein Glied zusammen. Es blutete stark. „Ich muß es abbinden", schrie er. „Wo ist ein Strick?"

Sie saß auf ihrem Bett und rieb sich das Auge. Er rannte in Amandas Kammer. Dort fand er ein Seil, mit dem er sich abband. „So ein Saumensch", schalt er dabei, „so ein Saumensch. Nur gut, daß es nicht viel weh tut."

Er suchte Verbandszeug, und als er keines fand, öffnete er die Truhe, in der Arnolds Bettücher lagen. Er riß einen schmalen Streifen ab und band ihn fest um die Wunde, während er dachte: „Wäre er dünner gewesen, hätte sie ihn glatt durchgebissen."

Mit einem Putzlappen wischte er das Blut auf und legte sich dann ins Bett. Er stand aber gleich wieder auf und holte sich in der Küche den Schlüssel von des Sattlers Haus. Er ging hin und legte sich in dessen Bett, nachdem er eine frische Rupfendecke darüber gebreitet hatte.

„Sie will mich von der Burg vertreiben", sagte er leise vor sich hin. „Immer wieder hat sie gesagt: ‚Ich jage dich von der Burg, wenn du das nicht machst.' Nachdem sie nun das da gemacht hat, wird sie erst recht versuchen, mich von der Burg zu vertreiben", überlegte er und folgerte: „Was wird Amanda sagen, wenn sie sieht, daß sie mich gebissen hat?"

Er schaute auf seinen Verband, der bereits durchgeblutet war. „Ich wickele noch mehr Stoff darüber. Ich möchte zu gerne wissen, wie schlimm das ist. Dieses Luder. Kann ich weiterhin ficken, oder geht es nie mehr?"

Er stand auf und legte einen weiteren Verband darüber. „Ob ich je wieder kann?" war sein letzter Gedanke, bevor er einschlief.

Amanda trat, wie gewohnt, gegen acht Uhr in Margaretes Zimmer. Margarete schlief noch. Als Amanda die Vorhänge zurückzog, wurde sie wach und fragte: „Wie lange hat es heute Nacht gedauert?"

„Bis gegen Mitternacht, Herrin." Amanda erschrak und sah zweimal hin, als sie das geschwollene Auge sah. „Dein Auge, Herrin", sagte sie.

„Nicht so schlimm", antwortete diese leichthin, „ich habe mit Bodo gespielt und bin dabei gegen diesen Schemel dort gefallen. Das geht schnell wieder vorbei. Bring mir jetzt das Frühstück und mach mir danach das Badewasser. Heute will ich besonders gründlich baden."

Amanda gehorchte. Von den Blutstropfen war nichts mehr zu sehen. Margarete hatte sie eigenhändig aufgeschicht, als sie den Hund nach draußen ließ, ehe sie sich das Auge kühlte.

Vinzenz war schon auf, als Amanda und Gerda kamen, um das Haus des Sattlers zu säubern. Er hatte sich bereits einen frischen Verband angelegt. Die Bißwunden waren doch nicht so schlimm, wie er ursprünglich angenommen hatte. Den blutigen Verband steckte er in seine Hosentasche, damit Amanda ihn nicht fand.

Nachdem die beiden die Kate gründlich gereinigt hatten, sagte Amanda: „Schade, daß ich nicht bei dir wohnen kann, es ist richtig gemütlich hier."

„Ich reite jetzt gleich nach Wadgassen in die Klosterschule und melde mich an", sagte er und verließ mit ihnen das Haus.

Amanda blieb vor dem Haus stehen, zeigte auf Gerda, die schon vorgegangen war, und fragte: „Wäre das denn nichts für dich? Nimm sie in dein Haus. Sie hält es dir in Ordnung, und sonst ist sie auch ganz lieb."

„Das hat noch Zeit. Ich habe ja dich", antwortete er, „und wenn ich den ganzen Tag in der Schule bin, brauche ich niemanden."

Sidonia

Vinzenz traf Bruder Gerardus in der Anmeldestube des Klosters. Gerardus begrüßte ihn freundlich mit den Worten: „Ich wußte, daß wir uns wiedersehen würden."

Abt Isenbardus freute sich ebenfalls und bat Bruder Gerardus, er möge Vinzenz in seine Klasse begleiten.

Kaum hatten sie die Anmeldestube verlassen, als Bruder Gerardus sagte: „Heute Nachmittag beerdigen wir Bruder Fenegrinus. Bruder Philippus, du kennst ihn, der ihm öfter im Hospiz half, hat seine Leiche aufgeschnitten und untersucht."

„Warum?"

„Er wollte feststellen, an was er gestorben ist."

„Hat er es herausgefunden?" Vinzenz' Stimme zitterte.

„Sein Schädelknochen ist am Hinterkopf angerissen und zersplittert von dem Ast, der ihm auf den Kopf fiel. Ein paar kleine Splitter sind in sein Gehirn eingedrungen. Aber Bruder Philippus meint, das könne nicht die Todesursache gewesen sein. Wir alle rätseln nun, woran er so plötzlich gestorben ist. Wenn du willst, kannst du an der Beerdigung teilnehmen. Er hat es ja von Anfang an gut mit dir gemeint..."

„Ja. Das hat er", antwortete Vinzenz. „Ich komme zu seiner Beerdigung, wenn mich der Lehrer gehen läßt."

Wieder dachte er an die Nacht, als er Fenegrinus Gift in seinen Tee getan hatte. Schon ein paarmal hatte er davon geträumt. Aber er hatte keine Spur von Reue empfunden. Um Amanda vor allen Unbilden zu schützen, war ihm jedes Mittel recht und würde es auch fürderhin sein.

Er freute sich, daß Bruder Philippus bei seiner Untersuchung nichts gefunden hatte, und sagte: „Sein Tod muß aber etwas mit seinem Kopf zu tun haben. Er hat doch immer solch wirres Zeug geredet."

„Auch Bruder Philippus glaubt, daß es etwas mit seinem Kopf zu tun hat, aber beweisen kann er es nicht. Im Gehirn wurde kein Blutgerinnsel festgestellt", antwortete Bruder Gerardus.

„Manchmal hat er auch so furchtbar geschrien, daß man ihn bis in den Krankensaal hören konnte. Aber durch seine Salben sind meine Wunden gut geheilt, und er war immer so lustig, und er wollte mich alle Kräuter lehren."

„So, wir sind da, nun geht es los mit Lesen und Schreiben, und du wirst sehen, es wird dir viele Vorteile bringen", riß ihn Gerardus aus seinen Gedanken.

Der Lehrer, Bruder Rudolphus, stellte ihn vor. Von seinen künftigen Klassenkameraden wurde er mit Füßetrampeln begrüßt, und sein Lehrer erbot sich sofort, ihm Nachhilfestunden zu geben, damit er bald das Niveau der Klasse erreichen konnte.

Bruder Gerardus erbat für ihn eine Freistunde zur Beerdigung von Bruder Fenegrinus, die sofort gewährt wurde. Die Unterrichtsstunden vergingen wie im Flug.

Eine große Trauergemeinde war bereits um das Grab versammelt, als Vinzenz mit Bruder Richardus eintraf. Keiner der Mönche fehlte. Der Abt sprach das Totengebet.

Vinzenz sah allen Mönchen ins Gesicht. Er stellte nur bei den Schwestern Trauer und Betroffenheit fest. Hadevidis von Warsberg war die einzige, die weinte. Schwester Sidonia stützte sie.

Vinzenz empfand weder Trauer noch hatte er Gewissensbisse. Er warf, wie die anderen auch, drei Hand voll Erde auf Fenegrinus' Sarg und ging im Pulk der Mönche der Abtei zu, ohne einen weiteren Gedanken an den durch seine Hand Verstorbenen zu verschwenden.

Der Prior trat zu ihm und sagte: „Das Hospiz hat einen großen Verlust erlitten. Es ist schade um Bruder Fenegrinus. Er war ein guter Heilkundiger, und er konnte dich gut leiden. Tut es dir nicht leid, daß er so früh von uns gehen mußte?"

„Doch, doch", antwortete Vinzenz und überlegte, was wohl der Prior mit dieser Frage bezweckte. Wußte er etwas, ahnte er, wie es sich wirklich zugetragen hatte?

Er sah ihn von der Seite an, als der Prior weiter bemerkte: „Wir alle sind sehr froh, daß Amanda gleich Hilfe geholt hat, nachdem ihm der Ast auf den Kopf gefallen war. Es war doch so, oder?"

„Ja, Vater Prior. Warum fragst du?" Vinzenz' Stimme zitterte.

„Warst du seitdem wieder an derselben Stelle im Wald?"

„Nein, Vater Prior. Ich durfte ja das Kloster nicht verlassen. Und dann die Erinnerung..."

„Ja. Ich verstehe. Aber es ist so, mein Junge: Wir alle sind ein wenig nachdenklich geworden, nachdem wir an der Stelle im Wald an keinem der Bäume ringsumher eine frische Bruchstelle gefunden haben, an der ein so dicker Ast abgefallen ist. Kannst du dir das erklären?"

„Nein, Vater Prior. Aber der Ast lag noch auf Bruder Fenegrinus, als die Mönche kamen, um ihn abzuholen. Ich konnte mich wegen meinem verrenkten Fuß ja nicht bewegen. Der Ast muß auch jetzt noch dort liegen. Wer sollte ihn denn weggeholt haben?"

„Das möchten wir eben gerne wissen, denn er liegt nicht mehr dort. Wir haben alles abgesucht. Er ist spurlos verschwunden."

„Davon weiß ich nichts. Vielleicht habt ihr am falschen Ort gesucht."

„Nein. Aber es ist schon gut, Junge. Ich meinte ja bloß. Wie gefällt es dir in unserer Schule?"

„Gut."

„Dann lerne nur tüchtig. Vielleicht trittst du eines Tages in unser Kloster ein. Wir würden uns alle freuen." Nach diesen Worten ging der Prior zum Abt und sprach leise mit ihm.

„Hat er dir erzählt, daß sie im Wald nach dem abgebrochenen Ast gesucht haben?" fragte Bruder Gerardus, als der Prior Vinzenz verlassen hatte.

„Ja. Aber sie haben ihn nicht gefunden."

„Hast du ihn beiseite geschafft?"

„Nein. Warum sollte ich? Ich war seitdem nie mehr im Wadgasser Wald. Ich durfte doch das Kloster nicht verlassen", antwortete er seelenruhig, da seine Aussage der Wahrheit entsprach.

„Das habe ich mir auch gedacht. Weshalb solltest du ihn auch wegschaffen?"

„Aber warum redet ihr alle so daher, als wäre der Ast gar nicht vom Baum gefallen?"

„Ich weiß es nicht. Irgendjemand hat die Vermutung ausgesprochen, es könnte auch anders gewesen sein, als Amanda erzählte, daß Amanda ihn vielleicht..."

„Es war so, wie Amanda sagte. Sie lügt nicht", fiel ihm Vinzenz ins Wort, zitternd vor Angst. Er versuchte ganz ruhig zu sein und legte ein wenig Spott in seine Worte: „Es hängen doch an allen Bäumen morsche Äste, die jederzeit herunter fallen können."

„So wird es wohl gewesen sein. Ein morscher Ast, ein Windzug, und schon war es passiert. Du hast recht. An einem morschen Ast sieht man keine frische Bruchstelle. Ja, so muß es gewesen sein. Merke dir das gut. Egal, was noch kommt." Bruder Gerardus sah ihn ernst an und sprach mit Nachdruck: „Hast du gehört? Merke dir das gut und sage es jedem, der dich danach fragt: Bei morschen Ästen sieht man keine Bruchstelle."

„Ja", hauchte er und sah sich schon wieder vor dem Schultheiß, der ihn und Amanda verhörte.

„Und sage niemand, daß ich mit dir darüber gesprochen habe. Versprichst du mir das?"

„Was?"

„Daß morsche Äste keine frischen Wunden hinterlassen, wenn sie abfallen."

„Ja."

„Und besuche mich einmal in der Mittagspause. Du weißt ja, wo meine Zelle ist." Bruder Gerardus nickte ihm zu und ging.

„Ja. Ich besuche dich. Vielleicht morgen schon."

Er durchschritt den Klosterhof, wollte zu seinem Pferd, um nach Wallerfangen reiten. Seine Augen hafteten auf dem Boden, denn er überlegte: „Hier im Kloster glaubt keiner mehr, daß der Ast von alleine vom Baum gefallen ist. Sie glauben, Amanda habe ihm den Ast auf den Kopf geschlagen. Aber sie wissen nicht, warum und was sich zwischen den beiden abgespielt hat. Doch sie vermuten es. Deshalb muß ich denjenigen finden, der dieses Gerücht verbreitet hat. Ihn werde ich mundtot machen. Amanda darf nichts geschehen."

Seitlich des Eingangs zum Klosterhof stand Schwester Sidonia. Er sah sie nicht.

„Erkennst du mich nicht, oder willst du mich nicht erkennen?" fragte sie und lächelte ihn an, als sie ihm entgegentrat. In ihren schräg stehenden Augen blitzte es auf, als er antwortete: „Oh! Sidonia, du? Ich habe dich nicht gesehen. Ich war in Gedanken."

„Wichard von Felsberg hat deine Leibeigenschaft aufgehoben. Das freut mich für dich."

„Ja. Das war eine Überraschung."

„Du bist also jetzt ein freier Mann und kannst mich jeden Tag nach der Schule besuchen."

„Ja", antwortete er, ohne zu begreifen, was sie damit meinte. Ihn beschäftigte vielmehr Fenegrinus' Tod, weshalb er fragte: „Sage mal, Sidonia, wie ist denn Fenegrinus gestorben?"

„Er ist morgens ganz still eingeschlafen. Es war niemand bei ihm. So ist es besser für ihn. Sicherlich wäre er im Kopf nie mehr richtig geworden, nachdem Amanda ihm den Ast so fest auf den Kopf geschlagen hatte."

„Was sagst du da? Woher weißt du das?" fragte er und erschrak, als er begriff, daß er mit der letzten Frage Amanda verraten hatte.

„Ich habe es selbst gesehen", log Sidonia, ohne rot zu werden.
„Ich bin euch damals in den Wald nachgegangen, weil ich wußte,
daß Bruder Fenegrinus Amanda ins Gras werfen würde. Er war
hinter allen Röcken her."

Vinzenz, der die Bedrohung aus ihren Worten spürte, brauchte
Zeit zum Überlegen und fragte so unbefangen wie möglich: „War
er auch hinter dir her?"

Überrascht, daß er nicht auf die Anschuldigung reagiert hatte,
antwortete sie: „Ja, aber auch hinter den anderen Schwestern."

„Auch hinter Hadevidis?"

„Nein. Sie hat sich immer vor ihn gestellt. Aber das störte mich
nicht, und es war auch nie etwas zwischen ihnen. Dazu war sie
nicht bereit. Aber was Amanda angeht, keine Angst, Vinzenz, ich
verrate sie nicht, wenn du tust, was ich sage. Ich hätte sie längst
verraten können, wenn ich es gewollt hätte, wenn du..."

„Was willst du damit sagen?"

„Wenn du jeden Tag nach der Schule zu mir kommst und mich
besuchst, dann vergesse ich es vielleicht sogar. Kommst du?"

„Amanda hat ihm den Ast nicht auf den Kopf geschlagen. Der
Ast ist vom Baum gefallen, so wie sie es gesagt hat. Und du lügst.
Du warst gar nicht im Wald. Du bist uns gar nicht gefolgt. Das
hast du dir aus den Fingern gezogen, nur um Amanda zu schaden.
Gib es zu, du hast es dir ausgedacht."

„Nein. Es ist wahr. Aber wenn du jeden Tag nach der Schule
zu mir kommst, werde ich es niemand weiter erzählen."

„Da gibt es nichts zu erzählen. Der Ast ist ganz alleine abgebrochen. Du lügst. Und außerdem, was soll ich denn jeden Tag
im Hospiz? Ich bin ja nicht krank."

„Ahnst du denn das nicht?" lachte sie ihn an. „Wenn dich
jemand fragt, dann sagst du einfach, du wolltest Salbe abholen."

„Aber ich brauche doch gar keine Salbe."

„Aber ich brauche dich. Komm mit. Die Mönche sind längst
alle in ihren Zellen. Der Weg ist frei. Und wenn dich jemand
fragt, dann sagst du ganz einfach, die Salbe sei für die Burgherrin."

Vinzenz, den Kopf voller düsterer Gedanken und das Herz
voller Angst um Amanda, verstand immer noch nicht. Er drehte
sich um und ging auf das Eingangstor zu. „Ich muß gehen", sagte
er, „die Schule ist aus. Ich muß nach Wallerfangen in die Kanzlei.
Wichard wartet auf mich. Ich habe ihm versprochen, nach der
Schule zu ihm zu kommen."

„Nur langsam, Freundchen. Wichard hat Zeit. Wenn du nicht tust, was ich sage, dann verrate ich Amanda. Verstehst du das denn nicht? Sie werden Amanda beschuldigen. Sie wird verhört werden. Sie wird vielleicht sogar verurteilt werden."

Vinzenz sah sie groß an. Jetzt erst begriff er, was sie wollte. „Doch, ich verstehe. Aber du kannst sie ruhig anzeigen. Sie war es nicht. Sie könnte niemandem etwas zuleide tun."

„Das würde sich ja noch herausstellen. Schließlich habe ich gesehen, wie sie ihm den Ast auf den Kopf schlug." Sie blickte sich um, und als weit und breit kein Mensch zu sehen war, faßte sie ihn am Ärmel und zog ihn resolut mit, während sie ihn anfauchte:"Du kommst jetzt gleich mit und damit basta."

Er folgte ihr widerwillig. „Was willst du denn von mir?"

„Das wirst du schon sehen", lachte sie, „und ich weiß auch, daß es dir viel Spaß machen wird. Denke doch einmal zurück an den letzten Tag, da du im Hospiz warst."

Nun bekam er Angst, sie hätte herausgefunden, daß er Bruder Fenegrinus vergiftet hatte. Er blieb stur wie ein Esel stehen und sagte: „Zuerst will ich wissen, was du von mir willst."

„Dich will ich, begreifst du denn das nicht?"

„Mich willst du? Du willst das?" Er sah sie an und wußte, daß er richtig geraten hatte, als sie ihn anlachte: „Ja. Genau das will ich, und zwar jeden Tag, wenn deine Schule aus ist."

„Das geht nicht. Ich muß immer nach der Schule nach Wallerfangen."

„Nein. Daraus wird nichts. Schlag dir das aus dem Kopf. Bis wir einen neuen Kräutermönch haben, bin ich in der Kräuterstube, und dort sind wir beide ganz allein. Es fällt also gar nicht auf, wenn du zu mir kommst. Hadevidis kommt so gut wie nie zu mir. Sie kann das Bett nicht sehen, in dem Fenegrinus starb. Wenn sie Salben oder Verbände braucht, muß ich sie ihr immer bringen."

„Schläfst du jetzt in seinem Bett?"

„Ja. Warum denn nicht? Es ist sehr breit. Du kannst bequem neben mir liegen."

„Es geht nicht. Ich muß nach Wallerfangen. In der Kanzlei ist immer viel zu tun. Wichard wird wütend, wenn ich nicht komme. Ich verdiene doch mit dieser Arbeit mein Brot bei ihm."

„Wichard kann warten."

„Aber er ist ein guter Mensch und tut niemand Unrecht."

Vinzenz riß sich los, drehte sich um und rannte zum Eingangstor.

„Na gut. Wenn du willst, daß ich Amanda anzeige, dann geh ruhig."

„Ich habe dir schon ein paarmal gesagt: Amanda hat es nicht getan. Es gibt nichts zu verraten", antwortete er, drehte sich aber um und folgte ihr. Den Rest des Weges schwieg er.

Sidonia aber sagte: „Vergiß nicht jedem zu sagen, du wolltest Salben und Kräuter im Hospiz holen, wenn dich jemand fragt."

Bruder Folmar trat aus dem Verwaltungsgebäude und winkte ihnen zu, während er fragte: „Was will denn der Vinzenz hier?"

„Kamillensalbe für die Burgherrin", log Sidonia dreist.

„Wie geht es denn Amanda?" wollte Bruder Folmar wissen.

„Gut", antwortete Vinzenz. Bruder Folmar schien keinen Argwohn gegen Amanda zu hegen.

„Nun bist du ja frei. Gefällt es dir, frei zu sein?"

„Ja", antworterte er, „ich habe mich sehr darüber gefreut und Amanda auch."

Folmar verschwand im Stall, während Sidonia verächtlich murrte: „Amanda, hm... Du mit deiner Amanda!"

„Was hast du denn gegen sie? Sie ist meine Kusine und hat mich aufgenommen, als ich niemanden mehr auf der Welt hatte."

Sie betraten das Hospiz. Sie zog ihn an der Hand in die Kräuterstube.

„Ja. Sie hat dich aufgenommen. Dagegen hat niemand etwas. Aber alle reden darüber, daß sie dich gleich am ersten Abend in ihr Bett gezogen hat. Gib zu, du liebst sie."

„Ja, so wie man eine Schwester oder Mutter liebt." Der verächtliche Ton in ihrer Stimme hatte ihn wütend gemacht. Wieder drehte er sich um und wollte gehen. So hatte bisher noch niemand mit ihm geredet.

„Bleib stehen. So kommst du mir nicht davon. Ob du sie liebst oder nicht, ist mir egal. Ich will dich haben. Sie ist mir gleich."

Sie schubste ihn in einen der beiden Stühle, blieb hinter ihm stehen und begann sofort, seine Schultern zu kneten: „Du hast also begriffen, daß ich Amanda anzeige, wenn du nicht jeden Tag kommst." Ihre Hände glitten unter seinen Wams. Ihre Fingerspitzen umkreisten seine Brustwarzen, dann glitt ihre Rechte tiefer und traf auf den Verband. „Was ist denn das?" fragte sie erstaunt, zog ihre Hände hervor, öffnete seinen Hosenlatz und wickelte den Verband ab. „Wie ist denn das passiert?"

„Es hat jemand zugebissen."

„Wer?"

„Die kennst du nicht."

„Ich mache dir Ringelblumensalbe drauf. Warte, ich hole welche." Sie kam mit einem Tiegel, schmierte ihn ein und verband ihn. „In ein paar Tagen ist er wieder in Ordnung. Aber sage mal, tat sie das aus Rache?"

„Das weiß ich nicht."

„War es Amanda?"

„Nein."

„Wer dann?"

„Das geht dich nichts an."

„Hast du sie dabei gestreichelt?"

„Ja."

„Das kannst du bei mir auch tun", sagte sie.

„Nein. Wenn er steif wird, dann tut er mir weh."

„Also gut. Dann sieh mir zu." Sie legte sich auf ihr Bett und fing an, sich zu reiben, wobei sie ihn ansah und erzählte: „So ist es auch gut. Als ich acht Jahre alt war, wurde meine Mutter schwer krank. Ich mußte meinem Vater jeden Abend, wenn er vom Feld heimkam, heiße Milch auf den Tisch stellen und ihn streicheln, während er aß. Wenn er anfing, zu stöhnen, schallte es durchs ganze Haus. Dann jubelten alle meine kleinen Geschwister mit ihm und ich auch. Wir Kinder kannten es ja nicht anders, denn wenn meine Mutter das vor ihrer Krankheit jeden Tag getan hat, war es genau so."

„Das ist aber komisch, daß deine Mutter das geduldet hat."

„Meine Mutter hatte zu mir gesagt: ,Solange ich krank bin, mußt du es dem Vater besorgen.' Wir Kinder glaubten, das müßte so sein. Unser kleines Haus hatte ja nur eine einzige Stube und den winzigen Stall."

„Wo war das denn?"

„In Fulkolingen", antwortete sie. „Es ist doch nichts dabei. Es ging doch nur darum, daß Vater den Abend gut gelaunt war."

„Und als deine Mutter wieder gesund war?"

„Dann machte sie es wieder. Und wenn sie es nachts machten, kam mein Bruder zu mir gekrochen und legte sich neben mich."

„Wie alt war er?"

„Vierzehn."

„Und du?"

„Acht."

„Hat deine Mutter das nicht bemerkt?"

„Doch. Sie hat mich dann immer gefragt: ‚Tut es dir schon wieder gut, Sidonia?'"

„Und was hast du geantwortet?"

„‚Ja, Mama. Es ist sehr schön.' Sie sagte dann immer: ‚Paul soll nicht so oft zu dir kommen. Zu oft ist nicht gut. Dann wird man krank, und er muß morgen wieder den ganzen Tag aufs Feld.'"

„Wird man wirklich krank davon?" fragte Vinzenz.

Sidonia stand auf und ging zum Tisch, hob einen Krug hoch.

„Willst du auch Himbeerwein?"

„Ja." Er stand auf, trat neben sie, umfaßte ihre Taille und fragte, während sie ihm den Becher reichte: „Wie lange ging denn das mit deinem Vater?"

„Als ich zwölf war, legte er sich zum erstenmal zu mir. Meine Mutter war damals wieder krank und konnte nicht aufstehen. Nachdem ich ihm heiße Milch auf den Tisch gestellt und ihn gestreichelt hatte, sagte meine Mutter zu ihm: ‚Berthold. Zu mir kannst du vorläufig nicht kommen. Lege dich zu Sidonia. Sie ist ja auch eine Frau.'"

„Was hat er darauf geantwortet?"

„‚Wenn du es sagst, dann will ich bei ihr liegen.' Und meine Mutter lachte nur und antwortete: ‚Der Paul kann dann bei mir liegen.'"

„Wie war das, als dein Vater sich zu dir legte?"

„Schön." Sie zog Vinzenz zu sich heran und küßte ihn auf die Nasenspitze. „Es ist genug. Morgen erzähle ich dir mehr."

„Kam er jede Nacht zu dir?"

„Ja, und wir hörten auch meine Mutter und meinen Bruder Paul manchmal stöhnen. Aber das Schönste dabei ist, daß ich mich immer noch zu meinem Vater legen muß, wenn ich heimkomme oder wenn er mich hier besucht."

„Und dein Bruder?"

„Wenn er tagsüber Lust hatte, machten wir es auf dem Feld oder im Stall. Er starb aber, als er siebzehn war. Meine Mutter verlangte nun, daß Papa sich wieder neben sie legen sollte. Und weil er das nicht tat, sondern nur hin und wieder, wurde sie eifersüchtig und gab keine Ruhe, bis ich ins Kloster eintrat."

„Und was war dann?"

„Oh. Das war schlimm für mich. Vier Jahre war gar nichts mit Männern. Das war sehr hart. Zu Hause gab es nie ein böses Wort, und alles lief in geordneten Bahnen. In der Klosterschule war alles anders. Dort herrschte Strenge, und niemand durfte aus der Reihe tanzen. Wir bekamen sehr oft die Peitsche zu spüren, wenn wir uns daneben benahmen. Man mußte sich dann vor Schwester Pauline so tief bücken, daß die Fingerspitzen den Boden berührten, dann hob sie den Rock hoch und schlug uns mindestens zehnmal auf den blanken Hintern. Die meisten Mädchen schrien dabei fürchterlich. Ich aber gab keinen Ton von mir. Ich biß immer die Zähne aufeinander, und wenn mir auch die Tränen die Wangen herabliefen, von mir bekam sie keinen Ton zu hören. Das ärgerte sie, und sie schlug noch fester und noch mehr. Das war nicht leicht. Als ich beim zehnten Mal noch nicht weinte, sagte sie: ‚Komm mit. Dir werde ich zeigen, du ungezogenes Ding, wie man solche wie dich bestraft.' Und in ihrer Zelle sagte sie: ‚Ich werde von nun an noch viel strenger zu dir sein, Sidonia. Willst du denn, daß ich dich von der Schule weise?' – ‚Nein', antwortete ich. ‚Das will ich auch meinen, wo deine Eltern doch kaum etwas für sich zu essen haben.' Ich mußte alle Kleider ausziehen und mich vor ihr hinknien, die Hände falten und ihre Fragen beantworten."

„Was für Fragen?"

„Och, das weiß ich nicht mehr so genau."

„Aber das mußt du doch noch wissen."

„‚Berührst du dich manchmal da unten?' hat sie gefragt, aber auch: ‚Tut es dir immer sehr gut?' – ‚Wie oft machst du es. Mehrmals am Tag oder nur hin und wieder?'"

„Was hast du darauf geantwortet?" wollte Vinzenz wissen.

„‚An manchen Tagen mache ich es schon morgens vor dem Aufstehen und dann noch mehrmals am Tag.' – ‚Hast du es schon mit Jungen getan?' war ihre nächste Frage, und als ich noch überlegte, ob ich ihr die Wahrheit sagen sollte, schrie sie mich an: ‚Sage die Wahrheit. Lüge mich nicht an. Ich sehe es dir an, daß du es schon oft gemacht hast.' Ich mußte mich über einen Stuhl legen, und dann zog sie mir zwanzig Schläge über. Wieder biß ich auf die Zähne und weinte nicht. Aber mein Gesicht war naß von Tränen, als ich endlich aufstehen durfte."

Sidonia sah Vinzenz mit ihrem Silberblick an. „Stell dir vor, nun kam Schwester Pauline und küßte mir die Tränen ab, daß ich nicht wußte, wie mir geschah. Sie küßte und küßte, und ich stand da und wagte mich nicht zu rühren, vor lauter Angst, sie würde mich wieder schlagen. Ich war so verschüchtert, daß ich erst nach einer Weile merkte, daß ihre Rechte unter ihrem Rock sehr emsig war. Ihre Linke streichelte meine Brust, und als die Tränen abgeküßt waren, küßte sie mich auf den Mund. Nun verlor ich meine Scheu und öffnete, wie ich es von zu Hause kannte, meinen Mund und sog ihre Zunge herein. Sie stöhnte auf und schmiegte sich ganz fest an mich. Von da an mußte ich vier Jahre lang fast jeden Tag zu ihr kommen, bis ich hierher kam."

„Und sie hat dich jedesmal mit der Peitsche geschlagen?"

„Ja. Und du wirst es nicht glauben, ich habe darauf gewartet. Ich brauchte diese Schläge jeden Tag. Sie haben mich jedesmal so herrlich erregt. Aber später, als ich wieder Männer hatte, da..." Sidonia brach mitten im Satz ab und fing an zu stöhnen.

„Ich muß jetzt gehen", sagte Vinzenz verstört. „Ich will Wichard nicht länger warten lassen."

„Also gut. Geh. Aber morgen kommst du wieder. Ich verbinde dich dann wieder, und denke daran: Ich verrate Amanda, wenn du nicht kommst."

„Ich komme."

Aber schon auf dem Weg zu seinem Pferd fragte er sich, wie er Amanda vor Sidonia schützen konnte, denn er wurde das Gefühl nicht los, daß Sidonia mit ihrer Drohung ernst machen würde. „Aber vorerst gehe ich noch zu ihr", überlegte er, „ich muß herausbekommen, ob sie wirklich im Wald war oder ob sie lügt. Wenn sie aber wirklich im Wald war, dann bringe ich sie um."

Schon von weitem sah er Wichard. Er gab der Wache neue Anweisungen. Als sie zusammen zur Burg ritten, erklärte Wichard: „Ich war auf der Siersburg wegen meiner Burgwacht. Mein Vater hat nämlich am 3. Februar 1293 vom Herzog Friedrich einen Anteil der Siersburg als Lehen genommen. Als ihn nun das Rheuma und sein krankes Bein zu sehr plagten, übertrug der Herzog mir die Aufgabe, für meinen Vater dort die Burgwacht zu halten. Ich konnte nicht nein sagen, denn wir hatten vom Herzog als Entschädigung dafür ein Haus im Bering der Siersburg, das dieser von Johann von Siersberg gekauft hatte, sowie die Villa Eimersdorf erhalten. Außerdem bekomme ich jährlich an Weihnachten ein Schwein, dann erhielten wir den Weiher unterhalb Wallerfangen mit einer Scheune, desweiteren ein Haus in Wallerfangen hinter der Stadtmauer mit dem Bannbackofen sowie eine Wiese unterhalb von Berus. Wie war es in der Schule?"

„Es hat mir sehr viel Spaß gemacht, und nachmittags war ich noch zur Beerdigung von Bruder Fenegrinus, dem Kräutermönch."

„Es freut mich, daß du die Schule besuchst. Streng dich an. Es ist zu deinem eigenen Vorteil. Je eher du lesen und schreiben kannst, um so eher kannst du mir in der Kanzlei helfen. Der Herzog will nämlich, daß ich ihm des öfteren als Berater zur Verfügung stehe, und dabei kannst du mir gute Dienste leisten."

„Ich werde fleißig sein, Herr", antwortete Vinzenz.

Nach dem Abendessen besuchte er Amanda in ihrer Kammer. Aufgeregt berichtete er ihr von der Beisetzung von Fenegrinus, aber auch, daß Bruder Philippus den Leichnam aufgemacht und nicht entdeckt hatte, woran er gestorben sei.

„Gott sei Dank", hauchte Amanda, „aber es tut mir nicht leid, daß ich ihm den Ast so fest auf den Kopf geschlagen habe. Er hat uns doch nur mit dem Hintergedanken zum Kräutersuchen mit in den Wald genommen, um es mit mir zu treiben. Wenn ich daran denke, wie er mich die ganze Zeit über so gierig angesehen hat, läuft mir jetzt noch eine Gänsehaut über den Rücken."

Die Tür zu Amandas Kammer öffnete sich quietschend einen Spalt. Hugo von Clair streckte seinen Kopf herein und fragte: „Amanda, bringst du uns noch zwei Krüge Wein?"

„Ja, sofort", antwortete sie. Leise sagte sie zu Vinzenz, als die Tür wieder geschlossen war: „Der Hugo ist schon seit heute nachmittag bei Margarete. Ihr geschwollenes und blaues Auge scheint ihn nicht zu stören. Es ist schon das sechste Mal, daß er mich in den Keller schickt, um Wein zu holen."

Als sie zurückkam, verabschiedete sich Vinzenz. „Ich gehe. Ich muß noch üben, was ich heute gelernt habe."

Sidonia empfing ihn am nächsten Tag: „Laß sehen." Sie schmierte ihn wieder mit Ringelblumensalbe ein und machte ihm einen frischen Verband. Kaum war sie fertig, rief Schwester Philippina: „Komm schnell, Sidonia, du mußt mir helfen." Es galt, eine schwerkranke Frau umzubetten. Sidonia ging, und Vinzenz schüttete eine Handvoll Gift aus dem Gifttiegel in sein Taschentuch, bevor er nach Hause ritt.

Eine Woche später erklärte Sidonia ihn für geheilt und frohlockte, als er sich unter ihren kundigen Fingern zu seiner vollen Größe entfaltete: „Sieh nur. Du bist wieder gesund. Komm." Er gehorchte, doch bevor es soweit war, fragte er: „Kannst du mich an die Stelle im Wald führen, wo das mit Fenegrinus passierte?"

„Warum?"

„Ich würde gerne noch einmal hingehen."

„Ich habe keine Zeit. Du siehst doch, was hier alles zu tun ist."

„Hattest du denn damals Zeit, wo ihr hier so viel zu tun habt?"

„Ja. Ich bin euch einfach nachgegangen. Es war ein ruhiger Tag. Doch komm jetzt und laß mich nicht so lange warten. Die Woche Abstinenz war hart genug für mich."

Kurz vor ihrem Höhepunkt unterbrach er den Akt, obwohl sie sich fest an ihn klammerte und winselnd um Fortsetzung bat. Er fragte: „Schwöre mir zuerst, daß du wirklich dort warst. Schwöre bei Gott, daß du dort warst.

„Nachher, Liebster, nachher. Mach erst weiter", jammerte sie.

„Nein. Ich will es jetzt wissen."

„Mach weiter, mach weiter."

„Schwöre oder..."

„Was oder?"

„Gib zu, daß du mich belogen hast. Nur dann komme ich auch weiterhin zu dir. Du brauchst nur zu sagen: Ich war gar nicht dort. Ich habe nichts gesehen. Es war nur eine Vermutung, daß Amanda das getan hat. Los, schwöre vor Gott."

„Kommst du jeden Tag, auch wenn ich gelogen habe?"

„Ja. Ich mag dich doch", sagte er.

„Gut. Ja, ich habe gelogen. Einer der Mönche hat das von Amanda erzählt. Aber nun mach weiter. Komm endlich."

Vinzenz fiel ein Stein vom Herzen. Von Sidonia ging keine Gefahr mehr für Amanda aus.

„Kommst du wirklich noch jeden Tag, obwohl ich dir das jetzt gesagt habe?"

„Ja. Aber nur, wenn du mir versprichst, herauszufinden, welcher Mönch diesen Unsinn mit Amanda erzählt hat. Versprichst du mir das?"

„Ja, ja, ich mache alles, wenn du nur kommst."

„Also gut. Aber ich komme nicht nach der Schule, sondern in der Mittagspause nach dem Essen, dann bin ich spätnachmittags früher in Wallerfangen bei Wichard, dem ich doch jeden Tag helfen muß. Und zu dir komme ich gerne. Es macht doch soviel Spaß mit dir."

„Wirklich?"

„Ja. Wenn du mich so verliebt ansiehst, kann ich nicht anders. Deine Augen machen mich vollkommen verrückt."

Für diese Worte bekam er einen Extrakuß, und er hielt Wort und ging jeden Tag zu ihr. Aber sie konnte beim besten Willen nicht herausfinden, wer das mit Amanda behauptet hatte.

Das Leben auf der Burg verlief ruhig. Amanda besuchte Vinzenz jeden Abend und räumte auf. Während er seine Schulaufgaben machte, erzählte sie ihm, daß Margarete, seitdem sie das blaue Auge hatte, nicht mehr vor die Tür gegangen war, und wenn sie aufs Stauferklo ging, verhüllte sie ihr Gesicht. Sie mußte ihr das Essen aufs Zimmer bringen, und Bodo sei Tag und Nacht bei ihr außer der Zeit, da Amanda zwei Stunden mit Margaretes Stute Helga ausreiten mußte. Dann lief Bodo neben ihr her.

„Hast du Margarete damals das Auge blau gehauen?" fragte sie mehrmals und wartete jedesmal gespannt auf seine Antwort.

„Wieso ich?" fragte er dann immer, und damit ließ sie es schließlich bewenden, denn sie erkannte an seinem Grinsen, daß er es gewesen sein mußte. Bevor sie ging, liebten sie sich.

Alle Überredungskünste Amandas, Gerda ins Haus zu nehmen, halfen nichts. „Von was soll ich sie denn bezahlen?" fragte er, „ich verdiene ja selbst kaum etwas bei Wichard. Wenn ich das Essen und die Unterkunft bezahlt habe, dann bleibt mir doch fast nichts übrig."

Ein letzter Unfall

Hugo von Clair nistete sich bei Margarete ein. Ihr blaues Auge störte ihn nicht. Bodo wurde nach draußen gejagt. Hugo brachte sie dazu, wieder ihr Zimmer zu verlassen. Sie legte geschickt einen Schleier über ihr lädiertes Auge. Die beiden ritten fast täglich zusammen zur Jagd, und er verbrachte jede Nacht bei ihr. Zwar war er immer noch bei Wichard in der Ritter-Ausbildung, aber es störte ihn nicht im mindesten, daß er es mit dessen Mutter trieb. Wichard störte es vielleicht, aber er wußte, daß Margarete keine Einwände in ihr Privatleben duldete.

Vinzenz lernte in der Schule gut, und sein Lehrer empfahl schon nach einem Vierteljahr: „Tritt in unseren Orden ein. Du schreibst so schön, daß dich Bruder Rudolphus in der Schreibstube der Bibliothek sofort und gerne nimmt." Auch Bruder Gerardus ließ nichts unversucht, ihn in die Schreibstube zu locken. Er aber dachte nur daran, daß er dann Amanda nicht mehr sehen könnte und seine Freiheit verlieren würde, die er bei seiner Tätigkeit in Wichards Kanzlei in Wallerfangen und auf der Burg genoß.

Am 1. Dezember 1296 ritt Vinzenz mit Wichard nach Metz. Bischof Burchard war am 29. November gestorben, und sie wollten an seiner Beerdigung teilnehmen. Wichard hoffte, dort auch den Herzog zu treffen, mit dem es einiges zu bereden gab.

Der Herzog stand über eine Karte des Bistums Metz gebeugt, als sie ihn aufsuchten, und sagte gerade zu seinem Notar: „Niemand hat soviel Land wie das Bistum Metz. Es ist riesig. Ich werde meinen Sohn Friedrich als neuen Bischof von Metz vorschlagen, um hier größeren Einfluß zu gewinnen. Es kann für ihn nur von Vorteil sein, daß er bereits Bischof in Orleans ist. Der Papst ist ihm gewogen." Seine Rechte fuhr über die Karte: „Wenn ich auf diese Karte schaue, werde ich neidisch. Ich schätze, daß das Metzer Bistum etwa ein Fünftel meines Herzogtums ausmacht, den Grundbesitz der zahlreichen Klöster und Abteien noch gar nicht mitgerechnet."

„Ja. Die meisten Abteien sind reicher als die Bistümer", erwiderte der Notar, „dir braucht man das doch nicht zu sagen, Herzog. Wenn ich an Remiremont bei Epinal denke... Mein Gott! Sein Grundbesitz ist noch größer als der des Bischofs von Toul."

„Ich weiß, hör auf!" Nachdenklich fuhr der Herzog fort: „Vergessen dürfen wir auch nicht die vielen Neugründungen für Nonnenklöster. Mittlerweile sind es zweiundzwanzig Stifte, in denen der Adel die Zukunft seiner Töchter und Witwen sichert."

„Du willst sie aber auch nicht missen, Herzog", mischte sich Wichard ein, „denn ihre Frömmigkeit, ihre religiöse Lebensweise und ihre kulturellen Beiträge mit Schulen und Kunsthandwerk und in vielen anderen Bereichen sind unübersehbar."

„Mit Einschränkungen, mit Einschränkungen, mein Lieber. Dir brauche ich doch nicht zu erzählen, wie es in vielen Klöstern zugeht. Manche sind die reinsten Ritterpuffs. Aber wie auch immer, ich schlage auf jeden Fall dem Domkapitel von Metz meinen Sohn Friedrich als Kandidaten vor."

Heribert von Clermont betrat den Raum, grüßte mit einem tiefen Diener und sagte: „Verzeih, Herzog, ich habe gerade gehört, daß du deinen Sohn Friedrich, der Bischof in Orleans ist, für die Wahl des Bischofs von Metz vorschlagen willst."

„Ja. Du hast richtig gehört, Heribert."

„Weißt du nicht, daß Theobald von Bar ebenfalls kandidiert?"

„Graf Theobalds des Zweiten Sohn?" brummte der Herzog und fügte mürrisch hinzu: „Es wäre ja auch ein Wunder, wenn mir einmal einer der Herren von Bar keine Schwierigkeiten bereiten würde. Dann bleibt uns nichts anderes übrig, als abzuwarten, wie das Domkapitel entscheidet. Ich werde aber auf jeden Fall alle meine Beziehungen spielen lassen."

Doch das Metzer Domkapitel entschied sich bei der Neuwahl für Theobald von Bar, worauf Herzog Friedrichs Sohn die Wahl nicht anerkannte. Die beiden Kandidaten wandten sich an den Papst und baten ihn um eine Entscheidung.

Schon seit dem frühen Morgen herrschte große Aufregung im Burghof. Der Vogt hatte schon in aller Frühe neben der Fahne des Brücker Geschlechts mit dem gekrönten Löwen die des Herzogs aufziehen lassen, und er tauchte seitdem unerwartet an allen Ecken auf, um nach dem Rechten zu sehen. Von der Küche her zog ein Duft über den Burghof, daß jedem das Wasser im Mund zusammenlief.

„Der Herzog und die Herzogin kommen heute, und sie übernachten hier. Morgen reiten wir weiter nach Sierck zur Hochzeit von Hildegard, der Tochter Arnold des Vierten, mit des Burgherrn Neffen Wichard von Hamberg", erklärte Amanda Vinzenz, bevor dieser nach Wadgassen ins Kloster ritt.

„Hebe mir etwas Gutes zu Essen auf", rief er ihr zu.

Als er am Spätnachmittag zurückkehrte, rief ihm Wichard zu: „Du reitest morgen früh mit nach Sierck und stehst mir zur Verfügung. Richte dich danach. Wir reiten im Gefolge des Herzogs."

Er ritt dem Herzog zum Burgtor entgegen. Noch bevor Wichard ihn begrüßen konnte, rief dieser ihm gut gelaunt zu: „Wir kommen geradewegs von Zweibrücken. Vorgestern habe ich einen neuen Vertrag mit Graf Eberhard geschlossen. Eberhard hat endlich mit seinem Bruder Walram den Zweibrücker Besitz neu geordnet. Nun gehört ihm auch das Gebiet um Pirmasens. Ich habe dabei einen guten Tausch gemacht. Er bekam von mir die Herrschaft Bitsch und gab mir dafür Mörsberg mit seinen Salzvorkommen. Er war froh für das Bitscher Land. Es rundet nun seinen Besitz ab. Und Mörsberg, das ich als Pfand hatte, ist nun ganz mein, genau wie Saargemünd und Linder bei Dieuze. Allerdings muß der Bischof von Straßburg wegen Bitsch noch zustimmen. Aber Saargemünd ist für mich Gold wert, geht doch die Handelsstraße von Italien nach Flandern mitten durch die Stadt, die ich nun völlig kontrolliere."

Nachdem Wichard auch die Herzogin begrüßt hatte, ritt er neben ihnen her bis zum Palas.

Der Herzog erkannte Vinzenz gleich wieder, als der die Zügel seines Pferdes beim Absteigen hielt: „Na, wie bekommt dir die Freiheit?"

„Gut, Herzog Friedrich."

„Fühlst du dich jetzt besser als Freier?"

„Ja. Ich helfe dem Burgherrn auf der Burg und jeden Tag in der Kanzlei in Wallerfangen. Ich kann ja jetzt lesen, schreiben und rechnen."

„Dann wirst du deinen Weg machen. Vielleicht wirst du einmal Notar, wie dieser hier", lachte er und zeigte auf die Gruppe vornehm gekleideter Männer, die hinter ihm darauf warteten, daß er weitergehen würde.

„Vergiß nicht", sprach Theobald, des Herzogs Sohn und Heerführer, Vinzenz an, „wir warten auf dich. Wenn du achtzehn bist, trittst du ins Heer ein." Er wandte sich an seinen Bruder Matthäus und fügte hinzu: „Ich wollte ihn schon vor einem Jahr in die Truppe aufnehmen, aber Mutter war dagegen."

„Sie hatte recht", hielt sein Bruder Friedrich, der Bischof in Orleans, seiner Mutter bei, „er ist ja noch viel zu jung zum Sterben. Bedenke, daß in den großen Hungersnöten der letzten zwölf Jahre von 1284, 1294 und vom vorigen Jahr mehr als hunderttausend Kinder allein in unserem Oberlothringen hinweggerafft wurden. Ihre Eltern jagten sie weg, weil sie nichts mehr für sie zu essen hatten, und viele von ihnen starben. Aber warum erzähle ich dir das alles. Du hast es ja selbst miterlebt."

„Ja, leider. Es wurden nur noch winzige Gerippe beerdigt."

Friedrich schlug ein Kreuz: „Zwar wird immer noch Wald gerodet, um Anbaufläche zu gewinnen, aber durch die starke Übervölkerung müssen sich zu viele Menschen das bäuerliche Leihgut oder Lehen teilen, so daß für keinen genug zum Leben übrig bleibt. Du weißt doch selbst, daß viele Ritter hoch verschuldet sind. Du siehst es an der zunehmenden Zahl der Raubritter, und die Geldverleiher lachen sich in den Städten ins Fäustchen, und die Fürsten provitieren natürlich auch davon, leider Gottes."

Spöttelnd entgegnete Matthäus: „Du hast wieder einmal recht, Bruder. Aber die Not im Land betrifft doch nicht die Bischöfe und die Abteien. Die haben doch alles im Überfluß, ohne dafür arbeiten zu müssen."

„Sag das nicht: Das päpstliche Steuersystem untergräbt die Finanzkraft der Abteien und Bistümer. Wenn nicht bald eine Neuorganisation des Grundbesitzes stattfindet, werden sie verarmen."

Friedrich hatte seinen Vater besucht und mit ihm darüber gesprochen, daß der Papst am 24. April 1297 den Kanonikus Gerhard von Cambrai und Archidiakon von Brabant zum neuen Bischof von Metz ernannt und ihn übergangen hatte, nachdem Theobald von Bar zuvor seine Kandidatur zurückgezogen hatte.

Die Herzogin gähnte ausgiebig, als Margarete sie begrüßte, und meinte dann: „Heute abend mußt du mir unbedingt von deinen neuen Abenteuern berichten. Man hört ja so allerhand! Aber jede Einzelheit. Hast du gehört? Ich bin richtig gespannt darauf. Aber jetzt lege ich mich erst eine Stunde aufs Ohr. Ich will auch nichts essen, nur schlafen. Ich bin zu müde." Im Weggehen gähnte sie wieder ausgiebig.

Der Herzog hingegen ließ sich das köstliche Mahl schmecken und setzte noch am selben Tag Wichard als einen seiner Testamentsvollstrecker ein. Er sagte, nachdem er die Urkunde unterschrieben hatte: „Du bist einer der Wenigen, zu denen ich großes Vertrauen habe. Du steht genau so bedingungslos zu mir, wie dein Vater sein Leben lang zu mir gestanden hat. Ich bin ja nicht mehr der Jüngste, und mit meiner Gesundheit steht es auch nicht mehr zum Besten. Daher soll alles geregelt sein, wenn der Gevatter Tod mich zu sich nimmt. Ich hoffe doch, daß du eines Tages genau so zu meinem Sohn Theobald, halten wirst, wie du jetzt zu mir gehalten hast."

„Das gelobe ich dir, Herzog", antwortete Wichard. Der Herzog schlug ihm freundschaftlich auf die Schulter und lachte: „Hätte ich nur mehr von deiner Sorte, auf die ich mich so gut verlassen kann. Jetzt mache ich erst einmal ein Schläfchen. Ich bin müde von dem Ritt."

Schon von weitem sahen sie am nächsten Tag das Heerlager mit den vielen bunten Zelten um die Burg Sierck am Ufer der Mosel, deren Bering die zahlreichen Gäste nicht fassen konnte, die zur Hochzeit Hildegards von Sierck mit Wichard von Hamberg gekommen waren. Hamberg an der Kanner hieß richtig Homburg, wurde aber Hamberg ausgesprochen. Es ist das heutige Homburg-Haut und liegt dicht bei St. Avold.

Hildegards Onkel Friedrich, der Probst in Utrecht war, traute die beiden in der Burgkapelle. Ihr Bruder Johann, der sich später auch von Alben und Jllingen nannte, und ihre Tante Elisabeth, Äbtissin im Kloster von Freisdorf, waren die Trauzeugen.

Man feierte eine ganze Woche. Alles, was Rang und Namen hatte, war gekommen und gratulierte dem hübschen Paar.

Vinzenz, dessen Dienste von Wichard nicht ein einziges Mal beansprucht wurden, lernte Berta, eine Zofe der Herzogin kennen, in die er sich unsterblich verliebte. Sie war vierzehn und so hübsch, daß sich alle nach ihr umsahen. Mit ihr verbrachte er drei Nächte. Als sie in der vierten Nacht nicht zur verabredeten Zeit erschien, machte er sich auf die Suche. In einem Zelt herzoglicher Soldaten erlebte er, wie sie sich freiwillig gleich Dreien hingab. Enttäuscht wollte er sich das Leben nehmen, aber als er an Amanda dachte, kam er wieder zur Vernunft. Er flüchtete sich nach seiner Heimkehr in ihre Arme, und sie verstand es, ihn zu trösten.

Am 1. Oktober 1300 weilte der Herzog wieder auf Burg Felsberg. Tagsüber hatte er lange in Wallerfangen zu tun, wo er Wichard von Hamberg als Justitiar in sein Amt einführte, das dieser nun zusammen mit seinem Onkel Wichard verwaltete. Danach wurde gefeiert, wobei der Herzog erzählte, daß sein Sohn Theobald dem französischen König für die Lehen Neufchâteau, Châtenois, Montfort, Frouard und Grand gehuldigt habe und daß er den Eindruck habe, König Philipp der Schöne strecke immer begehrlicher seine Hand nach Lothringen und nach Osten aus.

Wichard huldigte noch vor dem Essen dem Herzog für das Lehen Felsberg, worauf dieser es ihm neu vergab. Margarete saß bei der Herzogin. Die beiden unterhielten sich blendend, wozu auch der „Bistener Wingert", Jahrgang 1295, sein Teil beitrug.

Drei Tage später starb Margarete an einem Herzschlag. Hugo von Clair, der schon 1298 zum Ritter geschlagen worden war, bemerkte es, als er morgens wach wurde und Margarete erstarrt neben ihm lag. Es gab keine große Beerdigung, denn niemand außer den Burgleuten nahm Anteil an ihrem Ableben.

Ihre Anteile an der Burg hatte sie durch Testament ihrem Sohn Wichard und ihrer Tochter Lore vermacht. Lore teilte ihre Anteile unter ihren drei Kindern auf.

Margaretes plötzlicher Tod traf Wichard doch schwerer, als der anfänglich vermutete, obwohl nie ein inniges Verhältnis zwischen ihnen bestanden hatte. Noch am gleichen Tag rief er Amanda zu sich. „Ab sofort dienst du mir, ich brauche jetzt jemanden um mich, der Ruhe und Besonnenheit ausstrahlt und kein solch fusseliges Wesen, wie Anna, die meine Mutter mir zugeordnet hatte. Du bist ruhig und bedacht, und deine Gegenwart tut mir gut. Du hältst also nicht nur meine Räume und Sachen in Ordnung, sondern bist auch für mich da, wenn ich abends heim komme. Kurz und gut: Du schläfst ab jetzt in deiner alten Kammer, und ich ziehe in Vaters Zimmer um. Aber ich leihe dich nicht an meine Freunde aus, und vor mir brauchst du keine Angst zu haben. Es genügt mir, wenn du um mich abends und morgens bedienst."

Amanda kniete vor ihm nieder. „Ich danke dir, Herr", hauchte sie gerührt, denn damit hatte sie nicht gerechnet.

Vinzenz paßte es nicht, daß er die Nächte allein in seinem Haus verbringen mußte. Amanda versuchte ihn zu trösten. „Sieh dich nach einem Mädchen um. Du bist jung, und es laufen genug herum, die sich die Hälse nach dir ausrenken. Vergiß, was die Berta dir in Sierck angetan hat. Du weißt, wie kurz das Leben ist; genieße es jeden Tag in vollen Zügen. Mehr kann ich dir dazu nicht sagen. Ich bin froh, daß ich bei Wichard dienen darf. Solch ein gutes Leben hatte ich bisher noch nie."

„Na gut", antwortete er, „ich sehe mich nach anderen Mädchen um, aber nur, wenn du mir versprichst, trotzdem jeden Tag zu mir zu kommen."

„Das verspreche ich dir", sagte sie und ließ sich auf sein Bett sinken, wo er sie gleich in seine Arme nahm.

Kurz vor Weihnachten kam der Herzog wieder mit seinem gesamten Hofstaat von Besprechungen in Quatre-Vaux bei Toul, wo er bei einer Zusammenkunft König Albrechts von Österreich mit König Philipp IV. von Frankreich teilgenommen hatte. Er hatte König Albrecht, der den Weg über Hagenau genommen hatte, Geleit gegeben, und war enttäuscht, da er bei diesen Gesprächen wenig Hoffnung für seine eigene Lage sah. Von seiten Albrechts war keine feste Politik gegenüber Frankreich zu erwarten und schon gar keine, die den Drang der französischen Krone nach Oberlothringen bremste.

„Es ist schlimm", schalt er mit vollem Mund, „auch der Graf von Bar muß sich diesem Druck Frankreichs beugen. Ich kann dir jetzt schon sagen, Wichard, der französische König gibt nicht eher nach, bis er alles Land der Grafschaft Bar westlich der Maas besitzt, und ich fresse einen Besen, wenn er dem Graf von Bar nicht sein eigenes Land zu Lehen gibt. Ich habe in weiser Voraussicht schon in den siebziger Jahren meinem Sohn Theobald meine von Frankreich abhängigen Lehen Neufchâteau, Montfort, Grand Châtenois und Finrouard anläßlich seiner Hochzeit übertragen. Auf diese Weise brauche ich dem französischen König nicht für seine Lehen zu huldigen. Aber jetzt genug davon. Schenk ein, Vinzenz, wir wollen allen Unbill vergessen und fröhlich sein."

Er hielt Vinzenz seinen Becher hin, und während dieser einschenkte, sagte der Herzog: „Wichard, nachdem du mir gehuldigt hast, gebe ich dir noch heute das gesamte Lehen Felsberg und dazu die Herrschaft Gerlfangen und Eimersdorf sowie Weinberge bei Altdorf."

„Ich danke dir, Herzog."

„Das hat nichts mit Güte zu tun, mein Lieber. Ich vertraue dir."

Des Herzogs Sohn Theobald schlug Vinzenz auf die Schulter, bevor er sich an den Tisch setzte: „Du bist groß und stark geworden, Vinzenz. Bist du denn schon achtzehn?"

„Ich weiß nicht, wann ich Geburtstag habe."

„Vergiß nicht, daß ich auf dich warte."

„Jawohl. Ich vergesse es nicht. Aber der Burgherr braucht mich noch."

„Ich weiß, ich weiß. Er hat es mir schon gesagt", lachte Theobald und rief seinem Vater zu, der herübergeschaut hatte: „Er ist eine harte Nuß, Vater, vorläufig brauchen wir mit ihm noch nicht zu rechnen."

„Laß ihn ruhig bei Wichard bleiben. Er soll frei entscheiden, wann er zu uns kommt."

Der Herzog verließ die Burg drei Tage vor Heiligabend. Er wollte Weihnachten auf seiner Burg Sierck feiern.

Am Heiligen Abend des Jahres 1300 lockte das Winterwetter Wichard zur Jagd. Er ritt mit dem Vogt, Vinzenz, dem Falkner, dem Wappner und einigen Knechten in den Warndtwald, der damals fast bis an den Fuß des heutigen Schloßberges reichte. Lediglich die Ortschaften Bisten, Oberbisten, Überherrn, Berus, Altforweiler bildeten mit ihren Höfen sowie dem Linseler Hof weiße Flecken in dem Urwald, der fast bis Völklingen, Fürstenhausen und Klarenthal reichte.

Gegen Mittag verschlechterte sich das Wetter. Ein Eisregen verwandelte in Sekundenschnelle alle Wege in spiegelglatte Flächen. Wichards Trupp verharrte nahe dem Warndtweiher. Durch ein ausbrechendes Rudel Wildschweine scheute plötzlich Wichards Pferd. Er stürzte so unglücklich, daß er sich nicht mehr bewegen konnte. Nur mit allergrößter Mühe gelang es seinen entsetzten Begleitern unter ständigem Ausrutschen und Hinfallen und Festklammern an Stämmen und Erdhaufen, einige Hölzer zu einer Bahre zusammenzubinden, worauf sie den Bewußtlosen legten und heimschafften. Es war schon lange dunkel, als sie endlich auf der Burg ankamen.

Amanda erkannte sofort, daß Wichard seine Beine nicht mehr bewegen konnte und kein Gefühl mehr in ihnen hatte und daß hier nur ein Arzt helfen konnte. Sie versorgte den Kranken, so gut sie konnte, und ließ dem Vogt keine Ruhe, bis er eine Nachricht an Wichards Schwester Lore nach Warsberg schickte. Diese kam am anderen Morgen mit ihrem Gatten und fragte gleich: „Hast du ihn mit irgend etwas behandelt?"

„Nein. Ich weiß ja nicht, was man tun kann."

Auch Lore wußte keinen Rat. Wichard war unfähig, ein Bein zu bewegen, geschweige denn, sich alleine im Bett umdrehen. Er schlief fast die ganze Zeit, und wenn er wach war, stöhnte er.

„Ich werde es mit heißem Bädern versuchen", sagte Amanda, und sie beauftragte Vinzenz: „Reite ins Wadgasser Kloster und bringe Ackermennig und Zitwer, soviel du kriegen kannst."

Zu Lore sagte sie: „Schicke dem Herzog Order. Er soll einen seiner Feldscher herschicken. Das ist nämlich eine Knochengeschichte. Da helfen meine Kräuter nicht viel. Beide Pflanzen wirken zwar durchblutungsfördernd, aber ich glaube nicht, daß das für diese Krankheit reicht. Aber der Vogt kann Margaretes Badezuber herüberschaffen lassen. Wir werden ihn so oft wie möglich baden. Das wird ihm gut tun."

Auf sechs offenen Feuerstellen wurde Wasser in Kesseln erhitzt, und als Vinzenz nach drei Stunden aus Wadgassen zurückkam und Zitwer mitgebrachte, brühte sie in einem siebten Kessel die geschälten und getrockneten Wurzel auf und goß das gelbbraune Öl später in das warme Wasser des Zubers, in das sie Wichard vorsichtig hineinließen.

Die Wärme tat ihm gut. Als das Wasser abkühlte, wurde sofort warmes Wasser nachgegossen.

Sie hoben ihn nach einer guten halben Stunde heraus, und Amanda begann, seinen Rücken leicht mit Zitweröl zu massieren.

„Danke", hauchte er Amanda zu, als sie ihn vorsichtig auf den Rücken drehten, und sie streichelte seine Hand, während sie sagte: „Wenn im Rücken nichts gebrochen ist, dann wird alles wieder gut. Morgen kommst du wieder ins heiße Wasser, Herr. Hoffen wir, daß dir der Feldscher des Herzogs helfen kann."

Dieser traf am nächsten Mittag ein. Er war ein ungehobelter Bursche um die Dreißig, der sich Musculum nannte.

„Wie alt bist du?" fragte er, als er Wichards Zimmer betrat.

„Dreiundvierzig", antwortete Wichard leise.

Musculum wälzte ihn ohne Vorwarnung auf den Bauch. Wichards Schreie erschütterten die ganze Burg. Musculum drückte mit seinen groben Händen auf sein Rückgrat und schlug ihm mehrmals ins Kreuz, so daß er jedesmal aufschrie, bis Musculum ihn anfauchte: „Stell dich nicht so an, Wichard von Felsberg. Wenn du willst, daß ich dir helfe, dann beiß jetzt die Zähne zusammen. Ich muß dich einrenken."

„Bist du sicher, daß es ihm hilft?" herrschte Lore ihn an.

Sie war seit Weihnachten nur zweimal auf die Warsburg geritten und kümmerte sich rührend um ihren Bruder, wodurch Amanda es nicht gerade so schwer hatte.

„Das weiß ich nicht. Das kann ich nicht versprechen", antwortete er seelenruhig.

Amanda sah zuerst Lore und dann den Burgvogt an, der den Feldscher anfauchte: „Dann laß die Finger von ihm. Er hat doch schon Pein genug."

Amanda schaute Wichard fragend an: „Was meinst du, Herr?"

Wichard zog die Schultern hoch und fragte leise Musculum: „Was ist, wenn ich keine Linderung habe?"

„Dann mußt du ewig so liegen bleiben", antwortete Musculum knochenhart, ergriff, ohne eine weitere Entscheidung abzuwarten, Wichards rechtes Bein, vollführte damit unter dessen Gebrüll eine Acht in der Luft und ließ es danach aufs Bett fallen. Ungerührt fragte er: „Hat es im Kreuz geknackt?"

Wichard, dem Tränen über die Wangen liefen, schüttelte den Kopf. Ehe er und die Umstehenden sich versahen, wirbelte Musculus sein linkes Bein mehrmals unter Wichards fürchterlichem Schreien durch die Luft und fragte: „Hat es jetzt geknackt?"

Wieder schüttelte Wichard den Kopf. Er rang nach Luft. Schweiß stand auf seiner Stirn. Seine Finger hatten sich in seinen Strohsack verkrallt. Lore weinte. Wichard war unfähig, einen Ton herauszubringen.

„Schluß jetzt", entschied Amanda und stellte sich zwischen den Feldscher und Wichard. „Burgherr, sage ihm, daß wir es weiter mit den Bädern versuchen. Schluß mit dieser Pferdekur."

„Sage ihm das", stimmte der Burgvogt zu. Wichard nickte.

„Gut. Wie du willst, dann reite ich wieder zum Herzog", maulte der Feldscher, „aber behaupte später nicht, ich hätte dir nicht geholfen." Er aß sich noch in der Küche satt, bestieg sein Pferd und ritt zurück nach Sierck.

Kaum war er weg, ließ Amanda wieder Wasser heiß machen, und dieses Bad brachte Wichard Erleichterung. Amanda kümmerte sich rührend um ihn. Sie setzte durch, daß der Burgvogt einen neuen Zuber bauen ließ, in den man Wichard in seiner ganzen Länge hineinlegen konnte.

Ein Problem stellte die Beschaffung von Zitwer dar. In Wadgassen hatte Sidonia Vinzenz ihren ganzen Vorrat gegeben. Vinzenz war in die Klöster Herbitzheim, St. Avold, Busendorf,

Gorze, Sankt Salvador, Neuweiler, Mettlach, Tholey und sogar bis Remiremont geritten, um Zitwer, den manche auch Kalmus nannten, aufzutreiben. Er hatte aber nicht allzu viel erhalten. Amanda sparte trotzdem nicht. Sie rieb Wichards Rücken nach jedem Bad und ihren dilettantischen gymnastischen Übungen in dem warmen Wasser mit dem Zitweröl ein, und sie freute sich riesig, als sich von Woche zu Woche sein Zustand besserte. Lore war wieder zur Warsburg geritten und hatte zu Amanda gesagt: „Besser als du kann ihn niemand pflegen. Rufe mich, wenn du mich brauchst."

Wichard stöhnte nicht mehr, wenn sie seine Beine langsam, jeden Tag ein wenig mehr, anhob, und er brachte es nach zwei Monaten fertig, sich von selbst auf die Seite zu legen, ohne groß aufschreien zu müssen.

An Pfingsten 1301 setzte er sich zum erstenmal auf die Bettkante. Vinzenz und Amanda stützten ihn, als er vier Wochen später vorsichtig die vier Schritte bis zum Fenster ging, sich dort ohne Schmerzen in den Stuhl setzte und das zaghafte Grün in der Natur in sich aufsog. „Ab morgen versehe ich meinen Dienst von hier aus", jubelte er, „Vinzenz bringt mir alle Unterlagen von Wallerfangen hierher und abends wieder zurück. Ich sehne mich richtig nach meiner Arbeit, und mein Neffe wird entlastet."

Vinzenz wurde in der Kanzlei Wichards von Hamberg bald unabkömmlich. Ohne ihn ging nichts mehr. 1303 kaufte er in seinem Namen von dem ehemaligen Wallerfanger Schöffen Conon und seiner Frau ein Wiesengelände in der Lisdorfer Au, das diese günstig anboten, da sie dringend Geld brauchten.

Wichard von Hamberg nahm ihn im April 1304 zur Ständeversammlung des französischen Königs mit, zu der der Herzog Wichard in seinem Gefolge aufnahm. Diese Ständeversammlung, die König Philipp der Schöne einberief, weil er die erstarkten Bürgerschaften in seinem Reich als dritten Stand anerkannte, sollte seine Stellung in seiner Auseinandersetzung mit dem Papst stärken. Herzog Friedrich III. unterschrieb, wie der gesamte Adel, das Schreiben, das an alle Kardinäle gerichtet war, und er grollte: „Diese Unterschrift ist kein Bekenntnis zur Abhängigkeit von Frankreich. Glaube das nur nicht. Ich habe nur im Hinblick auf meine französischen Lehen unterschrieben, sonst wäre ich sie los gewesen."

Bevor Vinzenz mit Wichard heimritt, hielt der Herzog ihn an und fragte: „Es wird wohl nichts mit dir und meinem Heer?"

„Ich glaube nicht, Herzog", antwortete dieser voller Stolz, daß der Herzog ihn angesprochen hatte, „ich stehe voll im Dienst von Wichard von Hamberg."

„Melde dich bei meinem Sohn, wenn du zu uns kommen willst", lachte der Herzog, „du bist jederzeit herzlich willkommen, und außerdem: Er hat einen Narren an dir gefressen."

Dies war das letzte Mal, daß Vinzenz den Herzog sah.

Ausklang

Herzog Friedrich III. starb am 31. Dezember 1303. Die Nachfolge trat sein Sohn Theobald an. Vinzenz hörte von Wichard von Hamberg, daß die Abtei Remiremont sich gleich nach seinem Dienstantritt bei König Albrecht von Österreich über seine Bedrückungen und über die Entfremdung von Klostergut beschwert habe, die er als ihr Vogt veranlaßte habe.

Vinzenz sah Theobald, als er kurz vor Weihnachten auf die Burg kam, um den Burgherrn zu besuchen. Dabei erzählte er auch von der Schlacht bei Kortrijk, an der er im Juli 1302 mit seinem Sohn Matthäus auf französischer Seite teilgenommen hatte.

„Ich hätte mich ja nie auf die französische Seite gestellt", betonte er, „wenn ich nicht Inhaber der französischen Lehen Neufchâteau und der anderen wäre. Dann hätte ich meinen Sohn Matthäus die flandrische Gefangenschaft ersparen können und noch viel Geld gespart, das ich für seine Auslösung bezahlen mußte."

„Verzeih mir, Herzog. Worum ging es denn in dieser Schlacht? Ich liege hier und höre nicht, was draußen vor sich geht", fragte Wichard.

„Du weißt, König Philipp der Schöne will die Verweltlichung der Krone und damit auch für immer und für alle Zeiten die völlige Loslösung vom Papst und vom Vatikan. König Philipp fordert sogar Steuern vom Klerus, statt, wie alle anderen Fürsten, ihm große Schenkungen zu machen. Er will solche Schenkungen sogar versteuern. Er braucht eben viel Geld, um sein Herr finanzieren zu können. Sein Streben nach mehr Land – dabei denkt er auch an Lothringen – beherrscht sein Leben, und dazu braucht er ein starkes Heer. Aber er versucht es auch auf andere Art. So konnte er durch Heirat Gebiete in der Champagne, in der Navarra und auch an der Maas gewinnen, die er dem Grafen von Bar weggenommen hat. Da er sich auch Flandern einverleiben wollte, kam es zur sogenannten Sporenschlacht, bei der das flandrische Zunftheer überlegen siegte und ihn vernichtend schlug."

Im Frühjahr 1304 starb Amanda innerhalb weniger Tage an einer Lungenentzündung, die sie sich in den naßkalten Mauern der Burg zugezogen hatte.

Vierzehn Tage später starb Wichard von Felsberg. Niemand wußte, woran er gestorben war. Man fand ihn morgens tot in seinem Bett liegend.

Wichard von Hamberg kaufte seinen Geschwistern Isabella und Johann deren Anteile an der Burg ab. So wurde er Herr von Felsberg.

Vinzenz trat ins Heer des Herzogs ein. Herzog Theobald holte ihn in seinen Stab, in dem er wegen seiner Waffenkünste und seiner großen Umsicht bald von allen Seiten Anerkennung erfuhr. Herzog Theobald starb am 13. Mai 1312 in Vinzenz' Armen.

Wichard von Hamberg, Richter des deutsch-lothringischen Amtsbezirkes Wallerfangen, heiratete Lysa, die Tochter des Richardus von Cröw. Die beiden hatten zusammen drei Söhne: Johann II., der Abt von St. Marie von Luxemburg war und 1391 starb, Gerard, von dem wir nicht viel wissen, und Richard, Ritter und Herr von Felsberg und von Hamberg.

Dieser Ritter Richard war später Lehensinhaber von Felsberg, Präsident des Assissengerichts und Bailli der deutschen Ballei zu Wallerfangen. Er heiratete die hübsche Sophie von Mersch. Als er, irgendwann zwischen 1388 und 1390, starb, erlosch mit ihm die männliche Linie des Geschlechts derer von Brücken.

INHALT

Buchreihen im LOGOS-Verlag

Literatur zwischen heute und morgen
Belletristik, Lyrik, Mundart

Neu entdeckt
Erzählungen und Romane über Dichter und Künstler

Weibs-Bilder
Belletristik von Frauen (nicht nur) für Frauen

Kinderwelt
Kinderbücher

Theater der Gegenwart
Moderne Theaterstücke (u. a. „Salli Palli")

Dramatisierte Weltliteratur
Dramatisierungen bekannter Werke (u. a. „Carmilla")

Zwischen Traum und Wirklichkeit
Bücher über Mittelalter und Frühzeit; phantastische Literatur
(u. a. „Historia vom Heiligen Gral", „Freiwild")

Edition Poeta Magica
Musik (u. a. „Die Zeit der Salier"), Noten, Sachbücher
aus und über Mittelalter und Frühzeit

Editio mythologica
Bücher über die alte und neue Mythen (u. a. „Siegfried & Co.")

Bücher gegen das Vergessen
Erlebnisberichte über die jüngere Geschichte (u. a. „Die 14 Freitage")

Denken – Fühlen – Handeln
Kritische Sachbücher zu Esoterik, New Age, Feminismus...

Wissenschaft im Logos-Verlag – Öko-Logos
Wissenschaftliche Bücher aus Biologie und Ökologie

Schriften der Landesanstalt für das Rundfunkwesen
Sach- und Fachbücher über das Rundfunkwesen

Gerne senden wir Ihnen unser kostenloses Gesamtverzeichnis zu:
LOGOS-Verlag Literatur & Layout GmbH
Mühlenstraße 16 · 66111 Saarbrücken · Tel. (06 81) 37 44 04 · Fax 37 44 43

Mittelalter im LOGOS-Verlag

Thomas Mörschel:

DIE HISTORIA VOM HEILIGEN GRAL

illustriert von Ulrike Schneidewind, geb., 272 S.,
ISBN 3-928598-03-1, 44,– DM

*„Ein Barde unserer Zeit . . . Kraftvoll und bilderreich
erzählt er wortgewaltig."* (Saarbrücker Zeitung)

*„Flott, spannend und sprachlich sehr geschickt . . . Mör-
schels Werk erweitert die Geschichte um ganz interessante
Aspekte."* (pegasus-Bücherlese)

Thomas Mörschel (Hrsg.)

SIEGFRIED & CO.

Die Modernität des germanischen Mythos – Gedanken zum
Mythos und den Skulpturen von Ernst R. Brockschnieder
„Editio mythologica" I, 120 S., ISBN 3-928598-25-2, 36,– DM

Poeta Magica:

DIE ZEIT DER SALIER

Musik aus dem Mittelalter

Musikcassette, ISBN 3-928598-13-9, 22,– DM

*„Für alle Freunde mittelalterlicher Musik absolut zu
empfehlen."* (Oliver Konrad, Saarländisches Kultur-Journal)

Friedhelm und Ulrike Schneidewind:

CARMILLA

Der Text des gleichnamigen Theaterstück nach der Geschichte
von Sheridan Le Fanu (*„Mit Spannung, Witz und Erotik lassen
Friedhelm und Ulrike Schneidewind die Welt der Vampire
lebendig werden"*, Saarbrücker Wochenspiegel), Auszüge aus
der englischen Originalstory, weitere Geschichten und ein
*„sehr interessanter und umfassender Aufsatz über alle Aspekte
des Vampirismus"* (Fantasia Nov. 1994).
192 S., ISBN 3-928598-68-6, 20,– DM